novum pro

Cornelia Wachter

Laras Reise
Aus dem Tal der Ahnungslosen in die weite Welt

novum pro

www.novumpro.com

Bibliografische Information
der Deutschen Nationalbibliothek:

Die Deutsche Nationalbibliothek
verzeichnet diese Publikation in der
Deutschen Nationalbibliografie.
Detaillierte bibliografische Daten sind
im Internet über
http://www.d-nb.de abrufbar.

Alle Rechte der Verbreitung,
auch durch Film, Funk und Fernsehen, fotomechanische Wiedergabe, Tonträger, elektronische Datenträger und auszugsweisen Nachdruck, sind vorbehalten.

© 2010 novum publishing gmbh

ISBN 978-3-99003-216-9
Lektorat: Dipl.-Theol. Christiane Lober

Gedruckt in der Europäischen Union
auf umweltfreundlichem, chlor- und
säurefrei gebleichtem Papier.

www.novumpro.com

AUSTRIA · GERMANY · HUNGARY · SPAIN · SWITZERLAND

1.

Zufrieden stand Lara auf ihrem Balkon, inhalierte tief den Qualm der fast heruntergebrannten Lucky Strike und geriet ins Schwärmen. Sie genoss die wunderbare Aussicht: Alles war mit weißem Schnee bedeckt – die Dächer, Bäume, Sträucher und die wenigen Autos, die nicht in der Tiefgarage unter der riesigen Wiese standen. Der gesamte Hinterhof schien vollkommen bedeckt zu sein, als wäre niemand hier. Nicht einmal Fußabdrücke waren zu sehen. Aber vielleicht lag das eher daran, dass Lara aus dem fünften Stockwerk keine Details erkennen konnte. Denn dass niemand hier leben sollte, war eher unwahrscheinlich – das ständige Geschrei, die Motorengeräusche oder die nervig klingelnde Straßenbahn ließen darauf schließen, dass hier sehr viele und vor allem laute Menschen lebten.

Doch das störte Lara nicht im Geringsten, denn die Wohnung war großartig. Sie lag keine zwei Minuten zu Fuß vom Alaunpark entfernt, hatte ein großes, offenes Wohnzimmer, ein fast ebenso großes Schlafzimmer, in dem nicht nur ein begehbarer Kleiderschrank, sondern auch noch eine Computerecke ihren Platz fand. Die Küche war zwar klein, aber die verwinkelte Decke machte sie so gemütlich, dass sie trotz fehlendem Platz zum Hinsetzen einlud. Das Bad war ebenso klein, aber dennoch ausreichend für eine große Badewanne, eine Waschmaschine sowie eine Toilette und ein Waschbecken. Zum Balkon hin stand Lara eine großzügige Fläche zur Verfügung, die sie für eine gemütliche Essecke nutzte. Die Loggia war traumhaft groß und ebenfalls verwinkelt. Sie war an der rechten Seite halb verdeckt, sodass man sie auch bei Regen nutzen konnte. Alles war mit Holz verkleidet und verlieh dem Balkon dadurch nicht nur ein gemütliches Ambiente, sondern auch ein romantisches Flair. Da sich die Wohnung im fünften Stock befand, konnte Lara den kompletten Innenhof überschauen, ohne selbst gesehen zu werden. Manchem würde beim Hinunterschauen vielleicht schwindelig werden, doch sie konnte sich an der Aussicht nie sattsehen.

Schon seit Lara denken konnte, mochte sie die schrägen Wände in ihrem Kinderzimmer, und als sie älter wurde und in das Erdgeschoss zog, träumte sie von einer eigenen Dachgeschosswohnung.

Gleich, als Lara das erste Mal diese Wohnung betrat, wusste sie, dass dies ihre Traumwohnung war. Die Schrägen, das Verwinkelte, die versteckte Loggia, alles war so herrlich gemütlich und vor allem hoch. Die Höhe hatte Lara noch nie etwas ausgemacht, im Gegenteil: Es konnte ihr nie hoch genug sein. Sie liebte einfach die Aufregung, die sich einstellte, sobald es immer höher und höher ging; den immer schneller werdenden Puls, der einem fast den Atem raubte; den Adrenalinstoß, der freigesetzt wurde, sobald sie sich in luftiger Höhe befand. Vielleicht war das einer der Gründe, weshalb Lara bereits mit fünf Jahren zum Turmspringen kam, oder es lag einfach nur daran, dass sie beim Schwimmen völlig unterfordert war.

Alles fing damit an, dass ihr großer Bruder Ben zum Einschulungstest musste. Lara war gerade dreieinhalb Jahre alt und ging in den Kindergarten. Dieser war zu dem Zeitpunkt wegen einer Ruhrepidemie geschlossen. Ihre Eltern, Marleen und Christoph, waren beide berufstätig wie alle in ihrem Umfeld und wussten nicht, wohin mit ihrer kleinen Tochter. Selbst Laras Großeltern gingen noch ihren Berufen nach, was zu DDR-Zeiten nicht ungewöhnlich war. So blieb Marleen nichts anderes übrig, als Lara einfach mitzunehmen.

Da saß Lara nun, voller Tatendrang, doch dazu angehalten, sich ruhig zu verhalten und auf keinen Fall einen Mucks von sich zu geben. Ihr Bruder dagegen wurde zu allem Möglichen animiert. Erst musste er physische Aufgaben absolvieren, dann rechnen, malen, völlig unsinnige Fragen beantworten und Erich Honecker auf einem Bild identifizieren. Schnell bemerkten die Schulpsychologen, dass Lara immer ungeduldiger wurde und im

Stillen heimlich mitrechnete, auf einem Bein sprang und rätselte, wer der hässliche Mann auf dem Bild sei. Sie schlugen Marleen vor, ihre Tochter einzubeziehen, damit sie den Einschulungstest ihres Bruders nicht weiter störte. Lara fielen die Aufgaben sehr leicht. Erst sollte sie die Knöpfe an ihrer Bluse zählen, und als Lara das tat, machte sie ohne Punkt und Komma bei Ben, ihrer Mutter und der anwesenden Lehrerin weiter. Langsam waren die Schulpsychologen genervt und gaben Lara Stifte und ein leeres Blatt. Ein Haus und den Himmel sollten Ben und seine kleine Schwester malen. Während ihr Bruder ein unförmiges Haus mit viel zu kleinem Dach hinkritzelte und den Himmel mithilfe eines schwarzen Filzstiftes verfeinerte, zeichnete Lara mit viel Hingabe ein Haus mit vier Fenstern, in denen Blumenvasen und Gardinen zu sehen waren. Ihr Himmel strahlte in einem hellen Blau, und die Sonne grinste einen frech an. Doch anstatt sich darüber zu freuen, was Lara mit ihren dreieinhalb Jahren zustande brachte, stellten die Schulpsychologen fest, sie sei hyperaktiv. Mit dieser doch sehr verwirrenden Diagnose schickten sie Marleen und ihre Kinder nach Hause.

Laras Mutter suchte kurz darauf Hilfe bei ihrer Hausärztin. Diese riet der jungen Mutter, ihre Tochter zum Sport zu schicken. Denn das würde Lara genug fordern, und das kleine Mädchen wäre nicht mehr so unausgelastet. Gesagt, getan: Marleen meldete ihre Tochter im Alter von knapp vier Jahren fürs Schwimmen an.

Den Dreh hatte Lara schnell raus und begann erneut, sich zu langweilen. Als Erstes entdeckte Lara das Tauchen für sich. Ihre Seepferdchen-Prüfung absolvierte sie komplett unter Wasser. Als Lara zum wiederholten Male von ihrer herrischen und unglaublich strengen Trainerin ermahnt wurde, endlich an der Wasseroberfläche zu bleiben, nahm sie das etwas zu wörtlich. Lara schlich sich jedes Mal, sobald sie sich unbeobachtet fühlte, aus dem Wasser, kletterte den Sprungturm hinauf und sprang, sooft sie nur konnte, in das kalte Nass.

Eines Tages wurde Marleen von einer fremden Frau angesprochen, als sie ihre Tochter vom Training abholen wollte.

Diese erzählte ihr, dass sie das junge Mädchen beobachtet habe und ihre Tochter gern zum Probetraining für das Turmspringen einladen möchte. Marleen war Feuer und Flamme und willigte sofort ein, denn das ständige Nörgeln der Schwimmlehrerin fiel ihr mächtig auf die Nerven. Sie schätzte sich glücklich, dass sich jemand für Laras Aktivitäten begeisterte und sie zudem noch fordern wollte. Mit fünf Jahren kam Lara also zum Turmspringen und entdeckte dabei ihre Leidenschaft für die Höhe.

Im Übrigen hatte ihr Bruder Ben den Einschulungstest bestanden und wurde im Sommer darauf eingeschult.

Lara nahm noch einen tiefen Zug, blies den Qualm in die kalte Luft und drückte die Zigarette aus. Wie gut, dass sie sich für eine Wohnung mit Balkon entschieden hatte; denn Lara rauchte zwar gern, hasste jedoch den Geruch von kaltem Rauch.

Dass sie in wenigen Wochen schon nicht mehr rauchen würde, konnte Lara zu diesem Zeitpunkt noch nicht wissen.

Dick eingepackt in ihren purpurroten „Mäusemantel", schlich Lara zurück ins Warme. Den Namen hatte sich die Mutter ihrer besten Freundin ausgedacht, weil der Mantel nicht nur aus einem wunderbaren und außergewöhnlichen Stoff gefertigt war, sondern weil sie darin wirklich wie eine Maus aussah. Dank ihrer etwas zu groß gewachsenen Ohren hörte Lara seit dem Kindergartenalter unter anderem auf den Spitznamen „Feivel" aus dem gleichnamigen Film „Feivel, der Mauswanderer". Sie musste sich erst noch daran gewöhnen, dass sie sich zum Rauchen nun nicht mehr heimlich hinausschleichen musste.

Ihre Eltern waren beide konsequente Nichtraucher. Wahrscheinlich lag das daran, dass sie beide Althippies waren und es in ihrer Vergangenheit nicht nur mit dem Rauchen etwas übertrieben hatten.

Als Lara mit achtzehn Jahren einen schweren Unfall hatte, kamen ihre Eltern hinter das Geheimnis, und obwohl sie zu diesem Zeitpunkt schon volljährig war, gab es wegen des Rauchens eine riesige Auseinandersetzung.

2.

Lara und ihre Freunde hatten nämlich ziemlich heftig gefeiert und wie immer nicht zu knapp geraucht und getrunken. Zwar wusste noch keiner, wer wie was bezahlen sollte, doch das schien niemanden wirklich zu stören. Die entstandene Ebbe im Geldbeutel veranlasste Marc, das Gespräch auf ein interessantes Thema zu lenken: „Wie kommt man möglichst schnell – und ohne groß dafür zu arbeiten – an viel Geld?" Etwas Illegales wurde zwar gern angesprochen und heiß diskutiert, doch zur Umsetzung dessen kam es nie, denn Laras kriminelle Energie war doch recht begrenzt: Als Tochter eines Kriminalbeamten konnte sie sich solche Jugendsünden nun wirklich nicht erlauben, erst recht nicht, da sie eigentlich schon erwachsen war. Also musste irgendwie eine legal umsetzbare Idee her.

Marc erzählte seinen Freunden, er spende seit zwei Monaten Plasma und verdiene damit nebenbei ganz gut Geld. Bei guten Blut- und Plasmawerten sei es mindestens einmal, wenn nicht sogar zweimal die Woche möglich zu spenden, und dafür bekomme man dann zwanzig Euro.

Das war die einzig gute und legale Möglichkeit, die aus den Gesprächen an diesem Abend hervorging, und so entschieden sich die jungen Leute kurzerhand, gleich am nächsten Morgen damit Geld zu verdienen.

Ein schrilles Klingeln riss Lara aus ihrem komatösen Zustand, der dank dem nächtlichen Alkoholkonsum bereits bis vierzehn Uhr anhielt. Völlig neben der Spur taumelte sie zum Fenster und traute ihren Augen kaum: Marc und David standen erwartungsvoll vor dem Fenster, und ein Grinsen auf beiden Gesichtern ließ sie vermuten, dass sie furchtbar aussehen musste. „Ich komme gleich, gebt mir fünf Minuten!", rief Lara den beiden Jungen zu.

Eine halbe Stunde, zwei Rollmöpse und eine Zigarette später stand sie auf wackeligen Beinen neben ihren Freunden. Guter

Dinge machten sich die drei auf den Weg zum Roten Kreuz, um Geld zu verdienen.

Unterwegs versuchte Lara, den schwarzen Kajalstrich, der am vorigen Abend sicherlich noch ihr Augenlid verziert hatte, irgendwie von der Wange zu wischen und ihre Haare mithilfe einer Spange annähernd zu einer anständigen Frisur zu bändigen. Kurz bevor sie ankamen, bemerkte Lara plötzlich, wie durstig sie eigentlich war. Marc half ihr mit einer angefangenen Cola-Flasche aus, die er seit zwei Wochen im Auto spazieren fuhr. Das braune Getränk schmeckte widerlich und bescherte Lara eine Gänsehaut.

„Sorry, die hat schon ein paar Tage zu lange in der Sonne gelegen, aber etwas anderes habe ich leider nicht!", entgegnete ihr Marc mit einem entschuldigenden Lächeln.

„Na toll!", dachte sich Lara, denn es reichte ihr schon, dass sie furchtbar aussah; und nun verspürte sie auch noch einen ekelerregenden Geschmack im Mund. „Ich brauche unbedingt einen Kaugummi, sonst lässt mich dort noch nicht mal jemand rein", entgegnete Lara den beiden Jungen. Nach zweimaligem Durchsuchen ihrer Handtasche fand sie ein „Fisherman's Friend" und gab sich damit zufrieden.

Marc parkte das Auto in der Tiefgarage, und zusammen eilten sie zum Fahrstuhl. Kaum öffnete sich die Tür, schossen Lara Tränen in die Augen. Sie hatte ganz vergessen, wie scharf diese Dinger waren.

„Sind sie zu stark, bist du zu schwach!", murmelte David und konnte sich ein Lachen nicht verkneifen.

„Haha, selten so gelacht!", erwiderte ihm Lara ein wenig streitlustig. Irgendwie fühlte sie sich noch immer ganz schön fertig.

Nachdem sich alle drei angemeldet hatten, mussten David und Lara sich noch einer medizinischen Untersuchung unterziehen, damit man feststellen konnte, ob sie als Spender geeignet waren. Auf die Frage, ob sie in den letzten vierundzwanzig Stunden Alkohol getrunken hatte, entgegnete Lara mit schlechtem Gewissen, aber durchaus überzeugend: „Natürlich nicht, ich weiß doch, dass man vor einer Plasmaspende nichts trinken darf." Lächelnd kaufte ihr die Ärztin diese Lüge ab und erklärte Lara zum perfekten Spender.

Gleich darauf wurde sie in einen riesigen Raum geführt, in denen gefühlte vierzig Leute lagen, wahrscheinlich sah Lara aber noch immer doppelt, und es waren in Wahrheit nur zwanzig. Auf einer freien Liege neben einem bärtigen Mann, der vollkommen in sein Buch vertieft war, nahm Lara Platz.

Die Nadel war ihrer Ansicht nach viel zu dick, doch die Stärke sei normal, weil schließlich das Plasma durchfließen musste, ließ sie sich von der netten Schwester erklären.

Eine Dreiviertelstunde dauerte die ganze Prozedur, und langsam wunderte sich Lara, dass sie weder David noch Marc entdecken konnte.

Zum Schluss wurde ihr noch Kochsalzlösung gespritzt, und Lara fühlte sich wie auf Wolken. Nicht nur ihr rechter Arm war total kalt und taub, sondern auch ihre Lippen. Wahrscheinlich war das kein gutes Zeichen, doch es fühlte sich so gut an, dass sie niemandem Bescheid gab.

Eine junge Schwester zog die Kanüle aus ihrem Arm und verpasste Lara ein Pflaster, doch da der Einstich heftig nachblutete (was wahrscheinlich an der Aspirin-Tablette lag, die nötig gewesen war, um überhaupt auf die Beine zu kommen), musste sie noch warten und verband Lara erst zehn Minuten später den Arm.

Nach über einer Stunde taumelte sie endlich aus dem Saal und erblickte sofort die beiden Jungs. Mit verschränkten Armen und dem Anschein nach schmollend empfingen sie Lara.

„Hab ich irgendwas verpasst? Ihr seid doch nicht sauer auf mich, oder?", wollte sie von ihren Freunden wissen.

„Lara, haben sie dich nicht gefragt, ob du in den letzten vierundzwanzig Stunden Alkohol getrunken hast?", fragte David und schaute sie verwundert an.

„Doch haben sie, aber ihr habt es doch nicht etwa zugegeben? Prima, da habe ich als einziges Mädchen mal wieder die Hosen an", schnaubte Lara und konnte es nicht fassen. Kaum ließ sie sich in einen der Stühle sinken, standen ihre Freunde auf und wollten nach Hause fahren. „Na gut, warum nicht?", dachte Lara, die sich dank der Kochsalzlösung prima fühlte, als könnte sie Bäume ausreißen. Also ignorierte sie die Mindestzeit von fünfzehn Minuten, die man einhalten sollte, um zu Kräften zu kommen, und lief los. Im Fahrstuhl angekommen, lächelte sie beide an und lud sie auf einen Bagel und einen Milchkaffee ein.

In Gedanken sah sich Lara schon vor der großen Theke stehen und konnte sich zwischen all den leckeren Sachen mal wieder nicht entscheiden. Aber wie Lara sich kannte, würde sie wahrscheinlich wie immer einen Cookie mit weißer Schokolade und einen Karamell-Latte-Macchiato wählen. Sie war schon ganz aufgeregt und bemerkte erst jetzt, wie hungrig sie eigentlich war: Seit dem vorherigen Abend hatte Lara, außer die am frühen Nachmittag nötigen Rollmöpse, nichts mehr gegessen.

Gerade als sie Marc wissen lassen wollte, wofür sie sich gedanklich entschieden hatte, öffnete sich die Fahrstuhltür. Ein gut aussehender Mann, der wohl eher geschäftlich unterwegs war, wie man wegen seines teuren Anzugs annehmen konnte, wollte sofort in den Fahrstuhl stürmen, als er gerade noch rechtzeitig die drei Freunde bemerkte. Geduldig wartete er, bis erst Lara und anschließend die Jungen ausgestiegen waren. Sofort fiel ihr auf, wie er sie musterte, und eben wunderte sie sich noch, wieso er das tat, als sie auch schon benommen auf den erstbesten Betonbalken lostaumelte.

Mit voller Wucht stieß Lara mit der Stirn gegen den kalten Pfeiler. Sie schaffte es gerade noch, sich um hundertachtzig Grad zu drehen, doch die drei, denen sie eigentlich genau gegenüberstand, sah sie schon nicht mehr und fiel bewusstlos nach vorn. Dabei landete Lara unglücklich auf ihrem Kinn. Ihre Arme, mit denen sie sich hätte abfangen wollen, hingen ihr leblos an den Seiten herunter und verweigerten ihre Dienste. Vom Aufprall selber, ob vom ersten gegen den Betonpfeiler oder später vom zweiten auf den Boden, bekam Lara schon lange nichts mehr mit.

Ihre Freunde standen völlig fassungslos und wie versteinert da. Keiner hatte bisher auch nur einen Mucks von sich gegeben oder sich in irgendeiner Weise geregt. Der Einzige, der zu sich kam und die Situation erkannte, war der Geschäftsmann. Wie ferngesteuert eilte er auf die am Boden liegende Lara zu und schaute sofort nach ersten erkennbaren Verletzungen. Als ihm die blutende Platzwunde über der rechten Augenbraue auffiel, rief er den Jungen zu, sofort einen Arzt zu holen.

Marc strich sich nervös durch die Haare und wurde allmählich Herr seiner Sinne. David stand noch immer erstarrt da und zuckte erschrocken zusammen, als sein Freund ihn plötzlich anstieß.

Marc schickte David weg, um jemanden zu Hilfe zu holen, und setzte sich zögernd Richtung Lara in Bewegung. Zusammen versuchten die zwei, das bewusstlose Mädchen zu wecken, doch sie reagierte nicht, und ihre Arme und Beine lagen leblos auf dem Boden.

David war schon eine Weile verschwunden, und langsam wurden Marc und der Geschäftsmann ungeduldig. Als der Junge es nicht länger aushielt, nahm er seine Freundin mit beiden Armen vor die Brust und hob sie vom Boden auf. Jetzt, da er langsam wieder die Kontrolle über sich zurückgewann, bemerkte er, dass sie nicht mehr allzu lange warten sollten. Schließlich war Lara schon seit einigen Minuten bewusstlos und machte nicht im Geringsten Anstalten, wieder aufzuwachen.

Keine drei Schritte später stellte Marc erschrocken fest, dass sie nicht mehr atmete, und fiel sofort auf die Knie. Vorsichtig legte er dass leblose Mädchen wieder auf dem kalten, ölverschmierten Boden ab, um es zu reanimieren. Dabei bemerkte er, dass Laras Zunge nach hinten in den Rachen gerutscht war und sie wahrscheinlich deswegen nicht atmen konnte. Mit der einen Hand riss er Laras Unterkiefer nach unten und mit der anderen wühlte er ihr planlos im Mund herum, bis er erfolgreich ihre Luftröhre von der Zunge befreit hatte.

Erwartungsvoll blickten beide in das nun schon bläulich verfärbte Gesicht und warteten ihren ersten Atemzug ab, doch der ließ auf sich warten. Als Lara ihnen nicht schnell genug wieder anfing zu atmen, schwang sich der Geschäftsmann auf sie und begann, ihre linke Brust zu quetschen.

In jedem Ersthelfer-Kurs wäre er damit jämmerlich durchgefallen, doch bei Lara hatte er Erfolg. Gerade als er sich mit seinem Mund ihren Lippen näherte, konnte sie durch ihre noch immer offenen Augen wieder etwas erkennen und war sogleich schockiert. Ihr Kopf musste wohl einiges abbekommen haben, denn Lara konnte sich an überhaupt nichts erinnern. Das Letzte, was sie noch wusste, war, dass sie die Jungs nach erfolgreicher Spende zum Kaffee eingeladen hatte. Nun lag sie plötzlich mitten in der Tiefgarage auf dem Boden, ein fremder Mann saß auf ihr, dessen Hände noch immer auf ihrer Brust verharrten, und jetzt wollte er sie ganz offensichtlich küssen. Entsetzt schrie Lara auf und blickte sich Hilfe suchend nach ihren Jungs um.

Sofort eilte Marc auf die beiden zu und versuchte, Lara zu beruhigen. Der Geschäftsmann war beim ersten Schrei entsetzt von dem Mädchen gesprungen und hielt nun einen Sicherheitsabstand von gut zwei Metern.

Kaum war die erste Aufregung vorbei, kam David um die Ecke gerannt. Marc wollte sofort wissen, wo der Arzt blieb, da schnappte sein Freund nach Luft und erklärte schwer keuchend, dass er keinen gefunden hatte.

Der arme Kerl war so schockiert gewesen, dass er planlos in der Tiefgarage umhergelaufen war, ohne wirklich zu wissen, was er als Erstes tun sollte, geschweige denn, wohin er eigentlich gehen musste.

Lara versuchte derweil, ihr Zittern und die damit offensichtlich verbundene Angst zu unterdrücken, doch das fiel ihr unglaublich schwer.

Der Mann stand noch immer wie angewurzelt da und beobachtete das Geschehen aus sicherer Entfernung. Ganz geheuer war ihm die Angelegenheit nicht, denn er schien fast noch mehr Angst zu haben als Lara. Marc erkannte die Situation und ging auf ihn zu, um sich für seine schnelle Hilfe zu bedanken, und versicherte ihm, dass sie nun auch ohne ihn zurechtkommen würden. Zum Schluss entschuldigte er sich noch einmal in Laras Namen und schob ihre Reaktion auf den Schock, den sie offensichtlich erlitten hatte. Der Geschäftsmann schien damit einverstanden zu sein und lief auf den Fahrstuhl zu. Erleichtert atmete er auf, als sich die Türen öffneten und er dem Szenario entkommen konnte.

Völlig irritiert schaute Lara in zwei leere Gesichter. Ihr gingen Tausend Gedanken durch den Kopf, doch nichts schien auch nur annähernd irgendeinen Sinn zu ergeben. Sie konnte keinen klaren Gedanken fassen.

Gerade als sie die Angst wieder packte und ihr dicke Tränen über die noch immer blassen Wangen kullerten, kam Marc mit sicheren Schritten auf sie zu und nahm das völlig verstörte Mädchen in den Arm. Langsam und geduldig erklärte er Lara, was passiert war: dass sich im Fahrstuhl plötzlich ihre Augen verdreht hatten und sie ihm etwas Unverständliches zugemurmelt hatte. Als sich die Türen öffneten, sei sie wie ferngesteuert in die Tiefgarage getaumelt und gegen einen Betonpfeiler gestoßen. Keiner hatte sie auffangen oder stützen können, weil alles viel zu schnell ging. Der Mann, der in den Fahrstuhl steigen wollte, sei zu Hilfe geeilt, und als Lara wieder zu sich gekommen sei, habe sie sich sehr erschrocken, weil sie die Situation falsch wahrgenommen hatte.

Wirklich viel verstand Lara nicht, aber dass nun alles in Ordnung war und sie keine Angst mehr haben musste, hatte sie begriffen. Gerade als Lara wieder lachen konnte, schockierte Marc sie mit der Nachricht, dass sie sicherheitshalber lieber ins Krankenhaus fahren sollten.

„Wieso das denn?", wollte Lara ängstlich wissen. „Mir geht es doch gut! Das war nur der Schreck. Wirklich wehgetan habe ich mir doch nicht!" An Marcs Reaktion erkannte Lara, dass sie damit anscheinend falsch lag. Sie verspürte einen unaufhörlichen Drang nach etwas zu trinken. Er war fast so stark wie der Drang, sich im Spiegel zu sehen. Da ihr keiner der beiden die widerliche Cola geben wollte, betrachtete sich Lara erst einmal im Seitenspiegel von Marcs Auto. Was ihr da ängstlich entgegenblickte, schockierte sie so sehr, dass ihr abermals die Beine versagten und sie drohte, ein zweites Mal ohnmächtig zu werden.

Gerade noch rechtzeitig kam David ihr zu Hilfe und stützte seine Freundin. Zusammen setzten die beiden Jungen Lara in das Auto und gaben ihr leichte Klapse, damit sie nicht wieder das Bewusstsein verlor. David konnte Lara mit vertrauensvoller Stimme recht schnell beruhigen, und kurz darauf unternahm das Mädchen einen zweiten Versuch, sich genauer im Spiegel anzuschauen; dieses Mal jedoch, ohne gleich wieder bewusstlos zu werden. Langsam konnte auch Lara nachvollziehen, wieso die zwei sie unbedingt in ein Krankenhaus bringen wollten, und willigte ein.

Nach der Erstversorgung im Notfallzentrum wurde Lara in die Uni-Klinik gefahren. Dort angekommen, versüßte sie ihren zukünftigen Zimmernachbarinnen und deren Familienangehörigen mit einem unfreiwilligen Striptease den Tag: Kaum wurde sie auf ihr Bett gesetzt, begann eine Krankenschwester damit, sie mechanisch auszuziehen, und schickte dafür den Besuch der Zimmergenossinnen für einen Moment nicht einmal aus dem Zimmer. Bevor Lara auch nur realisieren konnte, wie ihr geschah, war sie bis auf ihren Slip völlig nackt. Viel bekam sie sowieso nicht mit, weil die Schmerzmittel sie derart zudröhnten, dass sie nur so vor sich hin lächelte. Das Einzige, worauf sie sich halbwegs konzentrieren konnte, war ihr BH, der an ihrem linken Arm baumelte. Vorerst würde er dort wohl auch bleiben, denn durch den Tropf, der mit einer Kanüle an Laras Arm verbunden war, konnte ihr die Schwester den BH gar nicht abnehmen. Kaum wunderte sich das schwache Mädchen, weshalb die Krankenschwester sie ohne ihre Erlaubnis überhaupt auszog, da verlor sie schon wieder den Faden und lächelte zufrieden vor sich hin. Wenn nicht das Krankenhauspersonal Lara ausgezogen hätte, hätten es wahrscheinlich die Opas in Gedanken für sie getan.

Nachdem die Schwester für zwei Minuten verschwunden war, kam sie mit einem weißen, gepunkteten Stück Stoff zurück und zog es Lara mehr schlecht als recht über. An Laras linkem Arm, wo der Tropf angeschlossen war, hing ihr die Krankenschwester das Hemdchen halbherzig über, welches bei der kleinsten

Bewegung verrutschte und erneut ihre Brüste entblößte. Doch das schien die Schwester nicht zu stören. Sie war wahrscheinlich noch eine von der alten Schule und hatte FKK als eine Lebenseinstellung verinnerlicht.

Unruhig flüsternde Stimmen rissen Lara aus ihrer Traumwelt. Langsam öffnete sie mühevoll ihre schweren Augen. Nach einigem Blinzeln wurden die Bilder immer klarer, und plötzlich erblickte Lara das sorgenvolle Gesicht ihres Vaters Christoph. Noch nie zuvor hatte sie ihn derart schockiert gesehen.

Laras Platz- und Schürfwunden im Gesicht sahen durch das desinfizierende Jod noch schlimmer aus. Weil sie nicht in der Lage war zu sprechen, rang sie sich ein müdes Lächeln ab, was ihrem Vater zu verstehen geben sollte, dass es ihr gut ging.

Auf einmal hörte sie ihre Mutter Marleen und bemerkte langsam, dass diese während der ganzen Zeit auf sie einredete. Leicht verwirrt drehte sie ihren Kopf und blickte in das zornige Gesicht ihrer Mutter. Lara war völlig verstört, denn ihre Auffassungsgabe war anscheinend noch immer getrübt. Sie brauchte einige Zeit – länger, als die Geduld ihrer Mutter es zuließ –, um zu verstehen, was gerade vor sich ging. Marleen schien sich über etwas furchtbar aufzuregen, doch Lara konnte ihr nicht folgen und schaute Hilfe suchend zu ihrem Vater. Mit beruhigendem Blick schaute Christoph seine Tochter an und versicherte ihr, dass alles wieder gut werden würde. Endlich verstand Lara einige Zusammenhänge und hörte Marleen schimpfend fragen, wie lange Lara schon heimlich rauchte. „So ein Mist!", dachte sich Lara. Ihre Eltern mussten wohl in ihrer Tasche die angefangene Schachtel Lucky Strike gefunden haben. Ein Grinsen konnte sich Lara trotzdem nicht verkneifen, und erschöpft schloss sie wieder ihre müden Augen.

Der Krankenhausaufenthalt war eine der furchtbarsten Erfahrungen, die das Mädchen bis dahin in ihrem Leben sammeln musste. Lara hatte den ganzen Tag noch nichts gegessen, und weil man nicht wusste, ob eine OP eventuell noch folgte, gab es die ersten zwei Tage nichts zu essen. Stattdessen erhielt sie jedoch die volle Dröhnung durch den Tropf, allerdings nur bis zum ersten Morgen.

Die Nachtschwester hatte es versäumt, den Tropf zu kontrollieren. Plötzlich spürte Lara ein furchtbares Ziehen und Kneifen in ihrem linken Arm. Mit Entsetzen stellte sie fest, dass der Beutel mit der Kochsalzlösung leer war und sich nun mit Blut füllte. Panisch benutzte Lara die Notklingel, und in Gestalt von Schwester Michele kam ihr jemand zu Hilfe. Sie befreite das arme Ding von der Kanüle, und gerade als sich Lara bei ihr bedanken wollte, fiel ihr der schrecklich behaarte Unterarm der Krankenschwester auf. Fast hatte sie gedacht, sich vorhin versehen zu haben, und ein Pfleger wäre ihr zu Hilfe geeilt. Doch sie hatte sich nicht geirrt, denn nun blickte Lara in ein sehr hübsches Frauengesicht mit beruhigenden Augen. Sie hörte die Schwester noch sagen: „Du musst dir keine Sorgen mehr machen!", bevor sie die Augen wieder vor Erschöpfung schloss.

Am nächsten Tag wurde Lara jedoch unsanft geweckt. Die Morgenvisite stand auf dem Programm, und von einer OP war nun keine Rede mehr. Strengste Bettruhe und viele Schmerzmittel wurden ihr verordnet. Nach der Visite verspürte sie das erste Mal den Drang, zur Toilette gehen zu müssen. Weil sie aber zu schwach zum Aufstehen war, klingelte sie nach einer Schwester.

Keine Minute später stand ein junges Mädchen in der Tür und wollte ihr mit einer Bettpfanne aushelfen. Sofort protestierte Lara, denn erst hatte sie ihre Zimmergenossinnen mit dem unfreiwilligen Striptease unterhalten müssen, und nun sollte sie vor allen am helllichten Tage in eine Pfanne pinkeln? Das ging ihrer Ansicht nach nun wirklich zu weit. Lieber verkniff sich Lara das Bedürfnis, bis es nicht mehr ging, als in eine Pfanne zu urinieren.

Die junge Pflegerin stellte sich als Nina vor, welche sich im zweiten Lehrjahr zur Krankenschwester befand. Sie war in etwa in dem gleichen Alter wie Lara und konnte sehr gut nachvollziehen, wie sie sich fühlen musste. Heimlich flüsternd fragte sie die Patientin, ob sie in der Lage sei aufzustehen. Sicher war sich Lara nicht, aber die zwei anderen Möglichkeiten wären die Pfanne oder ein Katheter gewesen. Völlig überzeugend nickte Lara etwas übertrieben und lächelte Nina dankbar an.

Auf wackeligen Beinen schleppte sie sich, auf die junge Krankenschwester gestützt, ins Bad. Nach erfolgreicher Mission fiel sie erschöpft wieder ins Bett und versank in einen tiefen, erholsamen Schlaf.

Nach drei Tagen hielt sie es nicht mehr länger im Krankenhaus aus und bettelte ihre Mutter flehend an, sie mit nach Hause zu nehmen. Lara drückte den Altersdurchschnitt in diesem Zimmer auf gerade mal sechzig Jahre. Sie war mit großem Abstand die Jüngste. Neben einer achtundvierzigjährigen Frau teilte sie sich das Zimmer mit vier alten Damen, alle über achtzig. Nachts konnte sie nicht schlafen, weil monotones Schnarchen aus allen Winkeln des Zimmers zu hören war. Tagsüber durfte sie weder Musik hören noch lesen, geschweige denn Fernsehen, da das Schädel-Hirn-Trauma und die Ärzte es ihr verboten. Lara war völlig übermüdet, und die andauernde Hitze machte ihr zusätzlich zu schaffen. Nachdem sie Marleen über zehn Minuten angefleht hatte, stimmte ihre Mutter endlich zu und unterschrieb die Papiere für eine Entlassung auf eigene Gefahr. Lara wusste nicht genau, ob ihre Argumente wirklich so überzeugend waren. Vielmehr lag es wohl daran, dass Marleen einfach Angst hatte, ihre Tochter könnte heimlich im Krankenhaus, ohne ihre Aufsicht, weiterrauchen. Dies tat Lara dann auch, zwar nicht im Krankenhaus, jedoch heimlich zu Hause im Garten.

Nachdem sie noch drei Tage völlig flach gelegen hatte, ging es ihr am darauf folgenden Tag schon viel besser. Jeden Morgen nach dem Frühstück gab es ihre tägliche Dosis Schmerzmittel, und dann ging sie in den Garten, wo David sie schon auf der Hollywoodschaukel erwartete.

Die nächsten drei Wochen, in denen sie noch krankgeschrieben war, verbrachten die beiden jeden Tag schwatzend in der Sonne.

Sie waren seit sechzehn Jahren die besten Freunde und sahen sich beinahe jeden Tag, trotzdem hatten sie sich immer etwas zu erzählen. David war mehr wie ein zweiter großer Bruder als nur ein guter Freund.

Als er vier Jahre alt war, waren seine Familie und er in das Nachbarhaus gezogen, und seitdem waren Lara und er unzertrennlich.

3.

Laras Mutter konnte den Unfall ihrer Tochter nur schwer verkraften, denn ihrer Meinung nach hatte Lara wieder einmal zu verantwortungslos gehandelt.

Christoph und Marleen erzogen ihre Kinder von klein auf sehr selbstständig. Jedoch vertraute Lara zu gern auf ihr Bauchgefühl und widersetzte sich ständig Regeln und Anweisungen, die sie nicht für richtig hielt. Sie hatte nicht viele Aufgaben im Haushalt, weil die ständigen Wettkämpfe und Trainingseinheiten sie die meiste Zeit über davon abhielten, zu Hause zu weilen.

Inmitten ihrer Pubertät eskalierte wieder einmal ein Streit zwischen Lara und ihren Eltern, als es darum ging, wie lange sie auf einer Party bleiben durfte. Marleen suchte sich Rat bei ihrer langjährigen Freundin und Nachbarin Cora. Diese hatte bereits zwei erwachsene Töchter und somit viel Erfahrung bei der Erziehung von pubertierenden Mädchen.

Zu Laras 14. Geburtstag beschlossen Marleen und Cora, dass es für das junge Mädchen sehr lehrreich wäre, wenn es ein bisschen mehr Verantwortung übernehmen würde. Lara war sofort aus dem Häuschen und rechnete mit einem neuen Haustier. Jedoch sollte es diesmal, wenn möglich, ein größeres Tier sein, da der Garten zu dieser Zeit schon als „Friedhof der Kuscheltiere" durchgehen konnte. Schuld daran waren etliche kleine Nager. Denn seit ihr großer Bruder Ben in die Grundschule ging, bekam jeder von ihnen einen Hamster – als erzieherische Maßnahme, sozusagen.

Nach einem Besuch bei Paul, dem Cousin von Lara und Ben, hielten es Marleen und Christoph für angebracht, ihren Kindern durch die Betreuung eines eigenen Haustieres mehr Verantwortung zu übertragen.

Paul war ein Jahr jünger als sie, und dies nutzte Ben in vollen Zügen aus. Meist stiftete er fragwürdige Spiele an, denen Lara und Paul zum Opfer fielen.

Beim letzten Mal landete ihr kleiner Cousin im Krankenhaus, und nachdem ihm der Magen ausgepumpt werden musste, war es den dreien strengstens verboten, alleine im Garten zu spielen. Lara war noch zu jung gewesen, als dass sie die ganze Aufregung um Pauls Gesundheit hätte verstehen können.

Nachdem ihr Cousin mit dem Roller gestürzt war, hatte Ben die Idee für ein passendes Spiel. Lara wurde zur Krankenschwester ernannt, er selbst nahm die Position des Chefarztes ein, und Paul war natürlich der Patient. Nachdem sie ihn lautstark mit Sirenengeheul in das „Krankenhaus" gefahren und auf die Wiese, direkt neben einen Ameisenhaufen, gebettet hatten, verordnete der Chefarzt dem armen Kerl eine Medizin. Diese sollte er alle vier bis sechs Stunden täglich einnehmen, doch zum Glück blieb es nur bei einer einmaligen Dosis. Paul hatte sich noch gewehrt, doch nachdem Ben ihm versichert hatte, dass Medizin niemals lecker schmecke und er den bitteren Saft endlich trinken solle, gab Paul nach und leerte die komplette Blumenvase in einem Zug. Lara verzog ihr Gesicht und schüttelte sich angeekelt mit den noch tropfenden Blumen in der Hand. Keine fünf Minuten später musste sich Paul übergeben und überforderte Chefarzt Ben damit völlig. Nachdem er erfolglos versucht hatte, dem Patienten mit Kräutern, inklusive Vogelbeeren, zu helfen, sah er seine missliche Lage ein und rief die Eltern unter Tränen zu Hilfe.

Eine halbe Woche verbrachte Paul danach noch im Krankenhaus und hatte seitdem eine Phobie gegen Ärzte und ein anormales Verhältnis zu Blumen.

Im Winter darauf spielten Lara, Ben und ihr Cousin mit dem neuen Haustier, das Paul als Geschenk für seine Tapferkeit von seinen Eltern bekommen hatte. Der Hase hieß Bertram, war schneeweiß und sah mit seinen roten Augen Angst einflößend aus.

Lara hatte noch nie zuvor einen Albinohasen gesehen und veranstaltete ein riesiges Theater, als Paul ihn aus dem Käfig nahm. Nachdem sie sich partout nicht beruhigte, sperrte ihr Cousin den armen Hasen wieder zurück. Ben hatte natürlich sofort eine großartige Idee, wie man trotzdem mit dem armen Ding spielen konnte.

Nachdem er Paul nach bunten Filzstiften gefragt hatte, gab er jedem einen Stift der Farbe seiner Wahl. Lara entschied sich für Blau, Paul für Grün und Ben für Rot. Nachdem sie die Kappen entfernt hatten, hielten die Kinder ihre Stifte von oben in den Käfig herein und scheuchten den armen Hasen von einer Ecke in die andere.

Innerhalb weniger Minuten war das komplette Fell auf dem Rücken mit grüner, blauer und roter Farbe verfeinert. Nachdem die Eltern die verdächtige Stille realisiert hatten, machten sie sich auf den Weg ins Kinderzimmer und konnten nicht glauben, was da vor sich ging: Der Albinohase sah aus wie ein lebendiges Kunstwerk von Picasso. Nachdem das Tier vergeblich versucht hatte, in die Filzstifte zu beißen, zierten sogar sein Gesicht blau-rot-grüne Streifen. Empört schrie Marleen auf, und erschrocken ließen alle drei die Stifte fallen.

Als sie wieder zu Hause waren, entschied das Familiengericht, dass Lara und Ben dringend mehr Verantwortung übernehmen sollten. Da Hausarrest und Fernsehverbot weniger erfolgreich waren, entschlossen sie sich, den Kindern eigene Haustiere zu kaufen, in der Hoffnung, sie würden sie nicht auch quälen.

Beide kümmerten sich aufopferungsvoll um ihre Hamster, was Marleen und Christoph erleichtert aufatmen ließ. Jedoch starben die kleinen Nager fast pünktlich zwei Jahre nach ihrem Kauf und wurden somit im Garten beerdigt. Allerdings folgten nach jedem Hamstertod etliche Krokodilstränen, bis eines von beiden Elternteilen entnervt nachgab und einem neuen Haustier zustimmte.

Diesmal, wurde befunden, sei es endlich Zeit für einen Hund, denn sie lebten in einem Haus mit großem Garten und in einer ruhigen Gegend mit einigen kleinen Wäldern.

Die zwei Frauen hatten jedoch ihre ganz eigenen Vorstellungen, die diejenigen Laras bei Weitem übertrafen. Cora hatte ein gutes Verhältnis zu ihrer anderen Nachbarin Hertha. Jene wohnte seit gefühlten achtzig Jahren in ihrem Haus, gleich neben dem von Marleen und Christoph. Sie kannte Laras Vater schon seit seiner Geburt und hatte das Gründen seiner eigenen Familie glücklich mitverfolgt.

Für alle Kinder in der Nachbarschaft war Hertha immer die nette alte Dame von nebenan, doch für Lara sollte sie in Zukunft zu einer ihrer wichtigsten Bezugspersonen werden.

Cora erledigte für Hertha seit vielen Jahren alle anfallenden Tätigkeiten, sei es das Waschen der Wäsche, das Einkaufen oder auch mal das Seelentrösten. Doch der Ausbau ihres eigenen Familienunternehmens kostete Cora allmählich immer mehr Zeit – Zeit, die sie nicht hatte, und so wurde die Idee geboren, Lara als ihre Nachfolgerin zu bestimmen.

Inmitten ihrer Pubertät musste sie sich ab sofort nicht nur mit Tampons, Jungs oder Pickeln auseinandersetzen, sondern auch mit Themen wie Altersdiabetes, Inkontinenz, Rollatoren oder dem Interessantesten von allem: Stuhlgang. Lara wusste überhaupt nicht, wie ihr geschah: Ihr Bruder hatte doch auch für keinen Opa „babysitten" müssen. Wie konnte Marleen ihr so etwas nur antun!

Hertha war ja wirklich nett und hatte immer ein Auge zugedrückt, wenn Lara zum fünften Mal hintereinander den Ball über den Zaun schoss oder heimlich Äpfel aus ihrem Garten klaute. Hertha war immer guter Laune und freute sich, Lara zu sehen. Im Gegensatz zu vielen anderen älteren Nachbarn war es ihr völlig gleich, wenn sie und ihr Bruder lautstark Hasche spielten oder herumtollten.

Doch von nun an sollte Lara regelmäßig nach ihr schauen und immer für sie da sein. Sie fühlte sich ganz einfach überfordert und wusste nicht, was wirklich auf sie zukommen würde. Wenigstens konnte Lara somit ihr Taschengeld etwas aufbessern, denn jede Woche erhielt sie von Hertha 15,– DM und nach dem Währungswechsel 7,50 €. Lara hatte gehofft, eine kleine Gehaltserhöhung zu bekommen, schließlich erledigte sie zu diesem Zeitpunkt schon seit ein paar Jahren Herthas Einkauf und alle anderen anfallenden Tätigkeiten. Doch ihre Hoffnungen blieben unerfüllt: Statt wenigstens 8,– € die Woche erhielt Lara von nun an 7,50 € und keinen Cent mehr, dafür jedoch eine Tafel Schokolade. Hertha liebte es, dem Mädchen dabei zuzusehen, wie es die Süßigkeit genoss. Doch für Lara war es mehr eine Qual, denn Hertha war erst zufrieden, wenn die ganze Tafel verspeist war. Wegen ihres Diabetes konnte die alte Dame nicht mehr so oft naschen, wie sie es früher immer gern getan hatte.

Einmal in der Woche einkaufen zu gehen, schien zwar nicht viel; wenn man jedoch mit dem Fahrrad durch das ganze Dorf gescheucht wurde, weil der Fleischer neben dem Gemeindehaus die beste Blutwurst hatte, der Bäcker am anderen Ende die leckersten Brötchen zubereitete und der Obst- und Gemüsehändler im Nachbardorf die frischeren Orangen anbot, dann geriet so ein Wocheneinkauf jedes Mal zur Tortur.

Zwei Jahre lang hetzte Lara also wöchentlich durch das ganze Dorf und noch viel weiter und kochte gelegentlich abends kleinere Mahlzeiten. Mit sechzehn Jahren konnte sie endlich ihren Mopedführerschein erwerben und war von diesem Moment an mit ihrer grünen Schwalbe unterwegs. Der Einkauf blieb weiterhin jedes Mal abenteuerlich, bereitete dem jungen Mädchen aber nun viel Freude. Dadurch hatte Lara auch mehr Zeit, doch anstatt eher wieder zu Hause zu sein oder sich mit Freunden zu treffen, verbrachte sie von jetzt an die gewonnene Zeit mit Hertha. Anfangs redeten sie nur über Belangloses, später über Alltägliches und allmählich über wirklich wichtige Sachen.

Mit sechzehn offenbarte Lara ihren Eltern, dass sie weder studieren noch ihr Abitur ablegen wolle. Marleen und Christoph waren mehr als schockiert.

Eine durchaus gute Schülerin war ihre Tochter seit dem Wechsel auf das Sportgymnasium zwar nicht, doch hin und wieder konnte man mit guten Noten rechnen. Lernen war nie ihre Stärke gewesen: Entweder hatte sie den Stoff im Unterricht gleich begriffen oder nicht. Dafür lernen würde sie jedenfalls auf keinen Fall.

Lara ging es jedoch nicht nur um die Schule, sondern vor allem um den Sport. Seit Jahren bereiteten ihr ihre Kniegelenke Probleme. Inzwischen war es so schlimm, dass sie weder Treppen steigen noch lange spazieren gehen konnte, ohne dass ihre Knie unaufhörlich schmerzten.

Bereits als sie vierzehn war, begannen die Beschwerden. Anfangs ignorierte Lara sie einfach, doch es wurde immer schlimmer, und nach Drängen ihrer Freundin Charly ging sie endlich zum Spezialisten. Der Arzt diagnostizierte Kniearthrose im Anfangsstadium, dies bedeutete: ab sofort kein Leistungssport mehr! Anfangs war das junge Mädchen sehr enttäuscht, doch dann wich ihr erstes Gefühl plötzlich einem anderen: Große Erleichterung machte sich in Lara breit. Der Arzt schrieb ihr eine Sportbefreiung für die nächsten vier Monate aus und fügte dem Attest einen DIN-A4-Zettel hinzu. Auf beiden Seiten waren etliche sportliche Einschränkungen aufgezählt. Von nun an waren für Lara Brustschwimmen, Fahrradfahren, Joggen und vor allem Judo für die nächsten Monate absolut tabu. Lara und Charly freuten sich riesig, denn endlich hatten sie etwas schwarz auf weiß, was ihrem Trainer sprichwörtlich die Kinnlade herunterfallen ließ. Doch es kam ganz anders, als die beiden Freundinnen es erwartet hatten.

Aufgeregt ging Lara fünf Minuten vor Trainingsbeginn zum Aufenthaltsraum des Judoclubs, um Arndt Folk ihr Attest sowie die Liste mit den Einschränkungen unter die Nase zu reiben. Doch statt sich alles in Ruhe durchzulesen und mit ihr darüber zu sprechen, schickte Laras Trainer sie in den Kraftraum, und zwar mit der Begründung: „Wenn du jetzt kein Judo machen darfst, dann musst du eben im Kraftraum schwitzen. Da gibt es mit Sicherheit mehr als genug Geräte, die nicht deine Knie belasten." Frustriert und mit einem Gefühl, völlig unverstanden zu sein, folgte Lara seiner Anweisung und fühlte sich ohnmächtiger als jemals zuvor.

Als Marleen ihre Tochter später abholte, fing Arndt Folk sie ab und spielte das Attest und alles andere herunter. Er überzeugte sie, Lara weitertrainieren zu lassen, schließlich hatte sie sich vor einigen Wochen erst für die Deutschen Einzelmeisterschaften qualifiziert und hätte großes Potenzial, auf dem darauf folgenden Wochenende Deutsche Meisterin zu werden.

Natürlich machte Lara ihrer Mutter an diesen und vielen darauf folgenden Abenden Vorwürfe, jedoch vergeblich. Marleen hatte sich vollends überzeugen lassen und war der festen Meinung, dass Arndt Folk, der schließlich einen Abschluss in Sportwissenschaften besaß, recht hatte.

Am nächsten Wochenende fuhren sie nach Hamburg; und trotz großer Schmerzen erkämpfte sich Lara einen großartigen dritten Platz und stieg nun im Kader auf.

Was anfangs für Enthusiasmus und unbändige Freude sorgte, entpuppte sich mit der Zeit als völliges Desaster: Sie musste von nun an noch mehr hungern, um in der Gewichtsklasse zu bleiben, an Wochenenden zu Kader-Lehrgängen fahren, mehr trainieren und vor allem noch mehr Zeit mit ihrem Trainer verbringen. Darunter litten vor allem ihre schulischen Leistungen, denn durch das ständige Hungern nahmen Laras Durchhaltevermögen und ihre Konzentrationsfähigkeit stetig ab. Klausuren musste sie verspätet nachschreiben, weil sie wieder mal drei oder vier Tage gefehlt hatte, um an wichtigen Kader-Lehrgängen irgendwo in Deutschland teilzunehmen. Ihre Freunde in- und außerhalb der Schule sah Lara immer seltener, und wenn sie doch mal etwas Freizeit hatte, war sie nur noch gereizt. Völlig verständlich, dass das junge Mädchen nach zwei Jahren mehr als genug davon hatte und endlich den Mut fand, der ihr zuvor gefehlt hatte, sich von allem loszureißen.

Ihren Eltern zu erklären, dass sie ihr Abitur nicht ablegen wolle, war, präzise gesagt, fast ein Ding der Unmöglichkeit. Wochen- und monatelang beschäftigte sie sich damit, wie und wann sie es ihnen am besten beibringen könnte. Lara hatte Ben schon vor einer ganzen Weile eingeweiht, und er war es auch, der ihr letztendlich Mut machte, den Eltern ihre Entscheidung mitzuteilen.

Laras Klassenlehrerin war natürlich die Erste, der Laras Veränderung auffiel. Sie suchte das Gespräch mit ihrer Schülerin, und zusammen entschieden sie sich für ein Treffen mit Marleen.

An einem Freitagabend saßen sie alle drei zusammen im Lehrerzimmer, Lara neben ihrer Mutter und ihnen gegenüber am

Schreibtisch Frau Heller, die Klassenlehrerin. Das gut durchdachte und organisierte Gespräch entwickelte sich jedoch ganz anders als geplant. Anstatt Marleen davon zu überzeugen, ihre Tochter vom Gymnasium zu nehmen, erreichte Frau Heller nur, dass Laras Mutter immer wütender wurde. Das Gespräch endete damit, dass ihre Lehrerin hilflos mitansehen musste, wie Marleen und Lara sich gegenseitig anschrien und diskutierten, bis beide hochrot anliefen. Letztendlich zog jeder beleidigt von dannen. So hatte sich Lara den Abend, an dem sie ihre Mutter überzeugen wollte, es sei besser, kein Abitur zu machen, nun wirklich nicht vorgestellt.

Zu Hause erzählte Marleen aufgebracht ihrem Mann, was sich Lara in ihrem pubertierenden Hirn so zusammenspann. Anstatt auf gleiche Meinung zu treffen, erlebte sie, wie Christoph seine verärgerte Frau davon überzeugte, mit ihrer Tochter eine Übereinkunft zu treffen: Wenn Lara ihren Eltern eine angemessene Lehrstelle vorweisen konnte, müsste sie das Abitur nicht ablegen, lautete die Idee.

Am Tag darauf klärten sich beiderseits die Fronten, weil Lara wieder einmal einen Wettkampf hatte und im Titelkampf so heftig mit ihrer Gegnerin zusammenstieß, dass sie sich eine heftige Beule über dem rechten Auge zufügte. Das Hämatom leuchtete nicht nur in den tollsten Farbfacetten, sondern beeinträchtigte auch ihr Sehvermögen. Für den Rest des Wochenendes hatte Lara einen sogenannten Tunnelblick, weshalb Marleen mehr als besorgt war und ihre Tochter von vorne bis hinten bemutterte.

Am Montag ging sie wieder wie gewohnt zur Schule, doch der Tag sollte mit einem Schrecken beginnen, der Lara beinahe an den Rand eines Nervenzusammenbruchs brachte.

4.

Mitten im Chemieunterricht öffnete sich plötzlich die Tür, und Frau Fröhlich, die Deutsch unterrichtete, trat herein. Nach kurzem Geflüster mit dem anwesenden Chemielehrer wurde Lara von ihr nach draußen gebeten. Irritiert, aber gut gelaunt folgte sie der Bitte.

Frau Fröhlich war eine ihrer Lieblingslehrerinnen, denn sie machte ihrem Namen meist alle Ehre und hatte eine sehr angenehme Art, mit Schülern umzugehen.

Auf dem Flur fragte Lara neugierig, weshalb sie mitkommen sollte, doch anstatt einer Antwort erhielt sie nur ein mitleidiges Stöhnen, auf das ein gezwungenes Lächeln folgte. Frau Fröhlich bat Lara erneut, ihr zu folgen. Etwas verwirrt und mit keinem guten Gefühl im Bauch kam das junge Mädchen der Bitte abermals nach. Während sie ihrer Lehrerin folgte, kam es Lara wie eine Ewigkeit vor, denn die Flure des Schulgebäudes schienen kein Ende zu nehmen.

Seit fast fünf Jahren besuchte sie nun diese Schule und hatte geglaubt, wirklich alle Ecken und Winkel dieses Komplexes zu kennen. Doch dort, wohin sie nun von Frau Fröhlich geführt wurde, war sie noch nie zuvor gewesen. Auch dies war ein Grund, der ihr ungutes Gefühl im Bauch verstärkte.

Nach drei Minuten, aber einer gefühlten Viertelstunde erreichten sie eine Tür, die Lara niemals zuvor gesehen hatte. Mit feuchten und zittrigen Händen, welche sie in ihren Hosentaschen versteckte, betrat Lara den Raum, nachdem ihr Frau Fröhlich die Tür geöffnet hatte. Was sie da erblickte, überraschte Lara und beunruhigte sie umso mehr. Eigentlich hatte sie sich gar nichts vorgestellt. Natürlich hatte Lara auf dem ganzen Weg gespürt, dass hier etwas nicht stimmte. Frau Fröhlich war im Moment alles andere als das, was ihr Name versprach. Ihr aufgesetztes, gequältes Lächeln verhieß nichts Gutes, aber vor allem ihre Augen hatten Lara Angst gemacht. So hatte sie ihre Lehrerin noch nie gesehen: voller Angst, Zweifel und Mitleid. „Was hat das alles zu bedeuten?", dachte sich Lara. Wenn es eine wichtige Meldung gab, die einen Schüler betraf, sagte diese die Sekretärin oder der Direktor selbst durch das Mikrofon, oder der betroffene Schüler wurde in der Pause persönlich angesprochen. Dass jedoch ein Schüler mitten im Unterricht gestört wurde und dann auch noch mitkommen sollte, ohne dass man im Vorfeld sagte, worum es eigentlich ging, konnte einem schon sehr komisch vorkommen. Sie überlegte fieberhaft, was sie nun erwarten könnte, und malte sich die schlimmsten Dinge aus. „Sagt man so einem Schüler, dass seine Mutter bei einem Verkehrsunfall schwer verletzt wurde und nun im Krankenhaus um ihr Leben kämpft oder dass der Vater bei einem Betriebsunfall ums Leben kam?", fragte sich Lara und versuchte krampfhaft, ruhig ein- und auszuatmen. Nein, auf diese Frage konnte und wollte sie sich keine Antwort geben, also strich sie diese Gedanken sofort aus ihrem Kopf und versuchte, positiv zu denken. In jenem Moment schloss Frau Fröhlich die Tür.

Lara war nun allein mit ihr und Frau Müller. Blitzartig schoss der Schülerin der Gedanke in den Sinn, dass Frau Fröhlich sie nicht nur in Deutsch unterrichtete, sondern auch die Vertrauenslehrerin war. Also musste etwas Schlimmes passiert sein, denn Deutsch war eines ihrer Lieblingsfächer, und Lara hatte ausgesprochen gute Zensuren. Über ihren Notenspiegel wollte hier sicherlich niemand mit ihr reden.

Allmählich wurde Lara schwindelig. Sie malte sich in Sekundenbruchteilen die schlimmsten und dramatischsten Situationen aus und verlor auf einen Schlag ihre gesunde Gesichtsfarbe, die bis eben noch vorhanden gewesen war. Frau Müller, ihre Russischlehrerin, schien die Veränderung bemerkt zu haben. Schnell stand sie auf, um die verwirrte Lara zu dem freien Sessel in der Mitte des Raumes zu begleiten. „Was ist hier eigentlich los?", wollte Lara sofort wissen. Doch statt eine Antwort auf ihre Frage zu bekommen, schauten sich die beiden Frauen ängstlich an und schienen selbst nicht zu wissen, was sie hier eigentlich verloren hatten. „Lara, wir müssen mit dir über eine sehr wichtige Sache reden, und du musst uns versprechen, nicht zu lügen, auch nicht, wenn du denkst, damit das Richtige zu tun."

Also spätestens jetzt verstand Lara nur noch Bahnhof, sie wollte endlich eine Erklärung. Doch sie riss sich zusammen, denn im ungeduldigen und aggressiven Ton konnte sie hier gar nichts erreichen, so viel war ihr mittlerweile klar. Also sammelte sie sich, zwang sich zu einem Lächeln, das mehr oder weniger einer Fratze glich, und fragte in einem ruhigen und klaren Ton: „Wieso sollte ich lügen? Ich weiß noch nicht einmal, weshalb ich eigentlich hier bin und wieso man mich aus einer Chemieklausur holt."

Frau Müller tauschte unsichere Blicke mit der Deutschlehrerin aus, nahm jedoch sofort allen Mut zusammen und fing an, das Mädchen mit Fragen zu löchern. „Sag mal, Lara, wie ist dein Verhältnis zu deinen Eltern? Versteht ihr euch gut? Wie geht es deiner Mutter, und wie habt ihr euch entschieden? Bleibst du auf dem Gymnasium, oder möchtest du uns immer noch verlassen?"

Nun schon sehr durcheinander, stellte Lara eine Gegenfrage, anstatt zu antworten: „Und wegen so etwas holen Sie mich aus dem Unterricht? Ihnen ist doch sicherlich klar, dass ich die Arbeit nachholen muss, und es ist nicht so, dass sie dadurch leichter für mich wird. Sie hätten doch auch bis zur Pause warten können und ich hätte Ihnen gern Rede und Antwort gestanden!" Genervt drehte Lara sich mit einer übertriebenen Geste weg, ihr glühte der Kopf, und neben all den chemischen Formeln machten sich nun auch Fragen in ihrem Kopf breit, für die sie gerade absolut keine Nerven hatte.

„Nun, Lara, es ist mir egal, dass du die Chemieklausur wiederholen musst! Es geht hier nicht um gute Noten, sondern um dein Wohlbefinden! Wir haben den dringenden Verdacht, dass es dir zu Hause bei deinen Eltern nicht gut geht."

Was Frau Fröhlich da von sich gab, brachte Lara nur noch mehr durcheinander. Was sollte das alles bedeuten? Ihr ging es doch sehr gut zu Hause. Klar gab es mal Streit oder Unstimmigkeiten, aber im Großen und Ganzen hatte sie ein großartiges Verhältnis zu ihren Eltern. Seit der Sache mit dem Attest verstanden sich Marleen und ihre Tochter mal mehr, mal weniger gut, aber Lara war schon immer ein Papakind gewesen. Sie hatte eben einen besseren Draht zu Christoph, was aber auf keinen Fall bedeutete, dass es ihr deshalb zu Hause nicht gut ging. Fast schon sauer, weil sie sich gedanklich zu rechtfertigen versuchte, wandte sich Lara an Frau Fröhlich: „Sie können beruhigt sein, mir geht es zu Hause sehr gut. Ich habe ein großartiges Verhältnis zu meinen Eltern und kann mich nicht beklagen. Ich verstehe, dass Sie mich um ein Gespräch bitten, denn als Vertrauenslehrerin ist es ja auch Ihre Pflicht, Dingen nachzukommen, die Ihnen komisch erscheinen. Aber warum ich deswegen eine wichtige Klausur abbrechen und Frau Müller dabei sein muss, verstehe ich nicht!" Fast schon tat ihr der Satz leid, denn es klang härter, als sie es wollte. Natürlich war Lara genervt und gereizt, sie wollte einfach zu verstehen geben, dass alles in Ordnung war. Frau Müller damit zu nahe zu treten, wollte sie jedoch auf keinen Fall.

„Lara, ich kann verstehen, dass du völlig durcheinander bist. Aber letzten Freitag, als ich mit deiner Klassenlehrerin Frau Heller sprach, erzählte sie mir von eurem missglückten Gespräch mit deiner Mutter. Es klang schon sehr übertrieben, was meine Kollegin mir da schilderte, aber auch nach mehrmaligem Nachfragen versicherte sie mir, dass es wirklich sehr schlimm gewesen sein muss. Und dann kommst du heute in meinen Unterricht mit grün und blau geschlagenem Gesicht, da musste ich nur eins und eins zusammenzählen und habe daraufhin Frau Fröhlich informiert. Zusammen haben wir entschieden, dass die Angelegenheit nicht warten kann. Du warst immer eine sehr gute Schülerin, doch seit über einem Jahr werden deine Noten immer schlechter, und ich weiß, dass du nicht dumm bist. Es liegt also nicht am Lernen oder weil du dem Stoff nicht folgen kannst, es muss einfach etwas anderes sein. Und es wäre nicht das erste Mal, dass bei solchen Vorkommnissen familiäre Probleme dahinterstecken."

Das war doch mal eine klare Ansage! Endlich hatte jemand das Kind beim Namen genannt. Erleichtert und fast schon belustigt, weil die Angelegenheit sich nun als Versehen entpuppte, fing Lara an zu lächeln. Langsam entspannte sich ihr Körper wieder. Nach all dem Stress der letzten zehn Minuten hatten sich ihr Magen und ihre gesamte Körperhaltung dermaßen verkrampft, dass sie wie ein verstörtes, in sich zusammengekauertes Mädchen auf dem großen Sessel gewirkt haben musste. Lara überlegte noch kurz, ob sie den beiden Frauen gleich Entwarnung geben oder sie noch ein bisschen im Unklaren lassen sollte. Die gesamte Situation erschien ihr völlig irrsinnig. Sie konnte dem ganzen Chaos nicht wirklich viel abgewinnen, wussten doch beide, dass sie Judo als Hauptsportart nachging und dabei schon des Öfteren Verletzungen davongetragen hatte. „Na, hoffentlich denken die zwei jetzt nicht, dass auch diese von meinen Eltern oder sonst jemandem stammen", überlegte Lara entsetzt. Schließlich hatte sie schon mehr als genug Unfälle erlitten, die vom Schädelhirntrauma über eine gebrochene Rippe, einen angebrochenen Ellbogen, gerissene Fingerkapseln bis hin zum gebrochenen und ausgekugelten Zeh reichten. Wenn also all diese Verletzungen mitgezählt würden und man dann vom letzten Freitag ausginge, wäre die Aufregung der beiden Lehrerinnen verständlich; aus dieser Perspektive hätte Lara sich auch so ihre Gedanken gemacht. Langsam, aber sicher konnte sie die beiden verstehen.

Lara gab den Frauen Entwarnung, indem sie versuchte, ihnen zu schildern, was sich am Wochenende ereignet hatte. „Hören Sie, ich habe wirklich ein gutes Elternhaus, weder mein Vater noch meine Mutter schlagen mich. Ich hatte am Wochenende einen internationalen Wettkampf, und die russischen Gegnerinnen sind alles andere als fair. Da kann es schon mal vorkommen, dass man sich verletzt. Ich bin doch nicht die Einzige, die so mitgenommen aussieht! Caro oder Alex sehen mindestens genauso aus, aber da sagt keiner etwas."

Überzeugt hatte Lara damit leider niemanden. Ihre Lehrerinnen schauten sie nur noch mitleidiger an, und langsam hatte sie das Gefühl, dass sie hier nicht so einfach wieder herauskommen würde.

„Lara, wir haben dich doch vorhin gebeten, ehrlich mit uns zu sein. Du musst hier niemanden schützen, wir wollen dir doch nur helfen! Natürlich ist uns klar, dass du einen Kampfsport ausübst und nicht Ballett oder Ähnliches. Doch der letzte Freitagabend gibt uns zu denken", ließ Frau Müller ihre mittlerweile wütende Schülerin wissen.

„Ich kann es nicht fassen: Wollen mir die Lehrer absichtlich nicht glauben? Ist es so langweilig hier, dass man auf Biegen und Brechen eine Geschichte aufdecken möchte, die es in Wirklichkeit nicht gibt? Ehrlich, das kann man echt nicht toppen, schlimmer kann es gar nicht werden", dachte sie sich und war kurz davor zu explodieren.

„Gut, Lara. Wir hatten gehofft, vernünftig mit dir reden zu können, doch du lässt uns leider keine Wahl. Wir müssen dich bitten, deine Sachen auszuziehen, damit wir dich auf noch weitere Verletzungen untersuchen können", sagte Frau Fröhlich beinahe drohend. Das musste ein schlechter Scherz sein. Lara fühlte sich ohnmächtig wie lange nicht mehr. Für sie stand felsenfest, dass sie sich hier definitiv nicht ausziehen würde.

Sie hatte eigentlich sehr wenige Schamgefühle, da sich Lara bereits seit dem Alter von vier Jahren zusammen mit anderen Mädchen in Umkleideräumen umziehen musste. Doch das hier war etwas ganz anderes; sich vor zwei Erwachsenen wegen eines Missverständnisses frei zu machen, kam für sie nicht infrage. Mit bebender Stimme sprach sie zu ihrer Lehrerin: „Bitte, Frau Fröhlich, lassen Sie mich doch erklären! Ich weiß, dass der Streit mit meiner Mutter letzten Freitag für viel Aufsehen gesorgt hat, doch die Verletzung über meinem Auge stammt wirklich von dem Wettkampf am Wochenende. Wenn Sie mir nicht glauben, fragen Sie meinen Trainer, der kann Ihnen das hundertprozentig bestätigen!"

Das hatte gesessen. Lara konnte förmlich spüren, wie es bei beiden hinter der Stirn anfing zu arbeiten, als würden Tausend kleinste Zahnrädchen in Bewegung gesetzt.

Nach wenigen Sekunden, die ihr aber wie langsam verstreichende Minuten vorkamen, ergriff Frau Müller das Wort: „Na gut, es ist ja sicherlich kein Problem, deinen Trainer telefonisch zu erreichen. Wenn er mir bestätigen kann, dass du dir die Verletzung am Wochenende beim Wettkampf zugezogen hast, brauchst du dich hier nicht weiter zu rechtfertigen." Endlich! Wenigstens eine von den beiden schien Lara zu glauben.

Nachdem Frau Müller mit dem Trainer gesprochen hatte, schien ihr die Situation mindestens genauso unangenehm wie Lara schon die ganze Zeit über. Mit einem entschuldigenden Blick schaute die Lehrerin kurz zu ihr herüber, um dann auf ihre Kollegin zuzugehen. Kurze Sätze und geheimnisvolle Blicke wurden ausgetauscht. Lara war es egal; sie wollte gar nicht so genau wissen, was die beiden da flüsterten. Vielmehr wollte sie ein einfaches Okay, sodass sie endlich von der unangenehmen Situation befreit würde. Keine zwei Sekunden später wurde Lara auch tatsächlich erlöst. Beiden Frauen war die Angelegenheit furchtbar peinlich, doch beharrten sie darauf, dass sie ja nur das Richtige tun wollten. Sie schlugen der Schülerin vor, dass sie alle am besten die Sache so schnell wie möglich vergessen sollten. Dies erwies sich auch für Lara als die angenehmste Lösung. Ihr war alles gleich, Hauptsache, sie konnte endlich gehen und musste nicht darüber nachgrübeln, wie sie aus so einer verfahrenen Situation wieder herauskommen sollte.

Nach diesem kleinen Schock folgte bald eine gute Neuigkeit: Marleen und Lara fuhren zusammen zum Arbeitsamt, um nach einer geeigneten Lehrstelle zu suchen.

Genaue Vorstellungen hatte das Mädchen nicht, wollte sie früher doch immer Germanistik und Sportwissenschaften studieren. Also nahm sie erst einmal an einem Eignungstest teil. Dieser sollte ermitteln, welcher Beruf am besten mit ihren Interessen zu vereinbaren war. Sicher war Lara sich nicht, weil jedes Mal eine Lehrstelle in der Apotheke herauskam.

Die Angestellte vom Arbeitsamt gab ihr eine Adresse von einer Apothekerin, die eine Lehrstelle anbot. Kurz entschlossen bewarb Lara sich dort, ohne genau zu wissen, was sie erwarten könnte. Nur wenige Tage später bekam sie telefonisch die Einladung zu einem Bewerbungsgespräch, welche sie natürlich gern annahm.

Das Gespräch verlief sehr gut, und Lara freute sich über die Chance, die sich ihr bot. Sie hatte zwar kleine Bedenken, ob sie den Anforderungen gerecht würde, aber am Ende entschied sie sich für die Lehrstelle. Das Wichtigste aber war, dass diese Ausbildung ihre Eltern überzeugte und sie nicht mehr gezwungen war, das Abitur abzulegen.

5.

Hertha war natürlich alles andere als begeistert darüber, dass ausgerechnet die gute Lara ihr Abi schmiss. Wie konnte das nur passieren? Aus ihr sollte doch etwas ganz Großes werden, und ohne Abitur ging heutzutage gar nichts mehr. Und dann auch noch der Sport! Wieso hörte Lara gerade dann auf, als sie am erfolgreichsten war? „Man soll aufhören, wenn es am schönsten ist!", sagte Lara jedes Mal in der Hoffnung, endlich mit dem Thema in Ruhe gelassen zu werden. Dass es nicht ganz der Wahrheit entsprach, störte sie kaum. Lara hatte es ganz einfach satt. Ihre gesamte Kindheit hatte sie mit Sport verbracht: Erst fünf Jahre lang Turmspringen, danach wechselte sie zum Judo. Nun, inmitten der Blüte ihrer Jugend, wollte sie einfach von allem frei sein. Sie hatte eine Lehre vor sich, die ihr sehr viel abverlangen würde, und da wollte sie die wenige freie Zeit nicht wieder nur dem Sport widmen. Es war Zeit, sich endlich richtig auszutoben.

Hertha entwickelte sich in der Zeit zu einer richtigen Ersatz-Oma. Sie waren mittlerweile ein eingeschworenes Team, und aus dem anfänglichen Small Talk entwickelten sich immer öfter richtig gute Gespräche. Ehe sie sich dessen versah, war ihr die alte Dame mindestens genauso sehr ans Herz gewachsen wie sie ihr. Lara legte viel Wert auf Herthas Meinung und befragte sie immer öfter zu Themen, die ihr zu peinlich waren, um sie mit ihren Eltern zu bereden. Vor allem aber half die alte Dame Lara über die schwere Zeit hinweg, in der sie immer wieder Streit wegen der Schule und des Sports mit ihren Eltern hatte.

Natürlich hatte Hertha sich recht schnell damit abgefunden, dass das junge Mädchen nun eine Lehre anstrebte und nicht weiterhin das Gymnasium besuchte. Sie war eigentlich die Einzige, die wusste, dass Lara das Richtige tat, und die Einzige, die sie in ihrer Absicht unterstützte. Jeder versuchte, es dem Mädchen auszureden, nur Hertha nicht. Auch wenn sie anfangs gar nicht mit Laras Entscheidung einverstanden war, konnte Lara sie jedoch recht schnell bei einem Gespräch überzeugen.

In der folgenden Lehrzeit war Hertha immer sehr stolz auf Lara und meinte, dass in ihr schon ein halber Doktor stecke. Anfangs schmeichelte es Lara, wie stolz die alte Frau auf sie war. Doch schon bald begann sie, sich zu schämen, wenn sie von der Apotheke erzählte, weil sie Hertha damit so sehr ins Schwärmen brachte. Sie konnte aber auch anders. Die alte Dame war zwar eine wirklich liebe und gute Seele, aber ihre direkte und manchmal zu ehrliche Art konnte einen auch schrecklich nerven.

Einmal brachte Lara eine Freundin mit nach Hause, da sie sich zum Eisessen verabredet hatten. Doch es war wieder Dienstag und somit Zeit, für die alte Dame einkaufen zu gehen. Lara schlug ihrer Freundin vor, sie einfach zu begleiten, denn meistens redete Hertha nicht so viel, wenn sie nicht alleine waren. Gesagt, getan: Die zwei Mädchen setzten ihr Vorhaben in die Tat um, doch es kam anders als geplant.

Lara brachte Hertha den Einkauf und stellte gleich darauf ihre Freundin Dani vor. Beide lächelten sich an und schüttelten sich die Hände. Dani war unkompliziert und kam mit jedem gut klar, daher wusste Lara schon vorher, dass auch Hertha sie mögen würde. Doch was jetzt passierte, konnte das junge Mädchen kaum glauben: Nachdem sie die beiden einander vorgestellt hatte, verschwand sie in der Küche, um den Einkauf wegzuräumen. Während sie die Sachen verstaute, unterhielten sich Hertha und Dani angeregt und schienen Lara nicht zu vermissen. Als Lara jedoch zurück in das Wohnzimmer ging, bekam sie gerade noch rechtzeitig mit, wie die alte Frau zu ihrer Freundin sagte: „Du bist aber ein liebes Mädchen, hilfst deiner Freundin beim Einkauf und bist so aufgeweckt! Das gefällt mir. Nun komm doch mal näher, ich würde dich gern richtig betrachten!"

Unsicher kam Dani der Bitte nach. Sie hatte gehofft, sie würden sich nun auf den Weg machen, denn Lara war offensichtlich mit dem Wegräumen fertig. Sie hatte sich den ganzen Tag darauf gefreut, Eis essen zu gehen. Sie hatte schon den Geschmack der süßen, kalten Creme und der ebenso leckeren Waffel auf der Zunge. In Gedanken entschied sie sich für zwei Kugeln Eis, eine mit Himbeer- und eine mit Tiramisu-Geschmack. Sie fuhr sich mit der Zunge über die Lippen, als hätte sie bereits an ihrem Eis geleckt. Na gut, viel konnte die alte Frau ja nicht von ihr wollen. Dani verließ den Sessel, auf dem sie die ganze Zeit Platz genommen hatte, um sich neben Hertha auf das Sofa zu setzen.

Hertha lächelte immer noch und sagte dann im heiteren Ton: „Hübsch bist du, aber auch ein bisschen dick. Vielleicht solltet ihr heute kein Eis essen, sondern lieber spazieren oder schwimmen gehen."

Nein, das konnte wirklich nicht wahr sein! Lara konnte es nicht glauben, sie musste sich einfach verhört haben.

Hertha war immer sehr ehrlich und behielt ihre Meinung selten für sich, doch ihr Umgang mit Menschen musste wohl, seit sie bettlägerig geworden war, sehr gelitten haben.

Purpurrot und alles andere als belustigt, stand Dani auf. Sie bedankte sich mit sarkastischem Unterton für die Einladung und verschwand so schnell, dass Lara gar nicht zu Wort kam.

Kopfschüttelnd ging sie auf Hertha zu: „Wieso hast du das getan? Sie ist eine sehr gute Freundin von mir, und ich wollte sie dir vorstellen. Doch statt dich nett mit ihr zu unterhalten, während ich den Einkauf wegräume, beleidigst du sie."

Hertha war sichtlich irritiert von Laras schlechter Laune. Sie verstand gar nicht, weshalb sie sich so aufregte: „Aber Mädchen, das war doch nur nett gemeint! Deine Freundin ist wirklich ein liebes Ding – und dann so pummelig! Da ist es doch nicht gut, wenn ihr noch Eis essen geht. Ich wollte ihr nur einen Tipp geben."

Lara gab entnervt auf, weil sie wusste, dass sie es nicht verstehen würde. „Hertha, ich weiß, dass es nicht böse gemeint war, aber Dani kennt dich doch gar nicht; wie soll sie wissen, dass du ihr nur einen Tipp geben wolltest? Versuch bitte das nächste Mal, wenn ich jemanden mitbringe, nicht so direkt zu sein!"

Entschuldigend, aber mit einem kecken Lächeln auf den Lippen, schaute Hertha Lara an und versprach ihr hoch und heilig, beim nächsten Mal etwas weniger forsch zu sein.

Zu Herthas 94. Geburtstag lud die alte Frau Lara mit Anhang zu Kaffee und Kuchen ein. Da Lara aber wieder einmal Single war, musste sie sich überlegen, wen sie mitnehmen könnte. Dani hatte dankend abgelehnt, und auch sonst konnte Lara niemanden aus ihrem Freundeskreis überzeugen, sie zu einem Geburtstag einer Vierundneunzigjährigen zu begleiten.

Verzweifelt erzählte Lara ihrer Mutter von dem Dilemma. „Wieso nimmst du Tim nicht mit? Er war schon viel zu lange nicht mehr hier. Warum eigentlich?", wollte Marleen von ihrer Tochter wissen.

Es war Lara immer sehr unangenehm, ihren Eltern zu sagen, dass sie sich mal wieder von einem Jungen getrennt hatte. Irgendwie war sie chronisch unfähig, eine intakte Beziehung zu führen. Meist lag es nicht an dem Jungen, mit dem sie gerade zusammen war. Es fehlte Lara einfach an Geduld, eine funktionierende Beziehung aufzubauen. Sobald sich etwas Ernsthaftes zwischen ihr und einem Jungen anbahnte, nahm sie den kürzesten Fluchtweg, der sich ihr bot, und suchte nach Ausreden, um die Beziehung schnellstmöglich zu beenden. Lara war es leid, doch sie hatte ehrlich keine Ahnung, warum sie schon immer Bindungsängste hatte.

Zu ihren Eltern hatte sie ein gutes Verhältnis: Christoph war für sie die wichtigste Bezugsperson, und seit Lara die Judokarriere beendet hatte, hatte sie auch zu Marleen einen guten Draht. Ihre Eltern waren auch nach über zwanzig Ehejahren noch immer glücklich verheiratet und lebten Lara eine ideale Beziehung vor. An ihnen konnte es also keineswegs liegen, dass ihre Tochter mit siebzehn Jahren noch immer vor jeglicher Verantwortung davonlief. Vielleicht konnte Lara keine engen Bindungen eingehen, weil sie zu große Angst vor einer Enttäuschung hatte. Oder es lag einfach an ihrer Experimentierfreude.

6.

Sportlerpartys waren immer schon die schlimmsten Feten gewesen, das wurde Lara bereits klar, als sie noch nicht einmal ihre erste Klassenfahrt auf dem Gymnasium hinter sich gebracht hatte. Ihre ersten sexuellen Erfahrungen sammelte Lara allesamt auf Partys, Klassenfahrten oder Kaderlehrgängen.

Eine der peinlichsten Aktionen, die Lara erlebte, passierte, als sie die zehnte Klasse besuchte und sie zum Skilager nach Österreich fuhren.

Alle Schüler bewohnten ein traditionelles Berghaus, das nicht weit vom Hang und Lift entfernt war. Jungen und Mädchen schliefen natürlich in getrennten Zimmern und auf verschiedenen Etagen. Die Lehrer kannten offensichtlich die berühmt-berüchtigten Partys und wollten nichts riskieren. Im oberen Stock waren die Mädchen untergebracht, und das gesamte Erdgeschoss bewohnten die Jungen. Bis 22.00 Uhr konnte sich jede/r aufhalten, wo es ihr/ihm beliebte, doch wehe der/dem, die/der danach irgendwo anders ertappt wurde!

Irgendjemand hatte Rum besorgt, und gegen zwanzig Uhr fingen Lara und einige ihrer Freunde an, diesen zu trinken. Nach nur dreißig Minuten rief Alex: „Isch liebe Rumm!", kippte von der Bettkante, auf der er bisher saß, und fing sich unglücklich mit der Stirn ab. Regungslos blieb er liegen.

Charly stürzte besorgt auf den ohnmächtig daliegenden Jungen zu und drehte ihn auf den Rücken. Sie schüttelte ihn heftig an seinen Schultern, doch Alex blieb stumm und rührte sich nicht. Alle starrten gespannt zu den beiden hinüber und warten darauf, dass ihr Klassenkamerad einen Mucks von sich gab. Charly tätschelte derweil sein Gesicht und öffnete mit zittrigen Händen gewaltsam seine Augen. „Er lebt!", schrie sie mitten in die Runde, und sofort erntete sie ein synchrones „Sschhh!!!" von den Freunden.

„Gut, einer weniger, heißt: mehr Rum für uns!", lachte Chris und führte die Flasche zum Mund, um einen großen Schluck daraus zu nehmen.

Schon reichlich angetrunken fing Lara an, Levi heimlich unter sein T-Shirt zu fassen. Peinlich war es ihr auf keinen Fall, nur hatte sie Angst, jemand könnte es bemerken und auch auf den Geschmack kommen und am besten gleich mitmachen – eine Sache, die sie bei Sportlerpartys nie verstand: Jeder wollte mit jedem, und meistens näherte sich auch jeder jedem sexuell, aber am besten wollten dies alle gleich zusammen tun. Für Lara war das nichts. Sie war zwar schon immer sexuell sehr aufgeschlossen und aktiv, aber Gruppensex zählte absolut nicht zu ihren Erfahrungen, und dahingehend wollte sie auch keine machen.

Levis Brustwarzen waren steinhart, und das Piercing an einer der beiden fühlte sich kalt und ungewohnt an. Doch der Rest seines Körpers war heiß, im wahrsten Sinne des Wortes. Ein Vorteil an Sportlerpartys war, dass alle, die hier feierten, überaus gut gebaut und bis in die Zehenspitzen durchtrainiert waren. Levi machte, wie Lara selbst, Judo, und sie kannten sich bereits seit der achten Klasse. Beide kannten sich sogar ziemlich gut, denn schon oft hatten sie heimlich in den Pausen geknutscht; ob im leeren Klassenzimmer nebenan oder mal auf dem Jungenklo, ein anderes Mal im Mädchenklo, meistens aber im Schrebergarten gleich neben der Schule. Die letzten Male war es sogar so weit gegangen, dass sie sich gegenseitig mit den Händen zum Höhepunkt gebracht hatten.

Lara wollte ihn heute ganz und war sich noch nie so sicher. Sie hatten schon so oft die Gelegenheit gehabt, doch immer in der letzten Sekunde hatte Lara gekniffen. Hungrige Blicke wurden ausgetauscht, woraufhin sie aufstand und in das Bad nebenan ging. Groß war der Raum nicht, doch Toilette, Dusche und Waschbecken fanden darin Platz.

Keine Minute verstrich, und jemand drückte die Türklinke von außen nach unten. Ihr Herz raste wie verrückt, und sie war so aufgeregt, dass sie es kaum aushielt. Langsam drehte sie den

Schlüssel herum, öffnete die Tür und begrüßte Levi mit einem stürmischen Kuss. Die Lust überkam beide so heftig, dass ihre Körper bebten. Mit heißen Küssen und zittrigen Händen zogen sie sich gegenseitig aus. Sie bewegten sich im gleichen Rhythmus, und als sie sich fest aneinanderdrückten, um sich ihrer Leidenschaft völlig hinzugeben, schien es, als bewegten sich ihre Hüften synchron. Behutsam, aber bestimmend hob er Lara hoch. Seine starken Arme erregten sie noch mehr, sodass sie sich kaum beherrschen konnte. Auf der geschlossenen Toilette setzte Levi sie ab und küsste Lara von oben herab bis hinunter zu ihrem Bauch. Er umspielte mit der Zunge ihr Bauchnabelpiercing, was sie sofort aufkichern ließ. Lara war schrecklich kitzlig, und da sie das Piercing noch nicht lange hatte, war es für sie ein recht neues und aufregendes Gefühl. Hastig begann Levi, ihre Jeans auszuziehen, und umspielte den winzigen Slip. Statt ihn auszuziehen, zog er ihn nur ein Stück zur Seite und begann, sie mit seiner Zunge zu verwöhnen. Lara wurde fast wahnsinnig vor Aufregung und konnte sich kaum mehr beherrschen, und auch Levi war zu allem bereit. Doch ihr erstes Mal wollte sie auf keinen Fall in einem winzigen Badezimmer verbringen. Es war nicht leicht, ihn davon zu überzeugen, irgendwo anders hinzugehen. Wenn es nach ihm gegangen wäre, wäre die Gelegenheit perfekt gewesen. Doch Lara ließ keine Widerrede zu: „Entweder wir suchen uns jetzt ein gemütliches Bett – oder dein Orgasmus ist für heute Abend gestrichen!"

Verliebt schaute er Lara in die Augen, küsste sie auf die Stirn und sagte: „Ich folge dir überall hin, von mir aus bis ins Zimmer von Frau Fröhlich!"

„Spinner!", gab sie ihm kurz zurück, und sie machten sich auf die Suche nach einem leeren Zimmer.

Die meisten ihrer Freunde befanden sich in Laras Zimmer, somit gestaltete sich die Angelegenheit als ziemlich einfach. Gegenüber dem kleinen Bad befand sich Alex' Zimmer. Mit ihm war bestimmt nicht zu rechnen, schließlich hatte er sich derart schnell ins Koma getrunken, dass sie in den nächsten Stunden ungestört sein würden. Lara öffnete die Tür trotzdem behutsam, denn sie wusste nicht, mit wem er sich das Zimmer teilte. Kaum betraten sie den Raum, schaltete Levi sofort das Licht ein und stellte fest, dass sie ungestört waren. Ein riesiges Grinsen machte sich auf seinem Gesicht breit, und auch auf Laras Lippen lag ein freches Lächeln. Kaum lagen sie auf dem Bett, fing das verliebte Paar an, wie wild zu knutschen. Seine Lippen waren unersättlich und brachten ihre zum Beben. Ihre Hüfte kreiste erst langsam, dann immer schneller, bis sie sich schließlich fordernd und drängend an seine presste. Sein hartes Glied war nun nicht mehr zu ignorieren. Lara bekam fast ein bisschen Angst, war es doch ihr erstes Mal. Womöglich würde es wehtun oder sogar bluten. Aber es war ihr egal, denn sie waren inzwischen so heiß aufeinander, dass eine erneute Unterbrechung nicht infrage kam. Abermals zog Levi sie aus und küsste jeden Zentimeter ihres Körpers. Mit besonderer Aufmerksamkeit liebkoste er ihre Brüste, um dann zwischen ihren Beinen zu versinken. Sie hielt es kaum mehr aus und wollte ihn endlich in sich spüren. So lange hatte sie auf diesen Moment gewartet! Sicher hatte Lara schon öfter die Gelegenheit für ihr erstes Mal gehabt und war auch alles andere als unberührt. Doch bisher hatte sie es nie zur Penetration kommen lassen wollen – eine kleine Hürde, die sie bis eben noch nie hatte nehmen wollen.

Jetzt aber schien Lara alles egal. Levi bereitete ihr mit seiner Zunge bereits den zweiten Orgasmus hintereinander, und sie war es leid zu warten. Jetzt wollte sie ihm einen Höhepunkt schenken. Dass es auch für sie schön sein würde, daran hatte Lara keine Zweifel mehr. Sehr behutsam drang Levi in sie ein und fing an, sich langsam in ihr zu bewegen. Klar denken konnte Lara in dieser Sekunde nicht mehr, trotzdem versuchte sie fast krampfhaft, innezuhalten, um ihn ganz genau zu spüren. Schmerzen hatte sie überhaupt keine, wahrscheinlich tat das Adrenalin sein Übriges. Doch zu einem Orgasmus würden Levis Bemühungen sicherlich nicht reichen. Bestimmend packte Lara ihn an seinen Schultern und bat darum, sie nach oben zu lassen. Freudig kam er ihrer Bitte sofort nach. Levi glitt aus ihr heraus, legte sich neben Lara auf den Rücken und schaute ihr ganz genau zu, wie sie sich auf ihn setzte. Kurz zwickte es ein bisschen, doch dann begann es, sich gut anzufühlen. Mit ihrem Rhythmus brachte sie Levi fast zum Platzen. Lara musste sich zwingen, sich etwas langsamer zu bewegen. Doch auch sie hielt es kaum mehr aus, und ihr Becken schien sich verselbstständigt zu haben. Lara hatte keine Kontrolle mehr, sie war genauso machtlos wie er. Gemeinsam kamen sie zum Höhepunkt, und er ergoss sich in ihr mit voller Leidenschaft. Erschöpft, aber glücklich lagen beide nackt nebeneinander.

Gerade als Levi sie zärtlich auf die Lippen küsste, öffnete jemand die Tür und schaltete das Licht an. Zu ihrer großen Überraschung war es weder der aus dem Koma erwachte Alex noch sein Zimmergenosse. Zu ihrem Entsetzen stand Frau Fröhlich in der Tür und mit ihr die Probleme, die nun auf die beiden zukommen sollten. Das Gesicht hatte sie zu einer Fratze zusammengekniffen, und man konnte ihr deutlich ansehen, wie wütend sie in diesem Moment war. Lara war so sehr erschrocken, dass sie entsetzt die Decke an sich riss. Sie drehte sich weg, um aufzustehen, und schubste dabei unbeabsichtigt Levi vom Bett. Völlig nackt lag er am Boden und versuchte beschämt, sein Geschlecht zu verdecken. Das Einzige, was Lara zu ihrer Verteidigung hervorbrachte, war: „Das ist nicht das, wonach es aussieht!" Etwas Unpassenderes konnte ihr in diesem Moment nicht einfallen. Peinlich berührt kniff Lara ihre Augen zusammen und schüttelte verwirrt den Kopf. Doch mit ihrer dreisten Aussage hatte sie es tatsächlich geschafft, Frau Fröhlich völlig aus der Bahn zu werfen. Erschrocken und total gefesselt von dem nackten Levi am Boden, stammelte die Lehrerin irgendetwas von Konsequenzen und einem Gespräch am nächsten Morgen. Lara war mittlerweile alles egal; halb nackt von einer Lehrerin beim ersten Mal erwischt zu werden, war wirklich zu viel des Guten. Sie stand auf, schnappte sich ihre Klamotten und flüchtete in das Bad, in dem alles angefangen hatte.

Nach drei Minuten war Lara komplett angezogen und stand zögernd vor der Tür. Sie traute sich nicht, den Schlüssel herumzudrehen, geschweige denn, die Tür überhaupt zu öffnen. So verweilte sie noch knapp zehn Minuten, bis sie sich schließlich hinaustraute.

Frau Fröhlich stand mit verschränkten Armen wie eine Mauer vor ihr. Die Lehrerin, mit ihren höchstens 1,70 m, war nur wenige Zentimeter größer als Lara, doch im Moment schien sie mindestens zwei bis drei Köpfe größer. Ihre Wut war im Gegensatz zu vorhin nun deutlich zu spüren. Die Unsicherheit, die Lara zuvor noch bei ihr bemerkt zu haben glaubte, schien nun komplett verschwunden zu sein. Fragend und mit unschuldigen Augen schaute Lara sie an: „Tut mir leid, Frau Fröhlich! Ich weiß auch nicht, was in uns gefahren ist. Ich hoffe, wir können die Sache vergessen oder uns vielleicht morgen darüber unterhalten."

Die Angesprochene schaute die Schülerin musternd an, und Lara bildete sich ein, dass Frau Fröhlich der gleichen Meinung sei. Man konnte es der Lehrerin förmlich ansehen, wie sehr sie sich zusammennehmen musste, um im ruhigen, aber doch sehr bestimmenden Ton zu antworten: „Na gut, Lara, ich lasse euch gehen, aber einen Lehrerverweis werde ich euch morgen beide geben. Levi werde ich nach unten in sein Zimmer begleiten, und wir beide sprechen uns noch!"

In diesem Moment kam er auf sie zu, hauchte Lara einen Kuss auf den Mund und flüsterte ihr ins Ohr: „Wenn die nicht reingekommen wäre, hätte ich liebend gern dort weiter gemacht, wo wir zuvor aufgehört haben. Ich kann einfach nicht genug von dir bekommen!"

Lara musste sich ein Lächeln verkneifen, denn er sprach ihr direkt aus der Seele. Frau Fröhlich war mit ihrer Geduld am Ende, und ein verliebtes Tuscheln und Lachen war das Letzte, was sie nun sehen wollte.

Nichts ahnend stolperte Lara in ihr Zimmer, wo sie zehn Leute mit entsetzten Gesichtern überraschte. Sie wollte eigentlich nur noch ins Bett, doch leider hatte sie völlig vergessen, dass Levi und sie vorhin eine Party verlassen hatten, die im vollen Gange war. Erschrocken zuckten alle zusammen; wahrscheinlich dachte jeder Einzelne von ihnen, Lara wäre eine der Lehrerinnen. Nach einigen Sekunden fing sich der Erste wieder und lachte lautstark los. Die anderen fingen sofort an zu protestieren, denn schließlich könnte durch das hysterisch-laute Lachen doch noch ein Lehrer auf sie aufmerksam werden. Charly kam sofort auf ihre Freundin zu und wollte wissen, wo sie die ganze Zeit gewesen sei, und vor allem, wo sie Levi gelassen hatte. Im Eildurchlauf erzählte Lara ihr die Story, ließ aber absichtlich intime Details aus. Charly merkte zwar, dass sie ihr offensichtlich etwas verheimlichte, ging jedoch nicht weiter darauf ein. Schließlich hatte Lara mit dieser Aktion die Lehrer von ihrem Zimmer ferngehalten.

 Die Party endete erst geschlagene drei Stunden und einige Alkoholleichen später. Völlig verkatert erwachte sie am nächsten Morgen und verfluchte nach jedem Würgen den Rum. Ihr Magen verkrampfte sich bei der kleinsten Bewegung, und entsetzt erblickte sie ihren BH am anderen Ende des Zimmers, auf Alex' Kopf. Sie benötigte einige Minuten, um sich wenigstens aufrecht hinsetzen zu können. Charly schlief derweil auf dem Teppich zwischen Marc und Basti. Die anderen Feiernden von gestern Nacht schienen wohl am frühen Morgen gegangen zu sein. Als Lara aufzustehen versuchte, stellte sie fest, dass doch nicht alle gegangen waren. Erschrocken zog sie ihre Beine an sich, nachdem sich ihre Zehen in das Gesicht von Chris gebohrt hatten. Entsetzt bemerkte sie, dass sie ihn damit unsanft geweckt hatte. Lara rollte sich zur anderen Seite des Bettes, stand auf und setzte sich in Richtung Alex in Bewegung, um sich ihren BH zurückzuholen. Gerade als Lara nach dem Stück Stoff griff, fiel ihr auf, dass sie bis auf ihren Slip nichts weiter am Körper trug. Peinlich berührt hielt Lara sich die Arme vor die Brust und schnappte sich schnellstmöglich ihre Sachen.

 Kurz darauf stand sie nun wieder in dem Bad, in dem die Nacht zuvor alles begonnen hatte. Lara sah furchtbar aus: Der Lippenstift, den sie am Abend zuvor aufgetragen hatte, war nun auf ihrem gesamten Gesicht und Hals verteilt. Der schwarze Kajalstrich war mittlerweile verschmiert und umrandete ihre Augen so sehr, dass sie glatt als Gothic-Anhängerin durchgehen könnte. Doch es war ihr egal, wie sie aussah. Zuerst einmal wollte sie sich unbedingt die Zähne putzen. Der Rum hatte ihren gesamten Mund-, Hals- und Rachenraum dermaßen ausgetrocknet, dass sie sich wie eine Verdurstende in der Wüste auf das kühle Nass stürzte. Nach zehn Minuten Katzenwäsche fühlte sich Lara halbwegs wie ein Mensch. Ihre Haare standen zwar immer noch auf halb acht, dafür strahlte sie aber dank ein paar Make-up-Tricks über das ganze Gesicht. Nach ein paar Fehlversuchen, ihre Haare für einen offenen Look herzurichten, gab sie sich geschlagen und formte mit ein paar gekonnten Handgriffen einen lockeren Zopf. Zu ihrer Zufriedenheit stellte sie fest, dass sie durchaus fit aussah. Das musste Lara auch sein, denn am heutigen Tag stand eine Technik-Prüfung im Slalomfahren auf dem Programm.

Nachdem sie zurück zum Zimmer geeilt war, um ihre Freunde zu wecken, fanden sich alle nach einer halben Stunde in der Kantine ein. Am Frühstückstisch begegnete sie Levi wieder. Er sah noch sehr mitgenommen aus, was entweder am Rum oder aber an der Standpauke von Frau Fröhlich am frühen Morgen lag. Lara sah ihn mitleidig an, verspürte dann aber ein wenig Neid, denn er hatte es wenigstens schon hinter sich. Sie hatte dieses Vergnügen noch vor sich und wünschte sich, an Levis Stelle zu sein. Zu ihrer Überraschung kam Frau Fröhlich weder vor noch während oder nach dem Frühstück auf sie zu. Wahrscheinlich wollte sie ihre Schülerin erst dann ansprechen, wenn sie überhaupt nicht damit rechnete, um ihr somit eine Lehre zu erteilen, indem sie Lara im Ungewissen ließ.

Nach knapp einer Stunde standen alle Schüler versammelt vor dem Zweierlift. Wie schon die ganzen letzten Male würde sie sicherlich auch dieses Mal mit Levi fahren. Jedoch stellte Lara verzweifelt fest, dass sie ihn nirgends erblicken konnte. „Na toll!", dachte sie sich. Nur noch zwei Pärchen waren vor ihr. In Panik schaute sich Lara um, wer ihr Partner sein würde, damit sie sich wenigstens seelisch und moralisch darauf einstellen konnte. Doch was sie da erwartete, übertraf ihre schlimmsten Befürchtungen: Ohne Lara auch nur eines Blickes zu würdigen, stand Frau Fröhlich plötzlich neben ihr. Der Lift erreichte beide genau in diesem Augenblick, und ein Entkommen war nicht mehr möglich. Die ersten Minuten verbrachten sie schweigend nebeneinander. Plötzlich drehte sich die Lehrerin zu ihr und schaute sie ernst an. Lara schloss die Augen und schickte ein Stoßgebet Richtung Himmel. „Bringen wir es hinter uns!", bat die Schülerin.

Doch Frau Fröhlich machte ihrem Namen alle Ehre und lächelte bloß. Sie antwortete ihr in einem sanften Ton: „Ich habe nicht vor, dich zu maßregeln oder dir Vorwürfe zu machen. Ihr seid jung, und zwischen dir und Levi scheint es wirklich zu funken. Ich kann euch ja verstehen, allerdings hat er eine Verwarnung von mir erhalten, schließlich hat er sich nach zweiundzwanzig Uhr auf der Mädchenetage aufgehalten. Wenn ich euch beide nicht noch einmal erwische, sehe ich von einem Lehrerverweis ab. Ich möchte aber dein Wort, dass ihr mir auch wirklich keine Probleme mehr macht!" Kaum hatte sie diesen Satz zu Ende gesprochen, war die Fahrt auch schon vorbei. Erleichtert und fast ungläubig schaute Lara ihr nach und konnte ihr Glück kaum fassen.

Sie traf sich noch an jedem weiteren Abend heimlich mit Levi, um da weiterzumachen, wo Frau Fröhlich die beiden in jener Nacht gestört hatte. Nach dieser Woche waren Levi und Lara noch einige Monate ein Paar, bis sie wieder einmal unbegründet die Flucht ergriff.

7.

Lara erzählte Hertha zwar vieles, auch Erlebnisse, in denen es um Jungs ging, doch solche speziellen Erlebnisse wie die im Skilager behielt sie besser für sich. Vielmehr ging es in den Gesprächen mit Hertha um alltägliche, aber wichtige Sachen. Hertha lehrte das Mädchen, Dinge nicht so wichtig zu nehmen, die einem unbegründet Angst und Schrecken einjagen, und Ereignisse zu vergessen, die es nicht wert waren, dass man sich ihretwegen Gedanken machte.

Als Lara gerade ihren achtzehnten Geburtstag gefeiert hatte, passierte etwas Furchtbares: Wie immer kam sie am Dienstag mit dem Einkauf vorbei, doch Hertha war weder, wie gewohnt, hübsch zurechtgemacht noch guter Dinge. Sie sah der alten Dame sofort an, dass etwas nicht stimmte, und fragte nach ihrem Befinden. Wie sie auf den ersten Blick vermutet hatte, war Hertha etwas benommen. Die Haare standen in alle Himmelsrichtungen empor. Sie schien ungepflegt, und ein unangenehmer Geruch breitete sich aus. Lara fragte abermals die alte Frau nach ihrem Wohlergehen. Dieses Mal schien sie ihre Gedanken ordnen zu können und antwortete dem jungen Mädchen, dass sie das Gefühl habe, alles würde sich um sie herum drehen. Lara lief in das Schlafzimmer und holte den Stuhl, dessen Sitzfläche man abnehmen konnte und in die ein Schieber eingearbeitet war. Nach anfänglichen Problemen, Hertha auf den Stuhl zu heben, klappte es schließlich, und Lara verließ für einen kurzen Moment den Raum. Als sie zurückkam, strahlte Hertha sie erschöpft an. Anschließend folgte ein zehnminütiges Gespräch über Stuhlgang, was Lara eine Gänsehaut bescherte. „Zu viele Informationen!", dachte sie sich und schenkte Hertha ein beruhigendes Lächeln. Sie half ihrer alten Freundin auf, wischte sie und den Stuhl sauber und entleerte den Eimer. Sie ahnte, dass ab sofort das wöchentliche Einkaufen komplizierter werden würde.

Nachdem Lara mit zwei vollen Tüten zurückkam, bemerkte sie schon beim Aufschließen, dass sie nichts Gutes erwarten würde. Sie hatte schon öfters mit ihrem Bauchgefühl richtig gelegen und war sich sehr sicher, dass es auch diesmal nicht anders sein würde. Zuerst ging Lara in die Küche, um den Einkauf auf dem Tisch abzustellen, und schritt anschließend etwas unsicher auf das Wohnzimmer zu. Hertha lag in sich zusammengefallen auf dem Schlafsofa. Ihr rechter Arm hing herunter, und ihr Gesicht war leichenblass. Sofort stürzte Lara auf sie und legte ihren Kopf auf Herthas Brust, um zu spüren, ob sie noch atmete. Gebannt wartete sie auf das Heben und Senken des Brustkorbes. Sekundenlang passierte nichts, und sie rechnete schon mit dem Schlimmsten. Ein zaghaftes Einatmen und Bewegen des Brustkorbes beendete Laras Bedenken. Sofort stand sie auf und betrachtete Hertha noch einmal genauer. Sie sah schlimmer aus als vorhin. Lara nahm ihre Hand und bemerkte, wie leblos der Arm war. Sofort war ihr klar, dass es sich um einen Schlaganfall handeln musste. Ehe sie vorschnell und eventuell umsonst den Notarzt rief, überprüfte Lara die Symptome, um vielleicht die erste Diagnose auszuschließen. Sie schaute sich Herthas schlaffen Arm genauer an, und zu ihrem Entsetzen stellte sie fest, dass die gesamte rechte Körperhälfte gelähmt zu sein schien. Sie erinnerte sich an das Gespräch vor dem Einkauf. Es war schwierig gewesen, sie zu verstehen, weil Hertha fast nur genuschelt hatte. Das Wenige, das sie verstanden hatte, waren zusammenhanglose Sätze gewesen, die weder einen Sinn ergaben noch grammatisch korrekt waren. Das Einzige, was Lara wirklich verstanden hatte, war, dass die alte Frau sich über ein Schwindelgefühl beklagte. Ständig hatte sie nach ihrer Brille gefragt, die sie eigentlich nur zum Lesen brauchte. Dank ihrer Ausbildung kannte sich Lara ein wenig mit Krankheitsbildern wie diesem aus. Geschickt drehte sie sich auf der Stelle um, legte dabei sanft Herthas Arm wieder ab und begab sich zu dem riesigen Telefon.

Die alte Dame war stolze Besitzerin eines Seniorentelefons, welches mit überdimensional großen Wahltasten ausgestattet war. Lara hatte sich insgeheim immer lustig darüber gemacht, denn diese Telefone sahen wirklich unheimlich komisch aus, fast wie Spielzeugapparate für Kleinkinder. Jetzt war sie heilfroh über diese großen Tasten. Nervös wählte das zitternde Mädchen den Notruf und erschrak, als sich eine freundliche Frauenstimme meldete.

Keine fünf Minuten später traf der Krankenwagen mit drei stattlichen Männern, bestehend aus einem Notarzt und zwei Sanitätern, ein. Aufgeregt berichtete Lara von ihren Eindrücken und der Unterhaltung, die stattgefunden hatte, kurz bevor sie zum Einkaufen gefahren war. Die Sanitäter waren sehr nett und aufgeschlossen. Einer hörte sich geduldig an, was sie zu berichten hatte, und beruhigte das junge Mädchen. Anscheinend kannte er sich sehr gut mit aufgeregten Familienangehörigen oder Bekannten aus und versicherte Lara, dass Hertha nun in guten Händen sei. Sie untersuchten die alte Frau, hoben sie anschließend geschickt vom Sofa auf die Trage und trugen sie zu dem Transporter.

Eine halbe Stunde später stand Lara mit gepackter Tasche im Krankenhaus. Hertha ging es schon ein wenig besser, doch Lara durfte nicht zu ihr, denn es standen noch einige Untersuchungen an. Nach langem Warten und Flehen durfte sie endlich zu ihr. Sie sah wieder viel gesünder aus, und ihre Wangen hatten sogar etwas Rosiges an sich. Die Schwestern hatten ihr ein Leibchen angezogen, und ohne den verschmutzten Pullover wirkte sie wieder ansehnlicher.

„Mensch, Hertha, da hast du mir aber einen ganz schönen Schrecken eingejagt!" Tränen kullerten Lara plötzlich über die Wangen, und erst jetzt bemerkte sie, wie furchtbar sie zitterte. Durch die ganze Aufregung hatte Lara gar nicht gemerkt, wie sie die ganze Situation mitgenommen hatte. Jetzt, als sie endlich zur Ruhe kommen konnte, brach alles aus ihr heraus. Mit einem Male wurde Lara klar, wie viel Hertha ihr bedeutete und wie sehr ihr der Verlust ihrer lieb gewonnenen Freundin zusetzen würde.

„Na, junges Fräulein, Sie brauchen doch nicht zu weinen, denn Ihrer Oma geht es schon sehr viel besser!" Ein recht groß gewachsener Mann im weißen Kittel schaute die weinende Lara mit einem netten Lächeln an.

Er erzählte dem jungen Mädchen, dass sie einige Tests durchgeführt hatten, welche darauf schließen ließen, dass Hertha einen Schlaganfall erlitten hatte. „Hätten Sie nicht so schnell gehandelt, wäre Ihre Oma vielleicht nicht mehr am Leben. Sie hatte großes Glück dank Ihnen!"

Beschämt, aber auch etwas stolz auf sich, schaute Lara an ihren zusammengekrampften Beinen, die nervös hin- und herschaukelten, vorbei auf den Boden. Hertha nahm in diesem Moment Laras Hand und drückte sie an sich. Mit schwacher Stimme sagte sie an das Mädchen gerichtet: „Du bist mein Engel, du hast mir das Leben gerettet." Süß, wie sie das so sagte! Jedoch konnte es Lara nach einigen Tagen nicht mehr hören und schaute nur genervt weg, wenn Hertha mal wieder einem Nachbarn von der Aktion erzählte.

Lara war schon immer ein sehr emotionaler Mensch und hatte daher noch lange an dem Vorfall zu knabbern. Es war zwar alles gut ausgegangen, doch sie hatte schreckliche Angst, Hertha eines Tages erst dann vorzufinden, wenn es bereits zu spät war. Das war lange ihre größte Sorge, denn schließlich war die alte Dame zu diesem Zeitpunkt schon über neunzig Jahre alt.

Zu ihrem vierundneunzigsten Geburtstag erschien Lara dann übrigens mit ihrer Mutter. Sie konnte niemand anderes für dieses Ereignis begeistern. Laras Eltern hatten sich inzwischen schon fast damit abgefunden, dass im Gegensatz zu den meisten Mädchen gleichen Alters ihre Tochter keinen festen Freund hatte. Marleen war sich sicher, dass Laras Experimentierfreudigkeit von ihr vererbt wurde, und machte ihr daher keine Vorwürfe. Christoph war es auch ganz recht, dass es noch keinen potenziellen Möchtegern-Schwiegersohn gab, und daher konnte sich Lara in ihrer Jugend ganz gut austoben. Christoph betrachtete diese Dinge nach dem Motto: „Was ich nicht weiß, macht mich nicht heiß!"

Eines Morgens saß die ganze Familie zusammen am Frühstückstisch. So etwas hatte es schon seit längerer Zeit nicht mehr gegeben, denn Lara und Ben waren leidenschaftliche Langschläfer.

Beinahe jedes Wochenende gingen sie zusammen mit Freunden aus und waren an den darauf folgenden Tagen meist nicht vor dreizehn Uhr ansprechbar. Marleen konnte durchsetzen, dass sie jeden Samstag und Sonntag zusammen zu Mittag aßen. Für sie war es wichtig, dass die Familie wenigstens zweimal in der Woche gemeinsam am Tisch saß, um sich über Themen auszutauschen, die gerade aktuell waren. An jenem Samstagmorgen mussten die Geschwister schon zum Frühstück anwesend sein. Denn die Eltern bemängelten, ihre Kinder noch nicht einmal richtig gesehen zu haben, seitdem sie wieder aus dem Urlaub zurückgekehrt waren.

Da saßen sie nun. Lara hatte die Arme auf dem Tisch verschränkt und den Kopf darin vergraben, und auch ihr Bruder Ben war nur körperlich anwesend. Dafür aber waren Marleen und Christoph überaus zufrieden. Am Abend zuvor hatte Lara einfach zu lange und zu heftig gefeiert und war nun am Ende ihrer Kräfte. Essen wollte und konnte sie noch nicht, denn ihr Magen protestierte schon bei dem Geruch nach frisch gebackenen Brötchen. In diesem Moment konnte sie sich nicht einmal vorstellen, auch nur einen kleinen Bissen herunterzuwürgen.

„Na, Lara hast du schon ausgeschlafen oder nur aufgehört?", stichelte Christoph und griff in den Brotkorb.

„Komm, Lara, setz dich mal ordentlich hin, wir wollen jetzt frühstücken!", schimpfte Marleen und verfluchte in Gedanken die Idee, ihre Kinder zum Frühstück am Tisch haben zu wollen. Müde hob Lara den Kopf und folgte der Bitte ihrer Mutter. Während sie ein Würgen unterdrücken musste, stopfte sich Ben mittlerweile die zweite Brötchenhälfte in den Mund. Sie beneidete ihren Bruder um seinen Appetit, doch dass auch er an Übernächtigung litt, war nicht schwer zu erkennen. Christoph ließ sich nicht davon stören und erzählte voller Elan von dem tollen Urlaub. Lara hatte sich zwar mittlerweile aufgesetzt, doch sie starrte wie benommen aus dem Fenster und bekam noch nicht einmal mit, worüber sich ihre Eltern unterhielten. Zu sehr war sie darauf konzentriert, sich nicht übergeben zu müssen. Ab und an registrierte sie zwar ein paar Wortfetzen oder halbe Sätze, jedoch gingen diese zum einen Ohr rein und zum anderen wieder raus, ohne ihr einen Kommentar dazu zu entlocken. Sie bekam auch nicht einmal mit, dass ihr Vater das Thema wechselte, und erschrak, als sie plötzlich aus ihrer Lethargie gerissen wurde. Lara bemerkte noch, wie Christoph mit seinem Sohn über etwas stritt: „Mir ist es völlig gleich, wenn du mit deiner Freundin im Gästezimmer übernachtest. Aber es kann nicht sein, dass ich deine benutzten Kondome anschließend wegräumen muss!" Ben versuchte vergebens, sich herauszureden, denn Christoph war sich seiner Sache völlig sicher und duldete keine Widerrede.

Mit weit aufgerissenen Augen verharrte Lara noch immer in ihrer Position, den Blick auf das Fenster gerichtet. Sie wusste, dass sie etwas unternehmen sollte, denn tatsächlich sagte Ben schon die ganze Zeit über die Wahrheit. Christoph beschuldigte den Falschen, und nur Lara konnte die Situation klären, allerdings nur, um selber in Schwierigkeiten zu geraten. Ihr Vater steigerte sich mittlerweile richtig in die Sache hinein. Er war sichtlich genervt, dass Ben nicht bereit war, die Schuld auf sich zu nehmen, geschweige denn, sich zu entschuldigen. Gerade wollte er wieder ausholen und mit noch mehr Argumenten um sich werfen, als Lara all ihren Mut zusammennahm und ihm halb zuflüsterte, weil sie nicht in der Lage war, klar zu sprechen: „Ben sagt die Wahrheit! Die Kondome gehören ihm nicht, ich habe oben mit einem Jungen übernachtet und sie wohl vergessen wegzuräumen." So schnell, wie sie diesen Satz ausgesprochen hatte, bereute Lara es auch. Beschämt wandte sie den Kopf nach unten und starrte in Erwartung einer deftigen Abreibung auf die Tischdecke.

Christoph war auf einen Schlag ruhig und schaute Marleen entsetzt an. In diesem Moment hätte er sich doch gewünscht, dass Lara einen festen Freund hätte, denn so wüsste er wenigstens, wen er sich vornehmen sollte. Völlig perplex und nach Worten suchend, sagte er schließlich und um Haltung bemüht:

„Egal! Ich habe alles beseitigt und hoffe, so etwas kommt nicht wieder vor!" Mehr konnte er in diesem Augenblick nicht sagen, denn Christoph war ganz einfach hoffnungslos mit der Situation überfordert. Marleen verfluchte unterdessen erneut die Idee eines gemeinsamen Frühstücks, konnte sich aber ein Grinsen nur schwer verkneifen.

8.

Der Auslöser, der an diesem Morgen Laras Vater so sprachlos machte, hieß Finn. Er und Lara hatten sich auf einem Rockevent bei den Dresdner Filmnächten kennengelernt und waren von der ersten Sekunde an verrückt nacheinander. Charly, ihre Freundin, hatte die beiden einander vorgestellt. Sie brauchte gar nicht viel zu sagen, denn schon beim Händeschütteln knisterte es gewaltig zwischen Lara und Finn.

Er sah unverschämt gut aus: Seine blonden Locken verfärbten sich golden, sobald sie das Licht der Sonne reflektierten. Zudem war er athletisch gebaut und hatte ein Lächeln zum Dahinschmelzen. Lara war sofort hin und weg, und auch ihm gefiel, was er sah. Immer wieder riskierte Finn einen bewundernden Blick in ihre strahlend blauen Augen, welche einen fesselten und einluden, sich darin zu verlieren.

Obwohl es inzwischen schon etwas kalt geworden war, trug er nur eine kurze Hose, ein blau-braun-weiß gestreiftes Poloshirt, und ganz im Gegensatz zu seinem Outfit hielt er eine Wollmütze in seiner linken Hand. Plötzlich hörte Lara sich selbst stammeln, dass die Band gerade einen ihrer Lieblingssongs spiele. Noch bevor sie ihre Worte bereuen konnte, ergriff Finn überraschend ihre Hand und zog sie zaghaft zu sich. Lara war zwar irritiert, doch sie ließ ihn gewähren. Langsam begannen sie, miteinander zu tanzen. „Es wäre doch schade, wenn du an diesem Abend nicht zu deinem Lieblingslied tanzen würdest!", flüsterte er ihr ins Ohr und verursachte Lara dadurch eine Gänsehaut, die vom Nacken bis in die Zehenspitzen reichte. Sie schmiegte ihren Kopf an seine Schulter und nahm seinen Duft wahr – eine Mischung aus Kokos und Jean Paul Gaultier. Sie hatte eine Schwäche für dieses Parfüm und konnte sich somit nicht zügeln, seinen Geruch so tief wie möglich einzuatmen. Ihre Finger berührten sanft seine Schulter und die linke Hand.

Obwohl er nur dürftig bekleidet war, war er entgegen ihrer Erwartungen angenehm warm. Sein Gesicht berührte ihre Haare, und sie konnte seinen Atem spüren. Laras Herz fing an zu rasen, ihr Puls schlug von Mal zu Mal immer schneller, und sie musste sich zwingen, langsam und ruhig weiterzuatmen. Wie in Zeitlupe drehte Lara ihren Kopf zu ihm hinüber und schaute mitten in seine grün schimmernden Augen. Die Sonne ging langsam unter, und der Himmel wurde immer dunkler, doch Finns Augen strahlten in einem hellen Grün, wie sie es zuvor noch nie gesehen hatte, sodass Lara beim Hinsehen ganz schwindelig wurde. Ihre Knie waren inzwischen so weich, dass sie Angst hatte, sie würden ihren Dienst verweigern.

Tobender Applaus und Pfiffe holten Lara zurück in die Realität. Finn löste sich von ihr, um der Band zu applaudieren, da bemerkte sie plötzlich, wie sie den Boden unter den Füßen verlor. Gerade noch hatte sie in seine geheimnisvollen Augen geschaut, und plötzlich begann alles, sich um sie herum zu drehen. Ehe Lara sich dessen versah und reagieren konnte, fiel sie kerzengerade rückwärts um. Die Wiese, auf der sie nun lag, war schon feucht und kitzelte ihr im Nacken. Als sie die Augen wieder öffnete, schaute sie in ein besorgtes Gesicht, was aber makellos schien. Seine Nase war schmal und wunderschön geformt und passte perfekt zu seinen vollen Lippen. Diese formten sich langsam, wie in Zeitlupe, zu einem Lächeln. In dem Moment rollte sich Finn zur Seite und blieb neben ihr auf dem Rasen liegen. Er fragte Lara noch einige Male an diesem Abend, ob es ihr wirklich wieder gut gehe, und sie versicherte ihm jedes Mal, dass dem so sei.

Nach zwei Flaschen Bier musste Lara zum gefühlten hundertsten Mal zur Toilette; weil es aber schon stockdunkel war, machte sie sich erst einmal auf den Weg, um Charly zu finden. In nur wenigen Minuten hatte sie ihre Freundin auf den neuesten Stand der Dinge gebracht. Kichernd schlenderten die zwei Mädchen zurück zu den Decken, wo sie von ihren Freunden schon erwartet wurden. Finn saß aufrecht im Schneidersitz da und empfing Lara mit einem sehnsüchtigen Lächeln. Sie setzte sich neben ihn, und sofort waren sie wieder in ein Gespräch vertieft. Vom ersten Moment an schien es, als würden sie sich seit Jahren kennen. Sie tauschten Erlebnisse aus und waren auch auf derselben Wellenlänge, was ihren Musikgeschmack betraf. Die ganze Zeit über unterhielten sie sich ununterbrochen über Gott und die Welt. Es schien, als hätten die beiden sich eine Menge zu erzählen. Doch plötzlich hielten sie inne, keiner von ihnen sagte auch nur ein Wort. Die Sekunden verstrichen, und sie saßen sich schweigend gegenüber. Seine Lippen öffneten sich, und Lara dachte, er würde das Schweigen gleich brechen, doch er brachte nichts heraus. Stattdessen lehnte sich Finn zu ihr herüber, streckte seine Hand aus und streifte eine Haarsträhne, welche Lara ins Gesicht gefallen war, hinter ihr Ohr. Sie schauten einander tief in die Augen, und langsam zog er sie zärtlich, aber bestimmend zu sich. Lara verlor sich gerade ein weiteres Mal in seinen Augen, als sie plötzlich seine warmen Lippen auf ihren spürte. Die Leidenschaft packte sie und durchfuhr ihren Körper wie ein Blitz. Sie konnte nicht genug bekommen und gab sich dem Endorphinrausch, der dem seinen in nichts nachstand, völlig hin. Nur langsam lösten sich ihre Lippen, und benommen öffnete Lara ihre Augen. Wie in Trance hörte sie sich selber reden: „Meine Eltern sind übers Wochenende verreist. Wenn du nichts dagegen hast, würde ich morgen früh gern neben dir aufwachen!" Ehe ihr bewusst wurde, was sie gerade vom Stapel gelassen hatte, schaute sie in ein völlig überraschtes Gesicht. In Gedanken verfluchte Lara ihre direkte Art und wäre am liebsten im Erdboden versunken. Doch Finns Lippen formten sich zu einem Lächeln, und sein Blick gab ihr zu verstehen, dass auch er es sich wünschte. Fest entschlossen packte sie ihn bei der Hand, und zusammen schlenderten sie zum Parkplatz.

Als Lara vor ihrer Schwalbe, welche ein Geschenk von ihrem Opa zur bestandenen Mopedprüfung gewesen war, stehen blieb, stellte sie mit Entsetzten fest, dass sie keinen zweiten Helm dabeihatte. Entmutigt drehte sie sich um und fragte Finn, wohl wissend, wie die Antwort lauten würde: „Du hast nicht zufällig einen Helm dabei?"

Sie hörte gedanklich schon sein freches Lachen, doch zu ihrer großen Überraschung erhielt sie als Antwort: „Klar hab ich meinen Helm dabei. Der ist sogar TÜV-geprüft!" Während Finn diesen Satz aussprach, wedelte er mit seiner Strickmütze. Ihre weit geöffneten Augen verrieten ihm, dass sie das nicht witzig fand, und sofort ließ er seinen Arm nach unten sinken. Lara erklärte Finn, dass sie am Elbufer in Nähe des Blauen Wunders wohne und sie bestimmt eine halbe Stunde fahren müssten. Obendrein war ihr Vater ein angesehener Hauptkommissar bei der Polizei, und sollten sie in eine Verkehrskontrolle geraten, würde sie wohl ihren Namen angeben müssen und den Vater in große Schwierigkeiten bringen. Enttäuscht sah Finn ihr tief in die Augen, doch Lara ließ sich nicht umstimmen. Sein Angebot, dass er fahren könnte und die Verantwortung übernähme, falls die Polizei sie stoppen würde, lehnte Lara dankend ab. Beide hatten zwar jeweils nur zwei Bier getrunken, jedoch die Wasserpfeife mit Spezialmischung hatte Lara, im Gegensatz zu Finn, dankend abgelehnt. Langsam machte sich bei ihr echte Verzweiflung breit. Bevor sie zu einem Entschluss kommen konnte, spürte sie Finns weiche Lippen auf ihren, und die Bedenken schmolzen dahin.

Kurz darauf spürte Lara schon den kalten Fahrtwind im Gesicht und seine Knie unter den Armen. Ihr war vorher gar nicht aufgefallen, wie groß er eigentlich war. „Ach, Finn, du hast nicht zufällig Kondome bei dir?" Sie wagte einen kurzen Blick in den Rückspiegel und erhaschte seinen verdutzten Gesichtsausdruck. Finn versuchte mit der linken Hand krampfhaft, seine Mütze auf dem Kopf zu behalten.

„Nee, ich dachte, du nimmst die Pille!", bekam Lara als Antwort.

„Klar nehme ich die Pille! Aber sicher ist sicher!" Sie erntete ein Brummen und Stammeln, ließ aber nicht locker. Bei der nächsten Tankstelle bog Lara einfach rechts ab und blieb neben einer der vielen Tanksäulen stehen. Gerade noch rechtzeitig stellte Finn seine Füße auf den Asphalt und verhinderte so, dass sie zur Seite umkippen würden.

Etwas wackelig auf den Beinen stolperte Lara in Richtung Nachtschalter. Dort empfing sie ein – für diese Uhrzeit etwas zu – enthusiastischer Verkäufer und fragte, was er für sie tun könne. „Ich hätte gern eine Packung Kondome", entgegnete sie ihm.

Neugierig schaute der Mann an Lara vorbei, und sein Blick wanderte zu Finn. Nachdem er ihn aufmerksam gemustert hatte, schaute er wieder zu ihr und fragte sie anschließend: „Welche hätten Sie denn gern? Mit oder ohne Geschmack? Banane soll ja sehr lecker sein! Oder möchten Sie lieber Kondome mit Noppen? Wir haben auch unterschiedliche Farben im Sortiment, zum Beispiel Grün, Blau, Rot – oder Kondome, die im Schwarzlicht leuchten. Haben Sie eventuell eine Latexallergie? Wir bieten nämlich auch latexfreie Kondome an. Oder brauchen Sie vielleicht noch Gleitgel? Wir haben …"

Lara starrte den Mann ungläubig an, bis sie ihm plötzlich ins Wort fiel: „Entschuldigung! Bin ich hier etwa im Sexshop, oder was soll das Ganze? Können Sie mir bitte einfach eine Packung normaler Kondome bringen? Ich bin mir sicher, dass Sie ein großes Sortiment auf Lager haben, aber ich möchte einfach nur die klassischen, und, wenn es geht, die preisgünstigsten!" Beleidigt schaute der Kassierer Lara an, um anschließend wortlos zu verschwinden. Nach kurzer Zeit kam der Tankstellenwart zurück und ließ sie zwischen drei verschiedenen Marken wählen. Nachdem sie bezahlt hatte, schlenderte Lara mit einem viel zu großen Beutel auf Finn zu.

Nach anfänglichen Startproblemen schafften sie es tatsächlich, loszufahren, ohne umzufallen. Endlich zu Hause angekommen, brachte Lara ihren Begleiter gleich in das Gästezimmer, weil genau neben ihrem eigenen Zimmer Ben schlief und sie verhindern wollte, dass sie gestört würden. „Ich verschwinde noch einmal kurz im Bad, um mich frisch zu machen", ließ sie ihn wissen und war auch schon aus dem Zimmer verschwunden. Vergebens versuchte sie, ihre Nervosität in den Griff zu bekommen. Langsam, aber sicher nahm das Kribbeln in ihrem Bauch immer mehr zu und verriet ihre große Vorfreude. Sie warf noch einen letzten Blick in den Spiegel, und schon stand Lara etwas zitternd vor der Gästezimmertür.

Finn musste die CD-Sammlung ihres Vaters durchstöbert haben, und ein zufriedenes Lächeln machte sich auf Laras Gesicht breit, als sie bemerkte, dass „Hotel California" von den „Eagles" lief. Ein perfekteres Lied hätte er für diesen Augenblick nicht aussuchen können. Leise öffnete sie die Tür und ging mit sicheren Schritten auf Finn zu. Keine Lampe war eingeschaltet, und auch keine Kerze brannte, denn dies war nicht nötig. Das silbern schimmernde Licht, das der niedrig stehende Vollmond aussandte, erhellte den ganzen Raum. Zärtlich umfassten seine Hände ihr Gesicht, und seine Lippen liebkosten ihre. Ein leises Stöhnen entwich Lara, und sie gab sich seinen Liebkosungen hin. Immer leidenschaftlicher wurden ihre Bewegungen, und mit jedem Kreisen der Hüfte konnte sie seine Erektion spüren. Langsam glitt sie zur Mitte seines Körpers und konnte die Hitze in seinen Lenden deutlich wahrnehmen. Hektisch zog Lara Finn das T-Shirt aus und erkundete seinen nackten Oberkörper. Ihre Zunge wanderte zu seinen Brustwarzen, und während sie mit ihnen spielte, wurde er immer erregter. Seine Hände umkreisten ihren Po und massierten ihre Schenkel. Mit jeder Handbewegung wollte sie mehr. Lara war mittlerweile auch schon ganz warm und feucht. Ihre Hände glitten zu seinem Gürtel und öffneten geschickt die Schnalle. Während sie die Knöpfe seiner Hose aufriss, massierte Finn ihren gesamten Oberkörper mit seinen sanften Händen. Langsam zog sie ihm die Hose aus, und ihr Blick erstarrte, als sie zwischen seine Beine sah. Seine Erektion, die nur durch ein dünnes Stück Stoff verdeckt war, ließ Lara noch feuchter werden, und sie musste sich sehr zügeln, ihn nicht sofort in sich spüren zu wollen. Gerade als sie zu ihm hoch schaute, setzte sich Finn geschickt auf, und sie verlor sich in seinen Augen. Langsam streifte er erst einen und dann den zweiten Träger ihres BHs von den Schultern. Er bedeckte ihre Haut mit zärtlichen Küssen und öffnete gekonnt den Verschluss, um ihre Brüste mit festen, aber behutsamen Händen zu massieren. Er entledigte sich geschickt seiner Boxershorts und entblößte damit sein hartes Glied, welches

Lara mit beiden Händen umfasste und anfing zu streicheln. Finn schloss die Augen und stöhnte vor Lust und Erregung auf. Als er fast so weit war, um sich voller Lust zu ergießen, ergriff er ihre Hand und hielt inne. Sie schauten sich tief in die Augen, und seine Lippen näherten sich ihren und verschmolzen zu einem langen innigen Kuss. Sehr erregt zog er Lara auf seinen Schoß. Sie saß nun breitbeinig auf ihm, und nur ihr dünner Slip trennte sie voneinander. Erst langsam und dann immer schneller bewegte sie sich auf ihm. Er konnte nun spüren, wie feucht sie schon war, und glitt mit seiner Hand unter ihren Slip. Ein Stöhnen verriet ihm, dass Lara es genauso genoss wie er. Seine Finger tasteten sich zu ihrem Kitzler und umkreisten ihn, bis sie vor Erregung fast verrückt wurde. Das Blut schoss in ihr Geschlecht und ließ es anschwellen. Als sich Lara nach hinten lehnte, zog Finn ihr den Slip aus und streichelte ihre heißen, feuchten Schenkel. Seine Zunge brachte sie um den Verstand, sodass Lara sich ein Aufstöhnen nicht verkneifen konnte. Ihre Hände suchten Halt in seinem Lockenkopf, und sie schob in kurz von sich weg, um nicht sofort vor Wollust aufschreien zu müssen. Kaum hatte Lara ihn von sich gedrückt, zog sie Finn wieder zu sich, weil sie von seinen Liebkosungen nicht genug bekommen konnte. Langsam tastete seine Hand sich an ihrem Schenkel hinauf, und seine Finger ruhten nun in ihrer heißen Mitte. Finn streichelte ihre Innenschenkel, während er sie weiterhin mit seiner Zunge verwöhnte. Behutsam glitten seine Finger in sie hinein, und er massierte sie, bis Lara ihr erster Orgasmus aufbeben ließ. Sie konnte kaum von Finn genug bekommen und gab zu verstehen, dass sie ihn jetzt sofort in sich spüren wolle. Ihr Körper zitterte vor Lust, und als Finn endlich in sie eindrang, zuckte ihr Geschlechtsmuskel vor lauter Erregung, was ihn fast zur Ejakulation brachte. Nur mühsam konnte er sich beherrschen, um nicht sofort kommen zu müssen. Langsam bewegten sich ihre Hüften im gleichen Takt, und als beide nicht mehr an sich halten konnten, wurden ihre Bewegungen immer schneller. Ihre Lust wurde erst nach einem gemeinsamen Orgasmus völlig befriedigt, und zusammen fielen sie in einen erschöpften und tiefen Schlaf.

„Guten Morgen!" Verschlafen blinzelte Lara in die Richtung, von der sie die Stimme wahrgenommen hatte. Sie brauchte einige Sekunden, um richtig munter zu werden. Kaum hatte Lara die Augen ganz geöffnet, fiel ihr ein, was gestern geschehen war. Sie spürte noch immer seine heißen Küsse auf ihrer Haut, und ein Lächeln huschte über Laras Lippen. Finn beobachtete sie und gab ihr einen Kuss auf die Lippen. Sofort rümpfte sie ihre Nase und wies ihn freundlich darauf hin, wo er eine Zahnbürste finden konnte. Brummend verließ Finn das Zimmer, ohne sich etwas anzuziehen. Lara konnte es nicht fassen, und erneut musste sie an diesem Morgen schmunzeln.

Nachdem sie für ihn und sich ein schnelles Frühstück zubereitet hatte, stand Ben in der Tür und beschwerte sich darüber, dass seine Verlobte Bekanntschaft mit einem nackten Jungen im Bad gemacht hatte. Lara erklärte ihm, dass er ein Freund von ihr sei und sie nicht verstehen konnte, warum seine Zukünftige so ein Problem damit habe. Ben war um seine Fassung bemüht, denn seine Freundin hatte sich sehr darüber aufgeregt und ihm damit keinen guten Start in den Tag beschert. Lara fand dies eher zum Lachen, entschuldigte sich aber in Finns Namen bei ihrem Bruder und versprach ihm, dass sie in einer halben Stunde wegfahren würden. Kaum hatte sie die Unterhaltung mit Ben beendet, stand Finn in der Tür und begrüßte Lara mit einem zaghaften Kuss auf die Wange.

Wortlos verspeisten sie ihre Brötchen, und keiner der beiden sagte auch nur ein Wort. Hastig trank sie ihren Kaffee und versuchte, ein Gespräch in die Gänge zu bringen. „Wo wohnst du eigentlich?", wollte sie von ihm wissen und räumte nebenher das Geschirr in den Spüler.

„Wie kommst du denn jetzt darauf?", bekam Lara als Gegenfrage und blickte in sein verwirrtes Gesicht.

„Na, damit ich weiß, wo ich dich absetzen kann, denn ich muss gleich los!" Enttäuschung machte sich auf Finns Gesicht bemerkbar, doch er versuchte, die Haltung zu bewahren.

„Du kannst mich beim Alten Gerichtsgebäude absetzen, da steht noch mein Fahrrad." Kaum hatte er diesen Satz ausgesprochen, war Lara schon auf dem halben Weg nach draußen, um in der Garage nach einem Helm zu suchen. Nach kurzem Durchstöbern war sie durchaus erfolgreich. Ob Finn das auch so sehen würde, dessen war sich Lara nicht sehr sicher.

Keine Viertelstunde später waren sie wieder auf ihrer Schwalbe unterwegs. Aber dieses Mal war Lara viel wohler beim Fahren, auch wenn Finns Beine endlos lang schienen und ihr somit das Lenken erschwerten. Der knallrote Helm mit einem unpassenden orangenen Streifen in der Mitte schien Laras Mutter in den Siebzigerjahren gehört zu haben. Finn sah total lächerlich aus, doch ihr war es egal, denn Lara fühlte sich damit sicherer als wieder mit seiner Strickmütze. Nachdem sie ihn am vorher gewünschten Ort abgesetzt hatte, fuhr sie zu ihrer Freundin Charly. Lara erfüllte die ruhigen Straßen am Morgen mit dem lauten Knattern ihrer grünen Schwalbe. Der Fahrtwind erfrischte ihr Gesicht und trieb ihr Tränen in die Augen. Sofort wischte sie sich mit der linken Hand die feuchten Augen trocken. Charly sollte nicht den Eindruck haben, sie hätte geweint, denn danach fühlte sich Lara überhaupt nicht. Die letzte Nacht war unglaublich schön gewesen, und sie hatte jede einzelne Sekunde und Berührung genossen. Doch es gefiel ihr überhaupt nicht, wie anhänglich er sich am Morgen verhalten hatte. Gerade seinen stolzen und unabhängigen Stil hatte sie gestern so bewundert. Insgeheim wusste Lara, dass sie Finn eine Chance hätte geben sollen, die er höchstwahrscheinlich auch sinnvoll genutzt hätte. Doch ein weiteres Mal konnte sie sich einfach nicht für eine Beziehung motivieren und nahm den kürzeren und einfacheren Weg: Sie flüchtete vor ihren Gefühlen und dem Unbekannten.

Als Charly das vertraute Knattern der Schwalbe wahrnahm, wusste sie sofort, dass Lara auf dem Weg zu ihr war, ohne dass sie sie überhaupt erwartet oder gesehen hatte. Freudig begrüßten sich die beiden und verschwanden in Charlys Zimmer.

„Ich will alles wissen, jede Einzelheit; und wehe, du verschweigst mir auch nur ein spannendes Detail!", neckte Charly ihre Freundin und konnte es kaum erwarten, die Geschichte zu hören.

Lara schmunzelte und berichtete ihr von der abenteuerlichen Fahrt von den Dresdner Filmnächten zu ihrem Elternhaus. Lara ließ zwar doch einige intime Details aus, doch im Großen und Ganzen war Charly jetzt auf dem aktuellsten Stand.

Aufmerksam hatte sie sich alles angehört und fragte: „Und jetzt? Seid ihr nun ein Paar? Wo ist Finn eigentlich?" Ihre Neugier sprudelte nur so aus ihr heraus.

„Wir sind definitiv nicht zusammen! Ich kenne ihn ja überhaupt nicht, und außerdem ist mir gerade nicht nach einer festen Bindung", hörte Lara sich selber reden und glaubte nicht wirklich, was sie da von sich gab. Sie wünschte sich nichts sehnlicher als eine harmonische, funktionierende Beziehung; und doch nahmen jedes Mal, wenn sie dabei war, sich zu verlieben, ihre Ängste und Zweifel überhand, und sie ergriff die Flucht. Hoffentlich konnte sie Charly wenigstens damit überzeugen, denn sie hatte keine Lust auf Diskussionen.

Ihre Freundin bemerkte, dass sie innerlich mit sich zu kämpfen hatte, doch Charly biss sich auf die Lippen. Sie verkniff sich eine Aussage, die sie in ihrem Kopf schon zurechtgelegt hatte. Stattdessen meinte sie nur: „Na gut, du musst ja wissen, was du willst. Gestern Abend jedoch hast du richtig glücklich gewirkt, und ich hätte schwören können, dieses Mal würdest du dranbleiben. Na ja, Finn wird nicht der Letzte sein, und in zwei Monaten führen wir das gleiche Gespräch, nur über einen anderen Jungen."

Lara lächelte ihrer Freundin zufriedenen zu und entgegnete ihr: „Du kennst mich eben zu gut! Wenn der Richtige kommt, werde ich schon nicht davonlaufen. Und falls doch, musst du mir eben mal in den Hintern treten." Lachend stimmte Charly ihr zu und versicherte, dass sie sich diese Gelegenheit auf keinen Fall entgehen lassen würde.

9.

Hertha hatte sich von ihrem Schlaganfall fast vollständig erholt. Nur das Laufen bereitete ihr nach wie vor Probleme. Mit ihrer schnellen Genesung und der vorzeitigen Entlassung aus dem Krankenhaus hatte sie die Ärzte, Schwestern und vor allem Lara zum Positiven überrascht.

Bei der täglichen Morgenvisite ließ sie den Chefarzt immer wissen: „Das Leben ist hart, aber ich bin Hertha!" Wahrscheinlich gerade wegen dieser Einstellung hatte sie noch einige glückliche Jahre vor sich, welche sie und Lara immer mehr zusammenschweißten.

Das Mädchen wuchs mittlerweile zu einer jungen Frau heran und begeisterte Hertha mit ihrer Art immer wieder. Sie war stolz und aufgeschlossen, und ihre ständig gute Laune steckte die alte Dame jedes Mal an, wenn Lara zu ihr kam, um für sie einzukaufen oder zu kochen. Hertha erfreute sich daran, dass Lara mit viel Spaß und Interesse ihre Ausbildung absolvierte, und sie fieberten zusammen dem Abschluss entgegen.

Die Zeit kurz vor den letzten Prüfungen war für das junge Mädchen nicht leicht gewesen. Lara hatte sehr mit ihrer Nervosität und der Angst, dem Leistungsdruck nicht gewachsen zu sein, zu kämpfen. Hertha konnte sie mit ihren flotten Sprüchen und Ratschlägen zwar meistens wieder aufmuntern, jedoch war Lara noch immer schrecklich aufgeregt. Jeden Tag hatte sie bis in die späten Abendstunden gelernt, bis sie erschöpft einschlief.

Die letzte Woche vor den Abschlussprüfungen setzte ihr so zu, dass Lara tagelang nicht mehr richtig schlafen konnte. Sie stand völlig neben sich und vertraute sich letztendlich ihrer Apothekerin an. Diese machte Lara zwar Mut, hielt jedoch nichts von der Idee, Schlafmittel oder Baldrian zur Beruhigung zu nehmen.

„Wieso arbeitest du dann in einer Apotheke, wenn du von den Arzneimitteln nicht viel hältst?", wollte Lara, vor Schlafmangel gereizt, von ihr wissen.

„Ich sage ja nicht, dass du gar nichts nehmen sollst. Aber wenn du dich mit Tabletten vollstopfst, die dich lahmlegen, kann es passieren, dass du nicht nur durchschläfst, sondern auch deine Auffassungsgabe und Konzentrationsfähigkeit darunter leiden. Und genau so etwas brauchst du in deiner Prüfungszeit bestimmt nicht! Oder?", verteidigte sich Jana und versuchte, eine Zustimmung in Laras Blick zu finden.

„Du hast ja recht!", gestand sie ein. „Ich werde es heute Abend mit einem heißen Bad versuchen, und vielleicht schlafe ich danach endlich mal wieder durch." Lara bedankte sich und widmete sich wieder dem schwergewichtigen Medizinbuch.

Nach mehreren Stunden und einem vor Schmerz hämmernden Kopf beendete sie ihr Lernen für diesen Tag und machte sich auf den Heimweg. Nachdem sie ein leichtes Abendbrot zu sich genommen hatte, bereitete sie das heiße Bad vor. Lara gab Lavendelzusatz in das schäumende Wasser und hoffte, es werde ihr helfen zu entspannen.

Sie liebte es, lange in der Badewanne zu verweilen, doch heute konnte sie einfach nicht abschalten. Nach einer halben Stunde gab sie das Vorhaben auf und ging ins Bett. Eine weitere, schlaflose Nacht verging, und langsam sah man ihr die Übermüdung an.

Der nächste Tag verlief schleppend, und mit dem Lernen kam Lara nicht so recht voran. Ihre Motivation schien sich über sie lustig zu machen. Jedes Mal, wenn sie sich aufraffte und einen erneuten Versuch unternahm, die lateinischen Bezeichnungen ins Deutsche zu übersetzen, überkam sie die Müdigkeit, und ihre Konzentration war verschwunden.

Verzweifelt rief Lara ihre beste Freundin an und fragte um Rat. Charly versprach, in einer halben Stunde vorbeizukommen, und machte sich auf den Weg zu ihr, kurz nachdem sie in der Hausapotheke ihrer Mutter gewütet hatte. Lara empfing sie mit einem matten Lächeln, und sofort fielen Charly die bläulich eingefärbten Augenringe auf. „Ich kann mir einfach nicht die lateinischen Bezeichnungen und ihre Wirkstoffe merken", heulte Lara sofort los und vergrub ihren Kopf in den Händen.

„Wann ist denn Latein dran?", fragte Charly und suchte in der Tasche nach den Tabletten, die sie aus dem Medizinschrank zu Hause entnommen hatte.

„Arzneimittelkunde findet morgen früh gleich als Erstes statt!", entgegnete Lara, und ein verzweifeltes Schluchzen folgte.

„Morgen? Na das fällt dir aber auch sehr zeitig ein! Wieso hast du nicht schon eher mit dem Lernen angefangen?", wollte Charly wissen und sortierte die Tabletten in drei Häufchen.

„Latein fällt mir eigentlich total leicht, und da hab ich mich hauptsächlich nur auf die anderen Fächer konzentriert. Aber gestern hab ich mich dann mit den Wirkstoffgruppen auseinandergesetzt und festgestellt, dass ich doch so einiges vergessen habe. Nun bin ich zu müde zum Lernen und bekomme gar nichts mehr in meinen Kopf!", schimpfte Lara und verfluchte den fast zum Zerplatzen gefüllten Ordner. Verwirrt schaute sie auf die drei Tablettenstapel. „Was sortierst du da eigentlich?", wollte sie wissen und nahm sich eine der Tabletten. Sie konnte nichts erkennen; weder die Milligramm-Angabe noch der Name waren auf der Tablette eingraviert.

„Ich habe dir ein paar Pillchen von meiner Mutter mitgebracht", antwortete Charly mit einem Lächeln auf den Lippen.

„Aha, und warum hast du sie sortiert?", fragte Lara mit skeptischer Miene.

„Also, die hier sind sogenannte ‚Leck-mich-am-Arsch-Tabletten', die daneben helfen dir, einzuschlafen, und diese hier stärken die Konzentrationsfähigkeit und putschen dich auf." Während Charly ihrer Freundin die Wirkungen der verschiedenen Tabletten erklärte, zeigte sie mit ihrem Finger auf die jeweiligen Tabletten und wartete mit zufriedenem Gesichtsausdruck auf Laras Reaktion.

„Weißt du eigentlich, wie die Tabletten alle heißen? Ich will mir ja nicht mein Hirn mit irgendwelchen zusammengepressten chemischen Substanzen lahmlegen!" Unsicher schaute sich Lara noch die anderen Tabletten genauer an und konnte auch auf jenen weder die Stärke noch den Namen finden.

„Von den Namen hab ich keine Ahnung! Du bist doch diejenige, die in einer Apotheke arbeitet!", gab Charly lachend zurück und versicherte ihrer misstrauischen Freundin, dass die Tabletten ihrer Mutter immer sehr gut helfen würden.

„Und wie hast du sie auseinandergehalten? Sie sehen doch alle gleich aus!" Lara schmiss die Tablette zurück zu einem der Haufen, ohne zu wissen, woher sie sie genommen hatte. „Na, ich hab sie in drei verschiedenen Tüten hertransportiert, was hast du denn gedacht? Ich glaube, du solltest unbedingt eine von den ‚Leck-mich-am-Arsch-Tabletten' probieren! Du stehst ja völlig neben dir."

Damit hatte Charly verdammt recht, denn ihre Freundin war der Verzweiflung sehr nahe. Der Schlafentzug setzte ihr mittlerweile richtig zu, und die Prüfungsangst machte es ihr auch nicht leichter. Nachdem Lara eine von den „Wunderpillen" probiert hatte, entspannte sie sich ein wenig; so sehr sogar, dass sie allmählich müde wurde. Doch weil ihr noch ein halber Lerntag bevorstand, nahm sie eine der Aufputschpillen von Charly gerne an, und zusammen begannen sie, Eselsbrücken für die lateinischen Wirkstoffe und Arzneimittelbeschreibungen zu erfinden.

Am späten Abend verabschiedete sich Charly mit einem guten Gefühl von Lara. Sie hatten viel und lange gelernt. Die Eselsbrücken waren ein voller Erfolg, und freudig bedankte sich Lara nochmals bei ihrer Freundin, die ihr viel Glück für die morgige Abschlussprüfung wünschte.

Nach weiteren zwei Stunden lag Lara erschöpft im Bett und versuchte vergeblich zu schlafen. Sie durchwühlte die bis an den Rand vollgestopfte Schreibtischschublade und atmete erleichtert auf, als sie die drei Tüten mit den Tabletten endlich fand. Nach mehrmaligem Überprüfen glaubte sie, die Aufputschtabletten zu erkennen, und verstaute sie wieder in jener Schublade. Lara betrachtete immer und immer wieder die zwei verschiedenen Tabletten in ihrer Handfläche, konnte sie aber nicht unterscheiden. Verzweifelt entschloss sie sich für eine und würgte sie mit einem Schluck Wasser hinunter. Da die Tablette einige Zeit brauchte, um den Wirkstoff freizusetzen, nahm sich Lara erneut ihren Ordner und versuchte zu lernen. Sie konnte sich jedoch nicht mehr konzentrieren und schaute sich mit Desinteresse Bilder von furchtbaren Verbrennungen, künstlich gelegten Darmausgängen und Ekzemen an. Es dauerte einige Zeit, bevor Lara endlich bemerkte, dass sie wohl zur falschen Tablette gegriffen hatte, denn im Unterricht musste sie sich immer fast übergeben, wenn es um Stoma oder Katheterlegen ging. Nun spürte sie jedoch gar keine Emotionen. Sie empfand weder Ekel noch Mitgefühl für den armen Säugling, der am ganzen Körper schreckliche Neurodermitis hatte. Schnell stand sie auf und griff nach der anderen Tüte. Sie nahm einen großen Schluck Wasser und spülte so die Schlaftablette hinunter.

Mittlerweile war es schon nach drei Uhr früh am Morgen, doch es schien Lara nicht im Geringsten zu stören. Die Tabletten von Charlys Mutter hatten ihre Emotionen und Wahrnehmungen komplett betäubt.

Warme Sonnenstrahlen kitzelten ihre Nase. Nur langsam erwachte sie aus ihrem komatösen Zustand und hielt sich mit einem schmerzverzerrten Gesicht den Kopf. Lara fühlte sich wie benommen und konnte sich an den vorherigen Abend nicht mehr erinnern. Sie schlürfte völlig schlaftrunken in das Badezimmer und nahm erschrocken ihr Bild im Spiegel wahr. Sie wunderte sich über ihre zu Berge stehenden Haare; ein Versuch, sie mit den Händen einigermaßen herzurichten, war erfolglos. Es war zwar nicht das erste Mal, dass ihre Haare über Nacht machten, was sie wollten, doch so zerwühlt sah Lara eigentlich nur nach wild durchzechter Nacht aus.

Nachdem sie sich halb schlafend die Zähne geputzt hatte, schlich sie zurück in ihr Zimmer und ließ sich auf das Bett fallen. Mit erneut schmerzverzerrtem Gesicht stöhnte Lara auf und hielt sich die Schulter. Sie schob die Decke ein wenig zur Seite, um zu sehen, was sich eben unsanft in ihre Schulter gebohrt hatte. Überraschend fand Lara den dicken, sperrigen Ordner unter der Decke, und langsam erwachten ihre müden Geister. Benommen suchte sie nach ihrem Handy und stellte entsetzt fest, dass die Prüfungen heute begonnen. Ruhig versuchte Lara, die Uhrzeit zu erkennen, und als sie bemerkte, dass sie nur noch zwanzig Minuten Zeit hatte, machte sie sich sofort auf den Weg in Bens Zimmer.

„Guten Morgen!", rief Lara in den Raum hinein. Doch außer einem kurzen Knurren kam nichts zurück. „Ben, hast du Zeit, mich zum Institut zu fahren?", wollte sie nun wissen und lehnte sich, auf Antwort wartend, an den Türrahmen.

„Was? Fahr doch selber, ich schlafe noch", erwiderte er genervt und drehte sich mit dem Gesicht zur Wand.

„Würde ich ja, aber mit meiner Schwalbe brauche ich eine halbe Stunde, und in zwanzig Minuten fangen die Prüfungen an." Lara stand mit verschränkten Armen in der Tür und hätte sich fast selbst noch mal hingelegt, wenn Ben nicht erschrocken aufgesprungen wäre.

„Was? Wie spät ist es denn? Was erzählst du denn da?", wollte ihr großer Bruder wissen und glaubte, sich verhört zu haben, als er vernahm, wie spät es schon war. Während er in Sekundenschnelle in seine Jeans schlüpfte, stand Lara noch immer an derselben Stelle und beobachtete ihn dabei, wie er sich anzog.

„Lara, was machst du denn? Zieh dich an! Schnell!" Er packte seine Schwester bei den Schultern, drehte sie um und schob sie in ihr Zimmer.

„Aber was soll ich denn anziehen?", stotterte Lara und war sichtlich irritiert, dass ihr Bruder auf einmal so aufgeregt war.

„Egal, irgendwas eben! Wenn du fertig bist, kommst du sofort raus, und ich lasse derweil das Motorrad warm laufen!", sagte er zu ihr und verschwand. Lara folgte unterdessen seinen Anweisungen, und nach nur drei Minuten war sie vollständig umgezogen und setzte sich hinter Ben auf das Motorrad.

Langsam schien die Wirkung der „Leck-mich-am-Arsch-Tablette" nachzulassen, und sie drängte ihren Bruder, endlich loszufahren. „Vielleicht setzt du erst einmal deinen Helm auf!", gab er gereizt zurück und deutete auf den Rasen, wo ihr Helm lag.

„Gute Idee!", entgegnete sie ihm knapp und war auch schon auf dem Weg.

Kurz vor knapp erreichte Lara den Hörsaal und schlenderte in den riesigen Raum. Verärgert kam ihr Klassenlehrer, welcher auch im Prüfungsvorstand saß, auf sie zu: „Lara, warum bist du denn so spät? Wir wollten gerade anfangen!"

Ein entschuldigendes Heben und Senken der Schultern verriet dem Prüfer, dass es ihr leidtat. Ganz oben, in der vorletzten Reihe, nahm Lara Platz und verstaute ihren Helm und die Jacke. Kaum hatte sie dies getan, wurden schon die Türen geschlossen. Die drei anwesenden Prüfer stellten sich vor der Tafel in einer Reihe auf, und ein bärtiger Mann belehrte die aufgeregten Prüflinge. Lara konnte weder etwas erkennen, noch verstand sie ein Wort. Schulterzuckend lehnte sie sich zurück und versuchte durch mehrmaliges Zwinkern, ihre Augen dazu zu bringen, wieder scharf zu sehen. Langsam wurden die Bilder immer klarer, und gerade als Lara auffiel, dass sie keinen Kuli dabeihatte, stand einer der drei Prüfer vor ihr und hielt ihr einige Blätter unter die Nase. Erschrocken blickte Lara auf und konnte deutlich den Zorn des Lehrers spüren. Sie hatte ganz offensichtlich keinen guten Eindruck hinterlassen und schaute nun schuldbewusst zu dem bärtigen Mann auf: „Entschuldigen Sie, ich habe meine Stifte vergessen. Sie können mir nicht zufällig einen leihen?", fragte Lara und zuckte erschrocken zusammen, als sie einen sehr aufgebrachten und verärgerten Gesichtsausdruck erntete.

„Sagen Sie mal, sind Sie denn von allen guten Geistern verlassen? Erst kommen Sie zu spät und ohne eine erklärende Entschuldigung, und nun fragen Sie mit aller Dreistigkeit nach einem Kuli!" Der Mann hatte sich mittlerweile so richtig in seine Wut hineingesteigert und kam ihr mit seinem Gesicht gefährlich nahe. Mitten auf seiner Stirn stach eine dunkelblaue Ader hervor, und Lara konnte genau beobachten, wie sie zu pochen begann und sein Gesicht sich von Sekunde zu Sekunde rötlicher verfärbte. Verwirrt schaute sie sich nach beiden Seiten um und starrte hilflos in die schockierten Gesichter ihrer Mitschüler. Jede einzelne Person in dem großen Hörsaal schien vollkommen überfordert zu sein.

„Wo sind nur die anderen Prüfer?", dachte sich Lara und nahm allen Mut zusammen, um der unangenehmen Situation ein Ende zu setzen. „Nun beruhigen Sie sich mal wieder. Sie bekommen ja schon Schaum vor dem Mund!", feuerte sie dem verdutzten Lehrer entgegen und lehnte sich nach hinten, um ihre Mitschülerin besser zu sehen. „Hast du vielleicht einen Stift für mich?", wollte Lara von einer ihrer Klassenkameradin wissen und forderte sie mit einer Handbewegung auf, ihr den Kuli zu zuwerfen. Gerade als Lara den Stift geschickt auffing, knallte der Prüfer mit seiner flachen Hand auf den Tisch und gab sich seiner Wut völlig hin.

Endlich hatte es ihr Klassenlehrer bis in die vorletzte Reihe geschafft und packte seinen Kollegen an den Schultern und drehte ihn zu sich um: „Mensch, Richard! Jetzt beruhige dich mal wieder! Lara wird bestimmt eine plausible Erklärung haben, weshalb sie so spät dran war, aber dafür ist jetzt keine Zeit. Lass uns die restlichen Prüfungen verteilen und beginnen." Geduldig, aber bestimmend schaute er seinem Kollegen in das wutentbrannte Gesicht und atmete erleichtert auf, als er sah, wie sich sein Ausdruck langsam entspannte. Kopfschüttelnd lief der bärtige Mann die steilen Treppen hinunter und nahm auf einem der Stühle Platz. Lara schaute ihrem Klassenlehrer dankend in die Augen und senkte schuldbewusst den Kopf, als sie seinen Ärger spürte. Kurz darauf hatten auch endlich die letzten Prüflinge ihre Unterlagen erhalten, und es konnte losgehen.

In Laras Kopf herrschte das totale Chaos; sie konnte keinen klaren Gedanken fassen, geschweige denn sich auch nur an eine der vielen Formeln erinnern. Verwirrt überblätterte sie den chemischen Teil, und ihr Blick blieb bei den Drogenbezeichnungen hängen. Lächelnd schrieb sie die erste lateinische Bezeichnung hinter die deutsche und fuhr aufgeregt fort. Immer wieder musste sie sich ein lautes Auflachen verkneifen. Dies fiel ihr unendlich schwer, doch sie traute sich nicht mehr, auch nur einen einzigen Mucks von sich zu geben. Zu sehr hatte sie schon die Aufmerksamkeit der Prüfer auf sich gezogen und hütete sich davor, ein weiteres Mal im Mittelpunkt des Interesses zu stehen. Während Lara sich durch die lateinischen Begriffe arbeitete, schickte sie immer wieder dankende Stoßgebete zum Himmel. Sie konnte sich zwar an fast kein Vorkommnis des gestrigen Abends erinnern, doch die Eselsbrücken, die sich Charly und sie für die komplizierten Namen ausgedacht hatten, entfalteten sich nun in voller Blüte in ihrem Kopf.

Als Erstes wurde ihr Wissen über Krautdrogen ausführlich auf die Probe gestellt. Überaus motiviert las sich Lara die erste Frage durch. Die Inhaltsstoffe Kieselsäure und Flavonoide sowie die Verwendung in der Durchspültherapie verrieten ihr, dass es sich um Schachtelhalmkraut handeln musste. „Gut. Kraut heißt ‚herba', und eine Schachtel hat vier Ecken ... Ecken, ha! Equiseti herba. Das war einfach, hoffentlich sind die anderen genauso leicht!", dachte sich Lara und kam mit dem Schreiben kaum ihren Gedanken hinterher.

Bei der nächsten Aufgabe handelte es sich um Blattdrogen zur Darmreinigung, die nur kurzfristig angewendet werden dürfen und durch Kaltauszug hergestellt werden. „Wie einfach! Senna, der frühere Formel-1-Fahrer, litt zu Zeiten seiner größten Erfolge unter Darmträgheit und löschte seinen Durst dadurch fast ausschließlich mit Sennesblättertee", hörte sich Lara gedanklich sagen. Sennesblätter ließen sich auch einfach übersetzen, und freudig schrieb sie in die frei gelassene Stelle: „Sennae folium".

Als Nächstes wurde nach einer schweißtreibenden Blütendroge, die Flavonoide, Gerb- und Schleimstoffe enthielt, gefragt. Erneut machte sich ein Lächeln auf ihren Lippen breit, denn die Eselsbrücke erinnerte sie an den immer nach Schweiß stinkenden Til, welcher ständig Husten hatte. Der gesuchte Begriff war „Lindenblüten", welche im Lateinischen „Tiliae flos" hießen und bei „Katarrhen" der Atemwege eingesetzt wurden. Lara war begeistert, sie hatte tatsächlich Spaß an der Prüfung und ging über zu den Wurzel- und Wurzelstockdrogen. Als nach der lateinischen Bezeichnung und der Verwendung von Baldrian gesucht wurde, musste sie nicht lange warten, und schon kam ihr der Gedanke von der nervösen Valerie. Jene hatte ganz offensichtlich Schlafstörungen und war ständig aufgeregt. Es war also mehr als einfach, die Frage richtig zu beantworten. „Valerianae radix" war die richtige Bezeichnung, und Baldrian wurde vor allem bei nervösen Unruhezuständen sowie Schlafstörungen angewendet. Iris, eine junge und überstrapazierte Mutter, hatte letzte Woche ein blaues Veilchen im Gesicht, welches nicht durch häusliche Gewalt verursacht wurde, sondern durch ihren fiebernden Sohn. Jener hatte Probleme mit seinen ersten Zähnchen. Die korrekte Bezeichnung für „Veilchenwurzel" war demnach „Iridis rhizoma", auch bekannt als „Beißwurzel" für zahnende Kinder.

Zufrieden beendete Lara das Kapitel „Drogen" und widmete sich nun den Arzneimittelgruppen und deren Wirkung sowie Anwendung. Die erste Frage lautete: „Was sind Antidote?" Lara lächelte zufrieden, als ihr die passende Eselsbrücke in den Sinn kam. „Anti" bedeutet „gegen", und tauscht man nun das „d" in ein „t", heißt es „Antitote". Folgerichtig notierte Lara, dass es sich hierbei um ein Gegenmittel zur Behandlung von Vergiftungen handele, und laut Apothekenbetriebsordnung müssten in allen Apotheken bestimmte Antidote immer vorrätig sein.

Mindestens genauso einfach gelangte sie zu der Antwort auf die nächste Frage: „Was sind Diuretika?" Diuretisch wirksame Drogen fördern die Harnausscheidung. Während Lara diese Zeilen aufschrieb, hörte sie Charly gedanklich immer und immer wieder den gleichen Satz sagen: „Diuretisch musste viel pullern, wenn du praktisch viel trinkst." Kopfschüttelnd lachte Lara leise in sich hinein und schaute bemitleidenswert zu ihrer Mitschülerin Carmen hinüber. „Hatte ihre Mutter gewusst, dass Karminativa blähungstreibende Mittel sind, die krampflösend und beruhigend auf die Muskulatur des Verdauungstraktes wirken? Sicher nicht! Denn sonst hätte sie ihre Tochter bestimmt nicht mit diesem Namen bestraft", dachte sich Lara, und gerade als sie die Wirkungen und Anwendungen von „Sedativa" aufschreiben wollte, erinnerte sie sich plötzlich an die Tabletten vom vorherigen Abend.

Blitzartig fiel ihr alles wieder ein: wie sie nicht einschlafen konnte und dann die Tabletten falsch zugeordnet hatte und sich daher, wenige Stunden vor der großen Prüfung, einen selbst zusammengestellten Tablettencocktail verabreichte. „Wie konnte ich nur so verantwortungslos handeln?", fragte sie sich gedanklich selber. Kopfschüttelnd versuchte sie, nicht mehr daran zu denken, und widmete sich wieder den Prüfungsaufgaben. Lara hatte inzwischen Mut gefasst und versuchte sich nun in Chemikalienkunde und Verbotsverordnung. Die Eichordnung, Maß- und Gewichtsgesetze bereiteten ihr weniger Probleme. Sie hatte viel mehr mit dem Periodensystem der Elemente zu kämpfen.

Schon auf dem Gymnasium hatte Lara Chemie gehasst; und was für ein Glück, dass hier wenigstens niemand etwas von Physik verlangte! Denn dieses Schulfach lag ihr noch weniger. Sie war dahingehend ein typisches Mädchen. Ihr fielen Fächer wie Deutsch, Sprachen und Biologie leicht, sollte sie sich aber räumlich etwas vorstellen, schätzen oder im Physikunterricht Experimente durchführen, rauchte ihr der Kopf.

Ein Adrenalinschub tat sein Übriges, und wie von selbst fielen Lara plötzlich wieder alle organischen und aromatischen Verbindungen ein. Nachdem sie die Ringe mit den Doppelbindungen richtig zusammengesetzt und zu dem gefragten Benzol die charakteristischen Merkmale aufgeschrieben hatte, widmete sie sich dem letzten Teil der Prüfung zu, der Stöchiometrie. „$2\,NaOH + H_2SO_4 = Na_2SO_4 + 2\,H_2O$, Natronlauge + Schwefelsäure = Salz (Natriumsulfat) + Wasser" lautete die Mischungsrechnungsaufgabe und war um vieles einfacher, als Lara zuvor angenommen hatte. Sie erinnerte sich richtig, welcher Wirkstoff mit welcher Zugabe wie reagierte, und kam schnell zu dem gefragten Ergebnis.

Das Kalkulieren fiel ihr schon immer leicht, und die Buchführung bereitete ihr noch weniger Probleme. Die Aufgabe zur Gewinn- und Verlustrechnung erschien Lara fast zu einfach, und furchtbar gern hätte sie die Aufgabe noch einmal durchgerechnet. Doch um sich abzusichern, hatte Lara leider keine Zeit mehr. Kaum widmete sie dem letzten Blatt ihre Aufmerksamkeit, kündigte einer der Prüfer die letzten fünf Minuten an und bekam ein Stöhnen und Fluchen aus allen Ecken des Hörsaales zurück. Gerade rechtzeitig beendete Lara die letzte Frage und gab dem bärtigen Mann, mit einem guten Gefühl im Bauch, ihre Lösungen der Prüfungsaufgaben.

„Mensch, Lara, was war denn los? Ich habe dich mindestens sechs Mal versucht anzurufen. Ich hatte schon gedacht, du drücktest dich vor den Prüfungen." Aufgeregt stand ihr Dani gegenüber und wollte alles ganz genau wissen.

„Ich habe verschlafen und in der Hektik meinen Ordner und die Federmappe vergessen!", gab Lara ganz ehrlich zu, ließ aber mit Absicht die Details über den Tablettencocktail am Abend davor aus. Stirnrunzelnd musterte Dani ihre Freundin, glaubte es ihr aber schließlich und war froh, dass Lara es doch noch rechtzeitig geschafft hatte.

„Wie fandest du denn die Fragen? Also ich finde, sie hatten es ganz schön in sich, und ich kann überhaupt nicht sagen, ob es gut oder schlecht lief", ließ Dani ihre Freundin wissen und suchte in ihrem Ordner ziellos nach Antworten, auf die sie keine Fragen hatte.

„Also bis auf Chemie fand ich es eigentlich ganz einfach", sagte Lara, woraufhin Dani sie entsetzt anblickte.

„Ich weiß ja nicht, was du zu dir genommen hast, aber einfach war die Prüfung bestimmt nicht! Hoffentlich werden Apothekenwirtschaftslehre, Allgemeine Wirtschaftslehre, Sozialkunde und Englisch leichter", entgegnete sie Lara und schaute sie ungläubig an.

„Darüber machen wir uns später Sorgen! Und nun lass uns erst einmal etwas essen, denn ich verhungere gleich!" Kaum hatte sie diesen Satz ausgesprochen, packte sie ihren Helm und ihre Jacke und forderte ihre Freundin mit einem Nicken zum Gehen auf.

Fragend standen beide vor dem Getränkeautomaten, und obwohl Lara zwar einen Espresso nötig hatte, entschied sie sich für einen leckeren Milchkaffee. Während der Automat lautstark das Getränk zubereitete, wählte sie zwischen all den Süßigkeiten eine Hanuta-Schnitte und drückte dafür zweimal die Taste drei, nachdem sie den Automaten mit fünfzig Cent gefüttert hatte. Zufrieden verspeisten die Freundinnen die kleine Mahlzeit und tauschten sich dabei angeregt über die soeben absolvierte Prüfung aus. Gerade als sie noch einen Blick in Danis Ordner werfen wollten, läutete die Schulglocke und verriet den beiden jungen Frauen, dass es Zeit war, zum Hörsaal zurückzukehren.

Mit ernster Miene musterte der bärtige Mann Lara, verkniff sich aber einen Kommentar und reichte ihr stattdessen die nächsten Prüfungsaufgaben. Nach drei weiteren Stunden, die ihr aber mindestens wie acht oder mehr vorkamen, war sie endlich erlöst und gab dem Prüfer die ausgefüllten Unterlagen.

Zeit zum Luftholen blieb Lara jedoch nicht, stattdessen eilte sie in den zweiten Stock, um sich im Labor einzufinden, wo die mündlichen Prüfungen stattfanden. Ihr knurrte unaufhörlich der Magen, doch dies störte ihre Konzentrationsfähigkeit nicht im Geringsten, und somit konnte sie die Prüfer mit ihrem umfangreichen Fachwissen beeindrucken. Der Tag verging wie im Flug, und erschöpft bedankte sich Lara bei Dani für die Heimfahrt.

10.

Drei Wochen später erhielt Lara die Prüfungsergebnisse und freute sich über den erfolgreichen Abschluss ihrer Lehre. Nachdem sie ihre Eltern über die freudige Neuigkeit in Kenntnis gesetzt hatte, machte sie sich auf den Weg zu Hertha.

Die alte Frau hatte Lara die letzten Wochen immer und immer wieder nach den Ergebnissen gefragt und konnte nun ihre Neugierde endlich stillen. Hertha setzte immer gute Noten voraus, umso stolzer machte es Lara, dass sie den Erwartungen ihrer Ersatzoma gerecht wurde.

Mit dem Zeugnis in der einen und einer Flasche Sekt in der anderen Hand machte sie sich auf den Weg zu der alten Dame, um sie zu überraschen. Wie gewohnt ging Lara um das große Haus herum, bis sie zu dem Schlafzimmer kam, welches sich nach hinten in den Garten erstreckte. Sie nahm sich den versteckten Hausschlüssel vom Fensterbrett, schlenderte mit einem großen Glücksgefühl im Bauch zurück, schloss die schwere Haustür auf und trat ein.

„Hallo, Hertha, ich bin es!", begrüßte Lara die alte Frau lautstark, damit sie sich nicht vor dem unangekündigten Besuch erschrak. Doch statt einer Antwort vernahm die junge Frau keinen einzigen Laut. Normalerweise machte Hertha immer gleich auf sich aufmerksam, auch dann, wenn sie auf der Toilette saß und Lara sich wünschte, sie würde sie nicht ins Bad bitten.

Noch bevor sie in das Wohnzimmer gelangte, wusste sie, dass irgendetwas nicht stimmte. Langsam und mit angehaltenem Atem öffnete sie sacht die Tür und schaute zögernd in das Zimmer. Hertha lag auf dem Sofa, auf welchem sie die letzten Jahre zugebracht hatte, seit sie bettlägerig geworden war. Erleichtert atmete Lara auf. Die alte Dame schien wahrscheinlich nur ein Nickerchen zu halten. Sie näherte sich Hertha mit behutsamen Schritten und blieb kurz vor dem Schlafsofa stehen, um sich zu ihr herunterzubeugen. „Hertha, ich bin es, Lara!", sagte sie und rüttelte leicht an ihrer Schulter. Nun wartete die junge Frau darauf, dass Hertha aufwachte, doch sie gab keinerlei Regung von sich. Besorgt näherte sich Lara noch mehr dem schon sehr faltigen Gesicht und flüsterte: „Hertha, bitte wach auf! Ich bin es doch. Wir haben etwas Großartiges zu feiern!"

Wieder reagierte die alte Frau nicht, weder ein schweres Atmen noch eine andere Bewegung war zu vernehmen. Ängstlich erhob sich Lara und musterte ihre lieb gewonnene Freundin. Eine ganze Minute verstrich, und sie stand wie erstarrt neben Hertha und wartete auf einen Atemzug. Doch ihre Erwartungen wurden enttäuscht: Die alte Frau lag leblos auf dem Sofa.

Die Sektflasche fiel Lara aus der Hand und landete mit einem lauten Knall auf dem Boden. Ihre Zeugnisse, welche sie bis eben noch in der anderen Hand gehalten hatte, schwebten langsam in Richtung Boden und verdeckten die Flasche unter sich. Mit zitternden Händen und bebendem Körper stand Lara da, ihren Blick auf den schlaffen Körper gerichtet. Zögernd hob sie ihre Arme, und als ihre Hände Herthas Gesicht berührten, fing Lara fürchterlich an zu weinen. Ihr gesamter Körper zitterte vor Verzweiflung und Trauer. Die Bilder vor ihren Augen verschwommen hinter dicken Tränen, die ihr in Strömen aus den Augen rannen. Sie konnte sich nicht beruhigen und gab sich ihren Emotionen voll hin. Wie lange hatte Hertha auf diesen Augenblick gewartet! All die Jahre war sie so stolz auf Lara gewesen, und in den letzten Wochen hatte sie ausschließlich und ununterbrochen nach den Prüfungsergebnissen gefragt. Wie sehr hatte Lara Angst gehabt, ihre Freundin zu enttäuschen! Nun hatte sie endlich ihr Zeugnis, das Herthas Erwartungen bei Weitem übertroffen hätte. Doch von all dem Erfolg würde sie nun nichts mehr mitbekommen, was Lara fast genauso schmerzte wie der Verlust, sich nicht von ihr verabschieden zu können. Sie schluchzte verzweifelt und lehnte sich gegen das Schlafsofa. Lara ergriff den leblos herunterhängenden Arm und weinte. Sie presste ihr Gesicht gegen die kalte Haut Herthas.

Doch plötzlich holte ein Rascheln Lara aus ihrer Trauer. Erschrocken setzte sie sich auf und schaute, mit angehaltenem Atem, in Herthas Gesicht. Doch diese verzog keine Miene, ihre Haut hing leblos an den alten Knochen herunter und bewegte sich keinen Millimeter. Enttäuscht fiel Lara wieder in sich zusammen, doch kurz darauf glaubte sie wieder, ein Rascheln zu vernehmen. Nun erhob sie sich ganz und erblickte Herthas rechten Arm, wie er an der Wand neben dem Sofa nach oben kroch. Vor Schreck schrie Lara laut auf, und als Hertha plötzlich ihre Augen mühsam öffnete, wich ein weiterer lauter Schrei einem hysterischen Lachen. „Hertha ich bin es. Kannst du mich verstehen?", wollte sie, ängstlich und aufgeregt zugleich, wissen. Doch die alte Frau schien sie weder zu hören noch wahrzunehmen. „Hertha, ich bin es! Bitte schau mich doch an! Ich weiß nicht, was ich tun soll." Lara rannen die Tränen über das Gesicht und brannten auf der roten Haut. Plötzlich schüttelte sie ihren Kopf. Wie konnte sie nur so dumm sein! Hertha schien auf der kompletten linken Körperhälfte kein Gefühl mehr zu haben. Das würde zumindest ihre kalten Glieder, welche schlaff an ihr herunterhingen, erklären. Sofort beugte sich Lara über Hertha und ergriff den rechten Arm, der orientierungslos an der Tapete rauf- und runterstrich. Nun glaubte sie auch eine Veränderung in Herthas Gesicht zu bemerken. Lara drückte den Arm fest an sich und starrte der alten Frau suchend in die leeren Augen. „Hertha, kannst du mich hören? Versuch bitte, mit den Augen zu zwinkern, wenn du meine Berührung spürst oder mich hören kannst." Die alte Frau schaffte es einfach nicht, ihre Augen ordentlich zu schließen und wieder zu öffnen. Lara war sich nicht sicher, ob sie das als ein „Ja" deuten sollte. „Kannst du meine Hand drücken?", wollte sie nun wissen und betete für ein Wunder. Sie spürte einen leichten Druck, und als Hertha die Hand zu ihrer linken Brust führte, wusste Lara, dass die alte Frau sie verstehen konnte. Überglücklich begann sie erneut zu schluchzen, doch sie versuchte, sich zusammenzunehmen. Je länger sie wartete und umso mehr Zeit verging, desto schlimmer würde der vermutliche Schlaganfall Schaden anrichten. Mit zitternden Händen wählte sie den Notruf wie schon einmal zuvor und erklärte sehr sachlich, was passiert war.

Der Krankenwagen war noch immer nicht zu hören, dabei war seit ihrem Anruf mindestens eine Viertelstunde vergangen. Nervös lief Lara im Wohnzimmer auf und ab und blieb immer wieder bei Hertha stehen, um sich zu vergewissern, dass sie noch am Leben war. Der beißende Urin- und Ausscheidungsgestank stand mitten im Raum, und obwohl sie gleich nach Beenden des Telefonates die Fenster weit aufgerissen hatte, entwich der widerliche Geruch einfach nicht.

Nach einer gefühlten Stunde traf der Rettungsdienst endlich ein. Doch dieses Mal waren die Sanitäter und der Notarzt alles andere als freundlich. Sie waren abgehetzt und gereizt. Keiner der Männer hörte auf Laras Beschreibungen. Stattdessen schob der Sanitäter sie unsanft beiseite und versicherte ihr beiläufig, dass sie sich nun um ihre Oma kümmern würden. Verstört stand die aufgeregte junge Frau neben der Zimmertür und beobachtete die zwei Männer. Plötzlich begann sich der Himmel mit dunklen Wolken zuzuziehen, und lauter Donner ließ Lara erschrocken zusammenzucken. Ein starker Platzregen setzte ein, und sie rannte zu den Fenstern, um sie alle zu schließen. Grelle Blitze erhellten für den Bruchteil einer Sekunde den Himmel, und die großen Tropfen trommelten gegen die Fensterscheiben und Rollläden. Lara betätigte den Lichtschalter, und die Strahlen aus den antiken Lampenschirmen spendeten den Rettern großzügig Licht.

Nachdem der Notarzt seine ersten Untersuchungen abgeschlossen und Hertha einen intravenösen Zugang gelegt hatte, hievten sie die alte Frau von ihrem Sofa auf die Trage. Mit einem stumpfen Knall landete Hertha unsanft auf der harten Liege, denn dem Sanitäter rutschten ihre Schultern aus den Händen. Erschrocken schrie Lara kurz auf und machte einen großen Schritt auf ihre Freundin zu. Doch sofort wurde sie unsanft nach hinten gestoßen mit der Aufforderung, nicht im Weg zu stehen. Kopfschüttelnd und mit Tränen in den Augen und noch mehr Wut im Bauch kam Lara der Aufforderung nach und lehnte sich wieder gegen die Wand. Sie versuchte, sich dabei so klein wie nur möglich zu machen. Kaum berührte ihr Rücken die Tapete, gaben alle Lampen ihren Dienst auf, und das Zimmer wurde von der Dunkelheit verschluckt. Wütende Rufe holten Lara zurück zum Geschehen. Sie war so sehr erschrocken, dass sie wie versteinert dastand und nicht in der Lage war, sich auch nur einen Millimeter zu bewegen. Beim Anlehnen war die junge Frau aus Versehen an den Lichtschalter gekommen und hatte diesen mit dem Schulterblatt nach unten gedrückt.

Verzweifelt suchte sie nun nach dem Schalter, doch Lara war zu aufgeregt, als dass sie ihn gleich gefunden hätte. Orientierungslos tastete sie mit beiden Händen an der Tapete entlang. Die wütenden Männerstimmen wurden mittlerweile immer unruhiger, was Lara noch mehr unter Druck setzte. Als sie endlich erfolgreich den Schalter gefunden hatte und umlegte, durchfluteten die Lampen das gesamte Zimmer wieder in einem hellen Licht, sodass sich Lara wie ein Gefangener, der beim Ausbruch erwischt wurde, fühlte. „Kannst du nicht ein bisschen aufpassen! Wir versuchen hier gerade, ein Leben zu retten", fuhr einer der Männer die verzweifelte Lara an und drückte sie unsanft beiseite, um an ihr vorbeizukommen. Ehe sie sich dessen versah, hatten es ihm seine Kollegen, mit Hertha auf der Trage, gleichgetan und waren auf dem Weg zum Krankenwagen.

Wie in Trance drehte Lara sich um und folgte ihnen nach draußen. Fast flüsternd fragte sie einen der Männer: „Wohin bringen Sie meine Oma denn jetzt?"

Genervt erwiderte ihr der stämmige Mann knapp: „In die Uniklinik!" Lara wandte ihren Kopf nervös hin und her, denn sie wusste nicht, was sie tun sollte. Am liebsten wäre sie sofort mit ins Krankenhaus gefahren, doch sie musste vorher noch Cora anrufen und ein paar Sachen für Hertha einpacken. Völlig eingeschüchtert und nervös entgegnete sie dem Sanitäter: „Ich fahre Ihnen mit meinem Auto nach. Ist das in Ordnung?"

Mit gereizter Stimme antwortete er ihr: „Mach, was du willst, Mädchen, aber wir müssen jetzt auf jeden Fall los, sonst ist es sowieso zu spät." Entsetzt blickte sie die drei Männer an, doch keiner schien sich auch nur im Geringsten für sie zu interessieren. Während zwei der Männer die Trage in den Wagen schoben, stieg der dritte vorn ein und startete den Motor. Ehe Lara auch nur in der Lage war, auf die unverschämte Antwort etwas zu kontern, knallte einer der Sanitäter die Türen zu, und der Krankenwagen fuhr mit aufheulenden Sirenen davon. Total fertig stand sie am Straßenrand und sackte in sich zusammen.

Eine warme Hand legte sich auf ihre Schulter und streichelte ihren Rücken beruhigend auf und ab. Langsam schaute Lara nach oben und erblickte das sanfte Gesicht von Coras Mutter. Sie half dem armen Mädchen auf, so gut sie nur konnte, denn sie war selbst schon über siebzig Jahre alt und nicht mehr so gut auf den Beinen. Dankend lehnte Lara sich an ihre Schulter, und gemeinsam gingen sie Richtung Hauseingang.

„Ich habe den Krankenwagen gehört, und als die Sanitäter ins Haus gegangen sind, hab ich gleich Cora angerufen. Sie ist in einem wichtigen Meeting bei einer großen Firma, irgendwo in …, ach, ich habe den Namen vergessen. Aber leider sehr weit auswärts, es wird also eine Weile dauern, bis sie wieder nach Hause kommt."

Nickend nahm Lara alles wahr und bedankte sich für ihre Mühen. Langsam gewann sie wieder die Kontrolle über sich und begann, einige Sachen für Hertha zusammenzupacken. Als Lara alles beisammenhatte, drückte sie die liebe Frau noch einmal und bat sie, ihre Eltern anzurufen, welche auf dem Weg zu einem Geburtstag waren. Nachdem sie Coras Mutter Marleens Handynummer gegeben hatte, machte sie sich auf den Weg zum Krankenhaus.

Als Lara die alte Frau das erste Mal sah, wurde sie bleich vor Entsetzen. Was hatten sie nur mit ihr gemacht? Hertha sah noch zerwühlter aus, als Lara sie zuvor gefunden hatte. Irgendetwas stimmte nicht. Mit konzentriertem Blick musterte sie die alte Frau und stellte mit Entsetzen fest, dass ihr die Ohrringe fehlten. Man hatte sie ihr nicht einfach abgenommen, das konnte Lara sofort erkennen, sondern offensichtlich mit Gewalt herausgerissen. Beide Ohrläppchen waren blutig und eingerissen.

Wutentbrannt stürmte Lara zu der erstbesten Schwester, die sie finden konnte, und verlangte eine Erklärung. „Was weiß ich, wahrscheinlich war das schon so!", entgegnete ihr die rundliche Frau genervt.

„Mit Sicherheit nicht! Vor einer Stunde habe ich sie gesehen, und da waren ihre Ohrringe noch dran!"

Schulterzuckend drehte sich die Frau um und wollte gehen. Doch Lara war schneller, tat einen großen Schritt um sie herum und stand mit verschränkten Armen vor ihr. „Ich geh hier erst weg, wenn Sie mir eine ordentliche Erklärung vorweisen können!"

Die Schwester atmete übertrieben laut ein und aus und sagte dann: „Wahrscheinlich sind sie bloß beim Ausziehen am Pullover oder so hängen geblieben."

Verdutzt schaute Lara die Frau ernst an und schüttelte danach erneut mit dem Kopf. „Ich möchte gar nicht wissen, was Sie mit den armen Patienten hier anstellen. Ich verlange sofort die Sachen meiner Oma!" Lara versuchte, sich größer zu machen, als sie war, und das offensichtlich mit Erfolg. Genervt machte sich die Krankenschwester auf den Weg, um Herthas persönliche Kleidungsstücke zu holen.

Angewidert verzog Lara das Gesicht: Dies konnte doch einfach nicht wahr sein! Die Ohrringe waren immer noch verschwunden und würden es wohl auch bleiben, darüber war sie sich im Klaren. Stattdessen bekam sie eine Tüte mit durch Urin und Kot beschmutzten Sachen. Lara schüttelte den Kopf. Sie konnte vor Entsetzen kein Wort mehr sagen, stellte die Tüte ab und setzte sich zu Hertha ans Bett.

All die lebenserhaltenden Geräte schüchterten die junge Frau nur noch mehr ein, und wieder kullerten dicke Tränen aus Laras Augen. Sie streichelte den kalten Arm Herthas, doch dieser gab keine Reaktion von sich. Liebevoll strich sie der alten Dame die weißen Locken aus der Stirn und glaubte, eine kleine Bewegung vernommen zu haben. Mit angehaltenem Atem beobachtete sie Hertha und spürte plötzlich einen leichten Druck an ihrer Hand. Lara schaute hinunter, und tatsächlich versuchte Hertha, Laras Hand zu drücken. Überglücklich streichelte die junge Frau mit ihrer freien Hand über Herthas Gesicht und sagte ihr: „Ich bin es, Lara. Alles wird gut! Du bist jetzt im Krankenhaus, und die Ärzte werden dafür sorgen, dass du wieder gesund wirst." Keine Reaktion, der Druck an ihrer Hand löste sich wieder, und Hertha atmete erneut ganz flach.

Besorgt schaute Lara in das eingefallene Gesicht, ihre unerwartete Freude war verflogen, und Angst machte sich in ihr breit. Abermals streichelte Lara das Gesicht der alten Frau und sagte dann: „Hertha, ich habe heute meine Prüfungsergebnisse bekommen. Ich habe bestanden, und das mit einem 1,8er Durchschnitt! Kannst du dir vorstellen, dass ich, als ganzes Gegenteil eines Mathegenies, in Rechnungswesen mit einer glatten Eins bestanden habe? Ich konnte es erst selbst kaum glauben, aber ich habe es tatsächlich geschafft. Hörst du?"

Lara hatte nicht wirklich mit einer Reaktion gerechnet, und ihre Hoffnungen schwanden von Minute zu Minute. Doch plötzlich war dieser Druck wieder da, und ganz langsam, fast wie in Zeitlupe, zog Hertha ihre Hand Richtung Brust. Lara folgte gespannt ihrer Hand und verzog die Lippen zu einem dankbaren Lächeln, als die alte Frau diese auf ihre linke Brust legte. Sie musste sich ein Schluchzen verkneifen, doch Tränen rannen ihr die glühenden Wangen hinunter. „Ich bin stolz auf dich, mein Engel!", hauchte Hertha mit aller Kraft, während sich ihre Lippen dabei fast nicht bewegten. Nun schluchzte Lara hemmungslos und ergab sich ihren Emotionen. Sie weinte vor Glück und Trauer. Ihre Gefühle überrumpelten sie derart, dass sie sich nur mit großer Mühe beherrschen konnte. Erneut strich sie eine Haarsträhne aus Herthas Gesicht und gab ihr zu verstehen, dass sie sie gehört hatte.

Plötzlich begannen die Geräte um sie herum, fürchterlich laut zu piepen. Erschrocken fuhr Lara auf, doch ehe sie realisieren konnte, was soeben vor sich ging, stürmten eine Schwester und einige Ärzte in das Zimmer. Lara schlug die Hände vor das Gesicht und nahm die Situation nur halb, wie in Trance, wahr.

Nach einer halben Stunde saß sie wieder neben Herthas Bett. Sie konnte und wollte es einfach nicht glauben: Ihre Ersatzoma und Freundin, die sie seit so langer Zeit begleitet und ihr immer beigestanden hatte, wenn Lara nicht wusste, wie es weitergehen sollte, war tot. Lara wollte es nicht wahrhaben und weigerte sich stur, die Situation zu akzeptieren. Sie weinte nicht einmal mehr. Ihre Trauer war verflogen, stattdessen machte sich eine gewaltige Wut in ihr breit, welche ihr nicht gestattete, die Realität anzuerkennen. Plötzlich vernahm Lara im Unterbewusstsein eine Stimme, doch sie schien sehr weit weg zu sein, und sie konnte nicht verstehen, was sie sagte. Regungslos blieb Lara sitzen und hob weder den Kopf, um zu sehen, wer sie ansprach, noch ihre Hand, die auf Herthas Arm ruhte. Nachdem sie abermals nicht reagierte, näherte sich Cora dem Stuhl, auf dem Lara saß, und ergriff ihre Hand. Jetzt erst schaute die junge Frau langsam auf und erblickte das besorgte Gesicht ihrer Nachbarin.

„Sie wacht einfach nicht mehr auf!", sagte Lara schwach und schaute zu Hertha hinüber.

„Ich weiß, Lara, ich habe eben mit den Ärzten gesprochen. Es tut mir sehr leid." Nun musste sich Cora zusammennehmen, um nicht auch sofort weinen zu müssen. Sie schluckte den Kloß, welcher sich in ihrem Hals befand, seitdem sie mit den Ärzten geredet hatte, hinunter und nahm Lara in den Arm. „Es ist besser so. Sie ist ganz ohne Schmerzen und friedlich eingeschlafen. Dies haben mir die Ärzte mehrfach versichert."

Lara sagte nichts mehr, sie hüllte sich in ihr Schweigen. Nach einigen Minuten stand die junge Frau vom Stuhl auf und legte ihren Kopf auf Herthas Brust. Sie murmelte ein paar für Cora unverständliche Worte. Im Grunde wollte sie auch nicht wissen, was Lara ihrer Freundin zu sagen hatte. Denn sie sollte Zeit und Ruhe haben, sich von ihr zu verabschieden. Mit einem Nicken gab Lara Cora zu verstehen, dass sie nun gehen wolle. Nachdem auch sie sich mit einem Kuss von Hertha verabschiedet hatte, machten die beiden Frauen sich auf den Weg.

Cora gab Lara die Autoschlüssel und eine kurze Anweisung, wo sie geparkt hatte. Dann lief sie Richtung Schwesternzimmer und erkundigte sich, wie es nun weitergehen würde. Es dauerte einige Zeit, und Cora wurde langsam ungeduldig. Als sie sich endlich losreißen konnte, rannte sie beinahe den ganzen Weg bis zu ihrem Wagen und war erleichtert, als sie Lara auf dem Beifahrersitz vorfand. „Entschuldige bitte, dass es so lange gedauert hat, aber die Schwestern wollten alles Mögliche wissen. Ich habe denen die Nummer von Marianne, der Nichte von Hertha, gegeben. Sie ist die einzige Verwandte, die ich kenne, und sie wird sich um den Rest kümmern."

Lara schaute sie schwach an und entgegnete Cora anschließend: „Sie hat mich wahrgenommen und meine Hand auf ihr Herz gelegt. Ich weiß einfach, dass sie mich verstanden haben muss, als ich ihr von meinen Prüfungsergebnissen erzählt habe."

Cora schaute sie überrascht an und entgegnete ihr: „Das glaube ich auch. Du weißt ja, wie viel ihr daran lag. Herzlichen Glückwunsch zum Bestehen!" Freudig umarmte sie Lara, ließ die junge Frau aber sofort wieder los, als sie bemerkte, dass sie die Umarmung nicht erwiderte. Trotzdem lächelte Lara etwas, und schweigend fuhren sie nach Hause.

11.

Lara hatte noch lange nach Herthas Tod mit dem Verlust zu kämpfen. Sie hatte nun ausgelernt, und durch die Übernahme war ihr ein gut bezahlter Arbeitsplatz sicher. Doch sie konnte sich nicht richtig darüber freuen. Auch wenn es ihr eigentlich sehr gut ging, war sie unzufrieden.

Sie schüttete ihr Herz bei Charly aus, nachdem sie ihre Freundin zur Seite genommen hatte. Ihr war aufgefallen, wie traurig und abwesend Lara in den letzten Wochen war, und Charly sorgte sich um sie. „Mensch, Süße! Nun sag schon, was ist denn los mit dir? Ich weiß, das mit Hertha war schrecklich, aber du musst langsam mal wieder nach vorne schauen."

Lara hob und senkte genervt ihre Schultern und konterte anschließend: „Ich weiß, es ist ja auch nicht so, dass ich es nicht probieren würde! Es ist nur …, es ist einfach alles so … so trivial!"

Charly nickte, als würde sie ihre Freundin verstehen, doch in Wahrheit konnte sie ihr absolut nicht folgen. Entschlossen packte sie Lara bei den Schultern und sagte: „Ganz genau! Ich weiß jetzt, was dein Problem ist!"

Verdutzt schaute Lara Charly skeptisch an: „Ach ja? Und was soll das deiner Meinung nach sein? Wahrscheinlich hast du gar keine Diagnose und willst mir bloß wieder die ‚Leck-mich-am-Arsch-Tabletten' deiner Mutter andrehen."

Kopfschüttelnd winkte Charly ab und meinte dann siegessicher: „Was du unbedingt brauchst, ist eine Veränderung!" Damit hatte Charly genau ins Schwarze getroffen. Lara dachte schon einige Zeit darüber nach, doch sie war sich nicht sicher, wie ihre Eltern reagieren würden, darum hatte sie das Thema immer wieder aus ihren Gedanken verbannt. Doch Charly hatte recht.

Lara zwang sich zu einem Lächeln und antwortete: „Ja ich weiß, was du meinst! Ich stimme dir völlig zu. Ich mache mich am besten sofort auf die Suche nach einer eigenen Wohnung."

Irritiert schaute Charly ihre Freundin an und fragte langsam: „Was? Du willst ausziehen? Ich hatte da eher an einen Urlaub oder Ausgehen gedacht. Shopping oder Kinobesuche wären ja auch nicht schlecht. Aber gleich ausziehen? Kannst du dir das denn überhaupt leisten?"

Lara zuckte mit den Schultern. „Na ja, Hertha hat mir ein bisschen was hinterlassen, und zusammen mit meinem Ersparten würde das auf jeden Fall für eine Wohnung und die Kaution reichen!"

Langsam wurde Charly neugierig: „Was heißt denn ‚ein bisschen'? Du musst ja nicht nur Miete und Kaution zahlen! Was ist denn mit der Einrichtung?"

Und wieder lächelte Lara mild und wiederholte ruhig: „Wie gesagt: Hertha hat mir da ein bisschen was hinterlassen."

Noch ehe sie diesen Satz überhaupt beenden konnte, begann ihre Freundin zu kreischen und umarmte sie stürmisch. Von nun an hatten sie ein neues Projekt, welches die beiden, neben ihren Berufen, ganz schön vereinnahmen würde.

Als Lara ihre Eltern endlich einweihte, waren jene weniger begeistert, aber das hatte sich die junge Frau vorher schon gedacht. Das Haus, in dem sie wohnten, war groß, und Lara würde ihnen auf jeden Fall fehlen, doch sie ließ sich nicht umstimmen. Sie brauchte einfach Abstand und freute sich auf dieses Abenteuer. Dank Herthas großzügiger Hinterlassenschaft und ihrem guten Gehalt fand Lara schnell eine Wohnung, welche ihr gefiel und auch bezahlbar war.

Sie freute sich auf den Umzug wie ein kleines Kind auf Weihnachten. Sie liebte es, Räume zu gestalten und zu dekorieren. Nun konnte sie sich endlich in ihrer eigenen Wohnung austoben. Die meisten Möbel wurden durch neue ersetzt, denn Lara liebte den Mix von modernen Sachen und Antiquitäten. Sie hatte ein glückliches Händchen, was das Einrichten betraf. Es fiel ihr leicht, Räumen, die kühl wirkten, die fehlende Wärme zu verleihen oder langweilig eingeräumten Zimmern das gewisse Etwas zu verleihen. Sie freute sich auf ihr neues Projekt und ging voller Tatendrang an die Sache heran. Das Tapezieren und

Malern bereitete ihr viel Spaß. Sie versuchte sich erfolgreich an schwierigen Mustern und setzte mit verschiedenen Farben tolle Akzente. Christoph hatte aber immer etwas zu meckern. Er hasste es, wenn ihm jemand bei der Arbeit über die Schultern schaute, und noch mehr hasste er es, jemandem anderen dabei zu zusehen. Am liebsten hätte er alles alleine gemacht, doch Lara hatte so lange auf ihn eingeredet, bis er entnervt nachgegeben hatte. Bei der Farbauswahl hatte Christoph vergeblich versucht, seine Tochter davon abzuhalten, doch sie war stur geblieben, und somit ließ er sie gewähren. Es wunderte Lara nicht, dass die gemeinsamen Baumarktbesuche ihren Vater fast in den Wahnsinn trieben. Er war nicht gerade das, was man experimentierfreudig nennen konnte. Dies bezog sich auf alle Lebensbereiche, nicht nur, was das Malern anging; denn auch beim Essen hasste er es, neue Sachen auszuprobieren. „Was der Bauer nicht kennt, isst er nicht!", pflegte Christoph zu sagen. Für Lara galt das genaue Gegenteil: Sie war immer offen für Neues und erfreute sich daran, wenn etwas sie dann positiv überraschte.

Sie waren schneller mit dem Renovieren fertig, als sie zuvor angenommen hatten. Lara war glücklich mit dem Ergebnis, und ihr Vater musste sich eingestehen, dass er zu Unrecht gegen die Farbwahl protestiert hatte. Nachdem alles getrocknet war, begannen sie, diejenigen alten Möbel, die noch gut in Schuss waren und ihr gefielen, in die Wohnung zu bringen und nach und nach die neu gekauften Sachen hinzuzufügen. Das Wohnzimmer war groß und hell. Sie strich eine ganze Wand azurblau und platzierte weiße, im viktorianischen Stil gehaltene Möbel davor. Schwere Apothekerschränke setzten mit ihrem speziellen Aussehen einen tollen Kontrast. Die riesige Couch mit nebelblauem Samtbezug, die sie ein Vermögen gekostet hatte, fand ihren Platz an einer langen weißen Wand. Alte Schwarz-Weiß-Fotos von Audrey Hepburn, James Dean, Paul Newman und anderen Schauspielern zierten die Wand, an der auch ihr Flachbildfernseher hing.

Sie hatte nie viel ferngesehen, doch Lara liebte gute alte Filmklassiker; und nach etlichen Jahren mit einem winzigen

Fernseher hatte sie sich dieses Stück einfach gegönnt. Hinter der großen Couch, die die meiste Zeit über ausgeklappt war und dadurch fast den halben Raum einnahm, spannte sie Metallleinen und hing Bilder und Fotos, unter anderem eines von Hertha, auf. Das Wohnzimmer bildete das Herz dieser Wohnung, und zufriedenen bestaunte Lara ihr Werk. Hinter diesem Raum lag das Schlafzimmer, das noch geräumiger war und ihr somit ermöglichte, eine Computerecke einzurichten. Ihr alter Schreibtisch, den sie schon von ihrer Großtante Erika vererbt bekommen hatte, fand seinen Platz direkt unter dem Dachfenster und davor ein lederner Chefsessel. Lara hatte sich den Bürostuhl von ihrem Vater erbettelt: Christoph bekam alle drei Jahre einen neuen Sessel auf Arbeit, doch so schnell nutzte er die alten nie ab, und so hatte er einen mit nach Hause genommen und dort in sein Büro gestellt. Lara liebte das weiche Leder, das noch nicht einmal an der kleinsten Stelle abgenutzt war. Als Christoph ihr endlich nachgab, war sie vor Freude in die Luft gesprungen.

Auch so war Lara in letzter Zeit viel fröhlicher, denn sie hatte wieder mehr Spaß auf Arbeit und nebenbei einen Flirt mit Stephan am Laufen, den sie in einer Disco, beim ausgelassenen Feiern mit Charly, kennengelernt hatte.

Das Schlafzimmer hatte sie mit blauen, grünen und weißen Streifen an der Wand, an der das Bett stand, verziert. Indirektes Licht ließ die Möbel aus Kirschholz massiv und stolz wirken. Sie liebte den Kleiderschrank, welcher ebenfalls aus Kirschholz und mit Milchglastüren versehen war. Gleich, als sie den Schrank das erste Mal gesehen hatte, wusste Lara: „Das ist er!" Sie wollte diesen oder keinen. Ein Lächeln huschte über ihre Lippen, denn sie liebte Möbel mit ihren eigenen Geschichten; und so wie der Bürostuhl hatte auch der Schrank seine ganz eigene.

Leider überlebte Laras Kleiderschrank aus ihrem Zimmer im Elternhaus den Umzug in die neue Wohnung nicht. Ein neuer musste her, und somit verbrachten ihre Eltern und sie die nächsten Wochenenden in allen möglichen Möbelhäusern der Umgebung. Während Lara gezielt auf einen Kleiderschrank zuging, sprach sie zu Marleen: „Mama, schau mal, dieser ist doch schön!"

Skeptisch schaute sich ihre Mutter den riesigen, begehbaren Schrank an und schielte auf das Preisschild: „Na ja ich weiß nicht. Er ist zwar schön, aber ob du ihn dir auch leisten kannst, weiß ich nicht!"

Lara lief um den Schrank und direkt zu Marleen, um einen Blick zu riskieren. Der Preis war zwar kaum erschwinglich, aber er war es ihr allemal wert, und zudem war sie glücklich, endlich einen Schrank gefunden zu haben, an dem alles passte. Auf Drängen ihrer Mutter schauten sie sich zwar noch das gesamte restliche Sortiment an, aber letztendlich entschieden sie sich für Laras Wahl. Marleen und Christoph machten sich auf die Suche nach einem Verkäufer, während Lara zufrieden ihren auserwählten Schrank betrachtete.

Seit inzwischen mehr als zwei Wochen waren sie auf erfolgloser Suche nach einem geeigneten Stück gewesen. Keiner hatte ihr auf Anhieb so gut gefallen wie dieser. Zufrieden sah sich Lara den Schrank noch einmal genauer an und schob die Tür, welche hochwertig mit Milchglas verarbeitet war, auf und schaute sich im Innenraum um. Beim Öffnen erhellte ein winziger Halogenstrahler das komplette Innere. Völlig begeistert schaute sich Lara alles an und ordnete gedanklich schon ihre Sachen ein. Sie schob die Tür ein wenig zur Seite, um zu sehen, ab wann das Licht ausgehen würde. Gerade als der Strahler erlosch und sie mitten im Dunkeln stand, hörte sie ein leises Klicken. Sie versuchte, die Tür wieder aufzuschieben, doch zu ihrem Entsetzen bewegte sie sich keinen Millimeter. Sofort wurde Lara bewusst, dass das Klicken vom Einrasten der Tür gestammt haben musste. Schockiert versuchte sie mit zittrigen Händen, die Schranktür ein weiteres Mal zu öffnen, jedoch erfolglos. Sie konnte es nicht glauben, zu peinlich war ihre jetzige Notlage. Lara klopfte verzweifelt gegen das Holz, doch niemand schien sie zu hören. Plötzlich überkam sie ein hysterisches Lachen, und sie hatte Mühe, sich zu beherrschen. Gegen die Tür gelehnt, lauschte Lara auf alle möglichen Geräusche in der Hoffnung, ihre Eltern zu hören. Gerade als sie aufgeben wollte, konnte Lara Marleen und Christoph miteinander reden hören. „Mama, ich bin es, Lara. Ich bin hier im Schrank."

Sie hatte den Satz gerade zu Ende gesprochen, als das Gespräch von Christoph und Marleen plötzlich verstummte. „Für welchen Schrank hat sich denn Ihre Tochter entschieden?", fragte die Verkäuferin.

Marleen zeigte auf den Schrank, in dem Lara gefangen war. „Ja, das ist eine ausgezeichnete Wahl! Wo ist denn die junge Dame?", wollte die Frau von Laras Eltern wissen.

„Ich weiß nicht, bis eben war sie noch hier. Vielleicht schaut sie sich nur um und kommt gleich wieder", stellte Marleen fest und bat die Verkäuferin, doch schon mal ohne Lara anzufangen.

Wie aus dem Lehrbuch verwickelte die Frau die beiden in ein Verkaufsgespräch, und gerade, als sie erneut nach Lara fragte, öffnete sie ganz nebenbei die Schranktür und fuhr erschrocken zusammen.

„Da ist unsere Tochter!", rief Christoph lauthals und konnte sich ein Lachen nicht verkneifen. Die Verkäuferin war so sehr erschrocken, dass sie einen Moment brauchte, um sich wieder zu sammeln. Als sie sich endlich beruhigt hatte, bat sie Lara, aus dem Schrank herauszukommen. Wie ein begossener Pudel stand die junge Frau mit nach unten hängenden Schultern da und bot den Anwesenden einen peinlichen Auftritt.

Ihre Eltern hatten sich mittlerweile in einen richtigen Lachkrampf hineingesteigert und hielten sich die Bäuche. Lara stellte sich zu ihnen und war sichtlich beschämt. Die Verkäuferin fand das alles weniger witzig und maßregelte sie ganz so, als wäre Lara noch ein kleines Kind. Die noch immer schwer atmende Frau wollte wissen, ob Lara nicht doch schon zu alt für solch alberne Streiche wäre, und tadelte sie, dass es lebensgefährlich sein könne, einen Menschen derart zu erschrecken. Lara konnte sich nun auch nicht mehr beherrschen und stimmte in das Gelächter ihrer Eltern mit ein. Wütend zog die Verkäuferin von dannen und überließ die drei sich selbst. Nachdem sie sich wieder beruhigt hatten, kaufte Lara den gewünschten Schrank und bedankte sich trotzdem bei der Frau für die tolle Beratung. Lara entschuldigte sich im gleichem Atemzug mit schlechtem Gewissen und aus tiefsten Herzen, für den peinlichen Vorfall, der sich kurz zuvor zugetragen hatte. Sie erklärte der Verkäuferin, wie es dazu kommen konnte, dass sie sich versehentlich in dem Schrank selbst eingesperrt hatte und hoffte auf eine verständnisvolle Reaktion. Die Frau bedankte sich für Laras Entschuldigung und war ganz angetan von Ihren Bemühungen, den Vorfall zu rechtfertigen. Ab diesem Tage, wurde schriftlich auf kleinen Zetteln, die überall im Laden aushangen, darum gebeten, die begehbaren Kleiderschränke bitte nicht von innen zu schließen.

In der darauf folgenden Woche wurde er Lara geliefert und vervollständigte somit ihr neues Zuhause. Sie erfreute sich an dem tollen Ergebnis.

Die Wände in ihrer Computerecke hatte sie in einem lavendelfarbenen Ton gestrichen, und ein weißer Stoff mit Spitze diente als Vorhang für das kleine Dachfenster. Weiße Regale aus Holz setzten sich von der hellvioletten Wand ab und boten Platz für ihre heiß geliebten Bücher. Sie mochte das Lesen fast so sehr wie das Schreiben. Doch seit Herthas Tod hatte Lara nicht mehr geschrieben, und das, was sie vorher verfasst hatte, gefiel ihr nun nicht mehr. Immer mal wieder las sie sich die Seiten durch, doch sie schätzte ihr Schreiben nicht mehr. Viel zu leicht ließ sich die Löschtaste auf ihrer Tastatur benutzen und zerstörte die Kurzgeschichten und Erzählungen von vielen Jahren. Alles war verschwunden bis auf ein paar wenige Zeilen, die sie notiert hatte, um den Schmerz über Herthas Tod zu verarbeiten. Lara schrieb sich die Wut aus dem Bauch, und die Trauer ergoss sich durch ihre flinken Finger erst auf die Tastatur und dann auf den Bildschirm. Doch ihr Perfektionismus löschte viele ihrer Gedanken, und so blieben nur ein paar wenige Zeilen. Vermutlich würde sie die Seiten später auch noch löschen, denn es machte sie traurig, an diese schwere Zeit erinnert zu werden.

Lara war endlich wieder glücklich und hatte auch vor, es zu bleiben. Sie genoss die Anerkennung auf Arbeit und hatte eine Menge Spaß in ihrer Freizeit. Charly hatte sich für Stephan eingesetzt und Lara ins Gewissen geredet, ihr Glück endlich einmal mit beiden Händen festzuhalten.

Seit einigen Wochen traf sie sich nun jedes Wochenende mit ihm, und wochentags schickten sie sich E-Mails oder telefonierten stundenlang. Weil er eine Stunde Autofahrt von ihr entfernt wohnte und wie sie voll berufstätig war, schafften sie es einfach nicht, sich auch wochentags zu treffen. Umso mehr freute sich Lara nun immer auf das folgende Wochenende. Ihre Einzugsparty war für den kommenden Samstag geplant – die perfekte Gelegenheit, Stephan endlich bei ihr übernachten zu lassen.

Mitten in den Vorbereitungen für die anstehende Party klingelte es plötzlich an der Tür. Lara schaute auf die Küchenuhr und erschrak, denn es war schon kurz nach sieben, und sie hatte noch nicht einmal die Hälfte von dem geschafft, was sie sich vorgenommen hatte. Egal, sie war glücklich, dass er endlich hier war, und schlenderte daher leichtfüßig in Richtung Flur. Sie konnte ihn schon auf dem kleinen Monitor der Gegensprechanlage erkennen. Nachdem Stephan ihr durch die Kamera zugewinkt hatte auf die Frage, wer sie störe, ließ Lara ihn herein. Eine Minute später stand er auch schon in der Tür, und sie begrüßten sich schüchtern mit einem Kuss auf die Wange. Während er seine Schuhe auszog, musterte Lara ihn unauffällig.

Seine blonden kurzen Haare waren zu einer ansehnlichen Frisur gestylt, die perfekt zu seinem Hemd passte, das er in seine Jeans gesteckt hatte. Als er seine Schuhe neben der Garderobe abgestellt hatte und zu Lara aufblickte, bemerkte er, wie sie ihn beobachtete. Mit einem schüchternen Lächeln, das kleine Grübchen auf seine Wangen zauberte, folgte er ihr ins Wohnzimmer. Stephan schaute sich interessiert um und blieb mit staunenden Augen vor dem großen Flachbildschirm stehen. Gerade als er dahingehend Lara ein Kompliment machen wollte, bemerkte er, dass sie sich von ihm abgewandt hatte. Verwundert stellte er seinen Rucksack neben der Couch ab und folgte Lara in die Küche, um ihr bei den restlichen Vorbereitungen zu helfen.

Nach einer halben Stunde waren sie mit den zwei Salaten fertig und stellten sie zum Ziehen in den Kühlschrank. Lara hatte nebenbei Spaghetti aufgesetzt, und nachdem diese fast fertig waren, kochte auch schon die Tomaten-Basilikum-Soße blubbernd im Topf auf. „Schön hast du es hier", stellte Stephan knapp fest und verschlang die Nudeln von seinem Teller, als hätte er es eilig. Es schien ihm ausgezeichnet zu schmecken, und er nahm sich Nachschlag, während Lara noch nicht einmal die Hälfte ihrer Portion verspeist hatte. Der Rotwein schmeckte lieblich süß und passte perfekt zu den Spaghetti. Nervös nippte Lara an ihrem Glas, als es zu einer unangenehmen Schweigeminute kam. „Was hast du denn für heute Abend geplant?", fragte Stephan neugierig und schaute sie erwartungsvoll an. Zaghaft deutete sie auf ihre DVD-Sammlung und hoffte, er würde mit ihrer Wahl einverstanden sein.

Während sie die leeren Teller in die Küche brachte, genoss Stephan eine Zigarette auf dem Balkon. Sehnsüchtig schaute Lara durch das dreieckige Küchenfenster zu ihm hinüber und beobachtete jeden einzelnen Zug. Wie gern würde sie auch wieder in diesen Genuss kommen! Doch nach unzähligen Versuchen, eine Zigarette zu rauchen, ohne sich dabei zu übergeben, blieb es für Lara wohl auch weiterhin nur eine Vorstellung.

Sie wusch das wenige Geschirr ab, und als sie gerade fertig war, kam Stephan in die Küche und bot ihr seine Hilfe an. „Das ist lieb von dir, aber ich bin schon fertig. Du könntest dir aber einen Kaugummi nehmen oder noch besser deine Zähne putzen gehen." Während Lara diese Worte sagte, rümpfte sie angeekelt ihre Nase. Verwirrt schaute Stephan sie an und machte sich auf den Weg ins Bad. Ihr tat es sofort leid, dass sie so direkt war. Doch sobald ihr der Geruch von Zigaretten in die Nase stieg, konnte sie sich nicht beherrschen, und es platzte einfach aus ihr heraus.

Nachdem Lara sich für eine DVD und zwei Ausweichmöglichkeiten entschieden hatte, gönnte sie sich noch einen großen Schluck Wein und leerte damit ihr Glas. Stephan setzte sich, von ihrer direkten Aussage über seinen Mundgeruch eingeschüchtert, zaghaft neben Lara auf die Couch und hielt einen viel zu großen Sicherheitsabstand. Sie bereute ihre forsche Art und näherte sich ihm versöhnlich. „Es tut mir leid! Ich wollte dich nicht kränken, es ist nur so, dass ich den Geruch von Qualm seit einer Hypnose einfach nicht mehr ertragen kann. Außerdem bin ich ein bisschen neidisch auf dich. Du glaubst ja nicht, was ich dafür geben würde, wieder in den Genuss einer Zigarette zu kommen!"

Überrascht und erleichtert schaute Stephan sie an und fragte daraufhin: „Was denn für eine Hypnose? Ich habe schon mal davon gehört, dass Leute sich hypnotisieren lassen und ihnen eingeredet wird, dass sie Zigaretten widerlich finden. Aber dass es tatsächlich funktioniert, hatte ich bisher nicht für möglich gehalten."

Lara lächelte Stephan wissend an, denn sie konnte ihn gut verstehen. Die gleiche Einstellung hatte sie vorher auch gehabt. Dies war der eigentliche Grund, weshalb es überhaupt dazu kam, dass ein glatzköpfiger Mann sie von ihrer Sucht „befreite".

Interessiert hakte Stephan nach und wollte alles ganz genau wissen: „Wie lange rauchst du denn nicht mehr, und wie viel hast du für die Hypnose bezahlt?"

Lara atmete tief ein und aus. Sie hatte keine richtige Lust, ihm die Story zu erzählen, denn viel zu oft musste sie aus ihrem Nähkästchen plaudern, weil sich alle möglichen Leute derart für dieses Thema interessierten.

„Ich musste nichts für die Hypnose zahlen", begann Lara und versuchte, sich zurückzuerinnern, was ihre Chefin ihr alles erzählt hatte. Denn Lara hatte von den sechzig Minuten keinerlei Erinnerungen und gab im Prinzip nur das wieder, was ihr hinterher erzählt wurde. Weil sie die Story schon mindestens gefühlte Hunderte Male erzählen musste, brauchte Lara nicht lange zu überlegen und erzählte Stephan, was passiert war.

12.

Kurz nach Herthas Tod bemerkte Laras Apothekerin, wie traurig sie war, und hatte Angst, die Trauer könnte ihre Arbeitsleistung negativ beeinträchtigen. Sie fühlte sich verantwortlich für ihre Mitarbeiterin und natürlich noch mehr für das Unternehmen. Jana, Laras Chefin, machte es sich zur Aufgabe, die junge Frau bestmöglich von ihrer Trauer abzulenken.

Als ein Pharmakongress in einem überaus bekannten Hotel bevorstand, hielt sie es für eine gute Idee, ihre Angestellte einfach mitzunehmen. Von dieser Idee war Lara allerdings alles andere als begeistert, jedoch duldete ihre Apothekerin keine Widerrede.

Die Hälfte des Abends langweilte sie sich und wünschte sich nach Hause in ihr kuscheliges Bett und ihren bequemen Pyjama. Sie fühlte sich mit ihren Converse-Schuhen, der dunklen Jeans und einer Bluse völlig fehl am Platz. Die meisten Frauen waren in Hosenanzügen oder einem eleganten Abendkleid erschienen, und die Männer waren alle, ohne Ausnahme, mit einem Anzug bekleidet. Das einzig Gute an diesem Abend war das Essen, wobei „gut" deutlich untertrieben war. Lara schlug sich den Teller so voll, dass man nicht einmal mehr das Muster am Rand erkennen konnte. Genüsslich ließ sie sich die Köstlichkeiten schmecken. Am liebsten hätte sie alles probiert, doch die Auswahl war einfach zu groß. Somit gab sich Lara mit Wachteleiern, geräucherten Garnelen in Krautsalat, Orangenrisotto mit karamellisiertem Chicorée, einem gratinierten Hühnerfilet und Basmatireis zufrieden. Wäre kein Kellner, welcher einem die ausgesuchten Eissorten in einer Glasschale servierte, für den Eisschwan verantwortlich gewesen, hätte sie wahrscheinlich dreimal so viel genommen. Das viele Essen machte Lara müde, und somit fiel es ihr zunehmend schwerer, dem langweiligen, aber gut gekleideten Mann auf der Bühne geistig zu folgen.

Jana bemerkte Laras Langeweile und versprach, dass das Entertainment-Programm im Anschluss umso interessanter sein würde. Lara war sich dessen nicht sicher und wollte wissen, was sie sich darunter vorstellen konnte. „Hast du schon mal von Mike Bailey gehört?", wollte ihre Chefin wissen und grinste Lara dabei erwartungsvoll an.

„Sollte ich denn?", gab sie statt einem Ja oder Nein zurück. „Na ja, nicht unbedingt, aber auf jeden Fall ist er ein gefragter und sehr bekannter Hypnotiseur! Er ist ein richtiger Star und hat schon prominente Leute in Verlegenheit gebracht."

Lara schaute alles andere als begeistert und fragte: „Wieso denn verlegen? Muss man sich auf der Bühne dann nackig machen?"

Jana schüttelte amüsiert den Kopf: „Natürlich nicht, aber kannst du dir vorstellen, wie lustig das ist, wenn erwachsene Leute glauben, sie seien ein Huhn, weshalb sie dann in einer Tour gackern, oder sie essen eine Zwiebel in dem Glauben, einen Apfel zu genießen."

Lara fand dies eher gemein als lustig, und als sie ihre Chefin wissen ließ, dass mal jemand diesen Mike Bailey hypnotisieren sollte, erntete sie nur ein herzhaftes Lachen.

Wenige Minuten später wurde der „Star des Abends" angekündigt, und der riesige Saal wurde von lautem Applaus erfüllt. Dieser Mike schien, Laras Meinung nach, viel zu viel von sich zu halten. Doch ihrer Chefin brauchte sie das nicht zu sagen. Sie schaute gebannt in Richtung Bühne und konnte die Vorstellung kaum erwarten. „Den müsste man mal so richtig schön reinlegen", dachte sich Lara und erschrak selbst, als sie bemerkte, dass sie diese Worte laut ausgesprochen hatte.

„Wieso willst du ihn denn reinlegen?", wollte ihre Apothekerin verärgert wissen und schaute Lara eindringlich an.

„Na ja, nur so zum Erschrecken eben. Wenn der die Leute reihenweise in Verlegenheit bringt, dann sollte das jemand auch mal mit ihm tun!" Jana schien nun schon leicht verärgert zu sein.

„Aber das ist doch Kunst! Er hat so eine Gabe, und warum soll er sie denn nicht nutzen?"

Lara konterte: „Wäre ja schön, wenn er damit Leuten helfen würde, aber wieso muss er sie in der Öffentlichkeit bloßstellen?"

Wieder schüttelte ihre Chefin den Kopf und meinte daraufhin: „Du kannst sowieso nichts dagegen tun. Schau dir erst einmal die Show an! Ich wette, du änderst deine Meinung und hast mindestens genauso viel Spaß daran wie all die anderen hier."

Lara konnte sehr wohl etwas tun, und als sie Jana erklärte, was sie vorhatte, erntete sie wieder nichts als ein herzhaftes Lachen. „Ich werde mich als Freiwillige anbieten, und wenn der mich dann hypnotisiert, mach ich die Augen zu und tue so als ob. Und wenn mir Mister Bailey – oder wie auch immer er heißt – dann einreden will, ich sei ein Huhn, werde ich stumm bleiben oder wie ein Hund bellen, das ist noch besser! Natürlich wird dem großen Meister das nicht passen, und wenn er mich mit einem Schnippen wieder aufwecken möchte, bleiben meine Augen einfach geschlossen. Soll er ruhig ein bisschen Angst bekommen, dieser arrogante Schnösel!"

Jana hielt sich den Bauch vor Lachen, und als der Moderator einige Freiwillige nach vorne bat, stupste sie Lara an und nickte Richtung Bühne. Erschrocken schaute sie zu dem Mann, welchen mittlerweile zwanzig oder mehr Leute umgaben.

Noch ehe Lara realisierte, wie ihr geschah, stand sie auf und lief auf die Bühne zu. Von den Leuten, an denen sie vorbeigehen musste, um nach vorne zu gelangen, erntete sie Beifall und Pfiffe. Sie spürte die Aufregung und wäre am liebsten wieder umgekehrt, doch dafür war es nun zu spät. Kaum stand sie auf der Bühne, neben all den anderen Leuten, säuselte der Hypnotiseur irgendetwas von Entspannung und geschlossenen Augen in das Mikrofon, und mit einem Mal herrschte Totenstille. Vorsichtig schaute Lara nach links und rechts und machte dann ebenfalls ihre Augen zu. Dieser Mike Bailey sollte gleich sein blaues Wunder erleben. Kaum hatte sie ihre Augen geschlossen, spürte sie seine Hand im Nacken. Er musste wohl gemerkt haben, dass Lara noch nicht in Trance war. Kaum hatte er sie berührt, begann er ihr mit ruhiger, sanfter Stimme Anweisungen zu geben, sich zu entspannen. Lara versuchte, wach zu bleiben, doch keine zwei Sekunden später berührte er erneut ihren Nacken, und sie fiel wie ein Schluck Wasser in sich zusammen. Mit geschickten Händen fing er sie auf und legte behutsam ihren Kopf auf dem Boden ab.

Nachdem er bei den restlichen Leuten auf der Bühne ebenso verfahren war, lagen alle Freiwilligen wie erschossen auf dem Boden. Der Hypnotiseur ging zu jeder einzelnen Person und flüsterte ihr unverständliche Worte zu. Nachdem er eine Auswahl getroffen hatte, weckte er vierzehn dieser Leute, die sich seiner Meinung nach nicht komplett entspannen konnten, und forderte sie auf, am Rand der Bühne Platz zu nehmen. Die restlichen sechs lagen bewegungslos auf dem Boden und schliefen vor sich hin. Unter ihnen war auch Lara, doch von ihren Rachegelüsten war nun nichts mehr zu spüren. Im Gegenteil: Sie schien das perfekte Opfer zu sein. Wahrscheinlich war sie anfällig für so etwas, und der Hypnotiseur bemerkte sofort, dass Lara tief in Trance alles tun würde, was er von ihr verlangte.

Nachdem die sechs Freiwilligen ihre Zuschauer erst mit einer imaginären Gitarre und völlig spastischen Bewegungen zum Lachen gebracht hatten, wurde ihnen eingeredet, sie wären eine erfolgreiche Band und würden nun ein Konzert geben. Die vier Männer wurden zuerst eingeteilt. Der erste nahm auf einem Stuhl Platz, und der Hypnotiseur gab ihm die Anweisung, er sei der Schlagzeuger höchstpersönlich. Dank dem ungelenken Trommeln ohne jeglichen Rhythmus konnte man sich sicher sein, dass dieser noch nie zuvor in seinem Leben Schlagzeug gespielt hatte. Ein anderer wurde Gitarre spielend links platziert, während der dritte Proband am nicht vorhandenen Klavier abgestellt wurde. Der vierte und damit letzte wurde rechts von dem Schlagzeug hingestellt, und nachdem der Hypnotiseur ihm eingeredet hatte, er würde im Background singen, begann dieser ohne jegliches Talent, vor sich hinzuträllern. Blieben nur noch eine Frau und Lara übrig. Diese wurde neben dem armen Kerl, der swingend und mit seinen Fingern schnipsend von links nach rechts schaukelte, platziert. Der Hypnotiseur nahm Lara bei der Hand und führte sie zum Mikrofon. Während Mike Bailey sie davor platzierte, flüsterte er ihr zu, dass sie „Dancing Queen" von ABBA singen solle, sobald er ihr die Anweisung dazu gebe. In diesem Moment dröhnten aus den Boxen der Refrain und die erste Strophe. Während die sechs Freiwilligen auf den Text lauschten, wie es ihnen zuvor von dem Hypnotiseur eingeredet worden war, klatschte das Publikum im Takt und pfiff die sechs Musiker mit ihren imaginären Instrumenten an.

Nach einer kurzen Pause dröhnte erneut Musik aus den Boxen, doch dieses Mal war „Dancing Queen" ohne Text zu hören. Der Hypnotiseur tippte einem der Männer auf die Schulter, und sofort begann dieser, auf seinem nicht vorhandenen Schlagzeug zu trommeln. Ein anderer spielte leidenschaftlich Luftgitarre, während der dritte Proband auf seinem Klavier herumklimperte. Die Frau und der Mann, die für den Background abgestellt worden waren, schnipsten und bewegten sich im gleichen Rhythmus von links nach rechts. Plötzlich begannen die zwei, mit schräger Stimme, zum Lachen komisch, zu singen:

„*You can dance, you can jive,*
having the time of your life.
See that girl, watch that scene,
diggin' the dancing queen."

Der arme Mann machte sich über sein Klavier her und schüttelte wie wild mit seinem Kopf. Nach einer kurzen Pause stimmte Lara lautstark und, ohne einen einzigen Ton richtig zu treffen, mit ein.

„*Friday night and the lights are low.*
Looking out for a place to go,
where they play the right music, getting in the swing.
You come to look for a king.
Anybody could be that guy.
Night is young and the music's high.
With a bit of rock music, everything is fine.
You're in the mood for a dance
and when you get the chance."

Und wieder stimmten der Mann und die Frau gemeinsam den Refrain an, und der Saal tobte. Die wenigen, die nicht mitsangen oder pfiffen, feuerten die sechs auf der Bühne an. Gerade als Lara mit der zweiten Strophe begann, verstummten die Lautsprecher, doch die „Band" spielte weiter.

*„You are the dancing queen,
young and sweet, only seventeen ..."*

Kaum hatte der Hypnotiseur seine Hand auf Laras Schulter gelegt, verstummte auch sie, und nun standen alle sechs Bandmitglieder mit hängendem Kopf da. Mike Bailey nahm Lara an die Hand und führte sie ein Stück von den restlichen Freiwilligen weg. Er sprach in sein Mikrofon und forderte sie auf, ihm ein Liebeslied zu singen. Diesmal weniger schräg, dafür aber etwas leiser, begann Lara zu singen.

*„You're just to good to be true.
I can't take my eyes off you.
You would be like heaven to touch.
I wanna hold you so much."*

Tobender Applaus erfüllte den Saal, und wieder legte der Hypnotiseur seinen Arm auf ihre Schulter. Mit hängendem Kopf stand sie abseits von den restlichen Probanden. Mike Bailey ging zu ihnen und gab Anweisungen, über ein Thema zu diskutieren, allerdings in einer Fantasiesprache, und somit gab es wieder allen Grund zum Lachen. Nachdem sich die fünf lautstark und mit völlig unverständlichen Worten gegenseitig anschrien, beendete er die Unterhaltung mit nur einem Wort. Anschließend ließ er die Freiwilligen noch imaginäre Äpfel essen und erkundigte sich nach dem Geschmack. Dann ließ er sie wieder für einen Moment in Ruhe und widmete sich erneut Lara. Er beschwor die junge Frau und redete ihr ein, wie stark und belastbar sie sei, und versicherte dem Publikum, dass sie gleich steif wie ein Brett sein würde.

Plötzlich eilten zwei Männer mit Stühlen auf die beiden zu. Mike Bailey nahm Lara an die Hand und führte sie zur Mitte der Bühne. Anschließend packte einer der Männer sie an den Füßen, der andere nahm ihre Schultern, und vorsichtig legten sie die junge Frau auf den weit auseinanderstehenden Stühlen ab. Lara lag nun, tatsächlich steif wie ein Brett, mit ihren Fesseln auf dem einen und mit ihrem Kopf auf dem anderen Stuhl.

Ein Raunen ging durch den Saal, als sich der Hypnotiseur auch noch auf die zierliche Frau setzte. Anschließend nahm er seine Beine vom Boden, und jeder konnte nun sehen, dass der große, stämmige Mann tatsächlich mit vollem Gewicht auf ihr saß. Einige Zuschauer hielten sich entsetzt und staunend die Hände vors Gesicht, andere hielten vor Anspannung die Luft an. Lara hielt der Belastung stand und regte sich nicht. Ihr Kopf sowie ihre Füße bewegten sich keinen Zentimeter.

Jana verfolge das Szenario mit angehaltenem Atem und war sich nicht mehr sicher, ob es eine gute Idee war, ihre Angestellte mitzunehmen. Als Mike Bailey wieder von ihr abstieg, atmete Jana erleichtert auf und hoffte, Lara würde keinen Schaden davontragen. Er redete der jungen Frau ein, sie würde auch die ganze nächste Woche keine Schmerzen verspüren und sei nun leicht wie eine Feder.

Nachdem alle sechs Freiwilligen wieder zusammen nebeneinander auf der Bühne aufgereiht waren, erkundigte sich der Hypnotiseur, wer von ihnen rauche. Bis auf einen der Männer hoben alle Angesprochenen die Arme, einschließlich Lara. Der Nichtraucher wurde aus seiner Trance erweckt und zu den übrigen Leuten, die sich zu Beginn der Show freiwillig gemeldet hatten, gesetzt. Verwirrt schaute er sich orientierungslos um und war offensichtlich mit der Situation überfordert.

Die übrigen fünf wurden von dem Hypnotiseur beschworen, dass sie sich übergeben müssten, sobald sie wieder an einer Zigarette ziehen würden. Von nun sollten sie nicht mehr das Bedürfnis nach Nikotin haben, weder nach dem Essen oder Sex noch zu Kaffee oder bei Alkoholgenuss. Etwa zwei Minuten später weckte Mike Bailey auch die restlichen Freiwilligen, und mit tobendem Applaus verabschiedete er sich und verschwand aus dem Rampenlicht.

Lara war noch immer benommen. Sie verstand nicht, weshalb sie auf einer Bühne stand, und fühlte sich von allen beobachtet. Alle möglichen Leute begannen, ihr direkt ins Gesicht zu singen: *„You are the dancing queen, young and sweet, only seventeen."*

Sie fühlte sich unwohl in ihrer Haut und steuerte planlos umher. Sie wusste nicht, wohin, und gerade, als sie der Verzweiflung nahe war, packte sie jemand von hinten an der Schulter. Erschrocken fuhr Lara um und blickte in das Gesicht ihrer Chefin.

„Na du? Ich dachte, du wolltest dem Typen mal zeigen, wo der Hammer hängt?", fragte sie lachend und führte ihre Mitarbeiterin zurück zu ihrem Tisch. Lara fand die Angelegenheit weniger lustig, hörte sich aber trotzdem neugierig alles an und konnte oder, besser, wollte das meiste nicht glauben.

Nachdem Jana sie zu Hause abgesetzt hatte, ging sie als Erstes auf den Balkon und zündete sich, mehr aus Trotz als aus Lust, eine Zigarette an. Kaum nahm sie den ersten Zug, würgte sie und hatte zu kämpfen, sich nicht sofort zu übergeben. Lara brauchte eine Weile, bis sie sich wieder gefangen hatte. Sie versuchte, sich selber dazu zu überreden, es noch einmal zu versuchen, und nachdem sie sich mitten auf ihrem Balkon übergeben hatte, verfluchte sie sich insgeheim dafür.

An den darauf folgenden Tagen, an denen sie all ihren Freunden und einigen Familienangehörigen von der Hypnoseshow erzählte, versuchte sie immer wieder, eine Zigarette zu rauchen, doch sobald sie zu würgen begann, gab sie ihr Vorhaben auf. Seitdem war Lara eine Nichtraucherin, und wie es aussah, würde es wohl auch dabei bleiben.

Stephan schaute Lara sehr interessiert an. Er hatte die Geschichte mit viel Aufregung und noch mehr Lachen verfolgt. „Und seitdem bist du wirklich rauchfrei?", wollte er noch einmal prüfend wissen und schüttelte begeistert seinen Kopf.

„Ja!", gab sie ihm knapp zurück und machte sich auf, um eine neue Weinflasche aus der Küche zu holen. Anschließend entschieden sie sich für eine DVD und machten es sich auf der Couch bequem.

Sie hatten es noch nicht einmal bis zur Hälfte des Filmes geschafft, da lagen Lara und Stephan schon eng umschlungen auf der riesigen Couch und küssten sich wild wie zwei entfesselte Teenager. Ihre Hand streichelte durch sein Haar, doch sofort zog Lara sie wieder zurück. Seine kurzen Haare hatte er mithilfe von sehr viel Gel zu einer Frisur gestylt. Was optisch gut aussah, fühlte sich aber keineswegs so an. Ihre Finger klebten, und sie verzog angewidert das Gesicht. Sie hatte es immer geliebt, ihren Freunden durch das Haar zu fahren und es zwischen ihren Fingern zu spüren, doch bei Stephan war das leider nicht möglich. Während er ihren Hals küsste, überlegte Lara, wie sie ihn morgen früh am besten vom Stylen abhalten sollte.

„Hoffentlich ist er wie ich ein Langschläfer", dachte sie sich und musste kurz auflachen, als Stephan ihren Bauch streifte. Sie war furchtbar kitzelig, was sie bei diversen Frauenarztbesuchen schon in peinliche Situationen gebracht hatte. Wenigstens ihre Hausärztin konnte sie verstehen und lachte jedes Mal mit, wenn Lara beim Abtasten in der Bauchgegend sich vor Lachen fast in die Hosen machte. Apropos Hose: Stephan war gerade dabei, ihre zu öffnen, als sie ihn mit einer bestimmenden Handbewegung davon abhielt. „Alles okay?", erkundigte er sich und schaute sie mit seinen braunen Augen fragend an.

„Ja, alles bestens! Ich dachte nur, vielleicht wollen wir lieber ins Schlafzimmer gehen?"

Er verzog seine Lippen zu einem Lächeln und sagte dann: „Ich finde es hier aber perfekt, von mir aus müssen wir nicht erst rübergehen!" Lara nickte zustimmend. Warum auch nicht, die Couch war groß und überaus bequem.

Langsam begann sie, Stephan auszuziehen: zuerst sein T-Shirt, das sie ihm über die Schultern zog. Dann begann sie, seine Brust zu küssen. Er stöhnte laut auf, und Lara hätte sich ihm fast angeschlossen, denn die Stoppeln, die auf seinem gesamten Oberkörper verteilt waren, piksten fürchterlich auf ihren Lippen. Sie wanderte von seiner Brust zu seinem Schoß. Geschickt öffnete sie seine Gürtelschnalle, und wieder stöhnte Stephan laut auf. Als Lara ihm die Jeans ausgezogen hatte, konnte sie durch die enge Boxershorts seine Erektion schon sehen. Nun war auch sie sehr erregt und zog sich bis auf den Slip aus. Stephan folgte jeder ihrer Bewegungen mit hungrigen Blicken und konnte es kaum mehr erwarten. Wieder beugte Lara sich zu seinem Schoß hinunter und zog ihm seine Boxershorts aus. Lächelnd blickte sie zu ihm herauf und küsste Stephan stürmisch, doch plötzlich drückte er sie weg und krümmte sich zusammen.

Erschrocken sah sie ihn an, ehe ihr bewusst wurde, dass er soeben gekommen war. „Na toll!", dachte sich Lara und hielt sich eine Hand vor den Mund, als sie bemerkte, dass sie ihren Gedanken laut ausgesprochen hatte.

Beschämt blickte er zu ihr hoch, und sein Selbstbewusstsein sank in den Keller, als er ihre Bemerkung vernahm. „Tut mir leid! Wirklich, ich … Entschuldige bitte, es war nicht so gemeint, das kann doch jedem mal passieren! Wirklich, das ist …" Stephan schaute sie mit zornigem Blick an und bat sie eindringlich, endlich damit aufzuhören. „Bitte sag nichts mehr!", flehte er sie an und senkte seinen Blick wieder.

Lara atmete tief ein und dachte bei sich: „Na toll, so hatte ich mir den Abend bestimmt nicht vorgestellt. Aber was soll's, der arme Kerl leidet bestimmt dreimal mehr als ich!"

Sie machte sich auf den Weg ins Bad, um ihm Toilettenpapier zu holen. Nachdem er alles beseitigt hatte, saßen sie schweigend nebeneinander.

„Wollen wir die DVD noch zu Ende schauen?", fragte Lara, als die Stille immer unerträglicher wurde. Sie versuchte, dabei locker und ungezwungen zu klingen, was ihr jedoch nicht sehr gut gelang.

„Nein, lieber nicht. Ich habe ja bis jetzt gar nichts vom Film mitbekommen. Vielleicht ist es besser, wenn ich gleich nach Hause fahre!"

Lara schaute Stephan verwirrt an und entgegnete ihm: „Aber ich dachte, du wolltest das ganze Wochenende hier verbringen?"

Noch immer hatte er seinen Blick gesenkt und wünschte sich, im Erdboden zu versinken.

„Stephan, hör mal, das ist doch nicht weiter schlimm! Jetzt mach dir mal keine Sorgen mehr und entspann dich wieder. Wir können doch später da weitermachen, wo wir unterbrochen … äh, ich meine, aufgehört haben."

Er schaute sie musternd von der Seite an und meinte dann knapp: „Nein, ich glaube, es ist wirklich besser, wenn ich jetzt verschwinde! Ich kann nicht versprechen, dass es beim nächsten Mal besser wird, und eine Blamage für heute reicht mir!"

Lara verdrehte die Augen. Warum war er auch nur so streng mit sich selber? Sie hatte sich doch entschuldigt und es mit dem Weitermachen durchaus ernst gemeint. „Hör mal, ich möchte dich ja nicht zu deinem Glück zwingen, aber ich finde, du gehst ein bisschen zu hart mit dir ins Gericht."

Seine Schultern sackten noch ein Stück weiter nach unten, und er schien immer kleiner zu werden. „Du hast ja keine Ahnung!", feuerte er ihr plötzlich entgegen und drehte sich bockig wie ein kleiner Junge zur Seite. „Ihr Frauen wisst ja gar nicht, wie gut es euch geht! So etwas kann euch ja nicht passieren, und wenn ihr uns Männer dann heißmacht, bis wir uns nicht mehr zurückhalten können, dann lacht ihr über uns."

Lara schaute Stephan verwirrt an und wurde langsam selber wütend. „Also entschuldige bitte, aber ich habe weder gelacht, noch war ich gemein zu dir! Im Gegenteil: Ich gebe dir die Chance, da weiterzumachen, wo wir unterbrochen wurden!"

Er schnaubte verächtlich. „Du vielleicht nicht, aber die anderen! Ich habe es satt, immer und immer wieder ausgelacht zu werden!"

Lara verstand die Welt nicht mehr. Sie hatte ihm nun mehr als einmal deutlich versichert, dass es ihr nichts ausmachte und sie gerne später weitermachen würde. Aber allmählich war auch ihre Geduld am Ende. „Soll er doch gehen und zu Hause weiterjammern, das hält ja niemand aus", dachte Lara. „Weißt du was, vielleicht solltest du wirklich gehen! Am besten gleich ins Kloster, dort hast du genug Zeit für dein Selbstmitleid, und da brauchst du auch keine Angst mehr haben, dass sonst irgendjemand über dich lacht!"

Mit weit aufgerissenen Augen starrte Stephan sie ungläubig an, und als er langsam wieder Herr seiner Sinne wurde, packte er seine Sachen und verschwand im Bad.

Lara tat die Aussage etwas leid, doch sie war froh, dass er nun außer Sichtweite war. Sein Selbstmitleid ging ihr gewaltig auf die Nerven. Es war wahrscheinlich wirklich besser, wenn er gehen würde.

Kaum hatte sie die leere Weinflasche in die Küche gebracht, stürmte er aus dem Badezimmer, schnappte sich seinen Rucksack und verschwand im Flur.

„Stephan, jetzt warte mal! Bleib doch bitte, und wir reden noch mal in Ruhe über alles!" Aber sie klang nicht sehr überzeugend und wollte es im Grunde auch nicht. Er drehte sich zu Lara um und verabschiedete sich kühl, nachdem er sich die Schuhe zugebunden hatte. Kaum war er durch die Tür verschwunden, atmete Lara erleichtert ein und wieder aus und war froh, dass Stephan fort war.

Am nächsten Morgen stand sie viel zu spät auf und kam mit den letzten Vorbereitungen für ihre Einzugsparty ganz schön ins Straucheln. Zum Glück klingelte ihr Telefon, und Charly kündigte sich eher an als erwartet. „Brauchst du noch Hilfe?", fragte ihre Freundin mit einem amüsierten Unterton.

„Woher weißt du das?", fragte Lara und wischte sich die Tränen aus den Augen. Sie hasste es, Zwiebeln zu schneiden. Diese Aufgabe wollte sie eigentlich Stephan überlassen, doch das hatte sich ja mittlerweile erledigt.

„Na, Eingebung, Süße! Ich habe deine Hilferufe telepathisch erhalten und wollte dir nur mitteilen, dass ich in zehn Minuten da sein könnte, wenn du mich denn brauchst."

Lara war Charly unendlich dankbar, denn in vier Stunden würden die ersten Gäste kommen, und sie war weder einkaufen gewesen, noch hatte sie die Steaks eingelegt, und duschen wollte sie unbedingt auch noch. „Kannst du auf dem Weg gleich noch ein paar Getränke mitbringen? Eigentlich wollte ich das alles zusammen mit Stephan erledigen, aber er ist gegangen, und ich bin so schon mit den Vorbereitungen im Verzug."

Kurzes Schweigen trat ein, und dann hörte Lara ihre Freundin laut ausatmen. „Was hast du denn mit dem armen Kerl gemacht? Lara, du kannst doch nicht immer alle Männer vergraulen! Irgendwann will dich keiner mehr, weil sich so etwas rumspricht!"

Lara musste lachen und gab dann kurz zurück: „Ich glaube, er wird nichts weitergeben, denn er hat das Weite gesucht, nicht ich! Aber das erzähl ich dir nachher. Kannst du bitte noch Wodka und das Übliche mitbringen?"

Nachdem sie das Telefonat beendet hatte, widmete sie sich wieder ihren Vorbereitungen. Lara war nun endlich fertig mit dem Zwiebelschneiden, und an ihren Augen konnte man dies auch deutlich erkennen. Plötzlich klingelte es an der Tür, und Lara ließ ihre Freundin, voll bepackt mit Alkohol, herein.

Als Charly durch die Tür trat, fiel ihr sofort auf, wie rot Laras Wangen waren und ihre Augen ebenso. Sie schien die ganze Nacht geweint zu haben, denn selbst jetzt noch konnte sie Tränen in ihren aufgequollenen Augen sehen. „Ach, Mensch, Süße, was ist denn passiert?" Kaum hatte Charly diesen Satz ausgesprochen, drückte sie ihre Freundin ganz fest an sich. Verwirrt versuchte Lara, sich von ihr zu lösen, und als es ihr endlich gelang, schaute sie Charly skeptisch in die Augen.

„Danke der Nachfrage, aber was denkst du denn?"

Sie streichelte ihrer Freundin liebevoll über die Wange und sagte dann: „Schon okay, Lara, ich bin ja jetzt da, und du kannst mir dein Herz ausschütten. Genügend Wodka habe ich auch dabei, und nachher bemerkt bestimmt niemand, dass wir schon mal genascht haben!"

Langsam begriff Lara, was sie von ihr wollte: „Es ist nicht so, wie du denkst!"

Charly ließ ihre Freundin gar nicht ausreden und erwiderte gleich darauf: „Na klar, es ist nie so, wie es aussieht. Aber vielleicht lässt du deine Salate mal für eine Minute stehen und erklärst mir bei einem Bier, was passiert ist."

Lara schien mit der Idee einverstanden, und nachdem sie zwei Stühle auf den Balkon gebracht hatte, gönnten sie sich jeder ein Bier.

„Jetzt erzähl schon! Warum ist Stephan nicht mehr hier? Hat er wenigstens hier geschlafen?", wollte Charly neugierig wissen und nahm einen großen Schluck aus der Flasche.

„Nein, er ist schon gestern Abend nach Hause gefahren. Eigentlich wollte ich ihn noch aufhalten, denn immerhin hat er fast eine Flasche Wein getrunken. Aber er hat sich so dämlich verhalten, dass ich froh war, als er endlich verschwunden war."

Charly schüttelte den Kopf. „Hä? Ich versteh nur Bahnhof! Hattet ihr wenigstens Sex, oder habt ihr euch schon vorher gestritten?"

Nun nahm auch Lara erst einmal einen Schluck und versuchte, die Neugier ihrer Freundin zu befriedigen. „Nein, so weit kam es leider nicht! Wir waren gerade dabei, aber bevor es richtig losging, ist er schon gekommen. Na ja, meine erste Reaktion muss Stephan wohl ziemlich verärgert haben. Ich habe mich dann auch gleich bei ihm entschuldigt, aber er war einfach zu stur, und ich konnte sein Selbstmitleid nicht mehr ertragen. Nachdem noch einige böse Worte gefallen waren, ist er dann einfach abgehauen. Kannst du dir das vorstellen?" Lara hatte sich nun wieder in die Situation von gestern hineingesteigert und wartete erregt auf die Reaktion ihrer Freundin.

„Der arme Kerl! Er hat wahrscheinlich echt unschöne Erfahrungen machen müssen und ist deshalb so schnell wie möglich geflüchtet."

Lara schaute ihre Freundin verärgert an, denn mit so einer Reaktion hatte sie nicht gerechnet. Im Gegenteil: Sie hatte gehofft, Charly würde auf ihrer Seite sein und ganz bestimmt nicht Partei für Stephan ergreifen. Doch langsam begann Lara, sich selbst große Vorwürfe zu machen. „Mist, ich glaube, du hast recht! Ich blöde Kuh habe ihn auch noch Auto fahren lassen!"

Charly spürte ihre Angst und redete beruhigend auf sie ein. „Ja, das stimmt, es wäre wahrscheinlich schon besser gewesen, wenn er auf der Couch geschlafen hätte. Aber ihr habt ja nicht nur getrunken, sondern bestimmt auch was gegessen. Und außerdem kann ich mir nicht vorstellen, dass er die Flasche Wein mit einem Zug geleert hat."

Lara schüttelte verneinend den Kopf und sagte daraufhin: „Nein, natürlich nicht. Du hast ja recht, es ist einige Zeit zwischendurch vergangen. Aber vielleicht ist es besser, wenn ich ihn mal anrufe und mich absichere, dass er gestern noch gut nach Hause gekommen ist."

Gerade als Charly ihrer Freundin zustimmen wollte, klingelte Laras Handy, und sie las ihrer Freundin die Textnachricht laut vor. „Hallo. Ich wollte dich nur wissen lassen, dass ich dein Verhalten gestern so nicht akzeptieren kann. Ich halte es für besser, wenn wir uns nicht wiedersehen und den gestrigen Abend einfach vergessen! Mach's gut, Stephan. P. S.: Und nein, wir können keine Freunde bleiben!"

Charly musste sich schon bei der ersten Hälfte des Textes vom vielen Lachen ihren Bauch halten. Lara fand die Nachricht weniger lustig und regte sich sofort empört darüber auf. „Dieser Idiot! Der spinnt wohl. Stiehlt sich einfach so aus meinem Leben, dabei habe ich absolut nichts falsch gemacht. Der hat sie ja nicht mehr alle! Wie klein muss sein Ego denn sein, dass er sich jetzt einfach aus dem Staub machen will? Ich bin echt so eine blöde Kuh und mache mir auch noch Sorgen um das Arschloch!"

Charly versuchte, sich ihr Lachen zu verkneifen, doch es gelang ihr nur schlecht. „Nun sei doch froh, dass er es dir so einfach macht! Willst du wirklich mit so jemandem zusammen sein?"

Lara las sich die Nachricht noch einmal durch und konnte den Inhalt gar nicht fassen. „Natürlich nicht, aber was soll denn der letzte Satz: ‚P. S.: Wir können keine Freunde bleiben …?'"

Charly wusste sofort die richtige Antwort: „Na ja, er kann dir wahrscheinlich jetzt nicht mehr unter die Augen treten und veranstaltet deshalb so ein Theater!"

Nun musste auch Lara endlich lachen; zwar etwas bitter, denn die ganze Situation tat ihr schon etwas leid, doch sie raffte sich auf, schließlich hatte sie noch einiges vor.

Nachdem die zwei ihre Flaschen geleert hatten, machten sie sich auf, um den Rest zu erledigen. Kaum hatte Lara geduscht und sich für die Einzugsfeier zurechtgemacht, klingelte es schon, und die ersten Gäste kündigten sich an.

Die Party war ein voller Erfolg, und jeder bestaunte Laras neue Wohnung. Am besten gefiel ihren Freunden der Balkon, auf welchem sich die meisten aufhielten. Der Duft von frisch gegrillten Bratwürsten und Steaks erfüllte die kühle Luft, und als es langsam kälter wurde, zogen sich alle in das große Wohnzimmer zurück. Wodka und diverse andere alkoholische Getränke wurden vernichtet, nur den Rum rührte keiner an. Als sich die Feier langsam dem Ende zuneigte und einige ihrer Freunde dem Koma sehr nahe waren, begann Lara, das übrig gebliebene Essen in die Küche zu bringen. Als sie zurückkam, um die letzte Schüssel Salat aus dem Wohnzimmer zu holen, blieb sie wie angewurzelt stehen.

Chris lag zusammengerollt auf der Couch und hatte sich an eines der vielen Sofakissen gekuschelt. Sie konnte nicht genau erkennen, was für Flecken sich auf dem weichen azurblauen Stoff befanden, jedoch hatte sie eine unangenehme Vorahnung.

„Charly, kannst du mir bitte mal kurz helfen!", bat Lara ihre Freundin und zuckte wild mit ihrem Kopf, um ihr klar zu machen, dass sie sie sofort brauchte. Charly musterte Lara und ihre spastischen Bewegungen misstrauisch. Nach anfänglichen Problemen stand sie endlich von dem Sofa auf und schwankte zu ihr hinüber.

„Was ist denn los?", wollte sie lallend wissen und hatte Mühe, sich auf den Beinen zu halten.

„Charly, ich glaube … also der Chris … ich denke, er kuschelt sich gerade an Stephans Sperma!" Charly riss die Augen weit auf und wäre bei dem Versuch, sich schnell umzudrehen, um sich selber ein Bild zu machen, fast in das kleine Ginkgobäumchen gefallen, das Lara mit Müh und Not am Leben erhielt. Sie stützte ihre Freundin, so gut es ging, und rettete damit die kleine Pflanze vor dem Erdrücktwerden. Charly reckte ihren Hals und kniff beide Augen zusammen, doch sie konnte nichts erkennen. „Ich setz mich einfach zu ihm, und dann werd ich es schon sehn!", lallte sie und stürzte auch schon los.

Lara stand aufgeregt da. Am liebsten hätte sie sich weggezaubert und wäre Lichtjahre entfernt von dieser peinlichen Angelegenheit. Doch leider war dies nicht möglich, also begab sie sich in die Küche und hoffte inständig, ihre Freundin würde die Sache schon klären – was jene dann auch tat, wenn auch etwas auffälliger, als Lara sich das gewünscht hatte.

Charly zog das beschmutzte Kissen unter dem schlafenden Chris weg, und gerade, als sie versuchte, vom Sofa aufzustehen, erwachte er und protestierte lautstark. Er forderte das Kissen zurück, und als sie seiner Bitte nicht nachkam, versuchte Chris, es an sich zu reißen. Doch Charly hatte für eine Frau oder besser für eine betrunkene Frau erstaunlich viel Kraft.

Es dauerte nicht lange, und schon bekamen auch die anderen, übrig gebliebenen Gäste etwas von dem Streit mit und versuchten, ihn zu schlichten. Als Caro den beiden das Kissen entriss und sie tadelte, als wären sie zwei ungezogene Kinder, bemerkte sie plötzlich die weißen Flecken und ließ das Kissen angewidert fallen.

Lara riskierte einen Blick ins Wohnzimmer, und als sie lautes Gelächter vernahm, musste sie realisieren, dass Charlys Aktion leider nicht erfolgreich gewesen war. Sie hatte Chris zwar das Kissen entwendet, aber nun wusste jeder, warum, und der arme Kerl war das Opfer ihres Gelächters.

Lara wusste, dass sie sich nicht die ganze restliche Nacht in der Küche verstecken konnte, und lief mit sicheren Schritten und hoch erhobenen Hauptes zu ihren Freunden. Bis in den frühen Morgen wurde noch über die Aktion gelacht, und Lara war froh, als die Schadenfreude über Chris etwas abgenommen hatte.

Zwei Wochen später erhielt sie eine unerwartete Textnachricht von Stephan mit der Bitte um Entschuldigung und der Frage nach einem neuen Treffen. Erst wollte sie die Nachricht einfach löschen und nicht mehr daran denken, doch es fiel ihr schwerer, als sie sich eingestehen wollte. Sie hatte immer wieder an ihn denken müssen und war enttäuscht darüber, wie alles verlaufen war. Lara überlegte lange, was sie machen sollte, und entschied letztendlich, ihm noch eine Chance zu geben.

Sie sehnte sich so sehr nach einer funktionierenden und glücklichen Beziehung, dass sie bereit war, dafür auch Opfer zu bringen. Stephan war ein anständiger, intelligenter und obendrein gut aussehender Mann; und bis auf die peinliche Aktion, als sie intim miteinander geworden waren, hatten sie immer eine gute Zeit gehabt.

Sie ließ Stephan noch einen halben Tag warten, bevor sie ihm dann endlich zurückschrieb.

„Hallo! Leider bin ich das gesamte Wochenende überaus beschäftigt. Solltest du jedoch Lust haben, mich zu einer Party zu begleiten, könnten wir uns gern sehen und noch mal über alles reden. Mit freundlichen Grüßen, Lara."

Stephan war sofort Feuer und Flamme, und sie verabredeten sich noch für den gleichen Abend.

Pünktlich um halb acht klingelte es an Laras Tür, und mit nervösem Magen, ließ sie Stephan herein. Er fackelte nicht lange und küsste sie stürmisch auf den Mund. Sie ließ ihn gewähren, drückte ihn jedoch von sich, als sie keine Luft mehr bekam. „Hallo erst einmal! Was für eine Begrüßung! Ich … also wie wäre es mit einem Glas Wein und einem Gespräch?" Stephan willigte ein und zusammen setzten sie sich auf den Balkon, um die Situation vom letzten Mal zu klären.

Er entschuldigte sich für sein Verhalten und die darauf folgende Textnachricht. Stephan schien es ernst zu meinen. Er hatte Lara ehrlich vermisst und schrecklich gelitten, doch sein Schamgefühl verwehrte es ihm zwei Wochen lang, sie anzurufen.

Als sie bemerkte, wie leid es ihm tat, und als er ihr beteuerte, wie sehr er sich wünschte, mit ihr zusammen zu sein, warf sie all ihre Zweifel über Bord und gab der Beziehung eine zweite Chance. Er küsste sie zärtlich und schaute sie verliebt an. „Danke, dass du uns nicht aufgibst! Ich werde dir beweisen, dass es die richtige Entscheidung war!" Lara lächelte und hoffte innerlich, er würde recht behalten.

Eine halbe Stunde später trafen sie im Haus ihrer Eltern ein, und sie stellte ihrem Bruder, der die Party veranstaltete, Stephan vor. Das ganze Anwesen war voller Leute, die Lara nicht einmal ansatzweise kannte.

Eigentlich waren Bens Freunde auch ihre Freunde, und sie kannten sich untereinander gut. Doch bei dieser Feier kannte sie höchstens vier Personen, ihren Bruder und Stephan eingerechnet.

Die Party verlief anders als erwartet, denn die meisten Gäste waren bereits betrunken und die anderen auf dem besten Weg dahin. Sie hatte nicht einmal die Chance, Ben nach all den fremden Leuten zu fragen, weil er plötzlich spurlos verschwunden war.

Als Lara ein Pärchen auf der Couch im Wohnzimmer in flagranti erwischte, konnte sie sich nicht vorstellen, dass ihr Bruder in der Lage war, alle Spuren der Verwüstung in zwei Tagen zu beseitigen, denn dann sollten ihre Eltern aus dem Urlaub zurückkehren. Nachdem sie das Paar des Hauses verwiesen hatte, nahm sie auf einem Stuhl in der Küche Platz und schüttelte mit leiernden Augen den Kopf. Gerade als Lara sich umdrehte und Stephan fragen wollte, ob er Lust habe, heute mit ihr im Gästezimmer zu übernachten, stellte sie überrascht fest, dass sie alleine war. Sie ging zurück ins Wohnzimmer und suchte ihn auch im Bad, doch nirgends konnte sie Stephan finden. Lara wollte sich eben auf den Weg nach draußen machen, als ihr Handy klingelte.

„Hallo, Lara ich bin es, David! Wir sind gerade angekommen, und ich wollte fragen, ob du Zeit hast. Ich könnte auf ein Bier vorbeikommen, falls du Lust hast."

Lara lächelte. David war seit über drei Wochen in Südamerika unterwegs gewesen, und sie hatten seitdem nichts voneinander gehört. „Ich wusste gar nicht, dass ihr so schnell zurückkommt. Hattet ihr nicht mindestens einen Monat eingeplant?" Sie schickte ein Stoßgebet zum Himmel, so sehr freute sie sich über seinen Anruf.

„Ja, schon, aber uns ist das Geld ausgegangen und, na ja … ich erzähl dir alles später. Bist du zu Hause? Wenn du noch nicht zu müde bist, komm ich rum, und wir können uns in Ruhe über alles unterhalten."

Lara fand die Idee großartig und ließ ihn wissen, dass er zu ihrem Elternhaus kommen solle und, wenn er sich beeilte, gute Chancen auf frisch gegrillte Steaks und Bratwürste habe.

In der Zeit, als Lara auf David wartete, machte sie sich auf die Suche nach Stephan und fand ihn betrunken auf der Hollywoodschaukel im Garten. „Lara, schön disch zu sehn! Isch … isch glaube, isch leg misch besser hin!"

Lara atmete genervt laut ein und aus. Anschließend fragte sie: „Wie viel hast du denn getrunken?"

Stephan hob seine Hand und zählte mit der anderen seine Finger ab. „Vier!", antwortete er knapp.

„Vier wovon? Du bist total betrunken und willst mir doch nicht erzählen, dass du nur vier Bier getrunken hast!"

Stephan zeigte schwankend auf die Flasche vor seinen Füßen und sagte dann: „Doch, n-nur vier Bier u-und ein paar Jägermeister! Acht oder so, ach, 'sch weiß nisch mehr!"

Lara schüttelte den Kopf. „Wie kannst du denn in so kurzer Zeit nur so viel trinken?" Doch statt einer Antwort erhielt sie nur ein Stöhnen. Sie hakte sich bei Stephan ein und zerrte ihn ins Haus.

Lara brauchte gefühlte zwei Stunden, um ihn in das Dachgeschoss zu hieven. Als sie ihn endlich auf das große Bett geworfen hatte, zog sie ihm seine Schuhe und Jeans aus und deckte ihn zu. „Wo willst 'n du hin? Isch dachte, wir mach'n jetzt da weiter, wo wir das letzte Mal aufgehört hatt'n!"

Lara glaubte, sich verhört zu haben. „Du meinst wohl eher, wo wir das letzte Mal unterbrochen wurden! Und ich geh jetzt runter in die Küche. Wenn du mich brauchst, ruf mich oder komm die Treppe runter! Aber ich halte es für besser, wenn du jetzt versuchst zu schlafen!"

Sie wartete nicht einmal seine Antwort ab und machte sich auf den Weg nach unten. Lara nahm sich vier Bierflaschen aus dem Kasten und ging zurück in die Küche. Kaum hatte sie sich hingesetzt und die erste Flasche geöffnet, klingelte erneut ihr Telefon.

„Was ist denn bei euch los?", wollte David wissen, und Lara musste sich anstrengen, um ihn am Telefon überhaupt zu verstehen. „Ja, ich weiß, kleine Party im Gange! Komm einfach hoch in die Küche, ich warte dort auf dich!"

Nachdem er aufgelegt hatte, öffnete sie eine weitere Flasche für ihren Freund. Als er endlich kam, begrüßten sie sich herzlich. David berichtete aufgeregt von Chile, Peru und all seinen Eindrücken. Lara lauschte seinen spannenden Erzählungen und schüttelte immer wieder ihren Kopf, wenn er von den gefährlichen Abenteuern berichtete, die ihm und seinen zwei Freunden widerfahren waren. Gerade als er von einem Überfall erzählte, in den er und seine Freunde verwickelt worden waren, bemerkte David, wie abwesend Lara plötzlich war.

Sie starrte über seine Schulter hinweg zur Küchenwand, wo eine Durchreiche in die Mauer eingearbeitet war, die es einem ermöglichte, direkt in das Esszimmer zu schauen. „Was ist denn los?", wollte David wissen, doch ehe er eine Antwort erhielt, stand Lara auf und stürmte in den Raum neben an. „Was machst du denn hier? Ich hab doch gesagt, du sollst dich hinlegen!" Sie war offensichtlich sehr erregt, und ihre Stirn lag in Falten.

„Das hättet ihr vielleicht gern, damit ihr hier in Ruhe vögeln könnt!"

Lara glaubte, sich verhört zu haben, und konterte empört: „Findest du nicht, dass du dich gerade mal wieder lächerlich machst?" Sie musterte Stephan von oben bis unten und wünschte sich, sie hätte ihm zuvor nicht die Jeans ausgezogen.

„Ich mache mich bestimmt nicht lächerlich, wenn ich um uns kämpfe!"

Sie schüttelte den Kopf und sagte dann: „Du findest es also nicht peinlich, halb nackt im Dunkeln mir hinterherzuspionieren und dabei so blöd zu sein, dich auch noch erwischen zu lassen!"

Er starrte sie an und hatte Mühe, die richtige Antwort zu finden.

„Im Übrigen ist David mein bester Freund und wie ein Bruder für mich. Du kannst dir also denken, dass ich nicht die Absicht hatte, mit ihm zu vögeln! Und wenn dir an unserer Beziehung wirklich etwas liegen würde, könntest du mir ruhig etwas vertrauen!"

Mit einer entschuldigenden Geste streckte Stephan ihr seinen Arm entgegen, überlegte es sich jedoch anders und meinte: „Ach, mach doch, was du willst, ich hätte gar nicht erst herkommen sollen! Du bist es doch gar nicht wert, und ihr Weiber seid doch alle gleich!" Mit dieser wenig charmanten Aussage verließ er das Zimmer und stolperte wieder nach oben.

Lara setzte sich zurück auf ihren Stuhl und entschuldigte sich bei David für den peinlichen Vorfall. „Wer war das denn?", wollte er wissen und schaute sie dabei ungläubig an.

„Mein Ex-Freund!", entgegnete sie ihm kurz und genehmigte sich einen großen Schluck aus der Bierflasche. Sie verbrachten die ganze Nacht in der Küche, und aufgeregt berichtete David von der Zeit in Südamerika. Sie bemerkten erst, wie spät es bereits war, als die Sonne aufging und das Zimmer durch das warme Morgenlicht erhellt wurde.

David half Lara gerade beim Aufräumen, als Stephan plötzlich in der Tür stand. „Ich wollte mich verabschieden!", sagte er versöhnlich zu ihr, als er Laras überraschten Blick bemerkte.

„Gut, komm aber bitte bloß nicht wieder auf die Idee, mir in zwei Wochen eine Nachricht zu schicken. Ich glaube, es ist besser, wenn wir uns in Zukunft nicht mehr sehen. Und nein, wir können auch keine Freunde bleiben!"

Den letzten Satz hatte Lara extra langsam und deutlich ausgesprochen und konnte sich ein Lächeln nicht verkneifen. Empört schnaubte Stephan und suchte vergeblich nach Worten. Sprachlos stand er ihr gegenüber, drehte sich aber schließlich um und verschwand. Mit einem Kavalierstart verabschiedete er sich lautstark und sauste davon. Erleichtert atmete Lara auf, als er endlich außer Sichtweite war.

13.

In Sachen Beziehung hatte Lara einfach kein Glück. Sie sehnte sich mittlerweile so sehr nach einer harmonischen, funktionierenden und vor allem glücklichen Beziehung, dass sie zu allem bereit war. Doch seit sie sich dies eingestanden hatte, waren ihr nur Idioten über den Weg gelaufen.

Nach Stephan folgten noch diverse andere Flirts, welche aber immer im Nichts endeten und Lara mit jedem Male weniger an die einzig wahre und große Liebe glauben ließen. Ihren Kummer betäubte sie, indem sie sich voll und ganz in ihre Arbeit stürzte und die Wochenenden fast ausschließlich mit ihrer besten Freundin Charly verbrachte. Unter der Woche arbeitete sie von früh bis spät, was Jana ihr mit einer Gehaltserhöhung und gelegentlichen Einladungen zum Brunch dankte. Lara genoss die Aufmerksamkeiten. Jedoch arbeitete sie nicht ihrer Chefin zuliebe länger, sondern weil sie es zu Hause allein einfach nicht mehr aushielt.

An einem Freitagabend, als Lara wie gewöhnlich zu Charly fuhr, machte sie zum ersten und auch zum letzten Mal Erfahrungen mit Drogen. Sie hatte schon so oft die Gelegenheit, Erfahrungen damit zu sammeln, doch ihre Liebe zum Sport und der Beruf ihres Vaters hatten Lara in ihrer frühen Jugend davon abgehalten. Als sie älter wurde und selber einen Beruf erlernte, hatte dieser sie wiederum davon ferngehalten.

Als Lara jedoch bei ihrer Freundin ankam, begrüßte sie Charly mit einem geheimnisvollen Lächeln: „Hallo! Du wirst nicht glauben, was mir mein Bruder aus Amsterdam mitgebracht hat!"

Lara schaute ihre Freundin misstrauisch an. „Nein, doch nicht etwa …" Sie hatte den Satz nicht einmal zu Ende bringen können, als ihr Charly schon freudestrahlend die Tüte mit Haschisch unter die Nase hielt. „Das ist doch nicht dein Ernst! Ich dachte, wir gehen heut ins ‚Woodstock'." Doch ihre Freundin schüttelte verneinend den Kopf und holte die Wasserpfeife aus der hintersten Ecke des Zimmers.

„Ach, komm schon, ich hatte heute einen anstrengenden Tag! Lass uns gemütlich an der Shisha nuckeln und den Abend ruhig ausklingen lassen."

Lara verspürte plötzlich einen stechenden Schmerz im rechten Knie. Auch sie hatte einen harten Arbeitstag hinter sich, und ihre müden Knochen würden sicher einen ruhigen Abend auf der Couch der Tanzfläche vom „Woodstock" vorziehen. Schulterzuckend willigte sie ein und machte sich auf dem Weg in die Küche.

Lara plünderte den Kühlschrank und packte Fleischsalat, Schokoladenpudding, Oliven, Frikadellen und Erdbeeren in den Korb. Während Charly die Wasserpfeife für den gemütlichen Abend präparierte, entnahm Lara noch das unverschämt leckere Sahneeis aus dem Frost und legte es zu den übrigen Köstlichkeiten.

Nachdem sich die beiden Freundinnen noch mit Wasser, Ananassaft und Bier eingedeckt hatten, brachten sie die Shisha zum Blubbern. Der Karamelltabak schmeckte himmlisch, und zu Laras Überraschung musste sie nicht ein einziges Mal würgen, geschweige denn brechen.

„Ha! Da hat der liebe Mister Bailey wohl was vergessen!", rief Lara und pustete eine dicke Wolke Qualm aus. Charly schaute sie kurz verwirrt an, doch als sie verstand, was ihre Freundin damit meinte, stimmte sie ihr zu.

„Tja, hätte der Herr Hypnotiseur bei seiner feierlichen Rede mal nicht ‚Zigarette', sondern ‚Rauchen in jeglicher Art' gesagt! Aber zum Glück hat der das verpasst, denn sonst könntest du jetzt nicht den leckeren Karamelltabak mit Spezialmischung genießen!" Lara lachte herzlich, wohl auch, weil das Haschisch langsam in ihre Blutbahnen gelangte. Sie fühlte sich leicht und locker und hatte einen unbändigen Appetit auf einfach alles.

Nach nur kurzer Zeit hatten die beiden Freundinnen alles verputzt, auch das Sahneeis, welches sich anschließend durch lautes Knurren in Laras Bauch bemerkbar machte. Der Abend verging, und nach endlosen Lachanfällen, die schmerzhaften Muskelkater in der Bauchgegend verursachten, lagen sie erschöpft auf der Couch. „Schlafen?", fragte Charly und schielte dabei sehnsüchtig auf ihr Bett.

„Liebend gern! Aber ich bin so voll, und außerdem hab ich Muskelkater. Ich glaube, wir sollten noch ein wenig warten!", gab Lara schwer atmend zurück.

Charly wollte nicht mehr warten und hatte sofort eine Idee: Nachdem sie sich schwankend von der Couch zum anderen Ende ihres Zimmers begeben hatte, kam sie mit einer kleinen Schachtel in der Hand zurück. Lara kniff ihre Augen ein wenig zusammen, um besser erkennen zu können, was Charly da in der Hand hielt.

„Was sind denn das wieder für Tabletten? Welche gegen Magenverstimmungen?", wollte sie wissen, war sich aber nicht sicher, weil sie die Schrift auf der Packung nicht entziffern konnte.

„Nee, nicht ganz! Das ist Doneurin 25!"

Lara glaubte, sich verhört zu haben. „Was, bist du dir da sicher? Was willst du denn mit Tabletten für Erkrankungen des Nervensystems?"

Charly blickte sie erstaunt an, denn sie war sich offenbar nicht im Klaren, was für Tabletten sie da in der Hand hielt.

„Na, das sind Tabletten zur Behandlung depressiver Zustände und ihrer Leitsymptome!"

Charly starrte Lara nach wie vor verdutzt an: „Aha, und was sind Leitsymptome?"

Lara antwortete ihr wie aus dem Lehrbuch: „Na ja, zum Beispiel Schlafstörungen, Angst und innere Unruhe! Jetzt sag schon, woher hast du die Tabletten?"

Charly grinste frech: „Na, aus dem Medizinschrank meiner Mutter, woher denn sonst?"

Lara schüttelte den Kopf und wollte anschließend wissen: „Und was willst du jetzt mit den Tabletten? Darf ich dich daran erinnern, dass ich fast nicht in der Lage war, meine Prüfungen zu schreiben, weil ich in der Nacht davor von deinen Tabletten genascht habe?"

Charly lachte laut auf, weil sie sich sehr gut an ihre Erzählungen erinnerte. „Ja, aber erstens hast du da zu viele genommen, zweitens alles Mögliche durcheinander, und drittens können wir morgen ausschlafen!"

Lara wusste, dass Charly recht hatte, doch sie hatte auch viel zu verlieren. Sollte irgendetwas passieren und sie mit einer Überdosis im Krankenhaus landen, wäre es schwierig, dies ihrer Chefin zu erklären. Dankend winkte sie ab. „Nein, lass mal. Dann bleib ich lieber noch wach, solange mein Bauch das will."

Charly setzte sich neben ihre Freundin. „Lass uns noch eine Runde Shisha rauchen, und dann sehen wir weiter. Ich habe im Internet gelesen, dass man mit der Kombination aus Haschisch und Doneurin echt geil chillen kann!" Während sie beschwörend auf Lara einredete, tauschte sie den abgebrannten Karamelltabak gegen Erdbeertabak und gab eine ordentliche Portion Haschisch dazu. Sie drehte sich ein Stück, um Lara die Sicht zu verdecken, weil sie keine Lust auf eine Diskussion hatte. Nachdem sie die Alufolie befestigt und ein neues Stück Kohle darauf platziert hatte, zündete sie das Stück erneut mithilfe einer Wunderkerze an, weil sie sich jedes Mal die Finger verbrannte, wenn sie es mit einem Feuerzeug versuchte. Nach kleineren Explosionen glühte die Kohle und sprühten Charlys Augen vor Begeisterung und freudiger Erwartung.

Nach wenigen Minuten und einigen Zügen war Lara im Wunderland. Charly kramte aus einer Schublade Gummitierchen und Schokolade, und obwohl beide zum Platzen voll waren, vernaschten sie die Süßigkeiten, als gäbe es kein Morgen mehr.

Nachdem die Kohle heruntergebrannt war, suchte Charly wieder nach den Tabletten, und als sie endlich fündig wurde, bot sie Lara eine an. „Na gut, aber ich nehme nur die Hälfte, denn 25 mg sind echt zu stark!"

Charly nickte und gab ihrer Freundin recht. „Wie du meinst. Du musst es ja wissen, dein Fachgebiet! Jeder bekommt die Hälfte, brüderlich geteilt und schwesterlich beschissen!" Charly hielt sich den Bauch vor Lachen und hatte Mühe, die Tablette aus dem Blister zu drücken. Lara saß derweil lachend neben ihr und hielt ihre Hand unter die Packung. Als es Charly endlich gelang, die Tablette aus dem Blister zu drücken und sie in Laras Hand fiel, lachte ihre Freundin noch lauter und konnte sich nur schwer beruhigen.

„Ich glaube, das wird nichts mit der Hälfte! Das sind Kapseln, und diese kann man nicht zerbrechen." Lara krümmte sich vor Lachen und hatte immer noch die Kapsel in der Hand. Charly fing sich als Erste wieder und schaute sich die Tablette, die sich nach genauerem Betrachten tatsächlich als Kapsel erwies, an.

„Du hast recht, das wird schwer mit dem Teilen. Dann müssen wir eben doch jeder eine nehmen."

Laras Vernunft war schon vor einer halben Stunde auf der Strecke geblieben, somit willigte sie lachend ein. „Und so schön bunt! Das ist echt nett von der Firma, dass sie die Kapseln so schick anmalen." Kaum hatte Charly diesen Satz zu Ende gesprochen, nahm sie einen großen Schluck aus der Wasserflasche und schluckte die Kapsel hinunter. Lara tat es ihr gleich und lehnte sich zurück.

Es dauerte nicht lange, und der Wirkstoff entfaltete sich in voller Stärke. Charly begann zu frösteln und tippte ihre Freundin an. „La-Lara, mi-mir ist-ist kalt! Ma-mach mal di-die Tür zu!"

Lara schreckte hoch und schaute ihre Freundin an. „Was, wer? Was ist denn passiert?"

Charly mummelte sich in ihre Decke und klapperte mit den Zähnen. „Mi-mir ist kalt! Ma-mach mal die Tü-tür zu!"

Lara stand auf und marschierte zur Tür. Sie hob ihre Beine dermaßen, als müsste sie über Hürden laufen. Kurz vor der Tür blieb Lara stehen und drehte sich um. „Sie ist doch zu! Willst du mich veräppeln – oder was?"

Charly starrte zu ihr hinüber. „Aber ich sehe doch, da-das die offen ist!"

Lara drehte sich wieder zur Tür um und drückte dagegen. „Siehst du? Nicht offen. Zu!"

Plötzlich weiteten sich Charlys Augen, und sie erkannte, dass die Tür wirklich geschlossen war. Erschrocken über die Halluzination drehte sie sich panisch zum Fenster. „Da, d-das Fenster ist offen! Ma-mach's schnell zu! 's ist kalt!"

Lara schwebte zum Fenster. „Cool, siehst du, ich fliege!"

Charly schaute ihrer Freundin auf den Weg zum Fenster zu und wunderte sich, seit wann man den „Moonwalk" auch vorwärts gehen konnte. Wäre Michael Jackson noch am Leben, wäre er vor Neid grün angelaufen oder vor der revolutionären Lara auf die Knie gefallen. „Du schwehbsd nisch, du-hu läufst wie auf dem Mond!"

Lara schaute auf ihre Füße, tatsächlich berührten sie zwar den Boden, jedoch federte Laras Körper durch die gefühlte Schwerelosigkeit bei jeder Bewegung. Als sie das Fenster erreichte, rüttelte sie auch daran und drehte sich verärgert um. „Das ist auch zu! Verarschen kann ich mich selber."

Charly riskierte einen Blick und stellte erschrocken fest, dass Lara recht hatte. „Aber mir is so kalt!" Lara schwebte zurück zur Couch und gab ihrer Freundin heißen Tee zum trinken, welchen sie ihr in einer Bierflasche reichte. „Is das echt Tee?"

Lara nickte und sagte dann: „Klar! Welcher mit Schaum, trink aber vorsichtig, ist sehr heiß!"

Charly tat, was ihr gesagt wurde, und sofort spürte sie die Wärme, die sich in ihrem Bauch breitmachte. „Mmh, sehr lecker! Und ich fühl mich auch schon besser!"

Lara freute sich zwar für sie, konnte das aber nicht von sich behaupten. Sie spürte plötzlich, wie lahm ihre Glieder wurden und wie sehr sie sich nach einem Bett sehnte. „So, und jetzt ins Bett mit dir!"

Charly gehorchte und taumelte in ihr Bett. Lara tat es ihr nach, doch kaum war sie aufgestanden, wurde ihr auch schon schwarz vor den Augen. Sie erreichte gerade noch das Bett, bevor sie ohnmächtig zusammensackte.

Charly bekam davon schon lange nichts mehr mit und kuschelte sich in ihr Kissen. Lara hatte es nicht ganz bis auf das Bett geschafft, sie kniete halb auf dem Boden, und ihr Oberkörper lag schlaff auf der Matratze.

Es dauerte einige Zeit, bis Lara wieder zu sich kam. Sie öffnete die Augen und versuchte, den Drang, sich zu übergeben, zu unterdrücken. „Bitte … bitte nicht mehr weiterfahren! Ich hab schon seit drei Runden nicht mehr bezahlt, und das Karussell fährt trotzdem weiter!", flehte sie, doch Charly lag noch immer regungslos da und hörte sie nicht.

Lara stützte sich auf und versuchte, ihre weichen Knie dazu zu bringen, aufzustehen. Trotz aller Bemühungen gelang es ihr nicht, stattdessen musste sie sich plötzlich übergeben und würgte all die Lebensmittel, die sie erst vor ein paar Stunden zu sich genommen hatte, auf Charlys Decke. Erschrocken schaute Lara sich um. Sie rief zwar nach ihrer Freundin, doch als diese sich nicht zuckte, stemmte sie sich mit aller Kraft auf und fiel genau neben Charly auf das Bett. Sie flüsterte erneut ihren Namen, doch statt einer Antwort erhielt sie nur ein Schnarchen. Lara war bewusst, dass sie etwas unternehmen musste, doch sie war einfach zu schwach. Sie versuchte noch vergebens, ihre Freundin zu wecken, doch ehe sie eine Reaktion erhielt, schlief sie selber ein und versank in einen traumlosen Schlaf.

Am nächsten Mittag erwachte Lara mit hämmernden Kopfschmerzen und einem ekelerregenden Geschmack im Mund. Sie schaute sich in dem lichtdurchfluteten Zimmer um und entdeckte das Chaos vom letzten Abend. Fluchend stellte sie fest, dass es doch kein Traum gewesen war und sie tatsächlich erneut irgendwelche Tabletten von Charly probiert hatte. Lara erinnerte sich noch daran, dass sie ihrer frierenden Freundin Bier zu trinken gegeben hatte, ihr aber einredete, es sei Tee. Plötzlich kamen auch die restlichen Erinnerungen wieder zurück, auch jene an den Moment, als sie sich am Fußende des Bettes auf Charlys Decke übergeben hatte. Erschrocken riskierte sie einen Blick dorthin und stellte fest, dass weder sie noch ihre Decke neben ihr lagen. Gerade als Lara sich ausmalte, wie ihre Freundin wohl die Sauerei bemerkt haben musste, wurde die Tür plötzlich geöffnet. Mit einem „Guten Morgen!" strahlte Charly sie an und brachte ein Tablett mit Tee und Croissants.

„Guten Morgen", erwiderte Lara beschämt.

Charly bemerkte, dass sie sich nicht wohlfühlte, und setzte sich neben sie aufs Bett: „Tut mir leid, Lara. Ich glaube, ich bin gestern etwas zu weit gegangen!"

Lara starrte sie überrascht an. „Sind doch nicht alle Erinnerungen zurückgekehrt?", dachte sie verwundert und versuchte, ihre Gedanken zu ordnen. Sie wollte am liebsten gar nicht wissen, was sich noch alles abgespielt hatte. Doch bevor sie überhaupt zu Wort kam, fuhr Charly fort: „Du hattest recht! Ich hätte nicht die Tabletten meiner Mutter nehmen sollen. Es tut mir leid, dass ich dich überredet habe und na ja, dass ich noch mehr Haschisch in den Tabak gemischt habe. Weißt du, gestern Nacht war echt ein bisschen zu hart. Ich dachte, ich sterbe! Hättest du mir nicht den Tee gegeben, dann wäre ich wahrscheinlich an Herzrasen gestorben. Ich hatte nämlich den übelsten Trip und dachte wirklich, ich würde erfrieren, ganz echt!"

Lara schaute Charly mitleidig an, sie schien wirklich betroffen und versuchte nun, sich ihren Kummer von der Seele zu reden. „Du hast keinen Tee getrunken, ich habe dir Bier gegeben, weil du dich nicht mehr beruhigt hast. Du hast Halluzinationen bekommen und überall offene Türen und Fenster gesehen. Dabei war alles geschlossen."

Charly atmete schwer ein und aus. „Ja, war ganz schön krass diesmal. Ich habe sogar gebrochen und es nicht einmal mehr gemerkt! Kannst du dir das vorstellen? Heute Morgen komm ich zu mir und nehme diesen stechenden Geruch wahr. Das war vielleicht eklig! Ich kann dir sagen, das war echt das letzte Mal!"

Gerade als Lara ihr schlechtes Gewissen packte und sie ihrer Freundin erzählen wollte, dass sie diejenige gewesen war, die sich auf dem Bett übergeben hatte, hielt sie inne und ließ Charly ausreden. Offensichtlich hatte sie endlich kapiert, dass sie nicht ständig Tabletten oder Kapseln ihrer Mutter für Drogenexperimente missbrauchen konnte.

„Lara, zu wissen, dass man stirbt, ist nicht zu vergleichen mit der Angst, dass man sterben könnte! Es ist … ich dachte wirklich, ich schlafe jetzt ein – und das wäre es! Du glaubst nicht, wie glücklich ich heute Morgen war, als ich wieder aufgewacht bin, mal abgesehen von dem ekligen Geruch nach Erbrochenen! Es tut mir ehrlich leid! Ich weiß nicht, ob du dich noch erinnerst, aber du hast mir davon abgeraten, nur wollte ich nicht hören; und dann nach der zweiten Runde Haschisch konnte ich nicht mehr klar denken. Die Kapseln hatten so schöne Farben. Wusstest du, dass die pink und orange sind? Wer macht denn so was?"

Lara hatte sich derweil mühsam aufgerichtet. Ihr Kopf erweckte den Anschein, jeden Moment zu explodieren. Sie war überrascht, wie fit Charly wieder war, und entschied sich dafür, ihre Freundin in dem Glauben zu lassen, sie hätte sich in der Nacht zuvor übergeben. „Weißt du, ich hätte nämlich auch ganz leicht an meinem Erbrochenen ersticken können. So sind auch die meisten Musiker gestorben. Die lassen einen immer nur wissen, dass der und der durch eine Überdosis von was-weiß-ich-für Drogen umgekommen ist. Doch dass sie an ihrer eigenen Kotze erstickt sind, sagt keiner!"

Lara hob ihren Arm und legte ihn beruhigend auf Charlys Oberschenkel. „Bitte, wenn du noch weiter über Erbrochenes redest, muss ich mich gleich anschließen!"

Charly lachte und erwiderte daraufhin: „Es tut mir ehrlich leid! Ich wollte nur, ich … ich glaube, ich bin zu weit gegangen, und in Zukunft gibt es keine weiteren Experimente. Versprochen!"

Lara lächelte und nahm die heiße Tasse Tee vom Tablett. „Ich nehme dich beim Wort! Keine weiteren Eskapaden und keine Überredungsaktionen für die nächsten paar Jahre. Mir ging es nämlich gestern Abend auch nicht so toll, und wie du offenbar schon bemerkt hast, bin ich immer noch weit davon entfernt, mich gut zu fühlen!"

Charly nickte und hielt ihr versöhnlich ein Croissant hin. Lara behielt für sich, dass sie letzte Nacht ohnmächtig zusammengesackt war. Ihre Freundin hatte so schon ein schlechtes Gewissen, und sie wollte Charly nicht noch unnötigerweise weiterquälen.

Lara brauchte noch den halben Tag, ehe sie sich ansatzweise wieder etwas besser fühlte. Als ihr Körper endlich den Wirkstoff komplett abgebaut hatte, setzte sie sich in ihr Auto und fuhr nach Hause.

Seitdem ließ Charly, wie versprochen, die Hände von den Tabletten ihrer Mutter. Sie verbrachten die Wochenenden weiterhin immer zusammen, nur ohne Drogenrausch und andere Ausschweifungen. Stattdessen machten sie fast jeden Samstag das Dresdner Nachtleben unsicher und tanzten bis in die frühen Morgenstunden. Sie lernten viele Leute kennen und hatten eine großartige Zeit. Lara traf sich zwar hin und wieder mit einer neuen Bekanntschaft, jedoch war für sie einfach nicht der richtige Mann dabei. Nach all den hoffnungslosen Beziehungen und den enttäuschenden Verabredungen resignierte Lara und gab die Suche und Hoffnung, ihren „Mister Perfekt" zu finden, auf.

Zu dieser Zeit ahnte sie aber noch nichts von Noah, dem gut aussehenden, jungen Mann mit seiner furchtbar anstrengenden Freundin, welcher Laras Herz im Sturm erobern sollte.

14.

Warme Sonnenstrahlen suchten sich ihren Weg durch die dicke Wolkendecke, direkt in die riesige Menschenmenge hinein. Das Konzert war schon seit einer halben Stunde zu Ende, doch niemand schien auch nur auf die Idee zu kommen, nach Hause zu gehen. Die Band spielte zwei Zugaben, und man konnte sich sehr sicher sein, dass mit einer dritten Zugabe nicht mehr zu rechnen war. Wahrscheinlich saß die gesamte Band schon im Tourbus und war auf dem Weg zum nächsten Gig.

Allmählich erreichte Noahs Geduld ihr Ende. Wo war nur Jacqueline? Und wie konnte es überhaupt so weit kommen, dass sie sich bei einem Konzert, wo Tausende von Fans aufeinandertrafen, aus den Augen verloren? Sie hatten sich extra einen Treffpunkt ausgemacht für einen Fall wie diesen. Doch Noah wartete vergebens, und wie er seine Freundin kannte, würde er wohl noch länger auf sie warten müssen.

Nach einer weiteren halben Stunde, die ihm aber wie Stunden vorkam, lichtete sich langsam vor ihm die Menschenmenge. Noah hatte nun ein weiteres Sichtfeld und beobachtete, wie eifrige Männer geschickt die Bühne abräumten. Aus Langeweile schlenderte er auf sie zu und traute seinen Augen kaum. Er stand keine fünf Meter von Bela B. entfernt. Noah war schon seit so vielen Jahren ein eingefleischter „Ärzte"-Fan, doch noch nie zuvor hatte er auch nur einen von den Bandmitgliedern aus solcher Nähe gesehen. Es wäre zu dumm, wenn er die Chance jetzt nicht nutzen würde. Gerade als er einen großen Schritt auf ihn zu tun wollte, blieb Noah verdutzt stehen.

In Gedanken hatte er sich schon überlegt, wo er Bela signieren lassen wollte. Sein T-Shirt war schwarz, was somit ein Autogramm sinnlos machte. Seine Jeans und Schuhe kamen auch nicht infrage, dafür waren beide zu dunkel. Gerade als ihm sein Gürtel in den Sinn kam, riss Jacqueline ihn aus seinen Gedanken.

Wie eine alte Bekannte unterhielt sie sich angeregt mit Bela und bedankte sich dann mit einem, für Noah viel zu lang andauernden, Kuss mitten auf den Mund. Noah war sich noch nicht sicher, woher sie plötzlich kam, aber es musste vom hinteren Teil der Bühne gewesen sein. Kaum hatte er sich wieder gefangen, lief er mit großen Schritten auf die beiden zu. Doch gerade, als er die Bühne fast erreicht hatte, entdeckte Jacqueline ihn und lief vergnügt auf Noah zu. Bevor er auch nur ein Wort sagen konnte, sprudelte es schon aus ihr heraus.

Aufgeregt erzählte Jacqueline, wie Bela ihr angeboten habe, mit ihm und den Bandkollegen im Backstagebereich die erfolgreiche Vorstellung zu feiern. „Da konnte ich doch nicht ablehnen!", rechtfertigte sie sich, nachdem ihr endlich sein genervter Gesichtsausdruck auffiel.

„Wieso hast du mich nicht kurz angerufen? Ich warte hier seit über einer Stunde und suche dich!" Entnervt und mit Wut im Bauch setzte er sich in Richtung Parkplatz in Bewegung. Jacqueline konnte kaum mit seinen großen Schritten mithalten, ohne halb dabei rennen zu müssen.

„Wärest du an meiner Stelle gewesen, hättest du sicher auch vergessen, mich anzurufen! Und außerdem war alles so aufregend, dass ich gar keine Zeit dafür hatte!"

Was für eine Entschuldigung sollte das denn bitte sein? Noah konnte es nicht glauben. Und was hatte sie denn eine ganze Stunde dort gemacht? „Und du willst mir also weismachen, dass du keine Minute Zeit hattest, mir schnell eine SMS zu schicken?" Seine Geduld war nun endgültig am Ende. Zum Glück waren sie bereits auf dem Parkplatz. Noahs Auto stand verlassen auf dem riesigen Gelände. Wenigstens würden sie jetzt nicht mehr im Stau stecken bleiben.

Schweigend saßen sie im Auto, die Sonne brannte durch die Fenster und verursachte ihm pochende Kopfschmerzen. Jacqueline war für ihre Verhältnisse schon viel zu lange stumm. Sie stritten sich bei fast jeder Gelegenheit, und dies hielt sie normalerweise nie davon ab, ohne Punkt und Komma auf ihn einzureden. Die Stille machte Noah allmählich nervös, und er begann, sie unauffällig von der Seite zu mustern. Ihr Kopf hing schwer nach vorn und bebte bei jeder noch so kleinen Bodenwelle. Jacquelines Hände lagen leblos in ihrem Schoß, jetzt erst fiel ihm auf, wie blass sie eigentlich war. „Geht's dir nicht gut?", wollte er von ihr wissen. Doch statt einer Antwort erhielt er nur ein schwaches Brummen. Eigentlich war es ihm gleich, wie es ihr ging. Im Gegenteil, er genoss sogar die ungewohnte Stille. Doch ein wenig Angst um sein Auto machte sich allmählich in ihm breit.

Noah hatte seinen Opel Kadett B mit achtzehn Jahren von einem Rentner in seiner Nachbarschaft abgekauft. Seit er das Auto zum ersten Mal gesehen hatte, war es um ihn geschehen gewesen. Seitdem schien ihm nichts wichtiger als dieses Auto, und er sparte all sein Geld dafür. Kurz nach seinem achtzehnten Geburtstag erfüllte er sich seinen lang ersehnten Wunsch und pflegte den Wagen wie ein Heiligtum.

„Hey, Jacko, soll ich an der nächsten Raststätte abfahren?" Wieder erhielt er keine Antwort, doch diesmal konnte er deutlich sehen, dass sie versuchte, ein Würgen zu unterdrücken. Sofort beschleunigte Noah und fuhr seinem Vordermann gefährlich nahe auf, um gerade noch rechtzeitig auszuscheren, um auf der linken Spur mit Vollgas an dem schockierten Fahrer vorbeizuziehen. Jacqueline fing an zu stöhnen, der rasante Fahrstil schien ihr nicht zu gefallen. Plötzlich beugte sich Noah über sie und kurbelte das Beifahrerfenster herunter. Erschrocken zuckte Jacqueline zusammen und stieß seinen Arm weg.

Das Auto kam ins Schleudern, und Noah hatte große Mühe, nicht gegen die Leitplanke zu knallen. Wütend drehte er seinen Kopf zu ihr und sagte kühl: „Wenn dir schlecht ist, lehn dich raus!" Nachdem er sie noch kurz mit finsterer Miene gemustert hatte, richtete er seinen Blick wieder auf die Straße und versuchte mit voller Gewalt, das Auto zum Stehen zu bringen, was mit hundertachtzig Kilometer pro Stunde natürlich mehr als schwierig war. Also entschied er sich, auf der rechten Spur dem vor ihm fahrenden Fahrzeug auszuweichen. Ein flüchtiger Blick nach rechts verriet ihm, dass er kurz davor war, die Ausfahrt zu verpassen. Mit vollem Tempo lenkte Noah bis zum Anschlag ein, fuhr quer über die Autobahn und erreichte gerade noch die Ausfahrtspur. Er versuchte noch vergebens, runterzubremsen, jedoch erfolglos. Mit über hundert Sachen raste der Wagen auf den Rastplatz und zog damit die Aufmerksamkeit einer vierköpfigen Familie auf sich. Gerade noch rechtzeitig brachte Noah das Auto, wenige Zentimeter vor dem Picknickkorb der schockierten Eltern, zum Stehen.

Die Tochter, bestimmt noch nicht einmal sechs Jahre alt, aber schwer wie ein Pferd, verzog ihr Gesicht zu einer Fratze und fing furchtbar an zu flennen. Genervt und angewidert legte Noah den Rückwärtsgang ein und fuhr woanders hin. Als er einen Sicherheitsabstand von circa zwanzig Metern erreicht hatte, parkte er das Auto und stieg aus. Er atmete tief ein und lief dann um seinen Opel herum zur Beifahrertür.

Jacqueline hing da wie ein Schluck Wasser in der Ecke. Ihre Haare standen wirr nach oben, und die Wimperntusche war über das gesamte Gesicht verteilt. Als Noah die Tür öffnete, zuckte Jacqueline erschrocken zusammen, sagte aber kein Wort. Stattdessen fiel sie, in sich zusammengesackt, aus dem Auto heraus. Da lag sie nun wie ein Häufchen Elend direkt vor seinen Füßen.

Noah hatte sich zwar zuerst erschrocken, doch nun musste er sich ein Lachen verkneifen. Er half ihr auf und platzierte sie auf der Bank gleich neben dem Auto. Jedoch wurden ungeahnte Kräfte in Jacqueline freigesetzt, und plötzlich stieß sie ihn mit voller Wucht weg. Lautstark übergab sie sich mitten auf der Raststätte. Noah hatte zwar weit genug entfernt von der dicken Familie geparkt, doch sie starrten ununterbrochen zu ihnen hinüber. „Na, hoffentlich hat es denen wenigstens ihren Appetit verdorben!", dachte er sich und schaute bemitleidenswert zu Jacqueline hinunter. Sie hatte sich nun wieder halbwegs gefangen und lief zum Kofferraum. Er konnte sich nicht vorstellen, was sie dort wollte. Vielleicht ihre Bürste, denn ihr Haar sah wirklich furchtbar aus. Doch zum Öffnen des Kofferraumes kam sie nicht mehr. Stattdessen sackte Jacqueline erneut in sich zusammen. Ihre Knie knickten ein, und für einen Moment schien es, als ob sie versuchte, ihre X-Beine wieder aufrecht hinzustellen. Doch dafür war sie offensichtlich zu schwach, denn stattdessen knickten ihre Beine noch weiter ein, und Jacqueline rutschte direkt unter den hinteren Teil von Noahs Auto.

Wie angewurzelt stand er da und beobachtete das Geschehen. Wieder musste er sich ein Lachen verkneifen, diesmal jedoch erfolglos. Seine ganze Anspannung löste sich in einem herzhaften Lachanfall. Noah schüttelte sich vor Lachen und musste sich bemühen, nicht selber umzufallen. Pustend kam er auf sie zu und versuchte, Jacqueline unter dem Auto hervorzuziehen. Er hatte ganz vergessen, wie schwer sie mittlerweile geworden war.

Als er sie kennengelernt hatte, war sie um einiges besser gebaut als jetzt. Noah hatte ihr deswegen nie Vorwürfe gemacht, doch nun verfluchte er sie innerlich dafür. Vom vielen Lachen zu schwach, gab er es auf, sie hervorziehen zu wollen. So verweilte er vor Jacqueline, sie bis zur Hüfte unter seinem Auto liegend und er bebend vor Lachen.

Plötzlich fiel ihm wieder die dicke Familie ein. „Was die wohl alles mitbekommen haben?", fragte er sich. Gerade als er einen Blick zu ihnen wagen wollte, sah er schon von Weitem, wie sich der Familienvater auf den Weg zu ihm machte. Panik überkam Noah, und er rannte um das Auto herum und setzte sich hinein. Er startete den Motor und fuhr im ersten Gang los. Erschrocken blieb der dicke Mann stehen. Sein Kopf war purpurrot, und Noah konnte nicht einordnen, ob das daran lag, dass er auf ihn zueilte, oder vielleicht an seinem zu hohen Cholesterinspiegel.

Nach nur einem Meter hielt Noah an und eilte wieder um sein Auto. Jacqueline lag nun mitten auf der Parkfläche und versuchte, wieder auf die Beine zu kommen. Sie schien noch etwas schwach, doch ihre Stimme hatte sie bereits wiedergefunden. Lautstark verfluchte sie Noah, warum er ihr nicht aufhalf. Doch gerade rechtzeitig half er ihr mit beiden Armen mühsam hoch. Als beide sich zum Auto umdrehten, standen sie dem keuchenden und schwitzenden Mann gegenüber.

„Junge Frau, geht es Ihnen gut? Ich habe Sie von dort drüben beobachtet …" Gerade als der dicke Mann auf seine wartende

Familie zeigen wollte, kreischte Jacqueline ihn an: „Was? Was heißt hier, Sie haben mich beobachtet? Verschwinde, du perverser Fettsack, sonst rufe ich die Polizei!" Erstarrt blieb der Mann stehen und schaute hilflos zu seiner Familie hinüber. Doch sie hatten sich schon wieder ihrem Essen gewidmet und überließen ihn sich selbst. Dann richtete er seinen Blick auf Noah und versuchte, etwas zu sagen. Doch stattdessen kam nur ein unverständliches Gestammel heraus. Beschämt drehte er sich auf einem Bein um und lief unsicher zu seiner Familie zurück.

Jacqueline beschwerte sich noch den ganzen Rest der Autofahrt über den perversen Dicken und schreckliche Kopfschmerzen. Nachdem Noah die nächste Autobahnabfahrt „Dresden Neustadt" abfuhr, teilte sie ihm im Befehlston mit, dass er bei der nächsten Apotheke anhalten sollte.

Keine Viertelstunde später stand Noah gelangweilt in der Vitaminabteilung. Seine Freundin, sofern diese Bezeichnung überhaupt noch für sie zutreffend war, teilte währenddessen wehleidig der Apothekerin mit, wie schlimm ihre nicht enden wollenden Kopfschmerzen sie quälten. Kopfschüttelnd widmete er sich wieder der großen Auswahl an Vitaminprodukten.

Noah schlenderte durch die gesamte Apotheke, um irgendwie die Zeit totzuschlagen, während er auf Jacqueline wartete. Plötzlich blieb er bei der Kosmetikabteilung stehen und musterte die Produkte. Er warf einen kurzen Blick in den Spiegel und versuchte, seine Locken aus dem Gesicht zu nehmen und irgendwo auf seinem Kopf zu platzieren. Erfolglos schaute er sich wieder nach Jacqueline um, die sich einfach nicht für ein Produkt entscheiden konnte und sogar noch nach einem weiteren verlangte.

„Na toll! Das kann sich ja nur noch um Stunden handeln", dachte sich Noah und studierte, aus reiner Langeweile, die verschiedenen Kosmetikprodukte. Seine Haut fühlte sich mit einem Mal sehr trocken an, und er verspürte das Bedürfnis, sich kaltes Wasser über den Kopf zu gießen.

Die Sonne hatte während der Autofahrt sehr auf seinem Gesicht gebrannt. Plötzlich erblickte er einen Tester für eine Feuchtigkeitscreme. „Gut, auch nicht schlecht", dachte er bei sich und öffnete den Glastiegel. Seine Haare hingen ihm tief in die Augen, und der Versuch, die wilden Locken auf seinem Kopf zu bändigen, war vergebens. Hilfe suchend schaute er sich um und pickte zufrieden eine kleine Büroklammer von einem herumliegenden Klemmbrett.

Mit geschickten Fingern wuschelte Noah sein Pony zu einer Tolle und befestigte es mithilfe der Büroklammer mitten auf seinem Kopf. Dann bediente er sich aus dem bereits geöffneten Tiegel und malte sich mit der Feuchtigkeitscreme an wie ein Indianer. Gerade als er einen Blick in den Spiegel werfen wollte, um sein Kunstwerk zu betrachten, zuckte Noah erschrocken zusammen. Ertappt drehte er sich um und stand einer jungen Apothekenangestellten gegenüber.

Mit einem amüsierten Lächeln auf den Lippen fragte sie ihn, ob er vielleicht ihre Hilfe brauche. Doch das Einzige, was Noah ihr in diesem Moment entgegnete, war: „Howgh!" Nun konnte sich die junge Frau ein Lachen nicht mehr verkneifen. Sie hob ihre Hand und gab ihm ein „Howgh!" zurück. Anschließend wünschte sie ihm noch einen schönen Tag und wandte sich zum Gehen.

Wie ein begossener Pudel stand Noah da und schaute ihr dabei zu, wie sie nach dem herumliegenden Klemmbrett griff und sich in Richtung Kasse in Bewegung setzte.

Plötzlich drehte sie sich um und ließ ihn wissen: „Diebstahl ist auch für kleine Apachen verboten, aber die Büroklammer steht dir besser als mir, also werde ich von einer Anzeige absehen und sie dir schenken." Zwinkernd schenkte sie ihm ein letztes Lächeln und verschwand dann hinter der Ladentheke.

Jacqueline hatte sich unterdessen endlich für ein Präparat entschieden. „Möchten Sie gern die kleine oder lieber die große Abpackung?", fragte die Apothekerin, glücklich wissend, dass die Beratung bald ein Ende hatte.

„Die mittlere!", entgegnete ihr Jacqueline und trieb die arme Frau damit fast zur Weißglut.

Schnell verteilte Noah die Creme in seinem Gesicht und zog nervös an der Büroklammer, bis sie endlich nachgab und aus seinen Haaren fiel. Nachdem Jacqueline noch nach einer Ratgeberzeitung gefragt hatte, zog sie zufrieden von dannen.

Noah reichte der Apothekerin die Büroklammer mit der Bitte, sie ihrer Kollegin zu geben. „Aber wieso … was soll sie denn mit der Klammer?", fragte Jana misstrauisch.

„Richten Sie Ihrer Kollegin einfach liebe Grüße von ‚Der in jedes Fettnäpfchen tritt' aus!"

Ehe die Apothekerin weitere Fragen stellen konnte, folgte Noah auch schon Jacqueline zum Ausgang. In diesem Moment kam Lara auf sie zu und schaute sich suchend in der Offizin um.

„Da hat so ein Verrückter eine Büroklammer für dich dagelassen!", sagte Laras Chefin und reichte sie ihr. Lächelnd hielt Lara das winzige Stück Metall in der Hand.

„Hat er irgendwas gesagt?", wollte sie neugierig wissen.

„Ja. Ich soll dir liebe Grüße von ‚Der in jedes Fettnäpfchen tritt' ausrichten."

Lara drückte ihre Handfläche zusammen und begann zu lachen.

„Weißt du, was das bedeuten soll?", wollte Jana wissen. Lara, noch immer lachend, schüttelte verneinend den Kopf und widmete sich wieder ihrer Arbeit.

„Kommst du nicht noch mit rein?", wollte Jacqueline von Noah wissen, der keine Anstalten machte, aus seinem Auto zu steigen.

„Nein, ich werde gleich nach Hause fahren. Ich muss noch einige Vorkehrungen für London treffen."

Wie ein schmollendes Kleinkind stand sie da und zwinkerte mit ihren Augen, was ihn wahrscheinlich umstimmen sollte: „Ach bitte! Ich dachte, du schläfst heute hier. Wir haben doch nur noch ein paar Wochen, und die möchte ich nicht getrennt von dir verbringen."

Noah glaubte, sich verhört zu haben, war sie doch immer diejenige, die nie Zeit hatte und vor allem keine Nähe zuließ! Seit er ihr davon erzählt hatte, dass er wegen seines Studiums für ein halbes Jahr oder vielleicht auch länger nach London musste, war sie anhänglich wie eine Klette.

Sie waren schon seit über einem Jahr zusammen, und anfangs hatte Noah ihre Unabhängigkeit bewundert. Doch schnell wurde ihm das ständige Zurückgewiesenwerden zuwider, und er trennte sich von ihr. Doch nach jedem Beenden folgte ein herzzerreißendes Szenario, und er ließ sich immer wieder erweichen. Die darauf folgenden Wochen verliefen immer gleich: Anfangs beteuerte Jacqueline, wie sehr sie ihn liebte und brauchte, jedoch keinen Monat später war sie wieder eiskalt.

Sie war für ihn weder eine Gefährtin noch seine Vertraute, geschweige denn seine Geliebte. Er war zu jung, um sein ganzes Leben, das er noch vor sich hatte, weiterhin mit ihr zu vergeuden. Als er sich dazu entschlossen hatte, ins Ausland zu gehen, hatte er die ständigen Streitereien endgültig satt. Schon vor Wochen hatte er sich vorgenommen, sich von ihr, ein und für allemal, zu trennen. Doch dann fiel ihm wieder das Konzert ein.

Jacqueline hatte Noah in einer der vielen Trennungsphasen zeigen wollen, wie sehr sie ihn wirklich liebte, und überraschte ihn mit Konzertkarten seiner Lieblingsband. Er war schon seit vielen Jahren ein großer Fan von „Den Ärzten", und nachdem er sie ein erstes Mal live spielen sah, hätte er alles darum gegeben, ein weiteres Mal in diesen Genuss zu kommen. Wären die Tickets nicht gewesen, hätte Noah sich schon längst von ihr getrennt. Er war schon so lange unglücklich in dieser Beziehung, doch Jacqueline schien das noch nicht einmal zu stören.

Als sie den Ernst der Lage erkannte, versuchte sie, um die Beziehung zu kämpfen, doch für Noah war es bereits zu spät. In den letzten Wochen, in denen sie durch die Verlustangst immer anhänglicher wurde, hatte er mit jedem Tag mehr gespürt, dass er nichts mehr für sie empfand. Er war nicht mehr in der Stimmung für Sex, was sie auf ihre Gewichtszunahme schob und ihm deswegen bei jeder Gelegenheit Vorwürfe machte. Er hatte ihr nichts zu seiner Verteidigung zu sagen. Noah ließ sie lieber im Glauben, keine Lust auf Sex zu verspüren aufgrund der Gewichtszunahme, als ihr zu sagen, dass er sie nicht mehr liebte. Er schämte sich für seine Feigheit, jedoch hatte er genug von den alltäglichen Auseinandersetzungen. Noch bevor er nach London ziehen sollte, würde er sich endgültig von Jacqueline trennen.

Mit hämmernden Kopfschmerzen fuhr Noah nach Hause. Er wohnte noch bei seinen Eltern, was ihn die meiste Zeit nervte, weil er dadurch selten für sich sein konnte. Doch heute passte es ihm ganz gut, denn die Hausapotheke seiner Eltern war immer prall gefüllt.

Mit zusammengekniffenen Augen durchsuchte er planlos den kleinen Metallschrank. Schneller als angenommen fand er, wonach er suchte, und würgte die Kopfschmerztablette mit einem Schluck Wasser hinunter. Er hasste den bitteren Nachgeschmack, doch er war durchaus dankbar, als der Schmerz nach wenigen Minuten nachließ. Langsam bekam Noah wieder einen klaren Kopf.

Er schlenderte die Treppen hinauf zu seinem Zimmer und öffnete die Tür. Lustlos und erschöpft ließ er sich auf die Couch fallen. Nach wenigen Minuten wurde ihm die Stille lästig, und er griff zu seiner Fernbedienung, um die „Keane"-CD zu starten. Schon die ersten Töne entspannten ihn völlig, und ein Lächeln huschte Noah über die Lippen. Plötzlich musste er an die junge Frau aus der Apotheke denken, wie sie ihn dabei erwischt hatte, als er sich über die Feuchtigkeitscreme hermachte. Wieder lächelte Noah, und ein angenehmes Kribbeln machte sich in seinem Bauch breit. Er war nun viel zu gut gelaunt, als dass er den Tag allein in seinem Zimmer ausklingen lassen würde. Nach kurzem Durchsuchen seiner Taschen ertastete er sein Telefon und rief seinen besten Freund Robert an.

Gerade als Noah sich im Keller über den Biervorrat seines Vaters hermachte, klingelte es an der Tür. Mit großen Schritten eilte er die Treppe hinauf in Erwartung, Robert anzutreffen. Doch stattdessen stand ihm seine Mutter mit gefühlten zwanzig Einkaufstüten gegenüber.

„Hallo, Noah! Gut, dass du schon da bist, da kannst du Papa und mir gleich beim Reintragen helfen", sagte seine Mutter Vera und war schon auf dem Weg in die Küche. Widerwillig stellte Noah die zwei Bierflaschen ab und griff nach den Tüten. Als er zum zweiten Mal nach draußen schlenderte, um den Rest aus dem Auto zu holen, standen ihm plötzlich Robert und Toby gegenüber.

Nachdem sich die beiden Männer mit einem Handschlag begrüßt hatten, ging Noah in die Knie, um auch Toby zu begrüßen. Robert war seit drei Jahren ein junger alleinerziehender Vater: Tobys Mutter starb bei der Geburt, und nun wuchs der Junge bei seinem Vater auf. Noah liebte den Kleinen wie einen Bruder, und für Toby war er ein Idol, zu dem er stolz aufblickte.

Mit dem kleinen Jungen auf den Schultern schlenderten Noah und sein Freund in die Küche, um sich die zwei Bierflaschen mit aufs Zimmer zu nehmen. „Hallo, Robert! Wie geht es euch beiden denn? Wollt ihr gleich mit uns zu Abend essen?", wollte Vera wissen und räumte nebenbei den Kühlschrank ein, bis dieser randvoll war.

„Nein, danke!", gaben beide Männer fast synchron von sich. Oben angekommen, öffnete Noah seine Zimmertür und ließ die beiden rein. Toby kletterte geschickt auf den Bürostuhl und schnappte sich eine herumliegende Zeitung. Noah und sein Freund ließen sich derweil auf die Couch fallen, und sofort wollte Robert wissen, wie das Konzert war. In kurzen Sätzen erklärte er ihm, was passiert war und dass er nun endgültig die Nase voll hatte und sich von Jacqueline trennen wollte.

„Warum wohnen eigentlich deine Eltern noch bei dir?", wollte Toby plötzlich wissen, dem es mittlerweile mit der Zeitung zu langweilig war. Lächelnd entgegnete ihm Noah, dass ihm das Haus allein einfach zu groß wäre und dass sie hier sehr gerne leben. Zufrieden widmete sich der kleine Junge wieder der Zeitung, die er verkehrt herum in den Händen hielt. Nachdem er alle Bilder genau studiert hatte, fing Toby an, gelangweilt den Stuhl zu drehen. Gerade als Noah Robert von seiner Begegnung mit der jungen Frau aus der Apotheke erzählen wollte, unterbrach ihn ein lautes Würgen.

Erschrocken schauten beide zu Toby hinüber, der sich noch immer mit dem Bürostuhl drehte und dabei seinen Mageninhalt in alle Himmelsrichtungen im Zimmer verteilte. Angeekelt eilte Noah zu dem sich drehenden Stuhl, packte den kleinen Jungen und brachte ihn raus auf den Balkon. Die frische Luft schien ihm gut zu tun, denn sofort hörte er auf, sich zu übergeben. Nachdem sich Noah sicher war, dass Toby nicht erneut beginnen würde zu brechen, brachte er ihn wieder ins Zimmer. Robert war gerade dabei, die Sauerei zu bereinigen, doch das war leichter gesagt als getan. Mit prüfendem Auge untersuchten sie das Bett, doch zum Glück schien es verschont geblieben zu sein. Etwa fünf Minuten später, nachdem sie den erschöpften Jungen hingelegt hatten, schlief er seelenruhig ein.

Es dauerte aber noch eine halbe Stunde, ehe sich die beiden Männer sicher sein konnten, alle Flecken beseitigt zu haben. Durch die weit aufgerissenen Fenster wirbelte frische, warme Abendluft in das Zimmer, doch der Geruch nach Erbrochenem stand noch immer im Raum. Nachdem Noah zwei weitere Bierflaschen geholt hatte, verzogen sich die beiden auf den Balkon. Obwohl es nun schon spät am Abend war, war die Luft noch angenehm warm. Noah hatte es sich im Schneidersitz auf der kleinen Hollywoodschaukel bequem gemacht, während Robert sich in die Hängematte gelegt hatte und mit einem Bein von der Brüstung abstieß, um ins Schaukeln zu kommen.

Ein Abend wie dieser war in den letzten drei Jahren fast zur Gewohnheit geworden. Robert gehörte praktisch zur Familie. Als ihm seine eigenen Eltern bei der Erziehung von Toby zu viel hineinredeten, zog er übergangsweise bei Noah ein. Mithilfe von Vera und Micha, Noahs Eltern, suchte er für sich und seinen Sohn eine eigene Wohnung, und entgegen aller Vorbehalte seiner Eltern meisterte er sein Schicksal mit Bravour.

Beide kannten sich bereits seit der Schule und waren so eng verbunden wie Brüder. Nervös schälte Noah das Papier von der Flasche. Zu gern wollte er Robert von der Unbekannten aus der Apotheke erzählen, entschied sich dann aber, es für heute zu lassen. Erst musste er einen Schlussstrich unter seine jetzige Beziehung setzen, bevor er sich in neue Abenteuer stürzte. Robert würde ihn sowieso dazu drängen, in die Apotheke zurückzugehen, um die junge Frau einfach anzusprechen. So war er eben.

Der Umgang mit dem anderen Geschlecht fiel ihm leicht, und als alleinerziehender junger Vater lagen ihm die Frauen zu Füßen. Er war alles andere als ein Kostverächter und genoss die Aufmerksamkeiten, doch eine potenzielle Ersatzmama für Toby ließ er nie zu. Er genoss seinen Spaß in vollen Zügen, doch nie erlaubte er einer Frau, bis zum Frühstück zu bleiben.

Noah war das genaue Gegenteil. Er mochte keine One-Night-Stands oder Affären, er suchte die große Liebe, seine Seelenverwandte, eine Frau, welche seine beste Freundin und auch Geliebte sein würde. Er hatte sich dadurch schon viele Gelegenheiten durch die Lappen gehen lassen, aber noch mehr genutzt und sich danach immer schlecht gefühlt. Traf er dann eine Frau, die auf der gleichen Wellenlänge wie er zu sein schien, fühlte er sich körperlich nicht zu ihr hingezogen.

Jacqueline hatte er damals auf einem Konzert im Schlachthof kennengelernt. Beide waren große Anhänger der Rockevents, doch nach wenigen Wochen musste er feststellen, dass sie mehr ein Groupie war und nicht wegen der großartigen Live Performance zu den Auftritten ging.

An seine leere Bierflasche gekuschelt, lag Noah mit dem Gesicht nach unten zerknautscht in den Polstern. Als er langsam munter wurde, bereiten ihm die ersten Bewegungen Schmerzen. Völlig verspannt versuchte er, seine müden Knochen von ihrer Steifheit zu befreien. Mit großer Mühe streckte er sich auf und massierte seine schmerzenden Glieder. Auf seinem Gesicht war der Abdruck der Bierflasche deutlich zu sehen; ein Wunder, wie er so überhaupt einschlafen konnte. Ein Blick zur Hängematte versicherte Noah eines tief schlafenden Roberts. Fast ein bisschen neidisch stellte er fest, dass sein Freund sich gestern Abend offensichtlich für das wohl weitaus komfortablere Nachtlager entschieden hatte. Kopfschüttelnd und mit einem Lächeln auf den Lippen öffnete er die angelehnte Balkontür, um in sein Zimmer zu gelangen.

Ihm blieb fast die Luft aus, als er Toby mit einem „Playboy" in der Hand entdeckte. Doch bevor er auch nur einen Ton von sich geben konnte, erblickte ihn der kleine Junge und löcherte ihn sofort mit Fragen. „Warum hat die Tante denn nichts an? Wenn der Papa mit dem Auto fährt, ist er immer angezogen."

Toby war jung, konnte sich für alles Mögliche interessieren und ging den Sachen gern auf den Grund. Verwirrt blickte der Junge in Noahs weit aufgerissene Augen. „Ähm, na ja, also ...", stotterte er vor sich hin und war mit der Situation, so früh am Morgen, völlig überfordert. Gerade als er dem Jungen erklären wollte, wie warm es der jungen Frau wohl sein musste, um ohne ein Kleidungsstück Auto zu fahren, öffnete sich seine Zimmertür, und Vera betrat den Raum. Schockiert weiteten sich Noahs Augen erneut, schauten Hilfe suchend von links nach rechts und blieben letztendlich verwirrt auf der nackten Frau haften. Seine Mutter ließ ihn wissen, dass das Frühstück bereits auf dem Tisch stehe und sie alle drei Jungs in zehn Minuten unten erwarte. Kaum hatte Vera diesen Satz beendet, drehte sie sich auch schon um und war aus dem Zimmer verschwunden. Sofort schnappte sich Noah das Magazin und legte es oben auf seinen Kleiderschrank ab. Dann nahm er Toby huckepack, und zusammen ritten sie ins Bad.

Nachdem er Robert noch geweckt hatte, setzte er den Jungen an den Tisch und verschwand in der Küche, um den Kakao für Toby zuzubereiten. Gedankenlos schüttete er das braune Pulver in die Milch und begann, das Gebräu zu einem leckeren Getränk zusammenzurühren. Seine Mutter hatte derweil mit der Kaffeemaschine zu kämpfen. Sie hatten sich erst vor wenigen Wochen diesen gigantischen Automaten, der unverschämt teuer gewesen war, zugelegt. Doch bereits jetzt schien irgendetwas mit dem Milchaufschäumer nicht zu stimmen. Noah kam ihr zu Hilfe, und mit geschickten Händen entfernte er den Schlauch, spülte ihn ordentlich durch, um ihn gleich darauf wieder anzuschließen. Nach nur wenigen Handgriffen funktionierte der Automat wieder einwandfrei, und dankend nahm Vera ihm die volle Tasse Milchkaffee ab. Mit einem zufriedenen Lächeln widmete sich Noah wieder dem Kakao, und gerade, als er die restlichen Klumpen des Pulvers unterrührte, sagte seine Mutter beiläufig zu ihm: „Ach, Noah, ich glaube nicht, dass solche Zeitschriften gut für einen Dreijährigen sind. Wenn ihr zwei das nächste Mal ausschlafen wollt, gebt dem Jungen ‚Pittiplatsch' oder ‚Bob der Baumeister' zum Anschauen." Beschämt räusperte sich Noah und versicherte seiner Mutter, dass er sie verstanden hatte, und folgte ihr dann zu dem gedeckten Frühstückstisch.

15.

Das kalte Wasser war kristallklar und ließ seine Brustwarzen hart wie Stein werden. Er holte noch einmal tief Luft, um dann völlig unter Wasser zu tauchen. Sein Kopf schmerzte vor Kälte, doch nur wenige Sekunden später hatte sich sein Körper komplett an die Temperatur gewöhnt. Entspannt konnte Noah die Schwerelosigkeit unter Wasser genießen. Mit seinen Füßen stieß er sich von der Mauer ab und tauchte einige Zeit, bis ihm die Luft ausging. Nachdem er sich nach mehreren Bahnen ausgepowert hatte, kletterte er aus dem Becken und schnappte sich sein Handtuch.

Zufriedenen ließ Noah sich auf eine der Sonnenliegen nieder und atmete tief durch, bis sich sein Herzschlag wieder in einem ruhigeren Rhythmus befand. Er schaute zum Himmel hinauf, der einen sonnigen und weitgehend warmen Tag versprach. Sein Kopf war nun völlig klar, und er dachte nur noch an eines. Es konnte ihm fast nicht schnell genug gehen, und sofort griff er nach seinem Telefon und wählte Jacquelines Nummer.

„Hallo?", entgegnete ihm eine Frauenstimme.

„Hallo, ich bin es, Noah. Kann ich bitte mit Jacqueline sprechen?", wollte er ungeduldig wissen.

„Die Schackeliene ist gerade draußen, die kann jetzt nischt!"

Um Geduld bemüht versicherte Noah, dass es wirklich sehr dringend sei. Genervt davon, dass er nicht locker ließ, brüllte die Frau nach ihrer Tochter: „Schackeliene, da ist so ein Junge für dich am Telefon!" Er hatte Mühe, sich zu beherrschen.

Seit einem Jahr waren er und Jacqueline nun ein Paar, und ihre Eltern machten kein Geheimnis daraus, dass sie mit der Wahl ihrer Tochter nicht zufrieden waren. Noah wurde von seinen Schwiegereltern in spe von Anfang an keine Chance gewährt. Für sie war er nur der Sohn von sogenannten Neureichen, und für ihre Tochter wollten sie keinen Akademiker, sondern einen jungen Mann, welcher sein eigenes Geld verdiente. Wie oft hatte er ihnen in der Gaststätte ausgeholfen und seine Hilfe angeboten, doch nie hatte er auch nur ein Dankeschön dafür erhalten! Zu oft hatte Noah sich darüber schon aufgeregt, doch nun war es ihm völlig egal. Noch heute würde er diese Beziehung beenden. Er regte sich nicht einmal mehr auf, dass ihre Mutter ihn „irgendeinen Jungen" nannte. Nach dem heutigen Tag würde er sie nicht wiedersehen müssen, und somit gab es keinen Grund, sich darüber zu ärgern.

„Hallo? Wer ist denn da?", hörte Noah Jacqueline am anderen Ende fragen.

„Ich bin es. Hast du Zeit? Ich muss mit dir reden!", entgegnete er ihr kühl.

Als sie die Kälte in seiner Stimme bemerkte, überkam sie eine schlechte Vorahnung. Aber sofort fing sie sich wieder und säuselte in den Hörer: „Natürlich hab ich für dich Zeit, Schatzi! Ich muss meinen Eltern nachher noch in der Gaststätte aushelfen, aber ab dem frühen Abend könnten wir uns sehen."

Mist, so lange wollte Noah eigentlich nicht mehr warten, doch es kam ihm andererseits auch gelegen, denn so konnte er noch einige Vorbereitungen für London treffen. „Okay, dann komme ich gegen neunzehn Uhr bei dir zu Hause vorbei!", sagte Noah.

„Was machen wir denn dann Schönes? Ich hab gehört, in der Neustadt haben sie ein schnuckeliges neues Restaurant eröffnet. Wollen wir dort nicht essen gehen?"

Darauf hatte Noah nun absolut keine Lust, doch bevor er verneinen konnte, kam ihm in den Sinn, dass sie ihm in der Öffentlichkeit wenigstens keine Szene machen würde. Somit willigte er ein und beendete das Telefonat.

Den restlichen halben Tag verbrachte Noah noch im Garten, und seine Haut hatte schon richtig Farbe bekommen. Ehe er sich dazu motivieren konnte, einige Anrufe zu tätigen und nach billigen Flügen im Internet zu suchen, kühlte er sich ein letztes Mal im kalten Nass ab.

Planlos stand er vor seinem Kleiderschrank und überlegte, was er wohl anziehen sollte. Er war nicht darum besorgt, Jacqueline zu gefallen, sondern er wusste einfach nicht, was für ein Restaurant sie meinte und was für Kleidung angebracht wäre. Nach kurzem Überlegen entschied er sich für ein eng anliegendes weißes Hemd, dessen Ärmel er hochkrempelte, und eine dunkelblaue Jeans. Mit geübten, schnellen Handgriffen brachte er seine Locken zu einer ansehnlichen Frisur und machte sich dann auf den Weg. Gerade als er in die Straße abbog, in der Jacqueline wohnte, erblickte er sie schon und sah, wie sie nervös an ihrer Zigarette zog. Er hasste es, wenn sie rauchte, doch heute konnte er sich so wenigstens um den obligatorischen Begrüßungskuss herausreden. Schweigend fuhren sie in Richtung Innenstadt. Als sie über das Blaue Wunder kamen, erklärte ihm Jacqueline, wohin genau sie fahren müssten, und keine fünfzehn Minuten später parkte Noah sein Auto, wohl wissend, heute Abend als freier Mann nach Hause zu fahren.

Jacqueline hatte nicht zu viel versprochen: Das Restaurant war überaus gut. Die Lage, das ganze Ambiente stimmte, und die Preise waren trotz allem bezahlbar. Sie waren nicht die Einzigen, die von der Neueröffnung gehört hatten, denn das Restaurant war sehr gut besucht; so gut sogar, dass sie draußen im Garten Platz nehmen mussten. Doch das gefiel Noah eigentlich noch besser, denn es war angenehm warm, und ihm gefiel die Atmosphäre. Sie hatten an einem Zweiertisch in der Mitte Platz genommen. Jacqueline konnte sich mal wieder nicht für ein Gericht entscheiden und trieb den Kellner fast zur Verzweiflung.

„Wie laufen denn deine Vorbereitungen?", wollte sie von Noah wissen, nachdem sie es tatsächlich geschafft hatte, ihre Bestellung aufzugeben. Er hatte keine Lust, darüber zu reden, doch über irgendetwas mussten sie sich unterhalten, denn das Schweigen die ganze Autofahrt hinweg war schon unangenehm genug gewesen. In knappen Sätzen schilderte Noah, was er den Tag so getan hatte, und hoffte, sein Essen bald zu bekommen. In Gedanken ging er immer und immer wieder die Sätze durch, die er sich schon zurechtgelegt hatte, um sich ein für alle Mal von Jacqueline zu trennen.

Das bestellte Essen kam tatsächlich sehr schnell und war einfach großartig. Wäre er nicht mit ihr hier gewesen, hätte Noah die leckeren Köstlichkeiten vielleicht noch mehr genossen. Jacqueline schien es auch zu schmecken, denn sie schlang alles, was liebevoll und präzise auf ihrem Teller dekoriert war, förmlich hinunter.

Nachdem der Kellner ihre leeren Teller abgeräumt hatte, ergriff Jacqueline als Erste das Wort. „Hat es dir auch so gut geschmeckt? Du hast die ganze Zeit noch nichts gesagt. Worüber wolltest du denn mit mir reden?"

Noah war froh, dass sie ihn direkt darauf ansprach, dies machte es ihm leichter. „Jacqueline, du weißt, dass ich in ein paar Wochen nach London gehe, und ich denke nicht, dass unsere Beziehung diese Entfernung überlebt. Ich habe mir die Entscheidung nicht leicht gemacht, doch ich denke, es ist das Beste, wenn wir uns trennen." Es fiel ihm leichter als gedacht, diese Worte, die seit Monaten in seinem Kopf waren, nun endlich auszusprechen. Er hatte gedacht, sie würde ihm sofort eine Szene machen, doch stattdessen saß sie einfach nur da und blickte verwirrt ins Leere. Da Noah nun nicht mehr mit einer peinlichen Auseinandersetzung rechnete, fuhr er gleich fort: „Es tut mir leid, aber ich liebe dich nicht mehr! Ich hätte schon viel eher mit dir darüber reden sollen!"

Noch ehe er realisieren konnte, was eben so laut geknallt hatte, stand Jacqueline ihm mit hochrotem Kopf gegenüber: „Du liebst mich nicht mehr? Und was heißt, du wolltest mir das schon viel eher sagen? Seit wann ist das denn so? Und ich dachte, du wolltest mich bitten, mit dir nach London zu gehen. Verstehst du das denn nicht? Ich würde das für dich machen! Ich liebe dich doch!", schluchzte Jacqueline und sackte tränenreich zusammen. Doch da ihr Stuhl umgefallen war, nachdem sie sich vorhin so plötzlich vom Tisch erhoben hatte, fiel sie nun mitten auf den Boden. Erschrocken sprang Noah auf und blickte in aufgebrachte Gesichter. Nahezu jeder schien ihre Auseinandersetzung mitbekommen zu haben, und alle Augen waren nun auf ihn und die am Boden liegende Jacqueline gerichtet. Am liebsten hätte er sich wieder hingesetzt und seinen Kopf in seinen Händen vergraben, doch stattdessen ging er um den Tisch herum, um ihr aufzuhelfen. Jacqueline jedoch ließ sich nicht helfen, sie stieß ihn weg und beschimpfte Noah als einen eiskalten Mistkerl.

„Das reicht, Jacqueline! Es tut mir leid, ich hätte mit dir schon viel eher reden sollen, aber du hast auch nicht gerade viel für unsere Beziehung getan. Deine Eltern akzeptieren mich nicht, und dir ist das egal. Wie oft habe ich dich gebeten, dich für mich einzusetzen! Nicht ein einziges Mal hast du mir beigestanden, und immer, wenn ich mich endlich von dir getrennt hatte, hast du plötzlich erkannt, wie sehr du mich liebst und brauchst. Ich habe genug davon und möchte dich nicht mehr sehen. Ich hätte das, wie schon gesagt, viel eher machen müssen. Was für ein Idiot ich doch war! Aber das ist nun vorbei. Reiß dich zusammen und akzeptiere meine Entscheidung, denn ich werde nicht mehr von ihr abweichen!"

Jacqueline hatte es inzwischen geschafft aufzustehen und stand nun einem aufgebrachten Noah gegenüber. Ihre Stimme klang schrill und erregt: „Ich hasse dich! Wie kannst du mir so etwas nur antun? Ein Jahr verschwendete Zeit! Ich hoffe, du vermisst mich in London!"

Noah verdrehte seine Augen. Er hatte mit einer Szene gerechnet, doch dass es so ausarten würde, hätte er nie im Leben gedacht. Peinlich berührt, weil sie noch immer die Aufmerksamkeit der anderen Besucher auf sich zogen, setzte er sich wieder hin und nahm einen Schluck aus seinem Bierglas.

Endlich schien auch Jacqueline Notiz von den anwesenden Restaurantbesuchern zu nehmen und schnappte nach ihrer Handtasche, um dann schimpfend davonzuziehen. Kaum hatte sie den Garten verlassen, widmeten sich alle wieder ihrem Essen oder ihrer Begleitung. Erleichtert, dass er es nun endlich hinter sich gebracht hatte und diese Frau aus seinem Leben verschwunden war, atmete er tief durch. Er nickte einem Kellner zu, um ihn zu sich zu bitten. Zögernd kam dieser auf Noah zu und fragte, ob alles in Ordnung sei. Noah entschuldigte sich für den unangenehmen Zwischenfall und bat um die Rechnung. Es war ihm zutiefst peinlich, wie die Sache verlaufen war.

Er hasste es, im Mittelpunkt zu stehen, aber noch mehr, wenn es wegen einer so unangenehmen Sache war. Unsicher blickte er sich um, doch niemand schien Kenntnis von ihm zu nehmen. Seit Jacqueline das Restaurant verlassen hatte, war jeder wieder mit sich selbst beschäftigt gewesen. Gerade als Noah in Richtung des Kellners blickte, um sich zu vergewissern, dass er nicht mehr lange auf die Rechnung warten musste, erblickte er die junge Frau aus der Apotheke. Seine Augen begannen zu strahlen, und ein Lächeln huschte ihm über die Lippen. Doch sofort weiteten sich seine Augen, und er verkroch sich in seinen Stuhl. Noah versuchte, sich hinter der Menükarte zu verstecken, um nicht gesehen zu werden. Seine Freude wich der Angst, dass sie ihn in dieser peinlichen Situation gesehen und, noch schlimmer, vielleicht sogar erkannt hatte. Während er darüber nachdachte und nicht wusste, wie ihm geschah, kam der Kellner mit der Rechnung. Erschrocken fuhr er abermals zusammen, als ihm der Mann zum wiederholten Male die angeforderte Rechnung hinhielt. Er gab ein großzügiges Trinkgeld, und zufrieden schlenderte der Kellner davon. Erneut riskierte Noah einen Blick zu der Frau, welcher er seit gestern ein angenehmeres Kribbeln in seiner Magengegend verdankte. Er fühlte sich sicherer, als er erkannte, dass sie in einem Gespräch mit ihrer Begleitung vertieft schien. Noah saß nur zwei Tische von ihr entfernt und schlussfolgerte, dass sie ihn definitiv gesehen haben musste.

Er hatte sich genug blamiert und entschied sich daher, lieber zu gehen. Was würde sie wohl von ihm denken, wenn er sich in der einen Sekunde mitten in der Öffentlichkeit von seiner Freundin trennte und keine fünf Minuten später die nächste Frau anbaggerte? Gerade als er aufstand, um sich auf den Weg nach Hause zu begeben, sah er, wie die Serviette auf dem Tisch der beiden jungen Frauen Feuer fing.

Das Restaurant war sehr stilvoll dekoriert, doch ihm war schon früher am Abend aufgefallen, dass die aufwendig gefalteten Servietten gefährlich nah neben den Kerzen auf den Tischen standen. Wie angewurzelt stand Noah da und beobachtete das Geschehen. Beide Frauen schienen nach wie vor in ihr Gespräch vertieft. Er stand zwischen all den Tischen und starrte direkt auf den glühenden Feuerball. Plötzlich nahm die Apothekenangestellte endlich Notiz von dem Feuer und schrie erschrocken auf. Ihre Begleiterin versuchte, das Feuer auszupusten, doch dadurch wurde es nur noch größer. Die Serviette war nun vollständig heruntergebrannt, und der Korb, in dem sie zuvor stilvoll zurechtgelegt war, stand nun ebenfalls in Flammen. Schockiert standen die zwei Frauen nun um den Tisch und versuchten, durch Pusten das Feuer in Schach zu halten. Noah musste sich ein Lachen verkneifen, zu witzig sah das Geschehen aus.

Nun hatten auch alle anderen Besucher das Feuer bemerkt; einige riefen aufgeregt durcheinander. Noah reagierte als Erster, schnappte sich seine Stoffserviette und stürmte zu den Frauen hinüber. Er benutzte den dicken Stoff als Schutz vor den Flammen, ergriff den Korb mit beiden Händen, warf ihn zu Boden und trat das Feuer mit seinen Schuhen aus. Als die Flammen endlich erloschen waren, klatschten einige der Besucher Beifall, und die Frauen bedankten sich überschwänglich bei ihrem Retter. Noah spielte die Sache herunter; es war ihm offensichtlich peinlich, zum zweiten Male an diesem Abend im Mittelpunkt des Geschehens zu stehen.

Endlich kamen auch einige Kellner herbeigelaufen und versuchten zu retten, was noch zu retten war. Geschickt wechselten sie das Tischtuch, nachdem sie in Windeseile alles andere vom Tisch geräumt hatten. Sie entschuldigten sich mehrmals für den unglücklichen Vorfall und boten den jungen Frauen und Noah sofort einen Dreiertisch am anderen Ende des Gartens an. Dankend lehnte er ab, ihm war die Sache furchtbar unangenehm, und er wollte einfach nur gehen. Doch die beiden Frauen bestanden darauf, ihrem Retter einen Drink auszugeben. Zusammen liefen sie zu der kleinen Lounge und machten es sich bequem.

„Hallo, ich bin übrigens Charly, und die hübsche Frau neben dir heißt Lara!", zwinkerte ihm die noch unbekannte Frau zu und stupste ihre Freundin ein wenig an, damit auch sie ihm die Hand reichte. Lächelnd hob Lara ihre Hand und sagte: „Howgh!"

Charly schaute sie verdutzt an, und gerade als sie wissen wollte, was hier vor sich ging, entgegnete ihr Lara: „Wir kennen uns bereits." Noah schaute ihr dabei lächelnd in die Augen.

„Ach, echt? Woher denn? Warum hast du mir das denn nicht eher gesagt?", wollte Charly wissen und versuchte nebenbei, winkend den Kellner auf sich aufmerksam zu machen.

„Wahrscheinlich wollte sie mich nicht blamieren", entgegnete ihr Noah und lächelte Lara immer noch verschmitzt an.

„Wir haben uns gestern in meiner Apotheke zufällig gesehen." Ein Lächeln huschte über ihre Lippen, und sie musste daran denken, wie sie ihn dabei erwischt hatte, als er sich mit der Feuchtigkeitscreme wie ein Indianer angemalt hatte. „Was hatte er sich dabei nur gedacht? Und wie konnte er nur in Begleitung einer so furchtbaren Frau sein? Na ja, das hatte er ja offensichtlich heute geklärt", dachte sich Lara, während sie Noah unauffällig musterte. Sie kannte die beiden zwar nicht, aber ihr war schon gestern aufgefallen, dass Noah überhaupt nicht zu ihr passte.

Lara hatte ein paar Wortfetzen von dem Beratungsgespräch mitbekommen, und ihr war Noahs Begleitung sofort unsympathisch gewesen. Und das Szenario von vorhin hatte Lara in ihrer Meinung nur bestärkt. Umso mehr wunderte sie sich nun, dass so ein hübscher und offensichtlich netter junger Mann mit so einer Frau zusammen sein konnte.

„Hey, Lara, was möchtest du trinken?" Charly riss sie mit dieser Frage aus ihren Gedanken. Lara blickte in drei fragende Gesichter und bestellte dann einen Mojito.

„So, und nun möchte ich wissen, was du damit gemeint hast, dass Lara dich nicht blamieren wollte!", überfiel Charly ihren Retter.

Noah rutschte nervös auf seinem Stuhl hin und her, bevor er der neuen Bekanntschaft von seinem Zusammentreffen mit Lara erzählte. Noch ehe er zu Ende berichten konnte, hielt Charly sich den Bauch vor Lachen. Selbst ihre Freundin konnte sich nun nicht mehr beherrschen und gab sich einem Lachanfall hin, welcher so ansteckend war, dass Noah mit einstimmte. „‚Der in jedes Fettnäpfchen tritt' – ein besserer Name hätte dir wirklich nicht einfallen können! Die Aktion von vorhin bestätigt auf jeden Fall, dass du mit der Namenswahl richtig gelegen hast!", sprach Charly und erntete Laras Zustimmung. Auch Noah nickte, noch immer herzhaft lachend.

Den ganzen Abend über verstanden sich die drei jungen Leute bestens. Nicht ein einziges Mal kam es zu einem peinlichen Schweigen. Die Chemie stimmte einfach zwischen ihnen, und Noah fühlte sich so glücklich wie seit Langem nicht mehr. Er genoss jede Minute und war sich sicher, dass auch die beiden Freundinnen eine gute Zeit hatten. Charly hatte ihr Herz auf dem rechten Fleck, und er konnte sich gut vorstellen, weshalb Lara sie zu ihrer besten Freundin erklärt hatte. Immer wieder musterte Noah die junge Frau aus der Apotheke, welche seit diesem Abend für ihn endlich nicht nur mehr ein Gedanke war. Wie oft hatte er in den letzten vierundzwanzig Stunden an sie gedacht! Er hatte sie nur einziges Mal kurz gesehen und sich dabei auch noch völlig blamiert. Er wollte gar nicht wissen, was sie gestern von ihm gedacht hatte, denn eigentlich wollte er diese Angelegenheit so schnell wie möglich vergessen. Doch es gelang ihm nicht. Während des ganzen gestrigen Abends hatte er nur an sie gedacht. In der Nacht zuvor hatte ihr Gesicht in seinen Gedanken ein Lächeln auf seine Lippen gezaubert und ihn zufrieden einschlafen lassen.

Nun saß Noah ihr direkt gegenüber und fühlte sich wie benommen. Ihre Augen strahlten in einem Blau, das ihn an einen warmen Sommertag erinnerte. Durch das Kerzenflackern schien es, als blitzten ihre Augen ihn an, und nur zu gerne hätte er sich in ihrer Schönheit verloren.

„Es ist schon spät! Wollen wir nach der Rechnung fragen?", wollte Charly von den beiden wissen. Lara willigte ein, und Noah glaubte, ein Zögern in ihrer Stimme vernommen zu haben.

Nachdem sie bezahlt hatten, schlenderten die drei zusammen zum Parkplatz und blieben vor Charlys Auto stehen. „Hey,

Noah, steht dein Auto auch hier, oder bist du zu Fuß gekommen? Ich fahre Lara noch nach Hause. Wenn du willst, kann ich dich mitnehmen", bot sie ihm lächelnd an. Noch ehe Noah begreifen konnte, was er gerade von sich gab, nahm er Charlys Angebot dankend an und stieg in das Auto. „Wohin soll es denn gehen?", wollte seine Chauffeurin für diesen Abend wissen und startete den Motor. Ein heftiger Ruck durchfuhr den Wagen, und mit einem lauten Kratzen schabte das Auto an der Mauer entlang. Erschrocken drehte sich Noah zur Seite und schaute Lara an. Doch sie schüttelte mit einem Lächeln auf den Lippen ihren Kopf.

„Charly, hast du wieder vergessen, die Kupplung zu treten?", wollte sie amüsiert wissen, drehte sich dann zu Noah hinüber und versicherte ihm, er brauche sich keine Sorgen zu machen, denn das passiere mindestens viermal am Tag. Charly würgte unterdessen mit aufschreiendem Getriebe den Rückwärtsgang rein und startete den Motor erneut. Als der Wagen rückwärts von der Parkfläche fuhr, fragte Charly den verdutzten Noah noch einmal, wohin sie ihn fahren sollte, und setzte sich dann ihre viel zu große Sonnenbrille auf, obwohl es stockfinster war. Als sie vom Parkplatz hinunterfuhr, entspannte sich Noah etwas, suchte aber dennoch nach dem Gurt. Sicher war sicher. „Zum Alaunpark bitte!", gab Noah lächelnd zurück, wohl wissend, dass Lara dort wohnte, wie er dem Gespräch vorhin entnommen hatte.

„Vielen Dank, Süße, fürs Nach-Hause-Bringen! Fahr vorsichtig und grüß deine Eltern morgen lieb von mir!", flüsterte Lara ihrer Freundin ins Ohr, während sie sich zum Abschied drückten. Noah stand derweil auf dem Fußweg und beobachtete die beiden Frauen. Nachdem Lara sich von Charly gelöst hatte, schlenderte sie auf ihn zu und blieb kurz vor ihm stehen. Charly folgte ihr, machte aber noch einen Schritt weiter und stand nun direkt vor Noah.

„Komm her, Kleiner! Danke für den schönen Abend und für die Rettung vor dem Verbrennen! Ich freue mich echt, dich kennengelernt zu haben", ließ Charly den überraschten Noah wissen, während sie ihn dabei halb erdrückte.

„Vergiss nicht, die Kupplung zu treten!", gab er ihr mit einem herzlichen Lächeln zurück und bedankte sich für die „Heimfahrt". Charly nickte ihm zu und versicherte, dass sie dieses Mal daran denken würde. Als sie sich in ihren Wagen setzte und den Motor startete, atmeten beide erleichtert auf, denn offensichtlich hatte Charly vorschriftsmäßig ihren Fuß auf der Kupplung. Die Parklücke war groß genug, und Lara musste sich keine Sorgen machen, dass Charly irgendein Auto rammen könnte. Sie winkte ihrer Freundin zum Abschied, während sie, den Arm auf der Beifahrersitzlehne, sich nach hinten umdrehte, um besser sehen zu können, wie viel Platz sie zum Rückwärtsfahren hatte. Noah stellte sich vorsichtshalber neben das Auto, um Charly beim Ausparken zu helfen. Als sie die Kupplung kommen ließ, schoss das Auto jedoch nach vorne. Charly hatte statt des Rückwärtsgangs offensichtlich den fünften Gang eingelegt. Noah sprang erschrocken zur Seite. Gerade als er zu dem davor parkenden Auto gehen wollte, um den Schaden zu betrachten, schaffte es Charly, den Rückwärtsgang einzulegen. Mit einem Zug setzte sie das Auto aus der Parklücke und fuhr mit quietschenden Reifen und aufheulendem Motor davon. Lara hakte die Situation mit einer Handbewegung ab und versicherte ihm, dass alles in Ordnung sei.

Noah und seine neue Bekanntschaft standen sich schüchtern gegenüber. „Hier wohne ich also. Wenn du willst, kann ich dich noch ein Stück begleiten. Wohin musst du denn jetzt?", wollte sie, mit fast flüsternder Stimme, von ihm wissen und setzte langsam einen Fuß vor den anderen. „Zurück zum Restaurant", antwortete er ihr wahrheitsgetreu. Ein unsicheres Lächeln lag ihm auf den Lippen, und er wartete gespannt Laras Reaktion ab.

„Hab ich es mir doch gedacht! Dann war es also doch dein Auto, das so einsam auf dem Parkplatz stand!" entgegnete sie ihm lachend.

„Das hat mich also verraten. Und ich dachte, meine Ehrlichkeit war es", antwortete er ihr mit einem verschmitzten Lächeln. Doch damit lag er falsch. Lara ließ ihn wissen, dass sie daraus schlussfolgerte, dass der Opel ihm gehören musste, weil seine

Frontscheibe mit rotem Lippenstift verfeinert war. In großen Druckbuchstaben hatte ihm seine neue Ex-Freundin eine bitterböse Nachricht hinterlassen.

Es wunderte sie nicht, dass Noah sie nun völlig schockiert anschaute und wissen wollte, ob sie sich sicher sei, dass sein Auto mit Lippenstift bemalt war. Er hatte es auf dem Parkplatz mit Absicht vermieden, zu seinem Wagen zu schauen in der Hoffnung, die beiden Frauen würden es ihm gleichtun und nicht bemerken, dass noch immer ein anderes Auto auf der Parkfläche stand und sie die letzten Gäste gewesen waren, die das Restaurant verlassen hatten. Nun war Lara alles klar, und sie musste sich ein Lächeln verkneifen, denn sie fand die Beweggründe für Noahs Handeln sehr schmeichelhaft. Er hatte mit Absicht gelogen und die Situation ausgenutzt, um mit ihr alleine zu sein. Sie hasste Lügen über alles, doch in diesem Falle machte sie gern eine Ausnahme. Sie bot Noah an, ihn zurück zum Restaurant zu begleiten, und versicherte ihm, dass es ihr nichts ausmachen würde. Glücklich darüber nahm er ihr Angebot an, und zusammen liefen sie los.

Die ganze Viertelstunde über, die sie dicht nebeneinander zum Restaurant zurückliefen, unterhielten sie sich angeregt über alles Mögliche. Sie verstanden sich einfach großartig, und es schien, als kannten sie sich bereits seit Jahren. Inzwischen hatte sich die Luft etwas abgekühlt, und Lara begann, ein wenig zu frösteln. Als Noah bemerkte, dass seine Begleiterin fror, bot er ihr, ganz Gentlemen, seine Jeansjacke an und freute sich, als Lara sie dankend annahm. Er streifte ihr die Jacke über die Schultern, und Lara hielt sie mit gekreuzten Armen fest, damit sie ihr nicht herunterrutschen konnte. Sie waren fast angekommen, und Noah griff in seine Hosentasche, um die Autoschlüssel herauszuholen. Nicht nur die Temperatur hatte sich etwas abgekühlt, mittlerweile war es auch richtig windig geworden, und plötzlich setzte starker Platzregen ein. Noah versuchte, seine Locken vor dem völligen Chaos auf seinem Kopf zu bewahren, jedoch vergebens. Der Wind peitschte ihm durch die Haare, und der Regen tat sein Übriges. Ehe er sich dessen versah, hing ihm sein

Pony bis fast unter die Augen. Lara hatte zwar versucht, sich mit Noahs Jeansjacke vor dem kalten Nass zu schützen, doch ohne Erfolg. Der Regen ergoss sich in vollen Zügen über sie.

Zum Glück waren sie bereits da, und Noah öffnete ihr die Tür. Nachdem sie eingestiegen war, rannte er um das Auto herum, um ebenfalls ins warme Innere zu gelangen. Völlig durchgeweicht saßen sie nun nebeneinander und beobachteten das Unwetter durch die beschlagenen Scheiben. Noah riskierte einen Blick in den Rückspiegel und stöhnte auf, als er seine zerstörte Frisur erblickte. Hektisch versuchte er zu retten, was nicht mehr zu retten war, und gab bald darauf auf, als er realisierte, dass es keinen Sinn hatte. Lara hatte ihn dabei beobachtet und begann zu kichern, als er abermals aufstöhnte, weil seine Haare nicht so wollten wie er. Erschrocken drehte Noah seinen Kopf zur Seite und starrte zu Lara hinüber.

„Ich hätte nicht gedacht, dass du so eitel bist, schlimmer, als über jede Frau geurteilt wird", entgegnete sie ihm lachend.

„So eitel bin ich gar nicht!", versuchte Noah, sich zu verteidigen. „Meine Haare machen nur, was sie wollen, und ich sehe einfach unmöglich aus", sprach er weiter und blickte in den Spiegel, um erneut Hand anzulegen.

„Mir gefallen deine Locken. Ist doch schön, wenn sie nicht so perfekt sitzen! Jetzt gefällst du mir besser als am Anfang des Abends", entgegnete sie ihm und erhaschte dabei einen überraschten Gesichtsausdruck. Sie schaute in seine dunkelbraunen Knopfaugen mit den wunderschönen langen Wimpern, die es einem unmöglich machten, wegzuschauen.

Noah bemerkte ihren musternden Blick und nahm all seinen Mut zusammen. Den ganzen Abend über hatten seine Augen immer und immer wieder auf ihren Lippen geruht. Diese verführerischen, vollen Lippen machten Noah fast wahnsinnig. Von der ersten Sekunde an wollte er sie küssen, schmecken, Laras Lippen auf seinen spüren. Nun konnte er sich nicht mehr zügeln, denn die Verlockung war einfach zu groß. Er schloss seine Augen und näherte sich langsam ihrem Gesicht. Gerade als Lara sich wieder fing und ihren Blick von seinen Augen löste, spürte sie seine warmen, weichen Lippen auf ihren. Noch bevor sie realisieren konnte, wie ihr geschah, gab sie den sanften, fordernden Lippen nach. Leidenschaftlich begannen sie sich zu küssen, als gäbe es kein Morgen. Die Minuten vergingen, und beide konnten sich nicht voneinander trennen. Lara schien es, als sei sie noch nie zuvor von solcher Leidenschaft gepackt worden. Ihr Körper bebte, und ihre Brustwarzen zeichneten sich nun deutlich unter dem durchnässten Top ab. Für Noah drehte sich alles, und er fühlte sich wie auf Wolken. Er spürte ihren Atem und versuchte, alles in sich aufzusaugen. Sie duftete betörend, alles war so neu und aufregend. Doch in irgendeiner Art und Weise verspürten beide eine angenehme Vertrautheit. Laras Haut war weich wie Seide, und Noah küsste jeden Zentimeter ihres Gesichts. Gerade als er begann, ihren Hals zu liebkosen, löste sie sich und rutschte von ihm weg. Verwirrt hielt er inne. Sein Herz raste, und ihm war schwindelig. Er hatte sich noch nie so gut gefühlt wie gerade eben. Dieser Abend sollte am besten nie enden. Nichts wünschte er sich sehnlicher, als da weiterzumachen, wo Lara eben aufgehört hatte. Fragend schaute Noah sie an, und gerade, als er einen zweiten Versuch unternahm, um sie zu küssen, entgegnete sie ihm: „Nein, Noah! Bitte …, vielleicht ist es besser, wenn du mich jetzt nach Hause fährst." Hoffnungsvoll betrachtete er ihre sinnlichen Augen und wünschte sich, Lara würde ihre Meinung ändern.

„Ist alles okay?", fragte er besorgt. „Ja, es ist nur …" Sie wusste nicht, wie sie es ihm sagen sollte. Vertrauensvoll nahm Noah ihre Hände in seine und bot ihr an, sie nach Hause zu fahren. Lara lächelte ihn dankbar an, und er startete den Motor, um anschließend von dem verlassenen Parkplatz hinunterzufahren.

Als er seinen Wagen vor Laras Haus parkte, stellte er den Motor ab, um sich von ihr in Ruhe zu verabschieden. Unsicher blickte sie ihn an und bemerkte, dass auch er nicht so recht wusste, was er tun sollte. „Danke für den schönen Abend! Ich hoffe, wir sehen uns wieder …"

Doch bevor Lara diesen Satz beenden konnte, unterbrach er sie. „Natürlich sehen wir uns wieder! Ich hoffe, sogar sehr bald. Ich …"

Diesmal unterbrach sie ihn. „Noah, ich mag dich wirklich sehr, aber wir kennen uns doch erst seit heute, und vielleicht ist es noch zu früh. Du solltest dir ein bisschen Zeit gönnen, denn schließlich hast du dich erst vor ein paar Stunden von deiner Freundin getrennt. Ich glaube, es ist besser, wenn wir uns nicht so schnell wiedersehen." Diesmal ließ Noah sie zwar ausreden, in seinen Gedanken aber war er nur in London. Er wollte nicht warten, denn er wusste bereits seit ihrer ersten Begegnung, dass er sie wollte. Nun war er sich sicher, dass auch Lara Gefühle für ihn hegte. Wie konnte sie ihn nur nicht so schnell wiedersehen wollen?

Insgeheim wusste Noah, dass Lara wahrscheinlich recht hatte. Noch am Abend, als er sie plötzlich erblickte hatte, hatte er sich entschieden, sie nicht anzusprechen, denn er hatte sich gerade erst von Jacqueline getrennt. Doch nun war alles anders. Er wollte sie und umgekehrt. Doch sie hatten nur noch wenige Wochen Zeit, denn sein Umzug nach London war nicht mehr rückgängig zu machen. Er wollte ihr nicht davon erzählen, noch nicht. Zu viel Angst hatte Noah, dass sich Lara deshalb vielleicht ganz zurückziehen würde. Gerade als er versuchte, diesen Gedanken beiseitezuschieben, um sich ihr wieder zu widmen, öffnete Lara die Beifahrertür und sagte zu Noah: „Du weißt ja nun, wo ich wohne. Nimm dir so viel Zeit, wie du brauchst."

Emotional völlig überwältigt, wusste er nicht, wie er darauf am besten reagieren sollte. Noah wollte nicht warten, doch er hatte keine Ahnung, wie er es Lara glaubhaft versichern konnte, ohne ihr von seinem Londonaufenthalt erzählen zu müssen. Immerhin wollte sie ihn wenigstens wiedersehen, wenn auch nicht in nächster Zeit. Als Noah ihr nichts dazu entgegnete, nahm Lara an, er würde ihr zustimmen, und stieg aus dem Auto.

Noch immer schüttete es wie aus Eimern, und weil Lara Noahs Jeansjacke nicht mehr als Schutz hatte, war sie binnen weniger Sekunden bis auf die Unterwäsche durchnässt. Sie wühlte in ihrer Tasche nach dem Wohnungsschlüssel, doch sie konnte durch den starken Regen nur wenig erkennen. Große Wassertropfen rannen von ihren Haaren über das Gesicht und vermischten sich mit Tränen, die Lara verzweifelt zu unterdrücken versuchte. Sie wusste selbst nicht, wie ihr geschah. Ihr Verstand sagte, dass es besser wäre zu warten, doch ihr Herz rebellierte gegen diese Entscheidung und trieb ihr Tränen in die Augen. Endlich ertastete sie ihren Schlüssel, und gerade als sie versuchte, die Türe zu öffnen, schrie Noah ihr nach: „Lara! Warte bitte, ich …"

Erschrocken blickte sie zurück zu seinem Wagen. Noah war mittlerweile ausgestiegen und stand, vom Regen komplett durchgeweicht, auf dem Fußweg.

Laras Tasche glitt ihr durch die Finger und fiel zu Boden, doch das war ihr egal, denn sie war schon auf dem Weg zurück zu Noah. Auch er rannte mit großen Schritten auf sie zu, um ihr entgegenzukommen. Auf halbem Wege trafen sie sich, und Noah hob Lara vor Freude hoch. Er hielt sie die ganze Zeit fest in seinen Armen, während sie sich wild und leidenschaftlich küssten. Sie benahmen sich wie zwei Verliebte, die jahrelang voneinander getrennt waren und nun wieder aufeinandertrafen. Noahs Lippen konnten nicht genug von ihren bekommen, und mit starken Armen hielt er Lara eng umschlungen. Ihre Hände umfassten sein Gesicht, ihr Herz raste; und hätte er sie nicht noch immer festgehalten, wäre sie womöglich umgefallen, denn ihre Beine schienen ihr den Dienst zu versagen. Lara löste sich von ihm, um ihre Tasche aufzuheben. Sie öffnete die Tür, und schnell huschten beide ins Trockene. „Da geht's lang" zeigte sie mit dem Finger auf den Fahrstuhl und drückte den Knopf.

Schweigend standen sie nebeneinander. Fast schüchtern schaute Noah beiseite, doch Lara starrte geradeaus. Somit konnte er ihren Gesichtsausdruck nicht genau zuordnen und wartete aufgeregt auf den Fahrstuhl. Als dieser endlich ankam, stiegen sie ein, und Lara drückte die Nummer fünf, um in das Dachgeschoss zu gelangen. Kaum waren die Türen geschlossen, blickten sie sich in die Augen und verloren sich wieder in einem leidenschaftlichen Kuss. Noah drückte Lara an die Wand, und der Spiegel begann zu beschlagen. Sie stöhnte heiser auf, als sie seine Erektion durch die Hose spürte. Seine Küsse waren sinnlich und kraftvoll, aber dennoch auf eine Art zart und verletzlich. Lara wollte ihn nie wieder loslassen und hatte sich noch nie so begehrenswert gefühlt wie in diesem Moment. Ihre Hände durchwühlten seine nassen Haare, und als sie sich nicht mehr zurückhalten konnte, stieß sie Noah von sich, um ihm das Hemd aufzureißen. Seine Brustwarzen waren klein und hart. Gerade als Lara begann, seinen Oberkörper zu liebkosen, öffneten sich die Fahrstuhltüren. Schockiert ließen sie voneinander ab und riskierten einen Blick nach draußen. Niemand war auf dem kleinen Gang zu sehen. Außer ihrer Wohnung gab es nur eine weitere, und in dieser schien jeder zu schlafen. Lara verließ den Fahrstuhl als Erste und ging auf ihre Wohnung zu.

Als sie dabei war, die Tür zu öffnen, umschlang sie Noah von hinten und verwöhnte ihren Hals mit heißen Küssen. Sie schloss die Augen und genoss seine Liebkosungen in vollen Zügen. Plötzlich öffnete sich die Nachbartür, und eine Frau in Begleitung ihres Mannes stand den zwei Verliebten gegenüber. Erschrocken und beschämt ließ Noah von Lara. Sein aufgerissenes, durchnässtes Hemd klebte an seiner Haut und erschwerte es ihm, seinen nackten Oberkörper zu bedecken.

„Was ist denn hier los?", wollte die Nachbarin wissen und musterte kopfschüttelnd die jungen Leute.

„Hallo, Frau Schneider! Wir sind nur in den Regen gekommen. Sie glauben ja nicht, was für ein Unwetter da draußen tobt!", antwortete Lara geistesgegenwärtig und atmete erleichtert auf, als ihr Schlüssel endlich in das Schloss glitt. „Gute Nacht!" wünschte sie und drehte den Schlüssel, um anschließend ihre Tür zu öffnen. Mit einem Nicken verabschiedete sich Noah ebenfalls und überließ die erstaunten Nachbarn sich selbst.

Kaum fiel die Tür ins Schloss, fanden sich ihre Lippen wieder und vereinigten sich in leidenschaftlicher Ekstase. Noah folgte Lara, immer noch küssend, ins Schlafzimmer, und gerade, als er sie auf das Bett heben wollte, drückte sie ihn von sich und hielt sich die Nase. „Was ist denn passiert?", wollte Noah besorgt wissen. Doch ehe er eine Antwort bekam, verschwand Lara im Bad.

Nervös schaute er sich in dem Zimmer um. Als ihm bewusst wurde, dass er alles volltropfte, verließ er den Raum und stand orientierungslos mitten in der Wohnung. Zu seiner linken Hand erstreckte sich ein großes Wohnzimmer, das mit weißen Möbeln freundlich und einladend eingerichtet war. Gegenüber dem Schlafzimmer, aus dem er gerade kam, schien das Bad. Nun wandte Noah sich nach rechts und entdeckte eine große Glastür, die den Essbereich vom Balkon trennte. Er entschloss sich, sich seiner nassen Klamotten zu entledigen, und eilte zum Balkon.

Nachdem er sich bis auf seine Unterhose ausgezogen hatte, ging er zurück zum Schlafzimmer, um auf Lara zu warten. Nach einigen Minuten, welche ihm jedoch unendlich lang vorkamen, stürmte Lara aus dem Badezimmer direkt in seine Arme. Zu seiner Verwirrung war sie weder aus- noch umgezogen. „Was hatte sie die ganze Zeit gemacht?", dachte er sich, und bevor Noah die Chance hatte zu fragen, löste Lara sich erneut von ihm und stürmte wieder zurück ins Bad.

Verdutzt stand er abermals im Raum und konnte seine Neugier nicht mehr zügeln. Mit großen Schritten eilte er zum Badezimmer und verharrte still davor. Kein Laut drang aus dem Raum, kein Geräusch, rein gar nichts. Noah konnte seine Neugier nur stillen, indem er an der Tür klopfte und sie vorsichtig öffnete. Lara stand auf Zehenspitzen vor dem Spiegelschrank und drehte sich erschrocken zu ihm um. Ihre Nase war mit Zellstoff ausgefüllt, und als ihr bewusst wurde, wie dämlich sie gerade aussehen musste, versteckte sie ihr Gesicht hinter vorgehaltener Hand. „Alles in Ordnung?", erkundigte sich Noah und war sichtlich besorgt.

„Ja, mir geht's gut. Ich bekomme immer Nasenbluten, wenn ich sehr aufgeregt bin. Ist aber gleich vorbei, gib mir noch eine Minute!", bettelte sie und schickte ihn mit einer winkenden Handbewegung raus. Erleichtert, weil er nun wusste, weshalb sie ihm ständig davongerannt war, kehrte er zurück ins Schlafzimmer und setzte sich aufs Bett.

Gerade als Noah sich fragte, ob er sich seiner nassen Unterhose entledigen sollte oder lieber noch nicht, kam Lara ins Schlafzimmer, und sie machten da weiter, wo sie vorher aufgehört hatten. Doch keine Minute später löste sie sich erneut und stöhnte ein Stoßgebet. „Das darf doch wohl nicht wahr sein! Was ist denn heute los?", schimpfte sie mit sich selber und verschwand erneut im Bad. Diesmal dauerte es aber keine Minute, und als Lara zurückkam, wedelte sie siegessicher mit einer Rolle Toilettenpapier und versicherte dem lachenden Noah: „Noch einmal gehe ich nicht ins Bad!" Mit weit geöffneten Armen empfing er Lara und küsste sie leidenschaftlich, bis sie zusammen auf das Bett fielen und er sie von ihren nassen Sachen befreite. Als er ihr den BH abstreifte, blieben seine Augen auf ihren wunderschönen Brüsten haften. Zaghaft berührte Noah erst die eine und dann die andere Hälfte ihres Busens. Ihre Brustwarzen waren steif und erregten ihn so sehr, dass Noah nicht mehr an sich halten konnte. Ihre süß duftende Haut brachte ihn fast um den Verstand. Er bedeckte jeden Zentimeter ihres Körpers mit heißen Küssen. Ihre sinnlichen Lippen pressten sich jedes Mal fest aufeinander, wenn Noah zwischen Laras Schenkel glitt. Als er ihre heiße Mitte mit Küssen liebkoste, musste sie sich auf die Unterlippe beißen, um nicht sofort aufzustöhnen. Seine starken Arme streichelten zart, aber bestimmend ihre Brüste. Sie gab sich der Leidenschaft vollkommen hin und konnte keinen klaren Gedanken mehr fassen. Mit pochendem Herzen und rasendem Puls richtete sich Lara auf und saß Noah nun direkt gegenüber. Langsam streckte sie ihren Arm aus ließ forschend ihre Hand über seinen muskulösen Oberkörper gleiten. Er war gut trainiert, und dies gefiel ihr sehr. Sie malte seine Muskeln mit ihren Fingerspitzen nach, und Noah genoss das Streicheln mit einem zufriedenen Lächeln auf den Lippen. Als Lara seine Brust auf diese Art ertastete, drückte sie ihn langsam, aber bestimmend nach hinten, sodass er nun auf seinem Rücken lag und Lara sich über ihn beugte. Sie begann, sein Gesicht und seinen Hals mit Küssen zu bedecken, während sie seine Brustwarzen mit ihren Fingern umspielte. Seine Hände glitten über ihren Po und ihre Schenkel. Laras Lippen wanderten an seinem Hals hinunter zu seinem Oberkörper. Zärtlich küsste sie seine Brustwarzen und umspielte sie verführerisch mit ihrer Zunge. Noah atmete tief ein und genoss jede ihrer Berührungen. Sie liebkoste seine Bauchgegend, und als sie seine Boxershorts abstreifte, zeichneten sich seine Bauchmuskeln ab, während er sich zu ihr nach vorne beugte. Nachdem Lara sich von ihrem nassen Slip befreit hatte, setzte sie sich breitbeinig auf Noahs Schoß, und sofort konnte er ihre warme und feuchte Mitte spüren. Er hatte sich nun vollständig aufgerichtet, und während er langsam in sie eindrang, küssten sie sich voller Verlangen nacheinander. Erst langsam und dann immer schneller und rhythmischer bewegte sich ihre Hüfte auf seinem Schoß. Mit beiden Armen umschlang er Lara, um sie noch näher an sich zu drücken. Seine Hände streichelten ihren gesamten Rücken und glitten langsam hinunter. Mit festem Druck massierte Noah ihren Po und spürte dabei Laras Brüste auf seinem Oberkörper. Sie brachte ihn fast um den Verstand. Kurz bevor er bereit war, sich in ihr zu ergießen, erhob sie ihr Becken, und er glitt aus ihr heraus. Nun lehnte sie sich zurück, und Noah küsste ihre Brust, während er sie mit seinen Händen massierte. Küssend wanderte er von ihren Brüsten nach unten bis hin zu ihrem Venushügel. Mit geschickten Fingern streichelte Noah erst ihre inneren Schenkel und glitt dann in sie hinein. Lara stöhnte auf und vergrub ihre Hände in den Kissen. Während Noah sie mit seinen Fingern fast zum Orgasmus streichelte, begann er, ihren Venushügel mit feuchten, verlockenden Küssen zu liebkosen. Seine Zunge wanderte dorthin, wo seine Finger bereits gewesen waren. Er spürte und schmeckte ihre Lust und hatte zu kämpfen, nicht auch sofort zu kommen. Während Noah sich noch zurückhielt, bescherte er Lara den ersten Orgasmus in dieser Nacht, und dies erregte ihn so sehr, dass er nun nicht mehr warten konnte und wollte. Noah legte sich auf sie und drang wieder vorsichtig in sie ein. Ihre Hände auf seinem Po drückten ihn noch mehr an sich, und sie konnte ihn ganz tief in sich spüren. Mit festen, befreienden Stößen befriedigte Noah seine und auch ihre Lust, und zusammen kamen sie zu einem überwältigenden Orgasmus. Er ergoss sich in ihr und konnte ein Stöhnen nicht mehr unterdrücken. Erschöpft und glücklich lagen sie eng umschlungen auf dem Bett. Noah verweilte noch immer auf und in ihr und wünschte sich in diesem Moment, für immer in Lara bleiben zu können.

Noch nie zuvor hatte er solche Lust und darauf folgende Befriedigung empfunden. Als er aus ihr hinausglitt, um sich neben sie zu legen, drehte sich Lara zur Seite, um ihn direkt ansehen zu können. Überglücklich und müde lagen sie nebeneinander und schliefen kurze Zeit später ein.

Noah hatte sich in der Nacht an Lara gekuschelt und erwachte nun, am frühen Morgen, mit seinem Gesicht direkt an ihrem Busen und auf ihrem ausgestreckten Arm liegend. Er musste ein paar Mal blinzeln, ehe sich seine verschlafenen Augen an das helle Licht gewöhnt hatten. Noch ehe er richtig erwacht war, nahm er Laras süßen Duft wahr und verzog seinen Mund zu einem breiten Lächeln. Noah war nun vollständig wach und erhob sich ein wenig, um sie besser betrachten zu können. Lara schlief tief und fest und bemerkte nicht einmal, dass er sich von ihrem Arm gelöst hatte. Auf seinem Ellbogen abgestützt, lag Noah neben ihr und betrachtete sie voller Begehren. Die gestrige Nacht lief wie ein kurzer Film vor seinem inneren Auge ab, und abermals machte sich ein Lächeln auf seinen Lippen breit.

Eigentlich war Noah nie ein Frühaufsteher gewesen, doch heute war er hellwach, und an Schlaf war nicht mehr zu denken. Er war viel zu aufgeregt und konnte seine Augen nicht von ihr lassen. Er beobachtete sie voller Neugier und Zufriedenheit, wie sie so dalag und ganz ruhig ein- und ausatmete. Ihre Lippen formten ein Lächeln, und so schlief sie vor sich hin. Noah konnte Lara stundenlang anschauen. Ihr einfach dabei zuzusehen, wie sie schlief, machte ihn unendlich glücklich. Er hatte es wahrscheinlich noch nicht bemerkt, doch er war bereits dabei, sich in sie zu verlieben. Die sexuelle Anziehungskraft zwischen den beiden war leidenschaftlich und innig, doch auch auf der emotionalen Ebene schienen sie vertraut. Sie hatten erst einen gemeinsamen Abend miteinander verbracht, jedoch schien es, als kannten sie sich bereits seit Jahren.

Noah fuhr mit seiner Hand zu Lara und streifte ihr eine Haarsträhne, die ihr zuvor ins Gesicht gefallen war, zurück hinter das Ohr. Kaum hatte er ihre Stirn von der Strähne befreit, erblickte Noah eine große Narbe an ihrem Haaransatz. Erschrocken näherte er sich ihrem Gesicht, um die Narbe genauer zu betrachten. Sie schien schon älter zu sein, denn sie war fast völlig verblasst. Er konnte seine Augen nicht von ihrer Stirn lassen. Für Noah war die Narbe wunderschön, und er wollte zu gern wissen, wie Lara sich diese Verletzung zugezogen hatte. Mit zögernder Hand näherte er sich ihrem Gesicht abermals und strich behutsam mit seinem Finger über die vernarbte Haut. Die Narbe fühlte sich, entgegen seinen Erwartungen, weich an und verfärbte sich weiß, als er mit zittrigem Finger darüberstrich. Faszinierend strich er noch einige Male darüber, bis Lara plötzlich anfing, sich zu strecken. Erschrocken zog Noah seine Hand zurück und legte sich wieder hin. Als sie sich abermals streckte, blinzelten ihre Augen verschlafen, bis sie sie vollständig geöffnet hatten. Nun drehte sich Lara um und schaute direkt in Noahs Gesicht.

„Guten Morgen!", begrüßte er sie und lächelte dabei.

„Guten Morgen, Noah", gab sie zurück und erwiderte sein Lächeln.

„Die letzte Nacht war unglaublich schön!", sprach er aus tiefstem Herzen.

Lara musste erneut lächeln und bedankte sich mit einem schüchternen Kuss. „Das finde ich auch. Ich kann noch gar nicht glauben, dass du wirklich hier bist", entgegnete sie ihm glücklich. Die Sonne kitzelte Laras Gesicht und brachte ihre blauen Augen zum Leuchten.

Vertraut küsste Noah ihre Stirn und fragte Lara anschließend: „Was ist das eigentlich für eine Narbe an deinem Haaransatz? Sieht ganz schön gefährlich aus. Aber ich finde sie, ehrlich gesagt, unheimlich sexy!"

Lara fuhr sich mit einem Finger über die Narbe, die sich erneut weiß verfärbte. „Ach, die habe ich meinem großen Bruder zu verdanken", lachte sie darauf los und schien sich daran zu erinnern, wie sich der Unfall zugetragen hatte. Noah wollte die Geschichte der Narbe unbedingt erfahren und bat Lara, sie ihm zu erzählen. Er konnte noch nicht wissen, weshalb sie immerzu schmunzeln musste. Doch als sie Noah davon erzählte, wie sie sich das Loch im Kopf zugezogen hatte, stimmte er mit ein.

16.

Als Lara vier Jahre alt gewesen war, fuhr ihre Familie mit ihr in den Urlaub. Weil es zu DDR-Zeiten leider nicht möglich war, überallhin zu reisen, waren die Urlaubsziele sehr begrenzt.

Dieses Jahr fuhren Lara, Ben und ihre Eltern mit dem Trabi in die Tschechische Republik, wie Tschechien damals genannt wurde. Es war ein wirklich schöner Urlaub – wie auch alle anderen zuvor, die Lara mit ihrer Familie verbrachte. Nur gab es ausgerechnet am vorletzten Tag einen kleinen Unfall: Zusammen mit ihrem Bruder und den Eltern wanderte die kleine Lara einen Berg hinauf und streifte durch die Wälder, bis es den Berg wieder hinunterging. Ben nahm seine Schwester an die Hand, und zusammen rannten sie den Hang hinunter. Was für ein großartiges Gefühl! Die Geschwister liefen, als wären ihnen Wölfe auf den Fersen. Natürlich war es nur eine Frage der Zeit, bis Lara ihrem großen Bruder nicht mehr folgen konnte. Er war viel schneller als sie, und weil Ben sie aber weiterhin fest an der Hand hielt, war es dem kleinen Mädchen nicht möglich gewesen, irgendwie langsamer zu werden. Es kam, wie es kommen musste: Am nächsten Stein stieß sich Lara den Fuß so heftig an, dass sie das Gleichgewicht verlor. Durch Bens enorme Zugkraft wurde sie jedoch weiter nach vorne gerissen und hob sprichwörtlich ab. Lara absolvierte einen Salto, kam aber nicht wieder zum Stehen, sondern wurde durch die Wucht abermals nach vorne geschleudert. Unsanft schlug sich das kleine Mädchen die Stirn an dem nächsten Stein auf und zog sich eine klaffende Platzwunde zu. Ben rannte weiter, ohne zu merken, dass seine Schwester sich nicht mehr neben ihm und an seiner Hand befand.

Da lag Lara nun, weinend vor Schreck und Schmerzen und voller Blut, am Boden. Marleen und Christoph kamen sofort auf sie zugerannt, um nach ihrem Befinden zu sehen. Gut sah es nicht aus, denn die Wunde blutete ziemlich stark und schien auch sehr tief zu sein. Sofort schrie Christoph die beiden Kinder an: „Hab ich euch nicht gesagt, ihr sollt nicht so schnell laufen! Ich wusste es doch. Ihr hört erst auf, wenn einer von euch weint!" Sichtlich sauer nahm er seine Tochter auf den Arm und trug sie den restlichen Berg hinunter. Am Fuße desselben stand der geparkte Trabi, in welchen sie nacheinander hineinkletterten. Doch dieses Mal nahm Marleen hinten neben ihrer verletzten Tochter Platz, und Ben durfte ausnahmsweise vorne sitzen. Lara passte dies überhaupt nicht. Erst fügte er ihr ein Loch im Kopf zu, und zum Dank hatte er auch noch das Glück, vorne sitzen zu dürfen.

Unentschlossen, in welche Richtung sie nun aufbrechen sollten, stand die Familie mitten im Nichts. Sie waren irgendwo in der Prärie, und Christoph fragte sich ratlos, wohin er fahren sollte. Er folgte letztendlich seinem Bauchgefühl, und nach einer endlosen Irrfahrt erreichten sie endlich ein „Krankenhaus". Dass es vermutlich keines war, spürte Christoph sofort, doch Marleen war äußerst überzeugend. Also fuhr Laras Vater widerwillig auf das große Gelände. Alle Schilder, welche an jeder Ecke zu stehen schienen, beachteten sie zwar, konnten aber gleichzeitig nichts damit anfangen, weil alles auf Tschechisch geschrieben war. Kaum hatte Christoph den Trabi geparkt, kam auch schon ein Mann mit weißem Kittel auf die Familie zugerannt. Jetzt war sich Marleen hundertprozentig sicher, dass es sich um ein Krankenhaus handeln musste, auch wenn das große Schild mit dem Kreuz darauf anders als in Deutschland aussah. Sie schickte Ben aus dem Auto und folgte ihm mit Lara auf dem Arm.

Aufgeregt redete der große Tscheche im weißen Kittel auf die Eltern ein. Wortlos und fragend standen sie da. Marleen ließ ihre kleine Tochter von ihrem Arm und stellte sich hinter sie, ließ die Hände auf ihren Schultern ruhen.

„Was er wohl die ganze Zeit erzählt?", wollte Lara wissen und schaute ängstlich zu ihren Eltern hinauf. Doch weder ihre Mutter noch ihr Vater konnten es ihr sagen.

„Er möchte bestimmt wissen, weshalb wir hier sind. Los, Lara, zeig dich mal dem Onkel Doktor!"

Unentschlossen schaute ihn das Mädchen mit großen Augen an. Ganz wohl war Lara bei der Sache nicht, und sie hatte schon beinahe vergessen, dass sie ihretwegen hier waren. Völlig eingeschüchtert verschwand das kleine Mädchen hinter dem weit geschwungenen Rock ihrer Mutter. Eigentlich hatte sie nie Angst vor Ärzten, noch nicht einmal vor dem Zahnarzt. Im Gegenteil fand sie jegliche Untersuchung immer sehr spannend und war mit großer Begeisterung dabei – und vor allem auch mit dem Wissen, dass sie, wenn sie artig war, zum Schluss etwas Süßes erhalten würde. Von dem Mann mit dem weißen Kittel konnte Lara sicherlich nichts dergleichen erwarten, das war ihr vom ersten Moment an klar. Er sah mit den riesigen Blutflecken auf seinem Kittel und den Spritzern im Gesicht wirklich gar keinem Arzt, dem sie bisher begegnet war, auch nur annähernd ähnlich. Das kleine Mädchen empfand inzwischen echte Panik, mit dem Mann mitgehen zu müssen, was jedoch unbegründet war, wie sich später herausstellen sollte. Denn irgendwie schien der Onkel Doktor genauso viel Angst vor ihr zu haben wie Lara vor ihm. Er redete weiter aufgeregt in Tschechisch, und jedes Mal, wenn Marleen ihre Tochter wieder vor zu ihm schubste mit der Bitte, sie endlich mitzunehmen, erblasste er, bis er aussah wie gepudert. „Vornehme Leichenblässe" oder „Kellerbräune" würde Christoph normalerweise dazu sagen, wenn er nicht gerade genauso panisch und hilflos wäre wie der stämmige Mann.

Nach mehr als fünf Minuten sinnloser deutsch-tschechischer Konversation beendete der Mann die Unterredung, indem er der Familie einfach davonlief. Mittlerweile hatte Lara genau die gleiche Gesichtsfarbe angenommen wie der Onkel Doktor mit dem blutigen Kittel. Fragend und schrecklich nervös standen sie alle vier da, bis sie endlich eine etwas dickliche Frau von ihrer Ohnmacht befreite. Im gebrochenen Deutsch begrüßte sie Christoph und seine Familie und wollte wissen, was sie hier verloren hätten. Marleen schnaubte entsetzt: „Na, das sehen Sie doch! Wegen ihr sind wir hier!" Während sie diesen Satz sprach, schob sie Lara genau vor ihre Füße. Widerwillig schaute das Mädchen die dicke Frau an, die weder einen Kittel trug noch irgendwie anderweitig den Eindruck einer Ärztin machte. Von ihr konnte Lara sicherlich auch nichts Süßes erwarten. Mit ihrer unglücklich gewachsenen Vokuhila-Frisur (Abkürzung für „vorne kurz, hinten lang") sah sie außerdem fast bescheuert aus. Doch ausgerechnet Lara konnte sich nicht über diesen hässlichen Haarschnitt beschweren, denn Marleen war in der Nachbarschaft die Hobbyfriseuse vom Dienst. Sie verpasste nicht nur Lara und ihrem Bruder diesen völlig daneben aussehenden Haarschnitt. Nein, sie beglückte damit auch alle anderen Kinder, die in einem Umkreis von zwei Kilometern in der Nachbarschaft lebten. Laras Cousins und Cousinen wurden natürlich bei fast jedem Besuch mit einem Gratis-Haarschnitt verwöhnt, was Laras und Bens Beliebtheit innerhalb der Familie nicht gerade steigerte.

Mit einem Male verlor auch die dicke Frau an Farbe im Gesicht. „Machen wir denn alle so einen furchterregenden Eindruck, oder scheint Laras Verletzung plötzlich lebensbedrohlich zu sein?", wollte Marleen ängstlich wissen.

Die Frau schaute verwirrt in die Gesichter der Eltern und meinte dann: „Was weiß ich, ich bin doch keine Ärztin!"

Laras Mutter glaubte, sich verhört zu haben, und entgegnete ihr wütend: „Na, dann holen Sie doch endlich mal jemanden! Sehen Sie denn nicht, dass meine Tochter verletzt ist?"

Langsam entspannte sich der Gesichtsausdruck der dicken Frau. Sie erklärte den aufgeregten Eltern, dass der nette „Onkel Doktor" mit dem blutigen weißen Kittel sie die ganze Zeit über gefragt hatte, was sie schlachten lassen wollen. Und weil Marleen mit vollem Entschluss jedes Mal ihre Tochter auf ihn zu schubste, sobald er zu Ende gesprochen hatte, war er in Panik zu seinen Kollegen gerannt. Denn auch nach mehrmaligem Fragen wollte die Frau offensichtlich ihre kleine Tochter schlachten lassen. Die Kollegen, denen es der Mann aufgeregt mitteilte, wollten es nicht glauben und schickten die dicke Kollegin vor, welche wenigstens etwas Englisch und auch Deutsch sprechen konnte. Als sie den Eltern erklärte, was eben passiert war, schlug die Stimmung plötzlich um. Marleen ließ sich zu Boden fallen und fing fürchterlich an zu weinen: „Was wäre denn, wenn der Mann Lara einfach mitgenommen hätte?" Christoph fing sich als Erster wieder und musste sich ein Lachen verkneifen.

Für zehn Mark fuhr die dicke Frau mit ihnen und zeigte Christoph den Weg zum nächsten Krankenhaus. Nach einer knappen Stunde war alles geschafft, und die Platzwunde wurde mit acht Stichen genäht. Jedes Mal, wenn Lara später für Hertha zum Fleischer fuhr, musste sie an ihre Narbe und den damaligen Vorfall denken, und im Gegensatz zu früher konnte sie mittlerweile herzhaft darüber lachen.

Auch Noah hielt sich den Bauch vor Lachen. Wie konnten ihre Eltern nur ausgerechnet beim Schlachter landen! Er liebte es, Lara zuzuhören. Sie teilten den gleichen Humor und genossen jeden Moment miteinander. Nachdem sie noch eine Weile so dagelegen und sich Erlebnisse aus ihrer Vergangenheit erzählt hatten, stand Lara gegen zehn Uhr auf, um das Frühstück vorzubereiten. Währenddessen verschwand Noah im Bad, um sich frisch zu machen.

Als er fertig war, folgte sie ihm, und er brachte den Kaffee und das Essen auf den Balkon. Es war viel zu schön, um nicht in der Sonne Platz zu nehmen und den Vögeln beim Zwitschern zu lauschen. Es war ein warmer, sonniger Vormittag, und die Blumen standen kurz vor ihrer vollen Blüte. Nur mit Unterwäsche bekleidet, genossen sie den Kaffee mit viel Milch und die frisch gebackenen Brötchen. Immer wieder lächelten sie sich gegenseitig an und tauschten verliebte Blicke aus.

Noah war glücklich wie noch nie zuvor. Als sie das Frühstück beendet hatten, stand die Sonne so hoch, dass sie nach drinnen flüchteten. Noch immer nur mit einer Unterhose bekleidet, stand Noah da, während sich Lara derweil umzog. Seine Jeans war zwar mittlerweile getrocknet, jedoch steif wie ein Brett. Er zwängte sich in sie hinein und musterte dann sein Hemd, an welchem nur noch zwei Knöpfe befestigt waren. Lächelnd dachte er an die letzte Nacht und daran, wie sie sich leidenschaftlich geliebt hatten. Lara hatte sich ein leichtes Sommerkleid übergezogen und kämpfte nun, mit ihren Armen auf dem Rücken suchend, mit dem Verschluss. Noah kam gerade im rechten Moment und half ihr, den Verschluss einzuhaken. Mit einem innigen Kuss bedankte sie sich, und eng umschlungen standen sie vor ihrem Kleiderschrank. „Was hast du denn jetzt vor?", wollte Lara von Noah wissen und hielt seinen Kopf in den Händen.

„Ich glaube, ich mache mich mal auf den Weg nach Hause. Ich muss mich dringend umziehen und einen Freund anrufen", entgegnete er Lara und schmiegte sich an ihre weichen Handflächen.

„Das trifft sich gut, denn ich muss mich unbedingt bei meinen Eltern blicken lassen, ansonsten bekommen sie noch Entzugserscheinungen", ließ Lara ihn wissen, während ihre Finger sich durch seine Haare tasteten.

„Das kann meinen nicht passieren. Ich wohne nämlich noch zu Hause." Unsicher blickte Noah in Laras Augen und versuchte zu erahnen, wie sie darauf reagieren würde, dass er nicht, wie sie schon, in einer eigenen Wohnung lebte. Lächelnd nahm sie es zur Kenntnis und ging nicht weiter darauf ein. Ihr war es völlig gleich, wo er wohnte, denn sie fühlte sich bis in die Zehenspitzen vollkommen. Ihren Bauch bewohnten nun Hunderte Schmetterlinge, welche wie Kolibris unglaublich schnell ihre Flügel schwangen und ihr somit ein Kribbeln bescherten, sodass sie keinen klaren Gedanken fassen konnte. Noah war froh, dass sie ihn nicht löcherte mit der Frage, warum er noch zu Hause bei seinen Eltern wohnte.

Nachdem er sein Abitur beendet hatte, wurde er zum Bund eingezogen, und gleich darauf, als seine Grundausbildung zu Ende war, begann er zu studieren. Obwohl sich Noah mit kleineren Nebenjobs immer etwas dazuverdiente, reichte das Geld vorne und hinten nicht für eine eigene Wohnung. Außerdem gefiel es ihm in dem großen Haus. Er bewohnte das komplette Dachgeschoss alleine und hatte ein eigenes Bad. Bis auf die Küche fehlte es ihm an nichts in seinem ausgebauten Obergeschoss. Der immer prall gefüllte Kühlschrank oder der Pool im Garten hielten Noah jedes Mal davon ab, auch nur einen Gedanken daran zu verschwenden, in eine eigene, übertreuerte Wohnung zu ziehen.

Mit einem leidenschaftlichen Kuss verabschiedeten sie sich und fuhren in entgegengesetzte Richtungen davon. Als Lara wenige Minuten später ihr Elternhaus erreichte, parkte sie ihren kleinen Mini Cooper S und ging mit leichten Schritten, fast schwebend, auf die Gartentür zu. Als sie die Klinke nach unten drückte und die Tür öffnete, heulte ein vertrautes Quietschen auf und brachte Lara zum Schmunzeln. Ihr Vater hatte schon alles Mögliche versucht, das Gartentor zum Schweigen zu bringen, jedoch ohne Erfolg. Seit dem eisigen Winter vor vielen Jahren, als Marleen es tatsächlich geschafft hatte, die schwere Eisentür aus den Angeln zu heben, gab sie nun bei jeder Bewegung einen quietschenden Ton von sich. Noch bevor Lara die Türe hinter sich geschlossen hatte, war sie in Gedanken wieder zwölf Jahre alt.

Marleen und sie kamen gerade von einer erfolgreichen Shoppingtour. Da Christophs Auto in der Einfahrt stand, parkte Marleen ihren Kombi vor dem Haus. Überschwänglich stürzte Lara zum Gartentor und wollte es öffnen, doch ohne Erfolg. Die Tür gab nur widerwillig nach, und somit stieß Lara sie mit voller Wucht auf. Der Winter war plötzlich über Nacht gekommen und brachte eine erbarmungslose, eisige Kälte mit sich. Das Tor musste sich verzogen haben und ging deswegen nicht gleich beim ersten Mal auf. Nachdem Lara ihre „Beute" in das warme Haus gebracht hatte, ging sie ein weiteres Mal nach draußen, um die restlichen Sachen hereinzuholen. Marleen schloss unterdessen den Kofferraum und folgte ihrer Tochter ins Haus. Mit zwei Tüten in jeder Hand stupste sie die Gartentür an, um sie zu schließen. Doch erneut gab das Tor keinen Zentimeter nach. Erstaunt probierte es Marleen erneut, diesmal mit mehr Kraft, und setzte nun verwundert die Tüten ab, nachdem das Tor ein weiteres Mal nicht nachgegeben hatte. Lara war inzwischen im Haus verschwunden und brachte den Einkauf in die Küche. Marleen rüttelte so kräftig, wie sie nur konnte, an der schweren Eisentür und stellte genervt fest, dass sich der Boden durch den Frost etwas nach oben erhoben hatte und die Türe deshalb nicht zu bewegen war. Mit beiden Armen versuchte sie, die schwere

Tür halb anzuheben, und drückte derweil mit ihrem gesamten Oberkörper dagegen, um sie nach vorne zu schieben. Gerade als Lara bemerkte, dass Marleen ihr nicht ins Haus gefolgt war, ging sie neugierig wieder nach draußen, um nach ihr zu schauen. Ihre Mutter schien die Gartentür herzlich zu umarmen, zumindest sah es aus Laras Sicht so aus. Verwundert über das, was Marleen da veranstaltete, ging das junge Mädchen auf sie zu. Doch bevor sie ihre Mutter erreichte, gab das Tor plötzlich nach. Marleen spürte gerade noch, wie sie sich nach vorne bewegte, und ehe sie sich dessen versah, hatte sie das komplette Tor aus den Angeln gehoben. Marleen rannte mit der Tür vor der Brust mitten auf die Straße. Der Boden war noch immer gefroren und gefährlich glatt. Marleen hatte vom kräftigen Schieben mittlerweile so viel Schwung, dass sie quer über die Straße rannte. Durch den rutschigen Boden kam sie jedoch ins Schleudern und wurde durch das Gewicht der schweren Eisentür nach unten gezogen. Mit einem lauten Knall fiel Marleen unsanft zu Boden und begrub das Tor unter sich. „Mama! Was machst du denn?", rief Lara erschrocken und rannte schockiert auf Marleen zu.

Ihre Mutter konnte außer einem hysterischen, schrillen Lachen nichts weiter von sich geben. Mit bebendem Oberkörper lachte sie, bis sie sich langsam von dem eisigen Boden erhob. Lara hatte mittlerweile in ihr Gelächter eingestimmt und ging in die Knie, um sich vor Lachen nicht in die Hose machen zu müssen.

„Marleen, geht's dir gut?", wollte Cora aufgeregt wissen und kam auf ihre am Boden kniende Nachbarin zugerannt. Sie hatte das laute Knallen mit Schrecken vernommen und dann Marleen mit der Eisentür unter sich mitten auf der Straße vorgefunden. Zusammen versuchten die drei, die Tür wieder in den Garten zu tragen, jedoch war sie dafür viel zu schwer.

„Mensch, Mama, wie hast du die Tür überhaupt anheben können?", fragte Lara keuchend.

„Da hat wohl gestern Nacht jemand von Kraft geträumt!", stellte Cora lachend fest und erntete ein verschmitztes Lächeln von ihrer Freundin. Lachend zogen die drei Frauen das schwere

Eisentor hinter sich her und deponierten es im Vorgarten. Nach wenigen Minuten hatte Cora für Marleen einen starken Kaffee angesetzt und sie nach Verletzungen untersucht. Außer ein paar Prellungen und blauen Flecken war sie jedoch mit dem Schrecken davongekommen. Das Tor hatte sich nicht so gut erholt, mit jedem Öffnen und Schließen quietschte es sich von nun an seine durch den Sturz erlittenen Qualen von der Seele.

Kaum hatte Lara das Haus ihrer Eltern betreten, nahm sie schon den einladenden Geruch von frisch Gekochtem wahr. Sie hatte eigentlich noch keinen Hunger, jedoch roch das köstlich zubereitete Mahl so verführerisch und sah mindestens genauso lecker aus, wie es duftete. Marleen war eine ausgezeichnete Köchin und liebte es, ihre Familie und auch Freunde damit zu verwöhnen. Freudig begrüßte Lara zuerst ihre Mutter und anschließend ihren Vater. Marleen hatte den Tisch für zwei Personen eingedeckt und holte nun noch ein drittes Gedeck in der freudigen Überraschung, ihre Tochter unverhofft zum Mittag anzutreffen.

„Isst Ben nicht mit uns?", wollte Lara wissen und half ihrer Mutter dabei, das dampfende Essen auf den Tisch zu stellen.

„Der liegt noch im Koma. Mit ihm können wir frühestens zum Kaffeetrinken rechnen", antwortete Christoph. Genüsslich verspeisten sie die Portionen auf ihren vollen Tellern, und ihr Vater nahm sogar noch Nachschlag.

Marleen bemerkte sofort eine Veränderung an ihrer Tochter und sprach sie auch darauf an: „Lara, du strahlst ja heute richtig! Steckt etwa ein neuer Freund dahinter?"

Erschrocken zuckte die Angesprochene zusammen und verzog ihre Lippen zu einem Strich. „Wie kommst du denn darauf? Wann hätte ich denn bitte jemanden so schnell kennenlernen sollen?", gab Lara zurück und hoffte inständig, glaubwürdig zu wirken.

„Na ja, weiß ich nicht. Vielleicht am letzten Wochenende? Du bist doch jede Woche mit Charly unterwegs", antwortete ihr Marleen mit einem etwas verwirrten Unterton.

Lara wollte ihren Eltern noch nichts von Noah erzählen, denn dafür war es viel zu früh. Auch wenn alles perfekt zu sein schien, konnte sie nicht wissen, ob dieses Abenteuer auch gut ausgehen würde. Sie kannten sich gerade erst seit einem Tag, und nun wollte Lara ihn erst einmal genauer kennenlernen. Auch wenn die letzte Nacht eine der schönsten Nächte in ihrem jungen Leben war, musste sie erst mehr Zeit mit Noah verbringen, um einschätzen zu können, wohin sie die Reise führte. Sie verliebte sich immer sehr schnell, aber noch schneller verlor sie wieder das Interesse. Wenn die Zeit reif dafür wäre, würde sie es erkennen und ihren Eltern von ihm erzählen.

Nachdem sie das Mittagessen beendet hatten, verzog Lara sich in den Garten und genoss die warmen Sonnenstrahlen. Ihre Gedanken kreisten immer und immer wieder um Noah und ihre gemeinsame Nacht. Lara war so glücklich und wünschte sich nichts mehr, als dass er genauso denken und fühlen würde wie sie. Andererseits hatte sie aber auch große Angst vor dem Unbekannten, das nun auf sie zukommen würde. Lara wusste nicht, wie sie reagieren würde, wenn er sich nicht mehr bei ihr melden würde. Sie hatte noch nicht einmal seine Telefonnummer. Nur er wusste, wo genau sie wohnte, und konnte demnach mit ihr in Kontakt treten. Ihr Magen verkrampfte sich bei dieser Vorstellung schmerzhaft, und sofort versuchte Lara, gedanklich an einem Happy End festzuhalten. Doch auch davor hatte sie Angst. War sie inzwischen reif genug für die wahre Liebe? Zweifel überschatteten ihre Hoffnungen, und ehe sie in Selbstmitleid zerfloss, wählte sie die Nummer ihrer besten Freundin auf dem Telefon.

„Hallo!", begrüßte sie Charlys freudige Stimme.

„Hey. Hast du Zeit? Ich muss dich unbedingt sehen. Ich weiß nicht, was ich machen soll! Ich bin einfach …, ich muss dich sehen!" Verwirrt stammelte Lara so lange in das Telefon, bis Charly ihr verkündete, in einer Viertelstunde vorbeizukommen.

„Ich bin aber bei meinen Eltern!", rief Lara noch ins Telefon und hoffte, ihre Freundin möge es verstanden haben.

Charly stand tatsächlich fünfzehn Minuten später vor Laras Elternhaus und wurde freudig von ihr begrüßt. „Danke, dass du so schnell herkommen konntest!, sagte sie und drückte Charly fest an sich. Als sie es sich gemeinsam auf der Hollywoodschaukel im Garten gemütlich gemacht hatten, wollte ihre Freundin endlich wissen, weshalb sie so schnell vorbeikommen sollte. Lara berichtete ihr von der letzten Nacht und dass sie sich wohl in Noah verliebt hatte. Kaum hatte sie diesen Satz ausgesprochen, kribbelte es in ihrem Bauch wie verrückt, und sie spürte, dass sie recht damit hatte. Charly versicherte ihr, dass sie zu Unrecht nervös sei. Sie hatte schon am Abend im Restaurant gemerkt, dass die Chemie zwischen den beiden einfach stimmte, und entgegen ihrer Freundin glaubte sie an die „Liebe auf den ersten Blick". Unsicher schaute Lara in Charlys Augen und fragte sie nach ihrer ehrlichen Meinung. „Glaubst du, er könnte sich auch in mich verliebt haben? Ich weiß einfach nicht, woran ich bin. Noah hat mir noch nicht einmal seine Telefonnummer gegeben, und du weißt, dass ich zu stolz bin, um selbst danach zu fragen."

Charly musste schmunzeln, denn sie hatten schon so oft solche Gespräche geführt. Jedoch dieses Mal schien es anders. Sie hatte das Knistern schon gestern vernommen, und es überraschte Charly nicht im Geringsten, dass der Abend für die beiden so geendet hatte. „Lara, mach dir keine Sorgen! Ich bin mir zu hundert Prozent sicher, dass auch er Gefühle für dich hegt. Hast du denn nicht seine verliebten Blicke bemerkt?"

Natürlich hatte sie das nicht, denn sie war viel zu aufgeregt gewesen. Nun, als sie diese Worte Charlys hörte, fühlte sie eine unbändige Freude in sich, sodass sie es kaum erwarten konnte, Noah wiederzusehen. Lara bedankte sich bei ihrer Freundin für die Aufmunterung und bat sie, noch zum Kaffeetrinken zu bleiben. Marleen und Christoph freuten sich über den unverhofften Besuch. Sie schätzten Charly für ihre lebensfrohe Art und hießen sie immer willkommen.

Der Erdbeerkuchen schmeckte himmlisch, das frische Obst war süß, und der Pudding erinnerte Lara an ihre Kindheit. Marleen hatte den Kuchen bei dem gleichen Bäcker gekauft, zu dem auch Lara immer für Hertha einkaufen gegangen war. Ihre Mutter war zwar eine hervorragende Köchin, doch beim Backen hatte sie kein glückliches Händchen. Marleen versuchte sich trotzig wie ein kleines Kind immer und immer wieder daran, doch jedes Mal landete der Kuchen nach einer Kostprobe im Müll. Lara gönnte sich noch eine weitere Tasse Kaffee und spürte, wie das Koffein ihre müden Geister weckte. „Und, ihr zwei, was habt ihr heute noch vor?", wollte Marleen von den beiden Freundinnen wissen. Währenddessen nahm sich Christoph ein drittes Stück von dem unwiderstehlichen Erdbeerkuchen und erntete daraufhin einen mahnenden Blick seiner Frau. Laras Vater hatte nach wie vor einen athletischen Körper und hielt ihn mit Schwimmen und regelmäßigem Joggen fit. Jedoch konnte er selten einem frischen Bier oder Süßigkeiten widerstehen. Er registrierte zwar Marleens Blick, gab aber vor, ihn nicht bemerkt zu haben, und genoss den Kuchen in vollen Zügen.

„Na ja, was mich betrifft, ich werde wohl wieder nach Hause fahren, denn mein Bruder kommt uns heute mit seiner Familie besuchen. Und Ihre Tochter hat heute noch ein Date!" Fast hätte sich Lara an ihrem Kaffee verschluckt, sie glaubte oder besser hoffte, sich verhört zu haben.

„Was? Na so was! Du hast uns ja gar nicht erzählt, dass du jemanden kennengelernt hast!", gab ihre Mutter empört zurück. Marleens Stimmung schlug jedoch sofort in Neugierde und Freude um. Lara warf Charly einen bösen Blick zu, denn sie hasste es, über potenzielle Freunde zu reden.

Dies war auch der Grund, weshalb sie Tim anfangs vor ihren Eltern verschwiegen hatte. Denn als Marleen zufällig von der Beziehung Wind bekam, wollte sie sofort jedes Detail wissen, und Lara fühlte sich zunehmend unter Druck gesetzt. Daher beendete sie die Beziehung, weil sie keine Geduld oder besser keine Lust hatte, etwas in die Beziehung zu investieren. Noah kannte sie erst seit gestern, und sie wusste selber nicht, wohin sie dieses Abenteuer führen würde. Es war einfach noch viel zu früh. Sie konnte und wollte nicht darüber reden. Lara hatte wahnsinnige Angst, ihn deswegen zu verlieren. Noah war anders als die meisten Männer, die sie bisher kennengelernt hatte. Sie wünschte sich nichts sehnlicher, als dieses Mal erwachsen genug zu sein, um für diese Beziehung zu kämpfen.

Lara schüttelte den Kopf. Sie konnte selbst nicht glauben, was sie da gerade dachte. Noah hatte sich gerade erst von seiner Freundin getrennt, und wahrscheinlich stürzte er sich nur in ihre Arme, um von seinem Kummer abgelenkt zu sein. Für ihn bedeutete die letzte Nacht vielleicht nichts weiter als Spaß und Ablenkung. Laras Herz wurde schwer, sie wusste nicht mehr, wo ihr der Kopf stand. Hätte Noah Interesse an ihr und einer Beziehung, dann hätte er ihr wenigstens seine Telefonnummer hinterlassen. Sie wusste noch nicht einmal, wo er überhaupt wohnte. Schließlich hatte er sie dahingehend angelogen, und das vor allem, um sie offensichtlich ins Bett zu bekommen.

Lara fühlte, wie sich ihr Magen wieder zusammenzog. Wie konnte sie nur so dumm gewesen sein und sich ihm vollends hingeben! Was hatte sie sich nur dabei gedacht? „Verliebt aussehen" – dass sie nicht lachte! Charly hatte ja keine Ahnung, auch wenn sie meinte, er hätte Lara schmachtend angesehen und den ganzen Abend nur Augen für sie gehabt. Vielleicht war es nur ein billiger Trick gewesen, um sie ins Bett zu bekommen. Selbst zum Lügen schien er sich nicht zu schade zu sein. Lara hasste Lügen und machte nie ein Geheimnis daraus, dass sie Lügner verachtete und für feige hielt. Nun hatte sie sich ausgerechnet in so jemanden verliebt und konnte nichts dagegen tun. Wieder schüttelte sie unbewusst ihren Kopf und versuchte, den Gedanken zu verjagen.

„Lara! Wer ist denn nun der Glückliche?", wollte Marleen zum wiederholten Male von ihrer Tochter wissen.

„Niemand, Mama! Charly hat da ein bisschen zu viel hineininterpretiert." Wieder warf sie ihrer Freundin einen strafenden Blick zu, und Charly duckte sich, als könnten Laras Augen sie sonst böse treffen.

„Na gut, ich mach dann mal los", gab Charly knapp in die Runde und bedankte sich für den leckeren Kuchen. Sie schob die Eile auf den Besuch ihres Bruders und seiner Familie.

Lara begleitete sie noch bis zum Auto und fragte auf dem Weg dorthin: „Was sollte das denn eben? Du weißt ganz genau, dass ich es hasse, meinen Eltern vorschnell von irgendjemandem zu erzählen!"

Charly schüttelte genervt den Kopf. „Mensch, Lara, wach endlich mal auf! Du versaust dir dein Glück wieder selbst mit all deinen Zweifeln. Lass doch mal zu, dass dich jemand glücklich macht! Und da ist es auch nicht verboten, deine Eltern mit einzuweihen."

Lara schnaubte: „Natürlich ist das nicht verboten, und glaub mir, ich würde ihnen lieb und gern ihren zukünftigen Schwiegersohn vorstellen, aber Noah und ich kennen uns doch gerade erst seit gestern! Was soll denn bitte die Eile?"

Charly glaubte, sich verhört zu haben, und entgegnete ihr scharf: „Sag mal, hast du unsere Unterhaltung von vorhin schon komplett vergessen? Du bist so was von verknallt, und ich würde meinen Hintern darauf verwetten, dass er mindestens genauso, wenn nicht sogar noch mehr, in dich verliebt ist! Ich habe dir doch von seinen Blicken und seinem Verhalten erzählt, wovon du offensichtlich nichts mitbekommen hast, weil du ja selber auf Wolke sieben schwebst!"

Lara beruhigte sich langsam wieder und war sich über den Inhalt des Gespräches sehr wohl bewusst. Da waren sie wieder, ihre Selbstzweifel, jene, die sie bisher nicht nur einige Beziehungen gekostet hatten, sondern auch ihre Kurzgeschichten und den Rest ihrer literarischen Ergüsse, weil sie sie aufgrund mangelnden Selbstvertrauens gelöscht hatte.

Mit weniger erregter Stimme gab sie, in einem versöhnlichen Ton zurück: „Schon gut, wahrscheinlich hast du recht. Wie immer eigentlich! Tut mir leid, dass ich dich angeschrien habe, es ist nur … Ich … ach, ich weiß auch nicht. Ich bin einfach eine dumme Kuh!" Charly musste lachen und versicherte Lara, dass sie sicherlich keine dumme Kuh wäre, jedoch manchmal stur wie ein Esel sei. „Deinen hübschen Hintern behältst du mal lieber für dich! Ich glaube dir auch so, und sollte Noah auf die Idee kommen, sich bei mir zu melden, werde ich versuchen, ihn nicht sofort wieder zu verscheuchen!" Herzlich umarmten sich beide und waren froh, dass sie ihre Unstimmigkeiten bereinigen konnten.

Charly hatte womöglich recht.

Lara musste nur ein wenig Geduld haben, und vielleicht war das Glück oder – besser – die Liebe ja dieses Mal auf ihrer Seite.

Lässig setzte sich ihre Freundin die viel zu große Sonnenbrille auf, zündete sich eine Zigarette an und ließ den Motor aufheulen. Lara musste lachen und winkte ihr zum Abschied. Charly legte den ersten Gang ein und ließ die Kupplung kommen. Gerade als sie mit aufheulendem Motor und cooler Pose losfahren wollte, würgte sie den Motor ab und verlor durch den Ruck die brennende Zigarette. Erschrocken hielt sich Lara beide Hände vor das Gesicht und riskierte einen Blick durch ihre gespreizten Finger. Charly hatte mit der Zigarette auf dem Schoß zu kämpfen, und als sie sie endlich erwischte, schob sie sich den geknickten Stängel wieder übertrieben lässig in den Mund.

Ihre Sonnenbrille war durch den Vorfall nach vorne auf die Nasenspitze gerutscht, und Lara wunderte sich, wie Charly es schaffte, dass sie nicht herunterfiel. Sie schüttelte den Kopf und musste sich ein Lachen verkneifen. Charly gab immer noch vor, die Sache im Griff zu haben, und versuchte dabei, so cool wie möglich zu wirken. Nach kleineren Problemen beim Ausparken fuhr sie endlich lautstark davon, die geknickte Zigarette noch immer zwischen den Lippen und die Sonnenbrille auf ihrer Nase.

Lächelnd kehrte Lara zu ihren Eltern zurück und leerte schweigend ihre Tasse Kaffee. Ihre Mutter versuchte noch einmal, mehr über den Unbekannten zu erfahren, ließ es dann aber sein, als sie bemerkte, dass ihre Tochter nichts erzählen würde.

„Mama, ich mache mich jetzt auch los und rufe die Woche mal an." Lara nahm ihre Tasche und drückte Marleen zum Abschied. Christoph lag auf einer der Sonnenliegen, und sein monotones Schnarchen verriet ihr, dass er nichts von ihrem Abschied wahrnahm. Sie küsste ihren Vater auf die Stirn und schlenderte dann zu ihrem Mini.

Lara liebte ihren kleinen Flitzer und erfreute sich jeden Tag aufs Neue an ihm. Als Hertha ihr eine großzügige Summe von 36 500 Euro hinterlassen hatte, konnte Lara ihr Glück kaum fassen. Sie war als Alleinerbin eingetragen, was ihr allerdings den

Zorn der Nichte einhandelte. Keine drei Tage nach Herthas Tod war das komplette Haus, in dem sie so lange gelebt hatte, vollständig leer geräumt – inklusive eines Moulin-Rouge-Gemäldes, das Lara immer so sehr geliebt hatte. Zu ihrem Glück hatte Hertha ihr auch dieses Bild vermacht, und somit bekam sie es zum Schluss doch noch, wenn auch auf Umwegen.

17.

Einige Wochen nach Herthas Tod und dem damit verbundenen, schmerzhaften Verlust, war Lara nicht nur in eine eigene Wohnung gezogen, sondern kaufte sich wenig später auch den Mini Cooper S.

Ihr alter Opel Corsa A hatte ein für alle Mal den Geist aufgegeben, und von einer Reparatur wurde ihr mehr als abgeraten. Sie hatte sich eine Menge Geld zusammengespart, doch mit dem Erbe von Hertha konnte sie sich nun auch größere Sprünge leisten. Lara ließ sich ein gutes Angebot machen und kaufte sich den Mini Cooper S mit allen Extras. Das Dach zierte eine Union-Jack-Flagge, die Seitenspiegel waren verchromt, und sie hatte sich sogar spezielle Felgen gekauft.

Normalerweise hasste sie aufgemotzte Autos, doch ihre Liebe zu London ließ sie darüber hinwegsehen, und am Ende war sie mehr als zufrieden mit dem Ergebnis. Als sie mit vierzehn Jahren das erste Mal nach London zu einer Sprachreise gefahren war, war sie hingerissen gewesen. Lara hatte sich sofort in diese Stadt verliebt und genoss die zwei Wochen in vollen Zügen. Nur eines hasste sie an dieser großen Weltstadt, und das waren die vielen Kameras. An jeder Ecke, in jedem Pub, ja sogar im Hotel war man nicht mehr unbeobachtet. Dies hatte Lara zu der damaligen Zeit am eigenen Leib zu spüren bekommen und hätte dabei fast die erste Nacht mit Charly zusammen auf der Straße übernachten müssen.

Nach zwanzig Stunden Busfahrt erreichten sie endlich das Hotel, wobei man diese Absteige sicherlich nicht als Hotel bezeichnen konnte. Doch der Sprachlehrer, welcher selbst erst Ende zwanzig war und nicht viel Ahnung vom Umgang mit Jugendlichen hatte, beteuerte, dass dies das richtige Hotel sei, und checkte für die Schüler ein.

In Wahrheit war das schäbige Gebäude ein umgebautes Gefängnis, in dem aber nicht wirklich viel umgebaut worden war.

Die Gitterstäbe vor den Fenstern wurden einfach abgerissen und hinterließen klaffende Löcher in den Wänden. Angeekelt von dem muffigen Geruch und den dreckigen Wänden, warf Lara ihre Reisetasche auf das Bett, welches den gesamten Raum einnahm. Kaum hatten sie sich ein wenig umgeschaut, klopfte Harald, ihr Sprachlehrer, an der Tür und ließ die Mädchen wissen, dass es in einer Viertelstunde Abendessen gäbe.

Das „Dinner" stellte sich als total widerlich heraus, und Lara verschmähte das Erbsenmus mit Ketchup. Das Hühnchen probierte sie zumindest, bereute es aber sofort.

Am späten Abend lagen Lara und Charly endlich im Bett, doch an Schlaf war nicht zu denken. Ihr knurrte der Magen, und ihrer Freundin war schlecht vom Essen. Als sie Stimmen von draußen hörten, stürmte Lara zum Fenster und schob es nach oben auf. Dies war alles andere als leicht, und das Quietschen beim Öffnen verriet ihr, dass hier wohl seit Längerem nicht mehr gelüftet worden war. Obwohl sie sich im vierten Stock befanden, hätte sie problemlos aus dem Fenster steigen und zu den Fremden Leuten hinüberlaufen können, denn unter dem Fenster befand sich das Dach des großen Speisesaals.

Aber Lara entschied sich, vorher etwas anzuziehen, denn nur mit einem Pyjama bekleidet neue Kontakte zu knüpfen, wäre sicherlich eine peinliche Angelegenheit geworden. Nachdem auch Charly sich etwas übergezogen hatte, folgte sie Lara zum Fenster und rief in die Dunkelheit: „Hello!"

Sie brauchten nicht lange zu warten, und schon bekamen die beiden Freundinnen eine Antwort. Jedoch verstanden sie nicht ein einziges Wort. Das waren weder Engländer noch Deutsche, vielleicht Holländer, dem Akzent nach zu urteilen. Lara versuchte sich in ihrem Schulenglisch, doch nachdem beide Parteien geklärt hatten, dass es ihnen gut ginge und sie aus Deutschland beziehungsweise Holland kämen, war es mit dem Small Talk vorbei.

„Na ja, hoffentlich bringt die Sprachreise etwas, denn viel habe ich nicht verstanden!", sagte Lara enttäuscht.

„Ach komm! Die konnte man einfach nur schwer verstehen. Ich weiß ja nicht, was die für Englisch in der Schule lernen", munterte sie Charly auf und schlug vor, statt einer Unterhaltung etwas zu singen.

Lara schaute ihre Freundin skeptisch an: „Warum willst du denn singen? Die denken bestimmt, wir haben einen an der Klatsche, wenn wir anfangen, über das komplette Gelände hinweg zu singen."

Charly schüttelte energisch den Kopf und meinte dann: „Quatsch! Jeder weiß doch, dass Singen das Eis brechen kann, und wenn wir ein bekanntes Lied anstimmen, welches sie auch kennen, warum sollten sie dann nicht mitsingen?"

Lara überlegte kurz, und ehe sie sich dessen versah, fing sie plötzlich an zu singen:

„*Yesterday, all my troubles seemed so far away …*"

Charly huschte ein Lächeln über die Lippen, und sie stieg mit ein:

"*Now it looks as though they're here to stay.
Oh, I believe in yesterday …*"

Laras Herz schlug wie wild, und sie musste sich ein hysterisches Lachen verkneifen. Charly schien mindestens genauso aufgeregt zu sein, und gerade, als sie dachten, sie hätten sich vollkommen blamiert, begann plötzlich einer der Holländer auf der anderen Seite des Gebäudes weiter zu singen:

„*Suddenly, I'm not half to man I used to be,
There's a shadow hanging over me.*"

Klatschend vor Freude stimmten die beiden Mädchen und der Rest der Holländer mit ein:

„*Oh, yesterday came suddenly …*"

Als Lara und Charly bemerkten, dass die Holländer ebenso begeistert waren wie sie, kletterten sie aus ihrem Fenster und liefen quer über das Dach, um neue Bekanntschaften zu schließen.

Die zwei Mädchen wurden freudig begrüßt, und mit Händen und Füßen versuchten sie, sich zu verständigen. Keine fünf Minuten später klopfte es lautstark an der Tür, und erschrocken blickten die Jugendlichen in diese Richtung. Die Holländer kletterten schnell wieder in ihr Zimmer, und einer der Jungs öffnete vorsichtig die Tür. Gerade als er einen Blick nach draußen riskieren wollte, wurde er unsanft zur Seite gestoßen, und zwei Wachmänner stürmten in das Zimmer. Lara und Charly verstanden ihr Englisch sehr gut und wussten sofort, dass sie nun in großen Schwierigkeiten steckten. Wortlos kletterten auch die beiden Mädchen durch das Zimmerfenster der Holländer und folgten den Wachmännern.

Sie wurden in einen Raum, welcher mit mindestens zehn Bildschirmen ausgestattet war, geführt, und sofort begann ein dritter Wachmann, die beiden zu beschimpfen. Immer wieder beteuerten Lara und Charly, dass sie nichts Unrechtes getan hatten und dass hier sicherlich ein Missverständnis vorliegen müsse. Aufgebracht sagte der Wachmann: „Ich frage euch ein allerletztes Mal! Seid ihr auf dem Dach gewesen, ja oder nein?"

Lara wusste, dass es an der Zeit war, die Wahrheit zu sagen, jedoch behauptete Charly genau in dieser Sekunde, dass es definitiv nicht so war. Kopfschüttelnd drehte sich der Mann zu einem der Bildschirme um, drückte eine Taste auf seiner Fernbedienung, und entsetzt konnten sich die beiden Freundinnen auf dem Bildschirm wiedererkennen. Man sah ganz deutlich, wie sie erst gesungen hatten, dann aus ihrem Fenster geklettert und quer über das Dach zu den Holländern gelaufen waren.

Lara hielt sich die Hand vor ihre Stirn. Das durfte alles nicht wahr sein! Wie konnten sie in so kurzer Zeit in solchen Schlamassel geraten?

Keine zehn Minuten später standen die beiden mit ihren Reisetaschen vor dem Hotel und wussten weder ein noch aus. Zum Glück kam wenige Minuten nach ihrem Rausschmiss der

Sprachlehrer um die Ecke und schaute sie verwundert an. „Ihr seid doch mit mir hier?", wollte er von den zwei Mädchen wissen und war offensichtlich angetrunken. Lara erklärte ihm kurz den Sachverhalt, und er hatte Mühe und Not, die beiden wieder im Hotel einzuquartieren.

Charly und sie mussten sich persönlich bei den Wachmännern entschuldigen und versichern, dass sie nicht wieder aus dem Fenster klettern würden. „Wahrscheinlich bekommen wir jetzt ein Zimmer, wo draußen die Gitterstäbe noch befestigt sind!", flüsterte Lara ihrer Freundin heimlich ins Ohr und war heilfroh, dass sie die Nacht nicht draußen verbringen mussten.

Die darauf folgenden vierzehn Tage waren nicht weniger abenteuerlich, jedoch verlief diese Zeit ohne weitere Probleme.

Lara liebte diese Stadt, die Menschen, die hier lebten, das ganze Drumherum und wäre am liebsten gleich dageblieben. Das war natürlich nicht möglich, und somit lebte sie ihre Verbundenheit mit dieser Stadt dadurch aus, dass sie zu rebellieren begann: Sie kaufte sich massenweise Anstecker und verzierte damit all ihre Klamotten, was Marleen fast wahnsinnig machte. Als Nächstes ließ sie sich ein Bauchnabelpiercing stechen und kopierte sich massenweise CDs von ihrem Vater. Christoph freute sich über den neuen Musikgeschmack seiner Tochter und stellte ihr all seine Queen-, The-Who-, Status-Quo- und Beatles-Alben zur Verfügung. Weitere Musikalben, wie die von „Take That" oder „Oasis", kaufte sich Lara von Herthas „Taschengeld" und zierte ihr Zimmer mit Postern von der Tower Bridge oder dem bekannten Markenzeichen der Gruppe „The Who".

Mittlerweile war Lara vernünftiger geworden, doch ihre Sympathie für London hatte nicht abgenommen. Ihren Wohnzimmertisch hatte sie mit einer Folie, auf der die Union-Jack-Flagge und die Unterschriften von allen „Oasis"-Bandmitgliedern zu sehen war, verschönert und hatte sich nun den Traum von einem Mini Cooper S verwirklicht.

Lara stieg in ihren Flitzer und sauste davon. Wenige Minuten später bog sie in ihre Straße, und gerade, als sie den Schlüssel für die Tiefgarage aus ihrer Tasche zog, trat sie mit voller Wucht auf die Bremse. Mit quietschenden Reifen kam Lara zum Stehen und starrte wie benommen nach rechts. Neben ihr stand Noah vor seinem Auto und lächelte sie freudig an.

Sofort begann sie zu zittern, ihr gesamter Körper bebte, und sie musste sich zwingen, vor Freude nicht laut aufzuschreien. Als ein Autofahrer hinter ihr lautstark Gebrauch von seiner Hupe machte, fuhr sie abermals erschrocken zusammen. Lara drehte sich um und winkte den verärgerten Fahrer vorbei, während sie die Warnblinkanlage einschaltete. Anschließend stieg sie schüchtern aus ihrem Auto und lief direkt auf Noah zu.

Er hielt einen Strauß mit weißen Spraynelken, Septemberkraut und einem Blütenmeer von gelben Santini in den Händen und schien mindestens genauso aufgeregt wie sie. Vor Anspannung hielt Noah den Atem an und starrte dabei erwartungsvoll zu ihr hinüber. „Seit wann bist du denn hier?", fragte Lara und stand ihm nun gegenüber.

Noah schaute auf seine Armbanduhr und antwortete: „Seit knapp zwei Stunden. Aber das Warten hat sich gelohnt, du siehst toll aus!" Er streckte ihr den wunderschönen Blumenstrauß entgegen und schaute schüchtern in ihre Augen.

„Du siehst auch gut aus … äh, ich meine: Du hättest doch nicht so lange auf mich warten müssen. Was wäre denn gewesen, wenn ich den ganzen Tag weggeblieben wäre?"

Noah hob und senkte seine Schultern, um darauf hin zu antworten: „Bist du aber nicht! Und wenn schon, ich hätte auch den ganzen Tag auf dich gewartet! Ich musste ununterbrochen an dich denken, da hab ich mich nur schnell umgezogen und ein paar Anrufe erledigt. Dann bin ich wieder hergefahren."

Lara lächelte ihn verliebt an und war überglücklich, dass sich ihre Zweifel nicht bestätigt hatten. Ganz im Gegenteil: Es lief noch besser, als sie sich es gewünscht oder vorgestellt hatte. „Du bist süß!" Während Lara ihm das sagte, näherte sie sich Noah und gab ihm einen zärtlichen Kuss. Er schloss seine Augen und genoss jede Sekunde, in der er ihre weichen Lippen auf seinen spürte. Als sich ihre Lippen voneinander lösten, schauten sie sich tief in die Augen, und er nahm sie ganz fest in seine Arme.

Behutsam drückte Noah sie an seine Brust, und Lara fühlte sich geborgen wie nie zuvor.

Kurz darauf parkte sie ihren Wagen in der Tiefgarage, und zusammen fuhren sie im Fahrstuhl in den fünften Stock. Während der Fahrt nahm Noah ihre Hand und drückte sie leicht. Sie lächelte und warf einen bewundernden Blick auf den bunten Strauß. „Die Blumen sind wunderschön, einfach großartig! Ich mag die Zusammenstellung, nur muss ich dir leider beichten, dass ich nicht gerade einen ‚grünen Daumen' habe! Spätestens übermorgen sind sie wahrscheinlich schon verwelkt oder verdorrt."

Noah musste lachen und korrigierte sie dann: „Das ist ja wohl untertrieben, glaub mir: Ich habe deine Pflanzen heute gesehen, und du hast wahrscheinlich eher einen ‚blauen Daumen' als alles andere!"

Mit gespielt beleidigter Stimme gab sie ihm schmunzelnd zurück: „Wie bitte? Also, mein lieber Freund, ich glaube, du bist ein bisschen zu übermütig, findest du nicht auch?"

Doch Noah gefiel das Necken und somit antwortete er ihr ein wenig spitz: „Nein, das kann ich so nicht bestätigen. Aus mir spricht die reine Wahrheit, und auch wenn du das bestimmt nicht gerne hörst, bin ich der Meinung, du leistest deinen Pflanzen aktive Sterbehilfe!"

Lara musste lauthals lachen und gab sich dann geschlagen: „Du hast ja recht, aber ich verspreche, deinem Blumenstrauß besondere Aufmerksamkeit zu schenken, damit ich mich noch die ganze nächste Woche daran erfreuen kann!"

Noah lächelte, und gerade, als er sich zu ihr hinüberbeugen wollte, um sie zu küssen, öffnete sich die Fahrstuhltür.

Als beide kurz darauf in die Wohnung gelangten, meinte Noah: „Du magst also England. Hab ich recht?" Während er ihr diese Frage stellte, blickte Noah zu dem Wohnzimmertisch und dann zu Lara.

„Ja, erwischt! Vor allem London hat es mir angetan, aber ich würde auch gern mehr von England sehen. Na ja, später vielleicht einmal", sagte sie fast geistesabwesend, während sie eine Vase aus dem Schrank nahm. Noah überlegte, ihr von seinen Umzugsplänen zu erzählen, denn womöglich war jetzt die perfekte Gelegenheit dazu. Jedoch hatte er Angst, es könnte zu früh sein, und sie würde sich von ihm abwenden. Schweren Herzens schob er diesen Gedanken beiseite und versuchte, sich abzulenken.

Nachdem Lara Wasser in die Vase gefüllt und die Blumen darin drapiert hatte, setzten sie sich auf den Balkon und genossen die wunderbare Aussicht und ihre gegenseitige Anwesenheit. Die beiden redeten den ganzen Tag, und als es langsam dunkel und kühler wurde, mummelten sie sich in Decken ein und verteilten auf dem gesamten Balkon Kerzen. „Hast du Hunger?", wollte Lara wissen und bewunderte seine dunklen Knopfaugen.

„Ja", antwortete Noah knapp und erwiderte ihren Blick.

„Gut, dann … also, ich hol dann mal was … ich komme gleich wieder!", stammelte sie und verschwand in der Küche.

Nach wenigen Minuten kam sie mit einem Korb wieder. Sie stellte ihn auf dem kleinen runden Tisch ab und mummelte sich sofort wieder in ihre Decke. Noah schaute neugierig nach und holte lächelnd eine Flasche Wein aus dem Korb. „Aha, Flüssignahrung. Habe ich es mir doch gedacht! Du versuchst, mich betrunken zu machen!"

Lara winkte ab und meinte dann: „Nicht betrunken. Willig!"

Noah grinste sie frech an und nickte, als hätte er diese Antwort erwartet. Außer dem Wein hatte Lara noch zwei kleine Teller sowie Gläser, Besteck, Frischkäse, Schinken, Lachs, Camembert und ein großes Baguette hineingetan. Noah brach ein Stück Brot ab und schmierte den Frischkäse darauf. Dann reichte er es Lara, sie biss ein Stück davon ab und verzog dabei ihr Gesicht, als müsste sie sich unglaublich anstrengen.

„Mmh, ist lecker, aber das Baguette ist ein bisschen hart." Noah tat es ihr gleich und probierte von dem Brot. Ihm schien es sehr zu schmecken, denn im Nu hatte er das ganze Stück verputzt.

„Also ich finde es gut!", murmelte er mit zufriedenem Gesichtsausdruck, bevor er den Rest hinterschluckte. Beide spülten mit einem Schluck Wein nach, und Lara reichte Noah ein Stück von dem Camembert. Nachdem sie das ganze Baguette und fast den gesamten Aufschnitt verspeist hatten, saßen sie glücklich nebeneinander und betrachteten die Sterne. Noah füllte beide Gläser noch einmal nach und leerte die Flasche damit. „Lara, ich glaube, das mit uns ist etwas ganz Besonderes!", sagte er plötzlich und war fast genauso überrascht wie sie. „Ich weiß, du wirst mich wahrscheinlich für völlig übergeschnappt halten, aber … es ist einfach … es ist, als würde ich dich schon ewig kennen! Ich wünsche mir nichts mehr, als mit dir zusammen zu sein!"

Bei jedem anderen Typen wäre Lara spätestens jetzt wieder davongerannt. Doch seltsamerweise verspürte sie absolut keinen Druck oder Angst. Es war vielmehr, als würde Noah ihr aus der Seele sprechen. Sie nahm seine Hand, drückte sie an ihre Wange und sagte zu ihm: „Ich weiß, Noah! Ich habe mein ganzes Leben auf dich gewartet!" Sie leerten nicht einmal mehr ihre Gläser, stattdessen gingen sie Hand in Hand in die Wohnung und begannen, sich leidenschaftlich zu küssen. Er hob Lara hoch und legte sie sanft auf das Bett. Langsam streifte er ihr erst ihre dünne Strickjacke und anschließend ihr Kleid ab. Lara lag halb nackt auf ihrem Bett und genoss jeder seiner Berührungen und Liebkosungen. Während Noah ihren Hals mit leidenschaftlichen Küssen bedeckte, öffnete er ihren BH und streifte die Träger langsam von ihren Schultern. Ihre Brüste entblößten sich vor seinen Augen, und er schaute sie voller Bewunderung an. Noah umstreichelte sie voller Zärtlichkeit und versicherte Lara, dass er in seinem Leben noch nie solch wunderschöne Brüste berührt habe. Geschmeichelt drehte sie ihren Kopf beiseite, lächelte glücklich und schloss erneut ihre Augen, um seine Berührungen noch genauer wahrzunehmen und zu genießen. Noah wanderte von ihren Brüsten hinab zu ihrem flachen Bauch und ließ seine Hand auf ihrem Venushügel ruhen. Lara musste sich ein Stöhnen verkneifen, hob ihre Hüfte und senkte sie wieder. Gerade als er seinen Pullover über den Kopf zog, richtete sich Lara auf und umfasste seinen breiten Oberkörper. Sie umspielte seine Brustmuskeln mit den Fingern und glitt dann langsam zu seiner Hose. Sie öffnete die Gürtelschnalle und anschließend die Knöpfe seiner Jeans. Noah saß da und beobachtete jede ihrer Bewegungen.

Er schlüpfte aus seiner Hose und gab damit den Blick auf seine Erektion frei. Lara lächelte Noah an und nahm seinen Kopf in beide Hände. Sie küsste ihn innig und zog ihn dabei immer näher an sich heran. Er hätte ihr am liebsten sofort gesagt, dass er sie liebte, doch er hielt sich zurück, auch wenn es ihm unendlich schwerfiel. Sie liebten sich leidenschaftlich und noch zärtlicher als die Nacht zuvor und schliefen selig nebeneinander ein.

Die nächsten drei Wochen verbrachte Noah jeden Tag und jede Nacht bei Lara. Sie waren nur voneinander getrennt, wenn sie zur Arbeit ging und er in die Uni fuhr. Sobald ihre Schicht vorbei war, stand er vor der Apotheke und wartete bereits sehnsüchtig auf sie. Jeden Tag aufs Neue spürten sie, wie sehr sie sich vermissten, als sie durch die Arbeit voneinander getrennt waren. Abends konnten beide nicht genug voneinander bekommen und genossen jede Sekunde ihrer Zweisamkeit. Noah hatte inzwischen fast alle Vorkehrungen für seinen Londonaufenthalt getroffen und wusste, dass es Zeit war, Lara endlich in seine Pläne einzuweihen.

Sie hatte gerade ein heißes Bad für sich und Noah eingelassen, nachdem sie im Alaunpark in einen heftigen Regenschauer gekommen und bis auf die Unterwäsche durchnässt waren. Noah entschied sich, Lara noch heute von dem geplanten Umzug zu erzählen. Sie saßen sich in der großen Wanne gegenüber, und jeder nippte an seiner heißen Schokolade, als er plötzlich das Wort ergriff: „Lara, ich muss dir unbedingt etwas sagen."

Sie bemerkte sofort, dass er etwas auf dem Herzen hatte, und entgegnete ihm: „Was denn? Sind es gute oder schlechte Neuigkeiten?"

Noah hob und senkte seine Schultern und meinte dann: „Na ja, beides, würde ich sagen. Für meine Karriere ist es sicherlich sehr gut, aber für uns beide ist es wohl eher eine schlechte Nachricht."

Nun packte Lara ein unwohles Gefühl. Sie stellte ihre Tasse ab und musterte ihn ernst. „Was ist los, Noah? Was meinst du damit, dass es nicht gut für unsere Beziehung ist?"

Er rutschte nervös hin und her und stellte dann ebenfalls seine Tasse ab. „Lara, ich muss für einige Zeit nach London."

Ihre Augen weiteten sich, und sofort verzogen sich ihre Lippen zu einem Lächeln. „Was? Na, das ist doch toll! Du weißt doch, wie sehr ich diese Stadt mag. Dann komme ich dich besuchen, und wir machen uns eine schöne Zeit. Ich habe eh noch so viele Urlaubstage!" Ein schwaches Lächeln umspielte seine Lippen, und Noah ergriff Laras Hände, um sie zu küssen. „Wie lange ist denn eigentlich ‚einige Zeit'?" Sie starrte ihn erwartungsvoll an, und in ihrem Bauch spürte sie ein unangenehmes Gefühl.

„Mindestens ein halbes Jahr", gab er knapp zurück und musterte ihren Blick. Lara zog ihre Hände zurück und lehnte sich langsam, wie in Trance, zurück. „Lara, sag doch bitte was!", flehte Noah und hielt die anhaltende Stille kaum aus. Lara versuchte, sich zusammenzureißen. Sechs Monate – was war das schon? Zwar war sie nie der Typ für eine Fernbeziehung, jedoch lag ihr viel zu viel an Noah und dieser besonderen Beziehung, als sie deswegen einfach aufzugeben.

Lara schaute ihn ernst an und fragte dann: „Und wann soll es losgehen?" Sie hatte keine genaue Vorstellung, was sie erwartet hatte. Doch was er ihr dann antwortete, schockierte sie dermaßen, dass sie nicht in der Lage war zu sprechen.

„In einer Woche", sagte Noah traurig und senkte seinen Kopf. Lara hielt ihren Atem an, sie musste sich verhört haben. Sie hatte mit einer mehrmonatigen Frist gerechnet und gehofft, dass sie vielleicht sogar noch mehr Zeit hatten, aber eine Woche war einfach viel zu kurz.

Als Lara auch nach Minuten des Schweigens nicht die geringsten Anstalten machte, etwas zu sagen, rutschte Noah etwas näher an sie heran. Erneut nahm er ihre Hände in seine. „Lara, bitte schau mich an! Ich weiß, ich hätte es dir eher sagen müssen. Das habe ich ja auch versucht, aber ich fürchtete so sehr, dass du mich dann eventuell nicht mehr sehen wolltest." Sie schien wie in Trance und nahm seine Worte nur langsam wahr. Plötzlich schüttelte sie langsam ihren Kopf und versuchte, ihm etwas zu entgegnen, doch ihre Lippen blieben stumm. „Es tut mir so leid! Ich weiß, ich bin ein Idiot, aber ich hatte ehrlich wahnsinnige Angst, dich deswegen zu verlieren. Bitte versuche, mich zu verstehen!" Als Lara realisierte, dass er Tränen in den Augen hatte, zwang sie sich zu einem Lächeln, das ihr jedoch nicht gelang. Stattdessen rannen ihr selbst Tränen über ihre roten Wangen, und sie begann zu schluchzen. Noah zog sie an sich, soweit es möglich war, und hielt ihren Kopf mit beiden Händen an seine Brust. Er wusch sich mit seinem Handgelenk eine Träne von der Wange, die sich ihren Weg aus seinem Auge erkämpft hatte. „Es tut mir leid!", murmelte er immer wieder und wünschte sich, nicht gehen zu müssen. Doch er hatte keine Wahl, und das wusste er auch. Noah hoffte sehnlich, Lara würde es ihm verzeihen, dass er ihr erst so spät Bescheid gegeben hatte, und mit ihm um diese Beziehung zu kämpfen. „Egal, wie du dich entscheidest, Lara, ich werde um dich und unsere Liebe kämpfen!"

Sie löste sich von seiner Schulter und schaute ihn durch Tränen an: „Was glaubst du denn, wie ich mich entscheide und wofür? ... unsere Liebe? Du ..." Lara blickte ihn verwirrt an. „Unsere Liebe?", wiederholte sie noch einmal, noch immer schockiert von seinen Worten.

„Ja, Lara, unsere Liebe! Ich liebe dich! Und das ist auch der Grund, warum ich dir so lange nichts von London erzählt habe und warum ich so Angst habe, dich zu verlieren!"

Sie stand nun völlig neben sich. Sie hörte Noah zwar reden, doch es dauerte einige Zeit, bis sie seine Worte auch realisierte, und nachdem sie die Bedeutung endlich aufgenommen hatte, verzogen sich ihre Lippen zu einem Lächeln. „Ich liebe dich auch, Noah, und deswegen werde ich auf dich warten! Ich werde dich zwar jeden Tag wie verrückt vermissen, aber ich werde alles Mögliche tun, was nötig ist!" Kaum hatte sie diese Worte ausgesprochen, küsste er sie leidenschaftlich, und sein Herz machte große Sprünge vor Glück.

„Du bist einfach großartig, weißt du das eigentlich?", fragte er und schaute sie dabei liebevoll an. Sie lächelte schwach und streichelte sanft über seine glühenden Wangen. „Ich liebe dich wirklich!", sagte Lara und schaute Noah tief in die Augen.

„Ich dich auch!", entgegnete er ihr und küsste sie.

18.

Noch immer fühlte sie einen riesigen Kloß in ihrem Hals. Sie wünschte, Noah müsste nur für ein paar Wochen weg und am besten erst in einem Jahr. Sie hatte ihren Appetit verloren, und auch Noah wollte nichts essen.

Aneinandergekuschelt saßen sie nun schweigend auf der Couch. Es gab nichts zu sagen, Lara musste die Neuigkeit erst einmal verdauen. Ihr fehlten einfach die Worte. Noah hielt die Stille nicht mehr aus, denn ihn plagte das schlechte Gewissen, ihr nicht schon früher von seinen Plänen erzählt zu haben. „Möchtest du auch noch einen Kakao?", wollte er wissen und versuchte somit, das Schweigen zu brechen. Lara bemerkte jetzt erst, wie hungrig sie eigentlich war, doch ihr Appetit wehrte sich gegen diesen Gedanken. Ein Kakao war wahrscheinlich eine gute Idee, also nickte sie schwach. Noah lief in die Küche, und wenige Sekunden später konnte sie die Mikrowelle hören.

Nach drei Minuten kam er mit zwei heißen Tassen zurück und reichte ihr eine. Noah kuschelte sich neben sie unter die Decke und nippte an seinem Kakao. Wieder füllte sich der große Raum mit Schweigen. Lara machte keine Anstalten, etwas dagegen zu unternehmen, und somit ergriff Noah wieder als Erster das Wort. „Weißt du, was? Ich habe mal als kleiner Junge ein Thermometer in die Mikrowelle getan und sie damit, zum Ärger meiner Eltern, zerstört!"

Lara drehte sich zu ihm und lächelte ihn dabei an. „Und wieso? Deine Eltern müssen doch bestimmt ausgerastet sein?"

Noah lächelte zurück und war froh, dass er das Schweigen gebrochen hatte. „Na ja, ich wollte halt wissen, wie warm es tatsächlich darin wird; und als das Ding explodiert ist, hab ich statt einer Antwort nur riesigen Ärger bekommen."

Lara musste herzlich lachen und erzählte Noah von ihren ersten Erfahrungen mit einer Mikrowelle: Als sie 10 Jahre alt war, kauften sich ihre Eltern eine neue Küche mit allen Extras. Alle waren sofort von dem Wunderding begeistert, das mit elektromagnetischer Strahlung Wassermoleküle zum Schwingen brachte und so das Essen erhitzte. Lara und ihr Bruder Ben waren hin und weg. „Wie kann so ein komischer Kasten das Essen heiß machen, ohne von draußen selber warm zu werden?", fragten sich die neugierigen Geschwister immer wieder und standen während der ersten Woche wie gebannt bei jedem Benutzen vor der Mikrowelle und versuchten, eine plausible Erklärung zu finden. Christoph hatte sich im Internet schlaugemacht, um seinen wissensdurstigen Kindern eine Antwort zu geben. Lara verstand nur Bahnhof, und auch Ben konnte mit Wörtern wie „Magnetron", „energiereiche Wellen" und „Schwingungen" nur wenig anfangen. Christoph gab sich alle Mühe, doch erst, als Lara im Physikunterricht erklärt wurde, wie eine Mikrowelle tatsächlich funktioniert, verstand sie, was ihr Vater vergeblich versucht hatte zu vermitteln. Christoph verfluchte mittlerweile den überteuerten Kasten, denn seitdem Marleen ihm am Frühstückstisch ein „gekochtes" Ei serviert hatte und damit die gesamte neue Küche einsaute, hatte er genug davon.

An einem Sonntagmorgen nämlich deckte Marleen den Tisch, und gerade, als sie zwei Eier aus dem Kühlschrank holen wollte, entdeckte sie zwei gekochte Eier vom Vortag. „Auch gut", dachte sie sich und stellte sie samt Eierbecher in die Mikrowelle. Christoph würde gar nicht merken, dass sie nicht frisch gekocht sind, und Marleen hätte somit mehr Zeit, sich ihrer Zeitung zu widmen. Gerade als ihr Mann aus dem Bad in die Küche taumelte, signalisierte ihr die Mikrowelle, dass die Eier fertig waren. Kaum hatte er Platz genommen, servierte ihm Marleen sein Frühstücksei und setzte sich Christoph gegenüber. Laras Mutter nahm sich eines der Körnerbrötchen aus dem Brotkorb und teilte es in zwei Hälften. „Was ist denn los? Du isst ja gar nichts!", sagte Marleen zu ihm.

Christoph hob seine Hand und sagte: „Schhhh! Hörst du das nicht? Irgendetwas tickt hier!" Marleen lauschte, konnte aber nichts hören. „Ich glaube, das Geräusch kommt von dem

Ei!", entgegnete ihr Christoph und hielt sein Ohr ganz nah daran.

„Oh, oh ..." Kaum hatte Marleen sich zurückgelehnt, schaute Christoph auf und blickte sie misstrauisch an. „Wie – oh, oh?", wollte er wissen und warf wieder einen skeptischen Blick auf das Ei. Marleen lehnte sich immer weiter zurück, und Christoph wollte es ihr gerade nachmachen, als das Ei plötzlich explodierte und das Innere sich in der gesamten Küche verteilte. Erschrocken hielt sich Marleen die Hände vor das Gesicht. Christoph öffnete langsam seine Augen und sah sich benommen in der Küche um: Überall klebte Eigelb und strahlte einen frech an. Er schüttelte den Kopf und konnte es nicht glauben. Die Küche war keine zwei Wochen alt und schon völlig eingesaut, als hätten hier zig Vierjährige gekocht. Marleen entglitt ein hysterisches Lachen, während Christoph sich zwang, ruhig zu bleiben. Nach stundenlangem erfolglosen Putzen entschieden sie sich für eine neue Tapete.

Noah lachte und musste seinen Kakao abstellen, sonst hätte er vermutlich alles auf der Decke verteilt. „Dein Vater kann echt froh sein, dass er das Ei nicht gegessen hat. Den Fehler hab ich nämlich mal begangen und mir Verbrennungen ersten Grades zugezogen."

Lara hörte auf zu lachen und sah ihn mitleidig an. „Oh, du armes Ding!" Sie küsste Noah und versprach, ihn beim nächsten Mal als sexy Krankenschwester ordentlich zu umsorgen.

„Das klingt zwar verlockend, aber das lehne ich lieber ab!", entgegnete er ihr lachend, denn noch ein weiteres Mal wollte er solche Schmerzen nicht ertragen müssen. Lara musste lachen und bat Noah, ihr von der Geschichte zu berichten. Er begann, ihr davon zu erzählen, und sie hörte ihm neugierig zu. Noah hatte die gleiche Idee wie Marleen gehabt, jedoch hatte er es bis zum Schälen des Eies geschafft. Als er dann genüsslich hineinbiss, explodierte das Ei in seinem Mund und hinterließ schmerzhafte Blasen und Schwellungen. Der Doktor verschrieb Wassereis bis zum Umfallen, und seitdem hatte er von der erfrischenden Süßigkeit genug. Lara lachte und erzählte daraufhin von ihrem Bruder.

Als ihm ein Freund den Tipp gegeben hatte, wie leicht man Mädchenherzen gewinnen könne, indem man ganz romantisch Spaghetti für sie kochte, lud Ben eines zu sich nach Hause ein. Seit der fünften Klasse war er in Anne, seine Mitschülerin, verliebt. Nun zwei Jahre später sollte er ihr Herz gewinnen. Siegessicher öffnete er eine Packung Spaghetti, platzierte die Nudeln im Ganzen auf einem Teller und schaltete die Mikrowelle ein. Nach einem verräterischen Knistern und fürchterlichen Gestank schaltete er das Gerät ab und stellte mit Entsetzen fest, dass sein Plan nicht aufgegangen war. Statt romantischer Spaghetti Bolognese gab es dann Schnitte mit Leberwurst, die er in der Schule verschmäht hatte. Anne fand die Angelegenheit ziemlich süß, und bis zur neunten Klasse waren sie unzertrennlich. Als ein anderer Junge dann tatsächlich Spaghetti für sie kochte, die zudem auch noch genießbar waren, trennte sie sich von Ben und brach ihm damit sein Herz.

Noah musste schmunzeln, denn genauso hatte er sich Ben vorgestellt. Er hatte ihn zwar noch nicht persönlich kennengelernt, doch dank Laras Erzählungen hatte er schon eine genaue Vorstellung. Plötzlich sagte er: „Ich würde gerne deine Familie kennenlernen, bevor ich nach London gehe! Und ich möchte dich auch meinen Eltern so schnell wie möglich vorstellen."

Lara schaute ihn überrascht an. „Was, jetzt sofort? Na ja, also ich weiß nicht, also meine Familie … na ja, gut. Aber nicht sofort, also ich möchte … morgen?" Noah hatte Lara damit völlig überrascht, jedoch in einer positiven Art und Weise, denn sie konnte sich nicht erinnern, wann sie das letzte Mal ihren Eltern einen Mann vorgestellt hatte.

Am nächsten Morgen stand sie unschlüssig vor ihrem Kleiderschrank. Sie besaß Unmengen an Klamotten, fand jedoch nichts Passendes zum Anziehen. Noah beobachtete sie mit einem Lächeln vom Bett aus und tippte dann auf das gestreifte Sommerkleid im Retrolook. Er liebte das Kleid an ihr, es war trägerlos und schmeichelte ihrer zierlichen Figur und ihren wunderschönen Brüsten. An der Taille war ein weißer Stoffgürtel befestigt mit einer großen, eckigen Schnalle. „Da kann ich aber keinen BH drunterziehen!", protestierte Lara und suchte nach einer Bluse.

„Brauchst du doch auch nicht. Mein Vater wird sich sofort in dich verlieben, und meine Mutter ..."

Lara unterbrach ihn: „Und deine Mutter wird mir den Kopf abreißen."

Noah musste lachen. „Nein, das wird sie nicht. Sie wird dich genauso lieben wie mein Vater und wie ich!"

Lara zuckte mit den Schultern und nahm das Kleid vom Bügel. „Na gut, du hast gewonnen, aber wehe, dein Vater sabbert nachher!"

Noah lachte erneut und antwortete darauf: „Das kann ich nicht versprechen, aber ich nehme das Risiko gern auf mich." Sie stimmte in sein Lachen ein und hüpfte auf das Bett, direkt in seine Arme. Sie küssten sich verliebt, und für einen Moment vergaß Lara völlig, dass sie nur noch eine Woche gemeinsam hatten.

Noah parkte seinen Wagen direkt vor einem riesigen Haus. Als Lara realisierte, dass es sein Elternhaus war, musste sie erst einmal schlucken und zwang sich, tief ein- und auszuatmen. „Alles okay?", fragte Noah, als er bemerkte, wie aufgeregt sie war.

„Sag mal, was machen deine Eltern eigentlich beruflich?", wollte Lara schwer atmend wissen.

„Mein Vater ist Professor für Physik und lehrt an der Uni, und meine Mutter arbeitet bei Siemens in der Forschung."

Lara schaute ihn durch weit aufgerissene Augen ungläubig an. „Was? Physik?"

Noah zuckte mit den Achseln. „Ja, sie haben sich im Studium kennengelernt, und während mein Vater sich erst seinen Doktor- und dann den Professoren-Titel erarbeitet hat, ist meine Mutter mit mir schwanger geworden und hat dann nach dem Studium den Job bei Siemens angenommen."

Lara schloss ihre Augen und schüttelte langsam den Kopf. Sie befand sich in einem wahr gewordenen Albtraum. Sie hasste Physik, und nun war sie sich sicher, dass sie mit ihren Schwiegereltern in spe nichts gemeinsam hatte. Er bemerkte zwar ihr Zögern, schob es aber auf die Aufregung und nahm Lara bei der Hand.

Gemeinsam gingen beide durch das große Tor, und gerade, als sie die Haustür erreichten, öffnete ihnen Micha in Begleitung seiner Frau Vera die Tür. „Guten Morgen!", riefen ihnen beide fröhlich zu, und während Noah ihnen dasselbe wünschte, erwiderte Lara: „Ich hasse Physik!"

Micha und Vera schauten sich verwirrt an, um anschließend ihrem Sohn einen fragenden Blick zuzuwerfen. Lara schloss derweil die Augen und wünschte sich, im Erdboden zu versinken, als sie realisierte, was sie eben von sich gegeben hatte.

„Lara ist sehr aufgeregt. Ich wette, sie hat es nicht so gemeint", sagte Noah verzweifelt und musterte seine Freundin.

„Doch, habe ich, aber ich hoffe, Sie können das ganz schnell wieder vergessen!" Sie schaute die beiden entschuldigend an und hoffte, sie würden sie trotzdem hereinlassen.

Vera fing sich als Erste wieder und sagte: „Also ich finde deine ehrliche Art erfrischend, und du brauchst uns nicht zu siezen!"

Nun hatte auch Micha wieder ein Lächeln auf den Lippen und stimmte seiner Frau zu. „Ich bin der Micha, und meine Frau heißt Vera."

Lara atmete erleichtert auf, denn für eine Akademikerfamilie waren sie überaus locker und weit davon entfernt, abgehoben zu sein.

Nach der herzlichen Begrüßung führte Micha sie zu dem reich gedeckten Frühstückstisch. Laras Magen meldete sich sofort mit einem hörbaren Brummen, als sie all die Köstlichkeiten erblickte. Seit dem gestrigen Mittag hatten sie und Noah nichts mehr gegessen, und sobald sich Vera bei ihr erkundigte, was für eine Art Kaffee sie bevorzugte, machten sich die beiden Verliebten schon über die frischen Brötchen her. Micha schloss sich ihnen an, und als Vera sich mit den Tassen auf einem Tablett zu ihnen gesellte, hatte jeder der drei schon ein Brötchen verschlungen. Der Kaffee schmeckte himmlisch, und Lara musste sich zügeln, nicht nach einer dritten Tasse zu fragen. Aufgeregt berichtete Noah seinen Eltern, wie er sie kennengelernt hatte, und mit Begeisterung folgten Vera und Micha seinen Erzählungen. Sie freuten sich für die zwei und fanden Lara überaus sympathisch. Ihre Vorgängerin, Jacqueline, hatten sie dreimal gesehen und sich gefragt, was ihr Sohn mit so einem unmöglichen Mädchen am Hut hatte. Laras ehrliche Art, ihre Unabhängigkeit, ihr Humor und vor allem ihre Herzlichkeit gefielen den beiden auf Anhieb. Sie wünschten sich sehr, dass das kommende halbe Jahr wie im Fluge vergehen und sie die schwere Zeit gut überstehen würden.

Lara konnte nur schwer den vielen Leckereien auf dem Tisch widerstehen. Sie hatte drei Brötchen, eines mit Nutella, das andere mit einem unwiderstehlichen Blauschimmelkäse und das dritte mit hausgemachter Kirschmarmelade, verputzt. Danach folgten noch eine kleine Schüssel griechischer Joghurt mit Honig, ein großes Glas frisch gepresster Orangensaft, zwei Tassen Milchkaffee und ein voller Teller Obst. Sie war vollgestopft bis obenhin, und auch Noah sah aus, als würde er beim nächsten Atemzug platzen.

Während Lara beim Abräumen des Tisches half, wollte Noah von seinem Vater wissen, was er über seine neue Freundin denke. „Na ja, hübsches Mädchen, würde ich sagen. Und gut, dass wir jetzt jemanden haben, der in der Apotheke arbeitet, denn du weißt ja, beim letzten Familienfest ist Onkel Heinrichs Urinkatheter beim Tanzen kaputt gegangen, und du kannst dich ja bestimmt noch daran erinnern, was für eine Sauerei das war. Seitdem klappert seine Frau Martha jede Apotheke ab auf der Suche nach dem ultimativen Katheter."

Noah lachte und konnte sich natürlich noch sehr gut an den peinlichen Vorfall erinnern. „Wir konfrontieren sie vielleicht erst später mit den unangenehmen Einzelheiten!", schlug er seinem Vater vor und schaute Lara verliebt hinterher.

„Ich mag ihren Appetit. Sie ist nicht so ein Püppchen, die nie etwas essen. Und ich mag ihren Humor! Als sie von dem explodierten Ei erzählt hat, konnte ich mir ihren Vater bildlich richtig vorstellen." Wieder hielt Micha sich den Bauch vor Lachen, als er an die Geschichte denken musste. Noah freute sich, dass sein Vater offensichtlich mit seiner Wahl zufrieden war, und kurz darauf entschuldigten sich die zwei Verliebten und gingen in Noahs Zimmer.

Vera setzte sich zu ihrem Mann an den Tisch und schlug die Sonntagszeitung auf: „Hübsches Ding! Und so freundlich, die Kleine. Ich glaube, das ist für länger!", teilte sie ihrem Mann mit und lächelte Micha über die Zeitung hinweg an.

Noah öffnete seine Zimmertür und ließ Lara als Erstes eintreten. Staunend sah sie sich um und stellte verwundert fest: „Dein Zimmer ist ja riesengroß! Sag mal, wie viele Quadratmeter sind das denn? Das ist ja größer als meine gesamte Wohnung."

Noah musste lächeln und antwortete ihr: „66 m². " Lara konnte es kaum glauben, unter diesen Umständen wäre sie sicherlich nie von zu Hause ausgezogen. Das Zimmer war wie eine Wohnung eingerichtet, Schlaf- und Wohnteil separat, ein eigenes Bad; nur die Küche fehlte. Ihr gefielen die Snowboards an den Wänden. Zwei hatte er zur Dekoration hingehängt, ein drittes hatte er so befestigt, dass man es als Regal nutzen konnte. Seine Leidenschaft für den Sport war kaum zu übersehen, denn an der freien Wand in Richtung Balkon hing ein Mountainbike und über dem Schreibtisch ein riesiges Poster von einer wunderschönen Schneelandschaft. Sein großes Hochbett schuf ihm noch mehr Platz, den er durch ein kleines Sofa ausgefüllt hatte, das zum Lesen oder einfach nur Entspannen einlud. Das Bett hatte Noah selbst gebaut, wie er Lara stolz erklärte, und als Treppe zum Hochbett dienten ihm Regale in Quadratform, welche er an der Wand entlang übereinandergestapelt hatte. Ihr gefiel die Idee, und als er ihr versicherte, dass er die einzelnen Regale alle mit Winkeln miteinander verschraubt hatte, kletterte sie auf das Bett und schaute sich das Zimmer von oben herab an. Es schien noch größer und ließ Lara staunen. „Warum liegt denn ein ‚Playboy' auf deinem Schrank? Versuchst du, den vor deinen Eltern zu verstecken?", wollte sie mit einem amüsierten Unterton wissen.

Noah kletterte zu ihr hinauf und schaute auf den Schrank. Als er neben Lara Platz nahm, antwortete er ihr: „Nein, den verstecke ich vor Toby."

Verwirrt schaute sie ihn an. „Ist das dein Hund, von dem du mir noch nichts erzählt hast?"

Noah lachte und antwortete: „Nein, das ist der Sohn meines besten Freundes. Er ist vier und damit, wie meine Mutter meint, zu jung für solche Schmuddelhefte."

Lara nickte, sagte dann aber: „Na ja, Schmuddelhefte sind das ja nicht gerade, da stehen sogar ziemlich interessante Artikel drin – hat man mir mal erzählt."

Noah schaute sie neugierig an und wollte wissen: „Wieso weißt du denn so etwas? Das ist doch ein Magazin für Männer und nicht für Frauen!"

Wieder nickte sie und erklärte ihm anschließend: „Ja klar, und deswegen hat mein Vater sich auch jeden Monat eins gekauft, und ich habe es mir immer heimlich durchgelesen. Irgendwie musste ich mich ja zu diesem Thema weiterbilden."

Noah fragte sie daraufhin: „Haben dich deine Eltern nicht aufgeklärt? Also meine schon, und das waren die schlimmsten zehn Minuten meines Lebens. Dank meiner Mutter hatte ich, bis ich achtzehn war, gar kein Interesse an Sex."

Lara musste lachen und dachte an das Gespräch mit ihrem Vater. „Natürlich wurde ich auch aufgeklärt, aber meine Eltern sind da ziemlich locker. Es war sehr informativ, nur habe ich meinen Vater ganz schön ins Schwitzen gebracht, als ich alles über die Periode einer Frau wissen wollte. Das Kapitel hat er nämlich einfach übersprungen, aber dank dem ‚Playboy' wusste ich bereits mit zehn Jahren alles über prämenstruelle Syndrome und wollte natürlich wissen, ob ich dann auch jeden Monat unausstehlich und depressiv werde und wann meine Brüste am schmerzempfindlichsten sind."

Noah lachte und konnte mit Christoph gut mitleiden. Er hoffte, wenn er mal Vater würde, dann hoffentlich nur von Söhnen. „Toby und seinen Vater Robert möchte ich dir übrigens auch noch vorstellen. Wir planen eine kleine Abschiedsparty unten im Garten, am nächsten Samstag."

Lara schaute ihn traurig an. „Ich wünschte, wir hätten mehr Zeit! Dann müssten wir jetzt nicht alles so in Eile erledigen, und außerdem will ich nicht ohne dich sein!" Zärtlich legte er seinen Arm um Lara und drückte sie fest an sich. Er fühlte genau das Gleiche und hatte Angst zu gehen.

„Wir schaffen das schon!", sagte sie, als hätte sie seine Ängste bemerkt, und kuschelte sich an ihn.

Als sie wieder vom Bett herunterkletterten, zeigte Noah seiner Freundin den Balkon, und wieder entwich Lara ein Stöhnen, als sie bewunderte, wie groß er war. Ihr gefiel die kleine Hollywoodschaukel, aber noch mehr die Hängematte, die zum Entspannen und Faulenzen einlud. „Möchtest du was trinken?", fragte er, und als sie seine Frage bejahte, machte er sich auf den Weg in die Küche.

„Und bleibt ihr zwei zum Mittagessen?", wollte Vera wissen und schaute Noah über die Zeitung hinweg fragend an.

„Nein, ich glaube nicht! Wir sind noch ziemlich voll, und außerdem wollen wir noch zu Laras Eltern." Vera nickte und widmete sich mit einem Lächeln auf den Lippen wieder ihrer Zeitung.

Lara hatte sich derweil an Noahs Schreibtisch gesetzt und schrieb auf einen kleinen Notizzettel: „Lieben Dank für die großartige Zeit! Du bist das Beste, was mir je passiert ist, und ich genieße jede Minute, die wir miteinander teilen. Ich vermisse Dich schrecklich und liebe Dich noch dreimal mehr!" Dann verzierte sie den neongelben Zettel mit zwei kleinen Herzchen und einem Smiley und klebte ihn in das deutsch-englische Wörterbuch. Sie war nicht besonders romantisch, doch seit sie mit Noah zusammen war, hatte sie hin und wieder mal einen kitschigen Moment und lebte ihn aus, indem sie ihm kleine Botschaften zukommen ließ. Noah liebte diese kleinen Aufmerksamkeiten und erwiderte sie, indem er Lara mit Blumen überraschte oder selber Liebesbotschaften auf Klebezetteln hinterließ. Bevor er mit zwei Gläsern Orangensaft zurückkam, hatte Lara eine zweite Liebesbotschaft geschrieben und in das Buch „Da Vinci Code" geklebt.

Nachdem beide ihren Saft geleert hatten, gesellten sie sich wieder zu Noahs Eltern und unterhielten sich angeregt über Onkel Heinrichs Katheter und zukünftige Verbesserungsmöglichkeiten desselben. Noah warf seinem Vater strafende Blicke zu und konnte es nicht fassen, dass er tatsächlich mit diesem Thema angefangen hatte. Doch Lara schlug sich tapfer, sie zählte die Vor- und Nachteile einer Windel auf und kam zu dem Entschluss, dass der nette Onkel beim nächsten Familienfest seinen Dauerkatheter gegen eine Windel tauschen sollte und somit jedem geholfen wäre. Micha zeigte sich beeindruckt und schrieb sich diverse Firmennamen von Windelherstellern auf, um sie bei der nächsten Gelegenheit Tante Martha zu überreichen. Als er gerade einen Versuch startete, von dem Raucherbein seiner Großtante zu berichten, meldete sich Noah zu Wort und sagte: „Papa, jetzt reicht es! Lara ist doch keine Fußpflegerin. Vielleicht können wir uns mal über nicht ekelerregende Themen unterhalten?"

Lara schaute ihn dankend an und widmete sich dann wieder ihren Schwiegereltern in spe. Nach Noahs Protest verlief das Gespräch überraschend gut, und Vera hörte Lara interessiert zu, als sie ihr von ihrer Ausbildung berichtete. Micha kam mit einem Tablett auf dem Arm zurück und servierte Noah und seiner Freundin zwei Tassen Milchkaffee. Dankend nahm Lara die Tasse an und nippte genüsslich an dem heißen Getränk.

„Wir haben uns sehr gefreut, dich kennenzulernen, und hoffen, wir sehen dich am Samstag spätestens wieder?", wollte Vera von Lara wissen und drückte sie herzlich zum Abschied.

„Ich komme sehr gern, auch wenn ich den Anlass für die Feier nicht so toll finde!", gab sie ehrlich zurück und erwiderte die freundliche Umarmung.

„Na ja, ihr zwei, das wird eine gute Prüfung für eure Beziehung. Wenn ihr das übersteht, dann könnt ihr alles schaffen!"

Micha stimmte seiner Frau zu und drückte seine Schwiegertochter in spe schüchtern an sich. Mit einem guten Gefühl machten sich die beiden auf den Weg zu Laras Eltern.

Freudig begrüßte Marleen ihre Tochter und Noah, während Christoph schweigend hinter ihr stand und ihn aufmerksam musterte. Mit einem gekünstelten Lächeln reichte er Noah die Hand und war von seinem festen Händedruck positiv überrascht. Kaum hatten sie im Garten auf der Hollywoodschaukel Platz genommen, bombardierte Christoph seinen Schwiegersohn in spe mit ausführlichen Fragen.

„Papa, was soll das denn? Du bist hier nicht auf Arbeit, und das hier ist kein Verhör! Also lass die blöden Fragen und entspann dich mal wieder!", entgegnete Lara ihrem Vater, als ihr seine nervigen Fragen zu viel wurden. Christoph entschuldigte sich für sein Verhalten und bot den beiden Kaffee an, während Marleen mit einer Eigenkreation eines russischen Zupfkuchens den dreien entgegenschlenderte. Nachdem sie jedem ein Stück Kuchen auf den Teller gelegt hatte, setzte sie sich hin und wünschte Guten Appetit. Lara wartete vorsichtshalber die ersten Reaktionen ab, ehe sie selber ein Stück probierte. Ihre Mutter war zwar eine ausgezeichnete Köchin, doch vom Backen verstand Marleen genauso viel wie Lara früher von Physik. Als sie die hervorstehenden Augen ihres Vaters bemerkte und die zusammengekniffene Hand Noahs, wusste sie, dass sie lieber eine gute Ausrede erfinden musste, um den Kuchen nicht zu essen. „Mama, der Kuchen sieht echt lecker aus! Aber ich muss leider dankend ablehnen, ich bin noch so satt vom Frühstück. Du glaubst ja nicht, was Noahs Eltern alles aufgetischt haben."

Marleen schaute ihre Tochter verständnisvoll an und meinte daraufhin: „Ist schon gut, Lara, die Männer wird's freuen, dann können sie noch mehr naschen!" Kaum hatte Marleen diesen Satz ausgesprochen, erntete Lara böse Blicke von ihrem Vater und Noah.

Es dauerte eine halbe Ewigkeit, bis endlich jeder sein Stück Kuchen hinuntergewürgt hatte. Lara verspürte großes Mitleid mit Noah, jedoch nicht mit Christoph. Denn seine unverschämten Fragen hatten ihr wenig gefallen, darum bot sie ihm nun ihr Stück an. Dankend lehnte er ab, doch nach Marleens Drängen nahm er es Lara dann doch ab, um seiner Tochter gleich darauf unauffällig einen strafenden Blick zuzuwerfen. Diesen nahm sie mit einem breiten Grinsen wahr und schenkte Noah ein mitleidiges Lächeln. Kaum hatte sich Christoph sein zweites Stück Kuchen mit viel Kaffee hinuntergespült, kam Ben um die

Ecke geschlendert und wollte wissen, ob er die Digitalkamera zu einem Motorradtreffen mitnehmen dürfe. „Ja, nimm nur, da gibt's bestimmt viel zu fotografieren! Ach, und das ist übrigens der Noah, Laras neuer Lebensgefährte", sagte Marleen freudig und schaute ihren zukünftigen Schwiegersohn lächelnd an.

„Mama, ich bin doch keine fünfzig! ‚Lebensgefährte' – wie das klingt! Am besten noch ‚Lebensabschnittsgefährte'! Ich weiß ja nicht, was man zu Papa in deinem Alter gesagt hat, aber im 21. Jahrhundert sagt man ‚Freund'!"

Noah musste lachen und musterte Ben aufmerksam. Er sah genauso aus, wie Lara ihn immer beschrieben hatte. „Na ja, wie auch immer: Schön, dich kennenzulernen. Ich muss jetzt auch wieder los!"

Noah nickte und entgegnete knapp: „Gleichfalls!"

Ben nickte zurück und wollte sich gerade auf den Weg machen, als Christoph ihm zurief: „Halt! Du kannst die Kamera jetzt nicht haben, wir brauchen die noch!"

Marleen schaute ihren Mann verwirrt an. „Brauchen wir nicht! Du kannst sie ruhig haben – und viel Spaß."

Ben schüttelte irritiert den Kopf, drehte sich erneut um und war schon auf dem halben Weg, als Christoph plötzlich rief: „Halt, nein ... ich hab doch gesagt, du kannst sie jetzt nicht haben!"

Marleen wurde langsam ungeduldig: „Was soll das denn? Wir brauchen sie jetzt nicht, und außerdem hast du doch noch so eine alte, mit Film. Die kannst du doch auch nehmen, wenn du sie unbedingt brauchst."

Christoph schnaubte und entgegnete dann: „Gib sie mir mal kurz, und dann kannst du sie gleich mitnehmen."

Genervt kam Ben wieder zurück und reichte seinem Vater die Kamera. „Was soll 'n das werden? 'ne Kratzerinventur oder was? Mensch, ich mach doch bloß ein paar Fotos, was soll 'n da großartig passieren?"

Christoph hielt die Kamera in seiner Hand und inspizierte sie skeptisch. Plötzlich hielt er sie hoch und machte ein Foto. Erschrocken schauten sich Noah und Lara an.

„Papa, sollen wir vielleicht ein bisschen zusammenrutschen?", wollte sie von ihrem Vater wissen und lächelte Noah dabei verliebt an.

„Nein! Wieso?" Christoph schien plötzlich nervös zu sein, und Lara musste sich ein Lachen verkneifen.

„Na ja, offensichtlich möchtest du ein Foto von Noah und mir machen. Ist doch süß, dafür brauchst du dich doch nicht zu schämen."

Christoph schaute seine Tochter verwirrt an, lächelte dann jedoch und fotografierte die beiden. „Und wehe, das ist nachher nicht mehr drauf!", drohte er seinem Sohn, der sich anschließend kopfschüttelnd auf und davon machte.

„Mein Papa mag dich! Er hat noch nie ein Foto von mir und einem Freund gemacht!", flüsterte sie Noah heimlich ins Ohr und lehnte sich an seine Schulter.

„Bist du dir da sicher? Wenn Blicke töten könnten, wäre ich schon seit einer halben Stunde tot!", gab Noah zurück und lächelte Christoph dabei unsicher an. Kurz darauf räumten Marleen und er das Geschirr nach drinnen, und es schien eine halbe Ewigkeit, bis sie endlich zurückkamen.

„Was habt ihr denn so lange gemacht?", fragte Lara die beiden, als sie bemerkte, dass sie nicht mehr miteinander redeten.

„Ach, nichts weiter. Ich habe deiner Mutter nur beim Aufwasch geholfen." Verwundert schaute sie ihren Vater an. „Aber wir haben doch einen Geschirrspüler!"

Christophs Augen weiteten sich und verrieten Lara, dass er log. „Der ist kaputt!", entgegnete er ihr knapp und starrte nervös auf den Tisch.

Jetzt reichte es Marleen völlig: „Von wegen! Weder unser Geschirrspüler ist kaputt, noch hat mir dein Vater beim Aufwasch geholfen! Ich wollte wissen, was sein Verhalten mit der Kamera vorhin sollte, und …"

Christoph unterbrach sie plötzlich: „Marleen, bitte!"

Doch sie ließ sich nicht mehr umstimmen und fuhr fort: „Dein lieber Herr Vater wollte kein Foto von euch, sondern eines von Noah machen!"

Lara verstand die Welt nicht mehr. „Was? Warum? Papa, was sollte das denn?" Doch anstatt ihr zu antworten, warf er Marleen nur einen bösen Blick zu.

„Dein Vater wollte ein Fahndungsfoto machen, falls sich der Schwiegersohn mal danebenbenehmen sollte."

Noah lachte laut auf und versicherte dann, dass er weder einen Eintrag in einem Führungszeugnis habe, noch irgendwelche kriminellen Aktivitäten ausübe und erst recht nicht die Absichten hege, Lara in irgendwelche Schwierigkeiten zu bringen.

Christoph saß da wie ein begossener Pudel. „Wenn Noah irgendein Psycho wäre und unsere Lara entführt hätte, dann würdest du mir dankbar sein!", sagte er trotzig an Marleen gerichtet.

„Papa, sag mal, was erzählst du denn da? Noah ist doch kein Psycho! Er kommt aus geordneten Verhältnissen, seine Eltern sind Akademiker, ja, sein Vater ist sogar Professor für Physik!" Noah sah Lara lächelnd zu, ihm gefiel, wie sie ihn wie eine Löwin verteidigte.

„Physik?", wollte Christoph plötzlich wissen.

„Ja, Physik, Papa!" Mitleidig schaute er seine Tochter an. „Ach, du ahnst es nicht! Wie schlimm war denn das erste Treffen?", fragte er besorgt.

Lara schaute verwirrt zu Noah und dann wieder zu ihrem Vater. „Eigentlich gut, würde ich sagen. Sehr gut sogar, nicht wahr, Noah?"

Er nahm ihre Hand und küsste sie. „Ich muss dir vollkommen recht geben. Ich kann dir versichern, dass meine Eltern dich sehr mögen und sich für uns freuen!" Stolz schaute sie ihren Vater direkt an.

„Da wissen die lieben Schwiegereltern wohl noch nichts von Laras Antipathie für Physik?", wollte Christoph wissen und wartete gespannt auf eine Antwort.

Doch sie kam gar nicht dazu, ihrem Vater etwas zu entgegnen, denn Noah antwortete ihm stolz: „Lara hat meinen Eltern sofort ins Gesicht gesagt, dass sie Physik noch nie leiden konnte, und sie finden ihre ehrliche Art toll. Ihnen ist es egal, ob sie in der Schule gute oder schlechte Noten in Physik erhalten hatte. Sie mögen Lara so, wie sie ist, und könnten sich niemand Besseren für mich wünschen!"

Ohne auch nur ein einziges Mal mit der Wimper zu zucken, hatte Christoph sich alles angehört, was Noah ihm zu sagen hatte. Nun räusperte er sich und schaute ihn ernst an. „Das hört man als Vater natürlich gern, aber was ist eigentlich mit dir? Ihr kennt euch noch keinen Monat, und nun verlässt du unsere Lara schon wieder. Wie hast du dir das denn gedacht? London ist ja nicht gerade um die Ecke, und wenn man so frisch verliebt ist, kann so eine Trennung einem auch ganz schnell zur Last werden."

Noah starrte Christoph eindringlich an, und gerade als er einen Versuch unternehmen wollte, ihm zu versichern, dass er um diese Beziehung kämpfen werde, egal, wie lange sie voneinander getrennt wären, hob Christoph seine Hand und ließ ihn gar nicht erst zu Wort kommen. „Noah, was ich von dir wissen will, ist, was deine Absichten bezüglich unserer Lara sind."

Noah atmete tief ein und aus, sein Schwiegervater in spe war wirklich eine harte Nuss: „Hören Sie, ich liebe Lara mehr als mein Leben! Noch nie zuvor habe ich jemanden kennengelernt, der so liebenswert, ehrlich, humorvoll und besonders ist. Auch wenn wir uns erst seit drei Wochen kennen, ist Lara für mich unersetzlich geworden. Sie ist meine beste Freundin, meine Seelenverwandte, meine Geliebte, meine ..."

Christoph unterbrach ihn ein weiteres Mal und stammelte: „Schon gut, ich glaube, ich muss mich entschuldigen. Ihr seid offensichtlich füreinander bestimmt, und dass deine Absichten ehrenhaft sind, haben wir nun auch alle begriffen. Aber bitte nenne meine Tochter in meiner Gegenwart nie wieder ‚Geliebte', ansonsten weiß ich nicht, wozu ich fähig bin!" Noah lachte, und als ihm Christoph mit einem zufriedenen Gesichtsausdruck seine Hand reichte, schüttelte er sie respektvoll.

Marleen und Lara versuchten unterdessen, ihre Haltung zurückzugewinnen. Beide wischten sie sich Tränen aus den Augen, und während Marleen ihrem Schwiegersohn einen stolzen Blick zuwarf, drückte Lara seine Hand ganz fest und schmiegte sich verliebt an seine Schulter. Noah küsste sie liebevoll auf die Stirn, während ihre Eltern nicht wussten, was sie sagen sollten. Ein unangenehmes Schweigen machte sich breit, und Marleen ergriff als Erste das Wort. „Wusstest du, dass Lara im Kindergarten all ihre Freunde aufgeklärt hat?"

Noah schaute sie erschrocken an. „Äh, nein, das wusste ich nicht, Frau Winter."

Lara rollte mit den Augen, denn sie hasste es, wenn ihre Mutter peinliche Kindergeschichten ausgrub, um Gespräche zu füllen. „Mama, bitte, muss das sein?"

Ihre Mutter zuckte mit den Schultern. „Was denn, Kind, du brauchst dich doch deswegen nicht zu schämen! Und ich bin übrigens Marleen, du brauchst uns nicht zu siezen, nicht wahr, Christoph?" Sie warf ihrem Mann einen mahnenden Blick zu und forderte ihn damit auf, ihr zu zustimmen.

„Ja, ich, äh … du kannst mich auch duzen. Ich bin der Christoph", sprach er heiser und reichte Noah erneut seine Hand.

„Also – wo war ich? Ach ja: Unsere Lara hat alle Kinder im Kindergarten und in der Nachbarschaft aufgeklärt. Du glaubst ja nicht, was das für ein Theater war, als die Mütter ankamen und sich beschwert haben! So undankbar, dabei hab ich allen Kindern in der Nachbarschaft die Haare geschnitten, unentgeltlich! Kannst du dir das vorstellen?", jammerte Marleen und steigerte sich richtig in die Situation hinein.

Lara entgegnete daraufhin: „Ja, aber, Mama, du kannst froh sein, dass sie sich deswegen nicht auch noch beschwert haben! Denn ehrlich, Noah, du kannst dir nicht vorstellen, wie furchtbar wir alle aussahen."

Marleen unterbrach ihre Tochter; „Na, na liebes Fräulein! So schlimm war es gar nicht."

Lara schüttelte energisch den Kopf. „Oh doch, Mama. Wir hatten alle einen furchtbaren Vokuhila, egal, wie alt, und erst recht egal, ob Junge oder Mädchen!" Marleen schüttelte nun empört den Kopf. „Ich hatte doch keine Wahl. Du warst ja durch das Turmspringen ständig im Wasser, da konnte ich dir doch keine langen Haare wachsen lassen. Das Geföhne jedes Mal!"

Lara musste lachen und fragte: „Und was ist mit den anderen armen Nachbarskindern? Soweit ich mich erinnern kann, war ich die Einzige, die zum Turmspringen ging!"

Marleen zuckte mit den Schultern und gab dann versöhnlich nach: „Na ja, vielleicht lag es auch daran, dass ich nicht viel vom Haareschneiden verstehe. Aber ihr saht wirklich alle so süß aus, und in den Achtzigern war das mit den kurzen Haaren und den langen Locken hinten wirklich total angesagt!"

Noah musste lachen und bat um Fotos, denn er konnte sich beim besten Willen nicht vorstellen, wie Lara damit wohl ausgesehen haben musste. Marleen ließ sich nicht zweimal bitten und kam nach wenigen Minuten mit mehreren Alben zurück.

„Und das hier war zur Einschulung. Weißt du, was in ihrem ersten Zeugnis zu lesen stand?", fragte Marleen, als sie mit ihrem Finger auf ein Foto zeigte. Noah schüttelte mit dem Kopf, woher sollte er auch wissen, was Lehrer auf Laras Zeugnis geschrieben hatten? „,Lara sieht man nie, hört man aber immer!' Kannst du dir das vorstellen? Wir waren da natürlich schockiert. Wir haben gedacht, mit unserer Tochter stimme vielleicht etwas nicht. Aber am Ende stimmte wahrscheinlich etwas mit dem Lehrer nicht. Wer schreibt denn bitte so etwas in ein Zeugnis?"

Christoph winkte beschwichtigend ab und meinte daraufhin: „So schlimm war es doch gar nicht. Du tust ja so, als wäre das irgendein wichtiges Zeugnis! Damals war ja schon abzusehen, dass sich unsere Tochter bestimmt nicht mit einem Halbjahreszeugnis der ersten Klasse würde bewerben müssen!"

Marleen schaute Christoph ernst an, während Lara und Noah lauthals loslachen mussten. Nun stimmte auch Marleen mit ein, und endlich war die lockere Atmosphäre da, nach der sie sich die ganze Zeit gesehnt hatte. Nachdem sich Noah noch zwei weitere Alben angeschaut hatte, bereitete Christoph den Grill für das Abendbrot vor.

19.

„Mist! Das darf doch nicht wahr sein … wo … was soll das denn … ich werde gleich wahnsinnig …" Lächelnd wandte sich Lara von ihrem Spiegelbild ab und half Noah in seine Regenjacke. Langsam öffnete sie den Reisverschluss, und als er endlich seinen Kopf durch das Stück Stoff gesteckt hatte, lächelte er sie dankbar an. Er war furchtbar aufgeregt, nicht, weil es regnete und draußen all seine Freunde und Verwandten auf ihn warteten, sondern weil die letzte Nacht mit Lara bereits angebrochen war. Noah konnte förmlich spüren, wie ihnen die Zeit davonraste und wie sehr die gemeinsamen Stunden immer mehr abnahmen.

Er hasste den Gedanken, sich von ihr zu trennen, jedoch hatte er keine Wahl. Das Ticket nach London war bereits gebucht, sein Freund Tom erwartete ihn Sonntagnachmittag, und am Montag stand Noah bereits sein erster Praktikumstag bevor. Lara hatte sich wieder ihrem Spiegelbild gewidmet und versuchte, ihre Haare unter der Kapuze ihrer Jacke zu verstecken. Sie hoffte, es würde bald aufhören zu regnen, doch eigentlich war es ihr egal, sie wollte nur mit Noah zusammen sein – egal, ob drinnen im Warmen oder draußen im Regen. Zärtlich umfasste er sie von hinten und drückte Lara fest an sich. Sie schloss ihre Augen und atmete tief ein und aus, bevor sie sich langsam von ihm löste und sich zu ihm umdrehte. Sie blickte in traurige Augen und schluckte den Kloß, der sich in ihrem Hals unangenehm breitmachte, hinunter. „Noah, wir packen das schon. Lass uns wieder rausgehen und eine schöne Zeit haben! Alle warten schon auf dich."

Er schüttelte trotzig den Kopf. „Ist mir egal, ich möchte am liebsten mit dir allein sein. Ich möchte alles von dir aufsaugen, um genug Kraft für die Trennung zu haben."

Wütend stieß Lara ihn von sich weg. „Du bist so egoistisch! Was glaubst du denn, wie sich deine Freunde fühlen, wenn du dich hier drinnen vergräbst und sich keiner von dir verabschieden kann? Sogar meine Eltern sind hier! Willst du die auch im Regen stehen lassen?"

Beschämt schüttelte Noah erneut seinen Kopf. „Natürlich nicht! Aber es ist nur … ich … Lara, ich möchte dich nicht verlieren!"

Sanft legte sie Noah ihre Arme um seine Schultern und rückte ganz nah an sein Gesicht. „Ich weiß, was du meinst. Mir geht es doch genauso, aber wir müssen jetzt auch an deine Gäste denken. Lass uns wieder rausgehen und ordentlich feiern, morgen gehört uns der ganze Tag ganz allein, und dann können wir auch egoistisch sein."

Noah nickte einvernehmend und gab ihr einen langen zärtlichen Kuss. Nachdem er sich von Lara gelöst hatte, nahm er ihre Hand und schlenderte nach draußen. Benommen taumelte sie hinter Noah her, und als beide im Garten ankamen, hörte der Regen plötzlich auf, und die Wolken verzogen sich wieder. Micha und Christoph standen um den Grill und versorgten die Gäste mit frisch zubereitetem, herrlich duftendem Essen. Vera und Marleen standen dicht bei ihren Männern, um sich an dem Feuer aufzuwärmen. Sie waren tief in ein Gespräch verwickelt, lachten mehrmals laut auf und stießen immer wieder mit ihren Gläsern an. Sie hatten nicht einmal bemerkt, dass Noah und Lara zurück waren, ganz im Gegensatz zu ihren Freunden.

Charly kam mit Toby auf dem Arm zu den beiden herübergelaufen. „Ah, da hast du sicher schon Robert kennengelernt", entgegnete Lara ihrer Freundin und erntete ein breites Grinsen.

„Äh, ja, das habe ich! Aber nicht erst heute, denn wir kennen uns bereits seit einigen Wochen und, na ja, also ich hatte dir ja von meinem neuen Freund erzählt, also …" Charly war gar nicht in der Lage gewesen, den Satz zu Ende zu bringen, da kam plötzlich Robert und lächelte seinen Freund stolz an. Noah blickte verwirrt zwischen seinem Freund, Charly und Lara hin und her, als ihm bewusst wurde, was gerade vor sich ging.

„Das ist also die geheimnisvolle Kindergärtnerin, von der du die ganze Zeit so geschwärmt hast! Wusstest du Bescheid?", fragte Noah an seine Freundin gerichtet.

Kopfschüttelnd verneinte sie und konnte es kaum glauben. „Mensch, ich freu mich so für euch! Das ist ja eine Überraschung!" Während sich Charly und Lara drückten, reichten sich Noah und Robert die Hände, um sich anschließend ebenfalls kurz, aber herzlich zu drücken.

„Na, dann gibt es heute wenigstens einen Grund zum Feiern!", rief Noah laut aus und griff nach einer Sektflasche. Trotz der für ihn und Lara traurigen Umstände feierten sie bis spät in die Nacht, und erst als Christoph und Marleen sich verabschiedeten, löste sich die Party langsam auf.

An Noah gekuschelt, wachte Lara mit Magenschmerzen auf. Sie hasste es, wenn ihr Körper auf diese Art und Weise auf unangenehme Situationen reagierte. Vorsichtig küsste sie Noah auf die Stirn. Lara wollte ihn nicht wecken und verschwand daraufhin im Bad. Sie blickte in den Spiegel und musterte ihre müden, blassen Augen. Kaum hatte sie nach ihrer Zahnbürste gegriffen, erfasste sie eine Traurigkeit, wie sie sie vorher noch nicht erlebt hatte. Mühsam klammerte sie sich an das Waschbecken, um nicht zusammenzusacken. Sie kämpfte noch verzweifelt gegen ihre Tränen an, doch sie hatte keine Chance. Wimmernd fiel sie zu Boden und weinte hemmungslos in die weiche Fußmatte. Plötzlich öffnete jemand die Badtür, doch Lara bekam davon nichts mit. Sie war viel zu sehr in ihre Trauer vertieft und bemerkte erst, dass sich noch jemand im Raum befand, als eine warme Hand ihre Schulter berührte. Erschrocken blickte sie sich um und starrte durch feuchte Augen in das Gesicht von Noahs Vater. „Ist ja gut, Lara, nun komm … komm mal her!" Behutsam half er der jungen Frau auf und drückte sie ganz fest an sich. „Das wird schon. Die Zeit wird wie im Flug vergehen, und ehe ihr euch dessen verseht, ist Noah schon wieder zu Hause." Als Antwort erhielt Micha nur ein weiteres, lautes Schluchzen. Er lächelte Lara mitleidig an und klopfte ihr beruhigend auf den Rücken. „Jetzt essen wir erst einmal etwas, damit du wieder zu Kräften kommst, und dann sieht die Welt schon ganz anders aus."

Kaum hatte er diesen Satz zu Ende gesprochen, meldete sich ihr Magen mit einem lauten Brummen. Sie hatte die ganze letzte

Woche nur sehr wenig gegessen. Ihr Appetit schien von Tag zu Tag mehr abzunehmen, umso mehr freute sie sich nun, endlich Appetit auf das Frühstück zu verspüren. Lara fing sich langsam wieder und löste sich von ihrem Schwiegervater in spe. Zwei nasse Flecken zeichneten sich auf seinem T-Shirt ab, und beschämt versuchte sie, sich zu entschuldigen. „Ach, nicht doch! Bis heute Abend ist das eh wieder getrocknet, und wir müssen es ja niemandem erzählen."

Lara blinzelte Micha durch ihre tränenden Augen an und nickte langsam. Kaum hatte sich Noahs Vater aus dem Bad zurückgezogen, widmete sie sich wieder ihrer Zahnbürste. Diesmal riss sie sich mehr zusammen, obwohl sie noch immer todtraurig war. Doch ihr Appetit spornte sie an, und nachdem sich Lara die Zähne geputzt hatte, machte sie sich zurück auf den Weg in Noahs Zimmer.

Verschlafen blickte er sie an und forderte sie mit einem unverständlichen Gemurmel und einer Handbewegung auf, wieder ins Bett zu kommen. Freudig kam sie seiner Bitte nach und bedeckte ihn mit verspielten Küssen. Ihre Hand berührte zufällig seine Boxershorts, und Lara bemerkte seine Erektion. Wieder brummte ihr Magen, doch sie entschied für sich, dass gerade noch genügend Zeit für einen Quickie bliebe, ohne dabei zu verhungern.

Händchenhaltend erreichten Noah und seine Freundin die Küche. Während Micha die frischen Brötchen aus dem Ofen nahm, verfluchte Vera wieder einmal den Kaffeeautomaten. Lara folgte Noahs Vater in das Esszimmer und atmete erleichtert auf, als Micha ihr vertrauensvoll zunickte. Einen kurzen Augenblick später kam Vera mit zwei Tassen Milchkaffee auf die beiden zu. Gerade als sie sich an den Tisch gesellte, kam Noah mit den restlichen Tassen.

„Ach, was machen wir nur ohne dich! Du bist der Einzige, der die Maschine reparieren kann. Wahrscheinlich gibt es die nächsten sechs Monate keinen Kaffee mehr", jammerte Vera und verfluchte gedanklich den überteuerten Automaten. Micha leierte mit den Augen und nahm einen Schluck von seinem Espresso.

„Das ist die Gelegenheit!", sagte Lara an ihren Freund gerichtet und stieß ihn dabei sanft an den Oberschenkel. Vera war sofort hellhörig und starrte beide fragend an.

„Wie – perfekte Gelegenheit? Was habt ihr denn vor? Gibt es etwas, was wir wissen müssen?", wollte sie wissen, doch statt seiner Mutter zu antworten, stand Noah auf und entschuldigte sich für einen Moment. Micha widmete sich wieder seinen Brötchenhälften, während Vera versuchte, ihre Neugierde zu stillen. „Na komm, sag schon, was habt ihr beide vor?" Doch Lara hielt dicht und lächelte geheimnisvoll. Erleichtert blickte sie auf, als Noah plötzlich in der Tür stand.

„Na endlich! Deine Eltern haben mir schon Folter angedroht, wenn ich ihnen nicht sofort verrate, was wir vorhaben!", rief Lara quer durch den Raum und grinste dabei bis über beide Ohren. Nun war auch Michas Interesse geweckt, und neugierig blickte er zu seinem Sohn mit dem großen Geschenk im Arm.

„Aber das wäre doch nicht ... also ... aber warum denn?", stammelte Vera aufgeregt und nahm das Geschenk entgegen, als Noah es ihr entgegenhielt.

„Nun pack es schon aus! Es ist ein kleines Abschiedsgeschenk."

Nun erhob sich Micha und gesellte sich zu seiner Frau, die langsam begann, das Geschenkpapier zu öffnen. Gespannt warteten Lara und Noah die Reaktionen der beiden ab und hielten vor Aufregung den Atem an. Als Vera endlich erkannte, was sich in dem großen Paket befand, schossen ihr Tränen in die Augen. „Ihr seid ja verrückt! Also ihr zwei ... das ist ja ... lieben Dank!" Noah lächelte zufrieden und küsste Lara auf den Mund. „Danke für die tolle Idee mit der Kaffeemaschine!", flüsterte er ihr zu und schaute sie verliebt an.

„Jetzt gibt es endlich wieder genießbaren Kaffee!", stellte Micha erfreut fest und machte sich auf, um seinen Sohn zu umarmen. Vera tat es ihm gleich. Nachdem sich die Männer voneinander gelöst hatten, erntete auch Lara herzliche Umarmungen.

Der Tag verging wie im Flug, und Lara wurde mit jeder Minute das Herz schwerer. Mit Tränen in den Augen beobachtete sie Noah, wie er seine restlichen Sachen in den Koffer zwängte. „Holt dich denn nun jemand vom Flughafen ab, oder musst du alleine mit all deinen Sachen durch London laufen?"

Noah bemerkte ihren besorgten Unterton und gab Lara Entwarnung: „Ich hab dir doch von Tom erzählt. Mit ihm habe ich zusammen gearbeitet, als ich mein Praktikum in Heidelberg absolviert habe. Er holt mich heute Abend ab, und bei ihm kann ich auch die ersten paar Tage schlafen."

Lara nickte schwach und entgegnete dann fast flüsternd: „Ja, ich weiß, aber was ist, wenn du in ein paar Tagen nichts Gutes zum Wohnen gefunden hast?"

Noah setzte sich neben sie auf die Couch und nahm sie in den Arm. „Das wird schon. Tom hat seinen Landlord schon gefragt, und wie es aussieht, bekomme ich das freie Zimmer in Leytonstone." Seufzend hob und senkte Lara ihre Schultern und drückte ihn fest an sich.

Die ganze Autofahrt über hatte Lara nicht ein einziges Wort gesprochen. Nachdem Micha den Wagen geparkt hatte, machten er und Noah sich daran, das schwere Gepäck aus dem Kofferraum zu schleppen. Wie versteinert stand Lara neben Noahs Mutter, die wie sie kein Wort von sich gab. Während Micha seinem Sohn dabei half, den schweren Rucksack aufzusetzen, ruhten Noahs Augen auf Laras Gesicht. Keiner sprach auch nur einen Satz. Wie in Trance liefen sie zu dem Check-in-Schalter und gaben den Koffer zum Wiegen auf. „Tut mir leid, Herr Bachmann, aber Ihr Koffer ist leider 2,87 Kilogramm zu schwer!", säuselte die Flughafenangestellte.

„Können Sie denn nicht eine Ausnahme machen? Ich brauche wirklich alles, was da drinnen ist! Bitte, nur ein einziges Mal!"

Doch statt ihm diesen Gefallen zu tun, leierte die Frau nur genervt mit den Augen und zeigte mit ihrem Finger auf das Zahlendisplay. „Sie können gerne einen Pauschalbetrag für jedes Kilogramm zu viel zahlen oder etwas aus dem Koffer nehmen!"

Noah schloss die Augen und atmete tief ein. „Schon gut, nur einen kurzen Moment, bitte." Er nahm sein Gepäck, öffnete das

Schloss und kramte ein paar Pullover und Jacken heraus. Danach stellte Noah den Koffer wieder auf das Band und wartete gespannt auf die Zahlen. „Immer noch sechshundert Gramm zu schwer. Aber wenn Sie es keinem verraten, werde ich es auch nicht tun!", entgegnete die Frau knapp und reichte ihm seinen Ausweis, nachdem sie das Ticket und die Aufkleber gedruckt hatte. Mit einem Nicken bedankte er sich und lief zu seinen Eltern.

„Der Koffer war zu schwer. Wie es aussieht, muss ich mir wohl noch ein paar Pullover überziehen." Lara hielt seine Sachen im Arm und lächelte dabei seine Eltern schwach an. Nach einigen Anstrengungen hatte Noah es endlich geschafft und stand da, als hätte er Rasierklingen unter den Achseln. Dank den drei T-Shirts, zwei Pullovern, zwei Strickjacken und einem Mantel sah er aus, als würde er gleich platzen, und genauso fühlte sich Noah auch. Ihm war heiß, und am liebsten hätte er sich die Klamotten sofort wieder vom Leib gerissen, doch er hatte keine andere Wahl. Kleine Schweißperlen machten sich auf seiner Stirn bemerkbar, und er hatte Mühe, sie mit der Hand wegzuwischen. „Toll! Ich kann gerade so mit den Fingern mein Gesicht berühren. Ich will lieber gar nicht wissen, wie es nachher im Flugzeug wird!" Seine Eltern lächelten ihn bei diesem Gedanken mitleidig an, doch zu komisch sah Noah in diesem Moment aus, und nur schwer konnten sie sich ein Lachen verkneifen.

„Du siehst aus wie ein Michelinmännchen! Echt süß!", neckte Lara den armen Kerl, der ihr aber recht geben musste, denn genauso fühlte er sich in diesem Moment. Wenigstens war die gedrückte Stimmung nun verflogen, und gemeinsam genossen sie die letzten Minuten, die sie noch zusammen hatten.

Da sie sich erst sehr spät auf den Weg zum Flughafen gemacht hatten, blieb ihnen nur noch eine knappe halbe Stunde. Vera und Micha machten den Anfang und verabschiedeten sich von ihrem Sohn. „Viel Erfolg in London. Lass dich nicht unterkriegen und sag Bescheid, wenn du was brauchst!"

Noah nickte, und nachdem er seine Eltern noch einmal umarmt hatte, widmete er sich Lara. „Ich werde dich jeden Tag vermissen! Du bist alles für mich, und ich hoffe, du schreibst mir jeden Tag. Ich liebe dich."

Während er diese Worte sprach, ruhte Laras Kopf an seiner Brust. Sie konnte sein vor Aufregung schnell schlagendes Herz, trotz der vielen T-Shirts und Pullover, spüren und versuchte vergeblich, ihre Tränen zurückzuhalten. „Ich liebe dich auch! Wir schaffen das schon, und natürlich schreibe ich dir jeden Tag. Geh jetzt, bevor ich noch vor deinen Eltern einen Heulkrampf bekomme!"

Noah musste lächeln und nahm ihren Kopf in seine Hände. Sie sahen sich tief in die Augen, und in diesem Augenblick wusste Lara, dass alles gut werden würde. Zärtlich küssten sie sich ein letztes Mal, und dann machte er sich auf den Weg zu seinem Flieger.

20.

Seit knapp zwei Wochen war Noah nun schon in London. Sie hatten die besten Absichten, in Kontakt zu bleiben, doch Stress und Alltag zerstörten jeden Funken des guten Vorhabens. Lara litt schrecklich unter der Entfernung und konnte sich nur schwer zügeln, ihn nicht mit Anrufen oder E-Mails zu belagern.

Der Sommer neigte sich dem Ende zu, und sie hatte auf Arbeit alle Hände voll zu tun. Die Winterbevorratungen waren im vollen Gange. Die Rabattverträge der einzelnen Firmen mit den verschiedenen Krankenkassen erschwerten es zudem, die richtigen Produkte zu guten Konditionen zu bestellen. Jeden Tag ärgerte sich Lara am Telefon oder persönlich mit Vertretern herum. Zudem beschwerten sich täglich unzufriedene Patienten über die neuen Rabattverträge ihrer Krankenkassen und die ständigen Erneuerungen. Lara hatte es satt, jedem Kunden aufs Neue das komplizierte Rabattmodell zu erklären und trotzdem nur Hohn und Spott zu ernten. Anfangs versuchte sie noch, jedem einzelnen verärgerten Kunden die Tücken des Gesundheitssystems zu erklären, jedoch mit der Zeit verlor sie immer mehr an Geduld. Fast jeden Tag leistete sie nun wieder Überstunden, diesmal aber nicht, um sich vor der Einsamkeit zu drücken, sondern weil nun mit jedem Rezept unendlich lange Diskussionen mit dem Patienten verbunden waren.

Noah hatte sich derweil gut in London eingelebt. Er liebte die Stadt und noch mehr seine Arbeit. Das Architekturbüro befand sich mitten im Herzen der riesigen Großstadt. Seine Kollegen waren aufgeschlossen und hilfsbereit und konnten ihm eine Menge beibringen. Die erste Woche verging wie im Flug, weil er sich nach der Arbeit zudem noch um eine Wohnung kümmern musste. Dank seinem Kollegen kam Noah nach einer Woche in einem typischen englischen, im viktorianischen Stil erbauten Haus unter. Er war heilfroh, dass Tom seinen Landlord davon überzeugen konnte, Noah in die WG aufzunehmen. Angesichts der unglaublich hohen und absolut nicht gerechtfertigten Mietpreise war er mehr als glücklich, dass es mit dem Zimmer in Leytonstone geklappt hatte.

Als er in London ankam und Tom ihn vom Flughafen abholte, hatte dieser Noah mit schlechten Neuigkeiten überrascht: Das leere Zimmer sollte nun an einen anderen Studenten vergeben werden, der bereit war, vierzig Pfund pro Woche mehr zu zahlen. So viel konnte sich Noah aber absolut nicht leisten, also musste er sich nach einer anderen Möglichkeit umsehen. Doch was ihm da alles unter die Augen kam, überraschte ihn so sehr, wie er es nicht für möglich gehalten hatte. Mit jeder neuen Wohnungsbesichtigung nahm seine Sympathie für diese Stadt ab. Gerade als angehender Architekt fielen ihm die Baumängel direkt ins Auge, und abgesehen davon konnte er sich nicht vorstellen, in einem von Schimmel befallenen Loch zu wohnen.

Nach knapp einer Woche und unzähligen, erfolglosen Wohnungsbesichtigungen später entschied sich Noah, einen Job zu suchen und das Zimmer in Leytonstone zu nehmen. Natürlich hätte er auch seine Eltern um Geld fragen können, jedoch war er dafür viel zu stolz. Die gesamte zweite Woche verbrachte er jeden Abend auf den Straßen Londons damit, nach Möglichkeiten zu suchen, Geld zu verdienen.

Nach sechs Tagen hatte er endlich Erfolg und arbeitete von da an jeden Abend als Barkeeper. Lara und Noah schafften es in den ersten Wochen kaum, mehr als dreimal zu telefonieren. Die Gespräche waren kurz und verliefen jedes Mal tränenreich. Sie litt sehr unter der Trennung, aber noch mehr wegen des wenigen Kontakts. Er schickte ihr zwar jeden Tag kleine Textnachrichten, doch konnten diese Laras Sehnsucht nicht stillen. Jeden Tag musste sie sich überwinden, auf Arbeit zu gehen. Ihre Motivation schien sich lustig über sie zu machen. Wenn sie abends nach Hause kam, musste sie sich zwingen, etwas zu essen, um ihrem Magen überhaupt etwas zu gönnen. Mit jedem Tag wurde sie schwächer und depressiver. Lara wusste schon vorher, dass sie nicht der Typ für eine Fernbeziehung war, doch dass sie so wenig Kraft und

Geduld hatte, machte sie unendlich wütend. Sie liebte Noah und wollte ihn durch ihre Schwäche nicht verlieren. Sie wusste, dass er von früh bis abends hart arbeitete und nun auch noch nachts jobbte, um sich seinen Lebensunterhalt zu verdienen.

Als Lara wieder einmal einen einsamen Abend vor dem Computer verbrachte in der Hoffnung, Noah würde bald online sein, öffnete sie die Buchdatei. Dort hatte sie immer ihre Kurzgeschichten oder Notizen abgespeichert. Jedoch hatte ihr Perfektionismus das meiste gelöscht. Das Einzige, was ihr blieb, waren ein paar wenige, traurige Zeilen über Hertha. Lara las sich die fünf Seiten durch und ließ sich von ihren Emotionen leiten. Nachdem sie den Text zu Ende gelesen hatte, stand sie auf und holte sich ein Bier aus dem Kühlschrank. Dann setzte sie sich wieder vor den Laptop und begann, ihre Gedanken aufzuschreiben. Danach fühlte sie sich so gut wie zuletzt in Noahs Armen.

Jedes Mal, wenn sie die Sehnsucht packte und Lara nicht mehr weiterwusste, schrieb sie ihre Gedanken auf. Erst schrieb sie nur alle paar Tage ein paar Zeilen, dann fast jeden Abend; und an den Tagen, an denen sie keine Zeit hatte, fehlte es ihr plötzlich. Ehe sie sich dessen versah, schrieb sie jeden Tag, und das über mehrere Stunden.

Noah lernte unterdessen immer mehr Leute durch seinen Nebenjob als Barkeeper kennen. Er genoss das schnelle, aufregende Leben in London. Doch jeden Abend, wenn er mit der U-Bahn nach Hause fuhr, packte ihn die Sehnsucht nach Lara umso heftiger. Mit schlechtem Gewissen ging er zu Bett, weil er wieder zu spät nach Hause gekommen war, um mit ihr zu telefonieren. Noah war seiner Freundin unendlich dankbar, dass sie diese schwere Zeit mit ihm zusammen durchstand. Er wusste, wie sehr sie den Gedanken an eine Fernbeziehung gehasst hatte und dass ihr die Trennung unendlich schwerfiel. Umso erleichterter war er nun, dass sie stark genug war und sich über seine wenige Freizeit nicht beschwerte.

Als beide nach einigen Tagen am Wochenende endlich wieder miteinander telefonierten, erzählte Lara aufgeregt von ihrem Geschriebenen.

„Worüber schreibst du denn?", wollte Noah wissen und lächelte zufrieden, als er spürte, wie glücklich sie darüber war.

„Na, über alles eigentlich: was mir eben gerade in den Sinn kommt. Ist ja eigentlich auch egal. Es macht einfach Spaß, und ich spüre jetzt, wie sehr ich es die ganze Zeit vermisst habe!" Lara redete ohne Punkt und Komma, so sehr war sie von ihrem Schreiben beflügelt.

„Kannst du mir nicht ein paar Zeilen senden? Ich würde so gern deine Gedanken lesen, und ich wette, du schreibst wundervoll." Schweigen machte sich am anderen Ende des Telefons breit. „Lara, bist du noch dran? Hallo?" Erst als Noah sie tief ein- und ausatmen hörte, wusste er, dass sie noch am Telefon war.

„Ich weiß nicht. Es hat noch nie jemand meine Zeilen gelesen. Vielleicht magst du ja nicht, was ich schreibe, oder …, ach ich weiß nicht!", gab Lara ehrlich zurück. Sie hatte sich noch nie darüber Gedanken gemacht, ihr Geschriebenes jemandem zum Lesen zu geben. Andererseits war Noah für sie nicht nur irgendjemand, sondern er bedeutete ihr alles.

„Bitte, ich könnte es in der U-Bahn lesen. Ich fahre doch jeden Tag dreißig Minuten hin und wieder zurück, dann hätte ich wenigstens etwas von dir!" Lara musste lächeln und versicherte ihm, dass er am Montag etwas zu lesen haben würde. In der Zeit, die Verliebte eigentlich zusammen genießen sollten, schrieb sie sich ihre Gedanken und Träume von der Seele, und Noah las. Er liebte ihre Denkweise und vor allem ihren Humor. Er gab ihr Mut, wenn sie ihrer gerade verließ, und bettelte um neue Seiten, sobald er die letzte gelesen hatte. So vergingen Wochen und Monate.

An einem Wochenende telefonierten sie wieder miteinander und sprachen über Laras Schreiben. „Was passiert denn als Nächstes? Wann, denkst du, ist dein Buch fertig?", fragte Noah, während er sich nebenbei ein Stück Käsekuchen aus dem Kühlschrank nahm.

„Wie – mein Buch? Ich schreibe doch kein Buch!", entgegnete ihm Lara aufgeregt.

„Natürlich machst du das! Du schreibst über Freundschaften, Erfahrungen, Liebe, Gefühle, Verluste und Gewinne. Wenn du alles zusammensetzt, hast du mittlerweile schon fast ein ganzes Buch", antwortete er und steckte sich ein großes Stück von dem leckeren Kuchen in den Mund.

„Wer sagt denn so etwas? Ich schreibe nur meine Gedanken auf, und das reicht bestimmt nicht für ein Buch!"

Lara schätzte ihr Schreiben nicht genug, doch Noah bestaunte ihre Arbeit und wollte sie nur zu gern darin bestärken und ihr das Selbstvertrauen schenken, das ihr noch fehlte. Ihre Zeilen berührten ihn, er liebte die Art, wie sie Dinge beschrieb, und konnte sich nie satt daran lesen. Lara war nun deutlich erregt und schnaubte in den Hörer. Nervös startete sie ihren Computer und konnte es kaum erwarten, bis er sich endlich hochgefahren hatte.

„Na ja, ich dachte, dass du vielleicht ein Buch daraus machen willst. Du schreibst wirklich toll, und deine Geschichte hat Hand und Fuß. Warum probierst du es nicht einfach mal?"

Noch immer schien Lara durcheinander und überlegte, was sie ihm darauf antworten könnte: „Ich weiß nicht, Noah. Ich möchte nicht unter Druck gesetzt werden oder mir falsche Hoffnungen machen. Schreiben hilft mir dabei, die Zeit zu überbrücken, bis wir uns endlich wiedersehen, und das reicht mir auch."

Diesmal schnaubte Noah: „Aber du bist so gut! Warum willst du es denn nicht wenigstens einmal versuchen?" Kopfschüttelnd stellte er denn restlichen Kuchen zurück in den Kühlschrank und verschwand auf sein Zimmer.

„Ist ja klar, dass du mein Schreiben toll findest. Du bist mein Freund, du bist in mich verliebt. Ich könnte dir ein Bild eines Dreijährigen als mein Kunstwerk verkaufen, und du würdest mir sagen, dass ich wie Van Gogh male!"

Noah begann zu lachen und sah ein, dass er sie heute nicht umstimmen konnte. Vielleicht würde er sie noch einmal darauf ansprechen, wenn sie sich endlich wiedersahen. Doch für heute hatte es keinen Sinn. Noah wusste, dass er recht hatte, doch wollte er sie auf keinen Fall zu etwas drängen, wozu sie jetzt noch nicht bereit war.

Nachdem sie das Telefonat beendet hatten, ließ Lara der Gedanke an ein eigenes Buch nicht mehr los. Sie entschloss sich, eine Nacht darüber zu schlafen und sich heute keine Gedanken mehr darüber zu machen. Die ganze Nacht träumte sie von Buch-Vorlesungen, Terminen mit Verlegern und von Noah. Am nächsten Morgen stand Lara auf, nahm sich ihren Laptop und verschwand wieder in ihrem Bett. Den ganzen Tag verbrachte sie dort und las sich ihr Geschriebenes durch. Sie teilte einzelne Abschnitte in Kapitel, veränderte einige Sätze, verschob Zeilen, und am Ende hatte sie hundertdreißig DIN-A4-Seiten in der Schriftgröße vierzehn zusammen. Sie hatte keine Ahnung, ob das gut oder schlecht war, geschweige denn, ob das für ein Buch reichen würde oder nicht. Sie erzählte Noah nichts davon, denn sie wollte ihm nicht zu viel Hoffnung machen. Lara schickte ihm weiterhin jedes Wochenende ihre neuen Zeilen. Mit jedem Tag füllten sich die Seiten, und der Roman wurde immer vollständiger.

Laras Liebe zum Schreiben verlieh ihr Flügel. Sie fühlte sich leicht und gleichzeitig stark. Sie verspürte eine innere Zufriedenheit, die mit jeder Zeile immer weiter wuchs. Der Drang zu schreiben schlummerte schon so lange in ihr, und nun ergossen sich ihre Gedanken jeden Tag aufs Neue. Es war ein Schritt in eine neue Welt, in der sich Lara vollkommen und wie zu Hause fühlte. Und das Schönste für sie war, dass sie trotz der Entfernung diese neue Erfahrung mit Noah teilen konnte. Es war wie eine legale Droge, von der Lara abhängig wurde und von der sie immer mehr benötigte. Sie liebte es, sich ihre Gedanken von der Seele zu schreiben, und fand immer genug Zeit, um ihrer Leidenschaft nachzukommen. Heimlich schrieb sie auf Arbeit kurze Notizen in ihr kleines Heft und brachte sie, kaum zu Hause angekommen, auf den Bildschirm. Sie war fähig, ihre Emotionen, Glücksgefühle, aber auch Verluste in Worte umzusetzen.

Ihr Lieblingszitat war seit Langem: „Wer sich gern erinnert, lebt zweimal." von Franca Magnani. Nun schien es, als lebte sie dieses Zitat. Durch das Beschreiben ihrer Umgebung lebte sie viel bewusster. Lara war jetzt aufmerksamer, und wenn sie über Dinge aus ihrer Vergangenheit schrieb, erlebte sie diese noch einmal und schätzte vieles mehr, was sie früher unterschätzt hatte.

Als Noah und Lara endlich wieder einmal miteinander telefonieren konnten, überraschte sie ihn mit einer guten Neuigkeit: „Ich habe meinen Urlaub bewilligt bekommen, und in zwei Wochen komme ich dich endlich auf der Insel besuchen!", rief sie freudestrahlend in den Telefonhörer hinein.

„Wirklich? Oh, du glaubst nicht, wie sehr ich mich darüber freue! Ich werde am Montag gleich mal nachfragen, ob ich ein paar Stunden vorarbeiten kann, damit ich auch frei habe, wenn du kommst."

Zufrieden lächelte Lara vor sich hin und versprach, noch an diesem Wochenende nach günstigen Flügen zu suchen. Noah war unendlich glücklich und zählte die Tage bis zu ihrem Wiedersehen.

Der Sommer war vorbei, und die Tage wurden kürzer. Trotzdem verbrachte Lara jeden Abend mindestens eine Stunde draußen auf dem Balkon. Weil es abends immer kälter und dunkler wurde, stellte sie Kerzen in Gläsern auf und kuschelte sich in ihre Decke. So saß sie jeden Tag auf ihrer Loggia, genoss den Ausblick und ließ ihren Gedanken freien Lauf. Sie hatte ihr Buch vor einer Woche fertiggestellt, und nun blieben ihr nur noch sechsundvierzig Seiten übrig, die sie Noah zum Lesen schicken konnte. Am liebsten hätte Lara ihn sofort angerufen, doch sie entschied sich, ihn damit zu überraschen. Statt der restlichen Seiten schickte sie ihm nur zehn davon – mit der Nachricht, sie sei noch nicht weitergekommen mit dem Schreiben. Die letzten sechsunddreißig Seiten druckte Lara aus und steckte sie in einen großen Umschlag. Darauf schrieb sie mit geschwungenen Buchstaben seinen Namen. Die Suche nach günstigen Flügen gestaltete sich dank der Preiskämpfe der vielen verschiedenen Airlines einfach und erfolgreich. Ihr Flug nach London rückte immer näher, und allmählich wurde Lara immer aufgeregter. Sie konnte es kaum erwarten, Noah endlich wiederzusehen.

Gerade als das Lied „Everybody's changing" von „Keane" zu Ende war, leuchtete plötzlich das Anschnallzeichen auf. Lara blickte auf ihren iPod und stellte zufrieden fest, dass sie bald landen müssten. In diesem Moment knackten die Lautsprecher, und kurz danach wies eine freundliche Männerstimme die Passagiere darauf hin, dass sie sich nun im Landeanflug befänden. Der Himmel war klar, und die Sonne strahlte mit Laras Augen um die Wette. Sie war aufgeregt wie ein kleines Kind zu Weihnachten und Ostern zusammen. Ihr Herz raste, und in ihrem Bauch schlugen Schmetterlinge Purzelbäume. Alle übrigen Passagiere saßen angespannt, in ihre Sitze gepresst, da und warteten auf die Landung, während Lara innerlich jubelte und sich vor Freude rhythmisch zu der Musik bewegte. Kaum hatte der Pilot die voll besetzte Maschine sicher gelandet, schnappte sie sich ihr Handgepäck und stürmte zum Ausgang. Die Flugbegleiter waren gerade dabei, die Türen zu öffnen, als Lara einen mahnenden Blick von einer der Stewardessen erntete. Als endlich das Anschnallzeichen erlosch, erhoben sich auch die restlichen Fluggäste und suchten nach ihrem Gepäck. Lara war froh, dass sie schon vor der Tür stand, denn binnen weniger Sekunden war der komplette Gang voller Menschen. Eine Stewardess tippte sie vorsichtig an und teilte ihr mit, dass sie nun aussteigen dürfe. Erleichtert atmete sie tief ein und aus, als sie dem Chaos im Flugzeug endlich entkam.

Die Luft war kühl, doch die Sonne strahlte; und da kein Wind ging, brauchte Lara sich nicht einmal ihre Jacke anzuziehen. Nach wenigen Minuten erreichte sie bereits die Passkontrolle, und da sie kein weiteres Gepäck aufgegeben hatte, brauchte sie nicht länger zu warten. Ehe sie sich dessen versah, lief sie schon direkt auf den Wartebereich zu. Suchend blickte sie in die große Menschenmenge in der Hoffnung, Noah zu entdecken. Zögernd setzte Lara einen Fuß vor den anderen, und gerade als sie ihr Handy aus der Hosentasche zog, kam er auf sie zugerannt. Sie ließ ihre Tasche zu Boden fallen und breitete ihre Arme aus, um Noah herzlich zu umarmen. Vor Freude hob er sie in die Luft, und als sich ihre Lippen trafen, verschmolzen sie zu einem sehnsüchtigen Kuss, der kein Ende nehmen wollte.

Als sich beide doch voneinander lösten, schaute sie ihn durch feuchte Augen an. „Du hast mir so gefehlt!", ließ sie ihn wissen, während ihr Freudentränen über die roten Wangen liefen. Überglücklich küsste Noah ihre Tränen weg und drückte Lara ganz fest an sich. So verweilten sie noch einige Zeit in der Flughafenhalle, bis sie sich anschließend zu der Busstation aufmachten.

Nach einer Stunde kamen sie in Leytonstone an, und Noah führte seine Freundin zu dem Haus, das er sich mit vier anderen Männern teilte. Kaum waren beide durch die Tür getreten, kam ihnen Jonathan entgegen, welcher das Zimmer im Erdgeschoss, das sich nach vorn erstreckte, bewohnte. Nachdem Jonathan seinen Mitbewohner mit einem Nicken begrüßt hatte, blieb sein Blick an Lara haften. Noah stellte beide einander vor, und nachdem Lara einen kurzen Small Talk mit der neuen Bekanntschaft hinter sich hatte, war ihre Angst, frei Englisch zu sprechen, verflogen. Jonathan verabschiedete sich von den beiden und verschwand in seinem Zimmer. Sie folgte Noah die Treppen hinauf und blieb gespannt vor seiner Tür stehen.

Nachdem er aufgeschlossen und das Gepäck auf dem Bett abgelegt hatte, betrat Lara den winzigen Raum. Entsetzt schaute sie sich um und fragte ihn ungläubig: „Und dafür bezahlst du 150 £ pro Woche?"

Noah lachte laut auf und nickte ihr zu. „Unglaublich, was? Und du kannst dir nicht vorstellen, was ich mir noch alles für Wohnungen angeschaut habe! Das hier war das sauberste, größte und billigste Zimmer, das ich zur Auswahl hatte!" Lara schüttelte benommen den Kopf. Sauber war das Zimmer ja, aber billig und groß mit Sicherheit nicht. Noah nahm sie an die Hand und zog sie an sich. „Tut mir leid, dass ich dir nichts Besseres bieten kann! Noch nicht, aber in Zukunft hoffentlich."

Lara lächelte ihn an, und ihre Augen strahlten verliebt: „Es ist zwar klein, aber gemütlich! Und außerdem ist es mir egal, wo du wohnst, solange du zufrieden bist und ich mir keine Sorgen machen muss."

Noah schaute Lara tief in die Augen. „Na ja, die beste Gegend ist Leytonstone ja nicht gerade, aber auch nicht die schlimmste. Und außerdem sind es nur fünf Minuten zu Fuß von der U-Bahnstation, da kann schon nichts passieren."

Lara holte tief Luft, um anschließend erleichtert auszuatmen. Sie vertraute Noah, etwas anderes blieb ihr auch nicht übrig. Er spürte ihre Sorge und nahm sie beruhigend in die Arme. Anschließend gab Noah seiner Freundin einen sinnlichen Kuss, und nachdem Lara ihre Augen geschlossen hatte, erwiderte sie seine Liebkosungen.

Er atmete ihren Duft ein und wollte sie am liebsten nie mehr loslassen. Seine Lippen wanderten zu ihrem Hals und bedeckten ihn mit hungrigen Küssen. Laras Herz schlug wie wild, und ihr Puls raste vor Aufregung. Sie schob Noah sanft von sich und entschuldigte sich kurz, um ins Bad zu gehen. Kaum hatte sie ihre Hose geöffnet, bekam sie Nasenbluten. Das Blut tropfte auf ihren weißen Stoffgürtel, und schnell griff sie nach dem Toilettenpapier, um Schlimmeres zu verhindern. „Na toll, nicht schon wieder!", dachte sie sich und nahm sich den Waschlappen, der auf dem Badewannenrand lag. Nachdem der Lappen sich mit kaltem Wasser vollgesaugt hatte, presste sie ihn an ihren Nacken und wartete geduldig, bis das Bluten nachließ.

Noah räumte währenddessen die Tasche beiseite und zog sich seine Jeans, Socken und das T-Shirt aus. Nur in Boxershorts legte er sich auf das Bett und starrte zu der geschlossenen Badezimmertür. Als Lara nach fünf Minuten noch immer nicht fertig war, rief er erwartungsvoll ihren Namen. Kurz darauf öffnete sie die Tür und stand ihm mit offener Hose und Zellstoff in der Nase gegenüber. Sofort musste er lächeln und sprang auf, um ihr entgegenzukommen. „Na, da ist wohl wieder jemand aufgeregt?", neckte er sie und half Lara aus ihrer Jeans. Mit etwas Seife und Wasser versuchte er vergeblich, die Flecken aus dem Gürtel zu waschen.

Anschließend gesellte er sich wieder zu Lara auf das Bett, die inzwischen den Zellstoff entfernt hatte. „Und, geht's wieder?", wollte er besorgt wissen. Lara strahlte ihn an und gab ihm statt einer Antwort einen langen Kuss, der Lust auf mehr machte. Aufgeregt öffnete er die Knöpfe ihrer Bluse und anschließend den Verschluss ihres BHs. Sie liebten sich leidenschaftlich und konnten kaum genug voneinander bekommen. Erschöpft lagen sie auf dem kleinen Bett eng nebeneinander und atmeten tief ein und aus, bis sich ihr Pulsschlag etwas beruhigte. „Ich habe mich jeden Tag so sehr nach dir gesehnt! Du bist das Beste, was mir je passiert ist!", sprach Noah, während er Lara verliebt in die Augen schaute.

„Dito!", entgegnete sie ihm knapp, aber aus tiefstem Herzen, und richtete sich auf, um nach ihrer Tasche zu suchen. Als Lara sie auf dem kleinen Holzstuhl vor dem Computertisch entdeckte, stand sie auf und griff nach ihr. Anschließend ging sie in das Bad zurück und schloss die Tür hinter sich. Noah hatte sich währenddessen aufgesetzt und zugedeckt.

Nach wenigen Minuten kam sie aus dem Bad, noch immer nackt, mit einem Briefumschlag in der Hand. Neugierig musterte Noah seine Freundin, und als sie ihm den großen Brief entgegenhielt, nahm er ihn verunsichert an. Laras Augen strahlten, und gespannt hielt sie die Luft an. Noah öffnete das Kuvert und entnahm etliche DIN-A4-Seiten. Als er erkannte, dass es sich um weitere Seiten ihres Buchs handelte, schaute er zufrieden zu ihr. Noah nahm das letzte Blatt, und als er das Wort „Ende" darauf las, machte sich eine unbändige Freude in ihm breit. Stolz schaute er Lara tief in die Augen, und bevor er etwas sagen konnte, ergriff sie das Wort: „Noah, ich muss dir etwas sagen! Ich habe mein Buch schon seit einigen Wochen fertig und … na ja, also ich habe es zu einem Verlag in Dresden geschickt. Du hast mir so viel Mut und Kraft gegeben, ohne dich hätte ich so etwas nie im Leben getan. Als ich plötzlich realisiert habe, dass ich mittlerweile ein komplettes Buch schreibe, habe ich die Zeilen zu Kapiteln sortiert und einige Veränderungen vorgenommen. Zum ersten Mal habe ich nichts gelöscht, stattdessen habe ich dir und deiner Meinung vertraut und alles behalten. Und anschließend habe ich alles noch einmal gelesen und es einfach zum Verlag geschickt. Ich habe eigentlich nichts erwartet, und als dann plötzlich der Anruf kam, konnte ich mein Glück kaum fassen."

Noah saß noch immer mit weit geöffneten Augen da und hörte Lara gebannt zu. Er konnte kaum glauben, was sie ihm da erzählte. Er war unheimlich stolz auf seine Freundin und überglücklich, dass sie den Schritt gewagt hatte, da er genau wusste, wie sehr sie an ihrem Talent zweifelte. Noch immer hielt er ihre Seiten in der Hand. Seinen Körper durchfluteten Endorphine, welche ihm ein Glücksgefühl bereiteten, denen Laras Empfindungen in nichts nachstanden. Überglücklich drückte er sie an sich, und nachdem sie mit unter seine Decke geschlüpft war, begann er, die Seiten zu lesen. Noah las alle sechsunddreißig Seiten am Stück, während Lara, an ihn gekuschelt, zuhörte. Überwältigt von dem Ende, war Noah um Fassung bemüht. „Das Buch ist großartig! Traurig, aber unglaublich schön. Ich kann mir gut vorstellen, warum dich der Verlag so schnell zurückgerufen hat."

Lara schaute ihn zufrieden an. Ihr war egal, was die Buchkritiker darüber dachten, ihr war nur Noahs Meinung wichtig. Dass er ihr Schreiben liebte, bedeutete für sie die Welt. Plötzlich meldete sich ihr Bauch mit einem lauten Knurren. Sie hatten den halben Tag im Bett verbracht, und nun waren sie fast am Verhungern.

Nachdem sich beide etwas übergezogen hatten, schlenderten sie gemeinsam die Treppe hinunter auf dem Weg in die Küche. Noah heizte den Ofen vor und entnahm eine Hawaiipizza aus dem Tiefkühlschrank. Lara hatte derweil an dem großen Küchentisch direkt vor dem runden Fenster Platz genommen. Sie beobachtete ihn, wie er eine Flasche lieblichen Rotwein öffnete, zwei Gläser füllte und ihr anschließend eines reichte. „Worauf stoßen wir an?", wollte Lara wissen und streckte ihm ihr Glas entgegen.

„Auf dich! Darauf, wie stolz ich auf dich bin und wie dankbar, dass du so lange auf mich wartest und uns nicht einfach aufgegeben hast!" Während Noah diese Worte sprach, schaute er seiner Freundin tief in die Augen und wünschte sich, dieser

Moment würde ewig dauern. Lara musste die ganze Zeit über nervös lächeln. Sie konnte noch nie gut mit Komplimenten umgehen und ließ sich leicht in Verlegenheit bringen. Ihre Wangen hatten mittlerweile richtig Farbe angenommen, was Noah nicht entgangen war. Sie sah einfach bezaubernd aus, ihre Haare waren noch immer zerwühlt, und sein Hemd stand ihr unverschämt gut. Hätte er sich das Haus nicht noch mit vier anderen Männern geteilt, hätte er sie am liebsten mitten auf dem Küchentisch geliebt. Doch gerade, als ihn dieser Gedanke innerlich lächeln ließ, kam Valentin in die Küche. Diesmal war Lara weniger schüchtern und begrüßte Noahs Mitbewohner freudig. Der Herd war inzwischen auf die richtige Temperatur vorgeheizt, und während Lara sich mit Valentin unterhielt, steckte Noah die Pizza in den Ofen. Sie fragte ihn nach einem weiteren Glas für ihren neuen Bekannten, und so saßen sie zu dritt zusammen, genossen erst den Wein, später die Pizza und vor allem die gegenseitige Gesellschaft. Lara mochte die offene Art der Engländer, und da sie selber sehr aufgeschlossen war, fiel es ihr leicht, immer neue Freundschaften zu schließen.

21.

Die erste Woche, während der sie Noah in London besuchte, verging wie im Flug. Sie lernte einige seiner Kollegen, viele seiner neuen Freunde und alle seine Mitbewohner kennen. Jeden Tag erlebte Lara Neues und Aufregendes.

An den Tagen, an denen Noah frei hatte, fuhren sie mit dem Zug nach Brighton an die Küste oder nach Bath aufs Land. Lara konnte zum ersten Mal seit Langem richtig abschalten. Sie verschwendete nicht einen Gedanken an ihre Arbeit. Rabattmodelle, Winterbevorratungen oder verärgerte Kunden – alles hatte sie in Dresden zurückgelassen und genoss nun die Zeit mit Noah in vollen Zügen. Sie ließ sich von ihm und seinen vielen Überraschungen gerne verwöhnen. Er hatte Laras Ankunft seit zwei Wochen entgegengefiebert und im Voraus kleine Ausflüge inklusive Übernachtungen gebucht. Noah hatte sich mächtig ins Zeug gelegt, angetrieben von seinem schlechten Gewissen, das ihn seit Wochen quälte. Immer wieder suchte er nach einer Gelegenheit, um mit Lara zu reden, denn auf seinen Schultern lastete etwas, was er vor ihr verheimlichte. Jedes Mal, wenn er einen Moment für richtig hielt und ihr beichten wollte, was ihm nun schon so lange Bauchschmerzen bereitete, machte ihre gute Laune ihm einen Strich durch die Rechnung.

Während der kleinen Spanne Zeit, in der Noah ins Architekturbüro musste, erkundete Lara die Stadt alleine. Sie stand früh am Morgen mit ihm auf, und nach einem gemeinsamen Frühstück fuhren sie mit der U-Bahn nach Zentral-London. Während er seiner Arbeit nachging, schlenderte sie durch die verlassene Innenstadt. Die meisten Geschäfte öffneten erst gegen zehn Uhr am Morgen, und außer ein paar Bankern oder anderen Arbeitern war niemand auf den Straßen. Keine Touristen waren weit und breit zu sehen, somit konnte Lara Sehenswürdigkeiten fotografieren, ohne zig Leute im Bild zu haben. Am Vormittag gönnte sie sich jedes Mal einen Blaubeermuffin und einen Milchkaffee im Hyde Park, und nachdem sie eine große Runde durch den wunderschönen Park gelaufen war, machte sie sich auf zur Oxford Street. Dort durchstöberte sie die berühmten Geschäfte und kaufte sich hier und da auch ein neues Kleidungsstück. Doch richtig fündig wurde Lara erst in den kleinen Gassen und Nebenstraßen. Sie kaufte für ihren Vater ein paar spezielle CDs, die in Deutschland nur schwer zu bekommen waren. Für Charly erstand sie etliche Sachen im Elvis-Presley-Museum, da ihre Freundin seit Jahren ein großer Fan der Rock'n'Roll-Legende war. Marleen konnte sich nach Laras Urlaub über ein neues Kochbuch von Jamie Oliver freuen. Die englische Küche war zwar nicht die beste Küche, doch sie liebte alle Gerichte von dem Sterne-Koch. „Von Fisch und Chips bis Sunday Roast" war alles genießbar, solange man nach seinen Rezepten kochte. Für Vera und Micha kaufte sie eine leckere Schwarzteemischung mit passendem Geschirr, das die Union-Jack-Flagge zierte. Am Ende jeden Tages hatte Lara etliche Meilen zu Fuß zurückgelegt und noch mehr Pfund ausgegeben. Jedoch genoss sie ihre täglichen Tagesausflüge und konnte sich dies dank der großzügigen Summe ihres Verlags auch leisten.

Nachdem sie Noah vom Büro abgeholt hatte, fuhren sie nicht, wie gewohnt, gleich nach Hause, sondern gingen stattdessen in ein italienisches Restaurant in der Nähe von der Victoria Station. Bei einem guten Glas Wein und einer ausgesprochen leckeren Calzone ließen sie den Tag gemeinsam ausklingen. Lara zeigte Noah stolz ihre Beute des erfolgreichen Shoppingtrips, und nachdem er sie mit zwei Karten für das Musical „We will rock you" der legendären Rockgruppe „Queen" überrascht hatte, war für Lara der Tag vollkommen.

Am darauf folgenden Abend schlenderten beide verliebt die Treppen zu dem Theater hinauf und genossen die großartige Show. Lara wollte am liebsten gar nicht mehr nach Hause fliegen. Noah und Lara hatten nur noch einen gemeinsamen Abend, und sie wünschte sich, dieser würde nie vergehen, denn das aufregende London und das Zusammensein mit ihrer großen Liebe machten sie unglaublich glücklich. Sie konnte sich gar nicht vorstellen, in ihren langweiligen Alltag zurückzukehren. Ihr Buch war fertig, Noah in London, und ihre Arbeit machte auch keinen Spaß mehr. Mit Wehmut dachte Lara daran, wieder nach Hause zu fliegen, ihren Alltäglichkeiten nachgehen zu müssen und von ihrem Freund getrennt zu sein – das Schlimmste von allem.

An ihrem letzten Abend veranstalteten sie eine kleine Feier. Ein paar Kollegen von Noah, die Lara bei einer Feier im Pub kennengelernt hatte, und alle WG-Mitglieder waren da, um sie feierlich zu verabschieden. Sie genoss jede Minute und vergaß für eine kurze Zeit, dass sie am Tag darauf wieder abreisen musste. Neue Bekanntschaften wurden geschlossen und noch mehr Freundschaften.

Während sie eine weitere Runde Mojito für sich und ihre Gäste zubereitete, schweiften ihre Gedanken ab, und sie stellte sich vor, wie es wohl wäre, in London zu leben. Gerade als Lara die frischen Pfefferminzblätter auf das Eis streute, kam Noah auf sie zu und küsste ihren Nacken. Lächelnd gab sie alle restlichen Zutaten in die Gläser und schaute dann zu ihm auf.

„Wovon hast du denn gerade geträumt?", wollte Noah wissen und steckte einen Strohhalm in jedes Glas.

„Ich habe nicht geträumt!", log Lara und wollte sich gerade umdrehen, um ihren Gästen die Mojitos zu bringen. Sanft stoppte Noah sie, indem er sie mit seinem Arm berührte. „Na gut! Ich habe nicht geträumt, sondern nur daran gedacht, wie es wohl wäre, für immer hier zu bleiben", sagte Lara, während sie verlegen zur Seite sah.

Überrascht blickte Noah sie an: „Wie kommst du denn jetzt darauf? Meinst du für immer oder nur für ein paar Jahre?", fragte er mit Nachdruck und probierte den Cocktail.

„Keine Ahnung. Der Gedanke kam mir vor ein paar Tagen, und du weißt ja, wie sehr ich London mag. Bisher war da aber immer meine Hemmschwelle, Englisch zu sprechen, die nun weg ist, denn mit der Sprache habe ich keinerlei Probleme. Mir hat vorher eben nur etwas Praxis gefehlt, und jetzt kann ich mir sogar vorstellen, in einer der vielen Apotheken hier zu arbeiten." Lara war mittlerweile richtig aufgeregt. Sie hatte zwar schon öfters darüber nachgedacht, doch jetzt, da sie den Gedanken aussprach, war die Idee zum Greifen nah.

Noah stellte sein Glas ab und sah ihr tief in die Augen. „Lara, es gibt da etwas, was ich dir sagen muss!"

Während er diese Worte sprach, lief es ihr eiskalt den Rücken hinunter. Sie bemerkte seinen ernsten Unterton und wusste, dass sie nichts Gutes erwarten würde. Sofort verlor Lara etwas an Farbe, und ihr Herz begann, wie wild zu schlagen. Ihr Puls raste, und sie hatte Mühe, ruhig ein- und auszuatmen. Langsam stellte sie die zwei Cocktailgläser ab, um ihre zitternden Hände in den Hosentaschen zu verstecken. „Was willst du mir denn sagen?", fragte sie und war dabei bemüht, ruhig und fröhlich zu klingen. Nervös fuhr sich Noah durch die Haare und nahm noch einen großen Schluck von seinem Mojito. Ihr gefiel es nicht, wie aufgeregt er war, und langsam wurde sie ungeduldig.

Plötzlich wurde Lara schlecht. Die Angst, Noah zu verlieren, bereitete ihr ein unangenehmes Gefühl im Bauch. Sie hatte Mühe, sich zu beherrschen und aufrecht stehen zu bleiben. Die Spannung wurde immer unerträglicher, und gerade, als ihr schwarz vor den Augen wurde und sie Angst hatte, einfach umzukippen, sagte Noah: „Ich bin so ein Idiot! Eigentlich wollte ich schon die ganze Zeit mit dir über etwas reden. Vor ein paar Wochen ist etwas vorgefallen, und ich weiß, dass ich mit dir darüber schon viel eher hätte reden sollen. Aber ich … ich war zu feige, und … und ich wusste selbst nicht, wie mir geschah. Ich dachte, es wäre besser, wenn ich erst einmal … also, wenn ich mir erst einmal im Klaren darüber wäre, was ich eigentlich selber will!"

Lara atmete schwer ein und aus, zwinkerte immer wieder mit ihren Augen in der Hoffnung, sie würde klarer sehen können. Während Noah um Worte rang, schaute sie ihn an, nahm jedoch nur verschwommene Bilder wahr. Zu gerne wollte sie ihm etwas sagen, doch sie wusste nicht, was, und war auch nicht wirklich in der Lage zu sprechen.

Noah nahm einen weiteren Schluck und fuhr dann fort: „Also, eigentlich habe ich mich gegen das Stipendium entschieden und für uns, aber …"

Lara hielt plötzlich den Atem an. Sie schüttelte ihren Kopf und wiederholte dann seine Worte: „Stipendium? Welche Entscheidung? Ich versteh überhaupt nicht, was du eigentlich willst! Also ich … ich versteh nur Bahnhof!"

Noah schaute seine Freundin überrascht an. Erst jetzt fiel ihm auf, wie nervös sie eigentlich war. Gerade wollte er fragen, ob es ihr gut gehe, doch da unterbrach ihn Lara. Sie bat ihn, ihr endlich zu erklären, was er auf dem Herzen habe. Noah atmete tief ein und aus und fuhr dann weniger aufgeregt fort: „Also, ich habe ein Stipendium erhalten. Ich könnte mein Master Level auf der Universität in Kingston abschließen, was aber bedeutet, weitere dreieinhalb Jahre in London zu bleiben. Das Architekturbüro hat mir angeboten, dies für mich zu finanzieren, wenn ich für weitere Bauprojekte zur Verfügung stünde. Auf der Uni bieten sie auch spezielle Kurse für Kunst und Design an, und ich …" Wie ein Wasserfall sprudelte alles aus Noah heraus. Seine ganze Anspannung wegen der Heimlichtuerei löste sich mit einem Mal, und er musste sich zwingen, langsamer zu reden.

Als er bemerkte, dass Lara Tränen in den Augen hatte, hörte er auf zu erzählen und starrte sie an, ohne zu wissen, was er tun sollte.

Laras Lippen formten sich langsam zu einem Lächeln, und plötzlich musste sie schluchzen. „Ist alles okay? Es tut mir leid, dass ich schon wieder etwas vor dir verheimlicht habe, aber ich wusste einfach nicht, was ich tun sollte. Und jetzt, da du sagst, du könntest dir vorstellen, hier zu leben, also … da dachte ich, das sei die perfekte Gelegenheit!"

Lara nickte und schaute ihm tief in die Augen. „Ich bin einfach so glücklich und unendlich stolz auf dich!", sprach sie und nahm endlich ihre Hände aus der Jeans, um Noah zärtlich über die Wangen zu fahren. Erleichtert atmete er auf und küsste Lara sanft auf die Lippen.

„Und was machen wir jetzt?", wollte er wissen, während er sie ganz fest an sich drückte. Lara wusste die Antwort schon, doch sie entschied sich, nichts zu überstürzen.

„Hast du denn deinen Eltern schon davon erzählt?", fragte sie stattdessen.

„Nein, außer meinem Chef und dir habe ich noch niemandem davon erzählt."

Lara nickte und fuhr dann fort: „Gut, also dann würde ich vorschlagen, du telefonierst mal mit ihnen, und ich fliege morgen nach Hause und denke in Ruhe darüber nach."

Noah schaute Lara eindringlich an und entgegnete ihr: „Ohne dich werde ich aber auf keinen Fall hierbleiben. Ich kann auch in Deutschland weiterstudieren; von mir aus auch am Ende der Welt, denn für mich zählt nur, dass ich mit dir zusammen sein kann!" Er sprach ihr direkt aus der Seele. Lara küsste ihn zärtlich und drückte ihn fest an sich.

„Wenn ich könnte, würde ich sofort hierbleiben, aber du weißt, dass das nicht geht. Ich habe eine dreimonatige Kündigungsfrist für meine Wohnung, und auf Arbeit müsste ich auch Bescheid geben. Mal abgesehen von meinen Eltern, die mich wahrscheinlich für verrückt erklären, dass ich nach London zu meinem Freund ziehen möchte, mit dem ich erst seit wenigen Monaten zusammen bin!"

Noah lächelte und stimmte ihr mit einem Nicken zu: „Und was würden sie sagen, wenn du zu deinem Verlobten ziehen würdest?" Sie blickte ihn verwirrt an. Ehe sie etwas darauf erwidern konnte, ging er plötzlich auf die Knie, noch immer ihre Hand haltend. „Lara, du bist die wundervollste Frau, die ich jemals kennengelernt habe! Du bereicherst mein Leben, wie ich es mir nie zu träumen gewagt hätte. Ohne dich bin ich nicht mehr vollkommen, du machst mich glücklich wie keine andere Frau zuvor und wie es auch keine andere könnte! Du bist mein Leben, und ich wünsche mir nichts sehnlicher, als für immer mit dir zusammen zu sein! Lara, möchtest du mich heiraten?"

Der gesamte Raum war in ein Schweigen gehüllt. Es schien, als wären sogar die Gäste, die sich vorher in den anderen Zimmern aufgehalten hatten, in die Küche gekommen, um nun Noahs Heiratsantrag mitzuerleben. Erwartungsvoll blickte er zu ihr auf und hielt den Atem vor Aufregung an. Lara schossen erneut Tränen in die Augen, und aus tiefstem Herzen antwortete sie ihm: „*Ja! Ja! Ja!* Und ich möchte tausend Babys mit dir!"

Überglücklich schnellte Noah hoch und hob sie vor Freude in die Luft, um sie anschließend leidenschaftlich zu küssen. Alle Anwesenden klatschten und pfiffen vor Begeisterung, und einige Freunde kamen auf Noah und Lara zugestürmt, um sie herzlich zu beglückwünschen. Sie strahlte über das ganze Gesicht und war wie in Trance.

„Halt! Ich habe noch etwas vergessen", rief Noah plötzlich und verschwand aus der Küche. Verwirrt standen Lara und ihre Gäste da. Noch ehe sie sich wundern konnte, weswegen Noah so überraschend verschwunden war, wurde sie von allen möglichen Seiten belagert und beglückwünscht. Sie fühlte sich wie auf Wolken, ihr Herz hüpfte vor Freude, und ihren Bauch bewohnten Schmetterlinge, die aufgeregt mit ihren Flügeln schlugen.

Als Noah zurück in die Küche kam, pfiffen erneut einige Freunde und klopften ihm auf die Schulter. Noch einmal ging er vor Lara auf die Knie, doch dieses Mal hielt er ihr eine dunkelblaue Lederschachtel entgegen. Sie konnte ihr Glück kaum fassen. Es war also nicht nur eine übereifrige, spontane Angelegenheit, sondern Noah hatte sich ganz offensichtlich schon vorher mit der Idee auseinandergesetzt. Aufgeregt öffnete er die Schachtel, und ein bezaubernd schöner Ring in Weißgold und mit einem Diamanten besetzt funkelte Lara entgegen. Daraufhin hielt sie sich die Hände vor das Gesicht, um ihre Tränen zu verbergen. Noch nie zuvor hatte sie einen so wundervollen Ring gesehen. Der Diamant war aufwendig eingearbeitet und elegant verziert. Noah stand auf und nahm ihre Hand. Zitternd streifte er Lara den Ring über und strahlte, als er feststellte, dass er die perfekte Größe hatte. Wie verzaubert starrte sie auf ihre Hand, an welcher der Ring funkelte, um sich anschließend bei Noah mir einer herzlichen Umarmung und einem innigen Kuss zu bedanken.

Das gesamte Haus war mittlerweile von Einsamkeit verschluckt. Alle Gäste, bis auf ein paar wenige, die im Wohnzimmer übernachteten, waren mittlerweile nach Hause gegangen. Lara lag glücklich auf dem kleinen Bett; und obwohl es draußen stockdunkel war, konnte sie ihren Ring glitzern sehen. Noah lag tief schlafend neben ihr. Rhythmisch hob und senkte sich sein Brustkorb, und dank dem nächtlichen Alkoholkonsum schnarchte er leise vor sich hin. Glücklich und zufrieden kuschelte sich Lara an ihn und schlief kurz darauf ein.

Der Abschied fiel beiden unendlich schwer, doch ihr kleines Geheimnis ließ die zwei Verliebten immer wieder auflächeln.

Wenige Stunden später war Lara wieder in Dresden und begrüßte überschwänglich ihre Freundin Charly, die sie am Flughafen bereits erwartete. Das Wiedersehen bereitete beiden eine große Freude, und noch während der Autofahrt nach Hause brachte Lara ihre Freundin auf den neuesten Stand.

„Was – ihr seid verlobt? Ihr seid ja verrückt!", schoss es aus Charly heraus, als sie von Noahs Antrag erfuhr. Lara hatte ihr nichts entgegenzusetzen. Sie konnte sich gut vorstellen, dass Dritte ihren Entschluss für übereilt hielten, jedoch bereute sie nichts. Plötzlich riss Charly das Lenkrad bis zum Anschlag nach rechts und fuhr quer über die Autobahn auf die andere Seite. Ein Hupen drang aus allen Richtungen, doch dies schien sie nicht im Geringsten zu stören. Mit einer Vollbremsung brachte Charly den Wagen auf dem Seitenstreifen zum Stehen, und nachdem sie den Motor abgewürgt hatte, drehte sie sich zu ihrer Freundin um. „Lara Winter ist tatsächlich verlobt! Also wenn ich ehrlich bin, ist das die beste Nachricht, mit der du mich überraschen konntest! Komm her, Süße, und lass dich drücken! Herzlichen Glückwunsch euch beiden!" Während Charly diese Worte sprach, umklammerte sie Lara, als wollte sie ihre Freundin nie mehr loslassen.

Lara freute sich über die Glückwünsche und hoffte, ihre Eltern würden genauso reagieren. Natürlich war dies nur eine Wunschvorstellung, denn sie war sich sicher, dass Marleen und Christoph sie bestimmt für verrückt erklären würden. Doch das war ihr egal, denn sie wusste, dass sie das Richtige tat, und außerdem hatten sie und Noah ausgemacht, ihre Eltern gemeinsam über die Neuigkeit in Kenntnis zu setzen. Also würde sie erst einmal von einer hitzigen Diskussion verschont werden und konnte derweil ihr süßes Geheimnis genießen.

Obwohl sie ihren Eltern die Verlobung mit Noah vorerst verschwieg, entging Marleen nicht, dass sich ihre Tochter verändert hatte. Immer wieder bohrte sie nach und wollte wissen, was in London vorgefallen sei. Lara blieb jedoch eisern und stand auch nach mehreren Versuchen ihrer Mutter zu ihrer Aussage, dass es nichts Außergewöhnliches zu erzählen gäbe. Als Marleen jedoch plötzlich das Interesse an ihrem Geheimnis verlor, machte sich Lara Gedanken, denn so schnell gab Marleen eigentlich nie auf. Bei ihrem nächsten Telefonat mit Noah berichtete sie von der Neugier ihrer Mutter und den vielen Fragen von Christoph. Mittlerweile war es Anfang Dezember, und Noahs Urlaubspläne, Weihnachten in Deutschland zu feiern, wurden von seinem Chef genehmigt. So entschieden sie sich, den zweiten Weihnachtsfeiertag zusammen mit beiden Eltern zu verbringen, um ihnen von der Verlobung zu erzählen.

Wenige Wochen später war es dann so weit, und Noah war auf dem Weg nach Deutschland. Aufgeregt empfing ihn Lara am Flughafen, und überglücklich nahm er sie in seine Arme. Sie verbrachten den Abend aneinandergekuschelt auf der Couch. Lara hatte ihre Wohnung weihnachtlich dekoriert, und ein kleiner Tannenbaum spendete ihnen mit künstlichem Kerzenschein Licht. Sie erzählte Noah, dass ihr Verlag eine Buchvorstellung plante, und sollte alles erfolgreich verlaufen, würde sie eventuell auf Tour gehen. Ein Vierteljahr lang müsste sie dann quer durch Deutschland reisen und ihr Werk in verschiedenen Buchhandlungen vorstellen und vielleicht sogar signieren.

Noah war mächtig stolz und lächelte sie zufrieden an. „Ich habe übrigens mit meinem Vermieter gesprochen und auch mit Jana!", ließ Lara ihn wissen und schaute erwartungsvoll in seine Augen.

„Und was hat deine Chefin dazu gesagt?", fragte Noah und richtete sich auf, um sie besser ansehen zu können.

„Na ja, glücklich über meine Gedanken, die Apotheke zu verlassen, ist sie natürlich nicht! Sie kann immer noch nicht glauben, dass ich nun mit dem Der-in-jedes-Fettnäpfchen-tritt zusammen bin. Aber sie freut sich sehr für uns beide und denkt, dass ich gut nach London passe."

Während sie diesen Satz beendete, nickte Noah ihr zu, als würde er ihr damit Recht geben wollen. „Dann hast du also gekündigt?", wollte er wissen und musste dabei vor Aufregung lächeln.

„Auf Arbeit noch nicht, aber die Wohnung schon! In drei Monaten ist Wohnungsübergabe, und wenn alles passt, bin ich dann hoffentlich bei dir in London!" Überglücklich drückte Noah seine Verlobte an sich und küsste sie auf die Stirn.

Wenige Tage später saßen er und Lara aufgeregt am Essenstisch seiner Eltern. Krampfhaft hielten sie sich an den Händen, um sich gegenseitig Mut zu spenden und – vor allem – um ihre Verlobungsringe zu verdecken. Gerade als Vera und Marleen lachend aus der Küche kamen, flüsterte Noah ihr ins Ohr, dass es Zeit sei, ihre Eltern einzuweihen. Nervös nickte sie ihm zu und bat die beiden Frauen an den Tisch. Marleen tuschelte vertraut mit Vera, und verschwörerisch grinsten sie sich an. Nachdem beide sich hingesetzt hatten, erhob sich Noah und bat seinen Vater, eine Flasche Sekt aus dem Keller zu holen. Verwirrt schaute Micha seinen Sohn an, folgte dann jedoch der Bitte, als er bemerkte, wie aufgeregt Noah war. Währenddessen räumten Lara und er Sektgläser aus der Vitrine und verteilten sie auf dem Tisch. Christoph saß staunend da und beobachte neugierig die beiden. Marleen warf ihrem Mann einen beruhigenden Blick zu, und geheimnisvoll lächelten sie sich an. Als Micha mit der Flasche zurückkam, reichte er sie seinem Sohn, und mit geschickten Händen entfernte Noah den Korken. Lara zitterte am ganzen Körper und musste sich zwingen, aufrecht zu sitzen. Vor Aufregung zog sich ihr Magen schmerzhaft zusammen. Sie war froh, dass Noah das Reden übernahm, denn die Nervosität machte es ihr unmöglich, deutlich zu sprechen. Gespannt beobachtete sie ihren Verlobten dabei, wie er versuchte, den Sekt in die Gläser zu gießen. Allerdings war Noah auch sehr angespannt, sodass er nicht imstande war, sie zu füllen. Seine Hände zitterten dermaßen, dass Vera Angst um ihre teuren Gläser hatte. Sie warf ihrem Mann einen ernsten Blick zu, und plötzlich erhob sich Micha, um ihm die Flasche abzunehmen.

Nachdem sein Vater jedem eingeschenkt hatte, ergriff Noah das Wort: „Ihr habt euch bestimmt schon gewundert, weshalb wir Sekt trinken wollen. Aber es gibt etwas zu feiern; und was, das wollen wir euch jetzt gern wissen lassen." Marleen nahm Christophs Hand und drückte sie ganz fest. Anschließend warf sie Vera einen vertrauten Blick zu und lächelte glücklich vor sich hin. „Mama, Papa, Marleen und Christoph ... Lara und ich ... also wir möchten euch gern sagen ... wir haben uns verlobt!" Noahs Herz raste, und er schaute erwartungsvoll in die Runde. Doch niemand reagierte, stattdessen starrten ihn alle einschließlich Lara an, ohne ein Wort zu sagen.

Plötzlich erhob Marleen das Wort: „Aber wir dachten, du seist schwanger!"

Überrascht erwiderte Lara den Blick ihrer Mutter. „Schwanger? Ich? Wer sagt denn so was?", wollte sie wissen und atmete erleichtert auf, als keiner von den Eltern den Anschein erweckte, sich über die Verlobung zu beschweren. Verliebt schaute sie Noah in die Augen, und er beugte sich zu ihr hinüber, um sie zu küssen.

„Ihr habt euch verlobt? Wann denn?", fragte Micha plötzlich. Sofort schnellte Noahs Puls hoch, und er bemühte sich um eine feste, ruhige Stimme.

„Wir haben uns bereits in London verlobt, aber Lara und ich dachten, wir erzählen es euch lieber gemeinsam ..."

Noch ehe er zu Ende sprechen konnte, sprang Vera auf und lief um den Tisch herum. Als sie Lara und ihren Sohn erreichte, fiel sie beiden um den Hals und gratulierte ihnen tränenreich. Marleen tat es ihr nach und drückte ihre Tochter fest an sich. Langsam kamen auch die beiden Väter zu sich, und während ihre Frauen den beiden Jungverliebten gratulierten, reichten sie sich die Hände. „Und ich dachte schon, ich werde jetzt Opa!", scherzte Micha und nahm einen großen Schluck aus seinem

Glas. Wenig später erhoben sie sich, um Lara und Noah ebenfalls zu gratulieren.

Der erste Schock war verflogen, und endlich machte sich überschwängliche Freude breit. „Und – plant ihr denn schon Nachwuchs?", wollte Marleen aufgeregt wissen.

„Mama, jetzt hör doch mal auf mit dem Kinderkriegen! Erst einmal wollen wir zusammenziehen, und wenn das klappt, wird geheiratet. Aber nicht morgen und auch nicht gleich nächstes Jahr!"

Enttäuscht gab Marleen auf, und gerade, als sie ihr Glas leeren wollte, versetzte Vera ihr eine neue Überraschung. „Ziehst du denn dann nach London?", fragte sie, an Lara gerichtet. Sofort blickten Marleen und Christoph verwirrt zu ihrer Tochter.

„Ähm … ja also, da ist noch etwas anderes, was wir euch sagen wollten …"

Jedoch kam Lara nicht dazu, ihren Eltern von den Umzugsplänen zu erzählen. Stattdessen fiel ihr Vera ins Wort: „Noah nimmt doch das Stipendium an und bleibt daher noch mindestens drei Jahre in England."

Dieses Mal unterbrach Lara ihre zukünftige Schwiegermutter. „Ja, deswegen haben wir auch vor, die kommenden Jahre in London zu leben!" Kaum hatte sie diesen Satz zu Ende gesprochen, starrte Marleen entsetzt zu Christoph. Lara bemerkte die Traurigkeit ihrer Eltern und sprach weiter: „Noah und ich, wir lieben uns wirklich sehr, und es ist uns auch ernst mit der Verlobung. Aber bevor wir heiraten wollen, möchten wir natürlich erst einmal zusammenwohnen, um zu sehen, ob es mit uns auch im Alltag klappt. Für Noah kam das Angebot mit dem Stipendium auch sehr überraschend, und es ist eine einmalige Gelegenheit, die sich ihm da bietet! Ich bin unheimlich stolz auf ihn, und auch für mich wäre es eine großartige Erfahrung, im Ausland Fuß zu fassen. Ich könnte mein Englisch verbessern und in einer Apotheke in London arbeiten. Es bieten sich uns so viele Möglichkeiten, und ich könnte noch so viel lernen! Wir haben uns die Entscheidung wirklich nicht leicht gemacht! Am Ende haben Noah und ich uns jedoch für London entschieden, weil es für die Zukunft am besten ist."

Christoph sah seine Tochter stolz an und gab seiner Frau einen Kuss auf die Wange, um sie etwas aufzumuntern. Nachdem er Marleen ein paar Worte ins Ohr geflüstert hatte, wandte sie ihren Kopf ihm zu und lächelte ihn schwach an. Für sie bedeutete Laras Umzug nach London einen großen Verlust, denn sie liebte ihre Tochter abgöttisch und hatte Angst, sie zu verlieren. Marleen wusste, dass sie die beiden Frischverliebten nicht von ihrem Vorhaben abbringen konnte, und sie wollte es auch nicht. Sie freute sich viel zu sehr darüber, wie glücklich ihre Tochter mit Noah war, und wünschte ihr nichts sehnlicher, als dass es auch so bleiben würde. Daher riss sich Marleen zusammen, auch wenn es ihr unheimlich schwerfiel. London war heutzutage ja keine Entfernung mehr. Eine Stunde Flugzeit war überaus annehmbar, und dank den vielen Angeboten war ein Flug nach England auch nicht mehr teuer.

Langsam machten sich auch bei ihr Freude und Stolz breit, und ein Lächeln huschte ihr über die Lippen. „Was machst du denn mit deiner Wohnung? Und weiß deine Chefin über deine Pläne Bescheid?", wollte Laras Mutter nun von ihr wissen.

„Na ja, die Wohnung habe ich letzte Woche gekündigt, und auf Arbeit werde ich das Anfang Januar erledigen!"

Entsetzt musterte Marleen Lara. „Und was passiert mit all deinen Möbeln? Wann hast du denn genau vor, nach England zu ziehen?"

Noah zog Lara an sich und flüsterte ihr ins Ohr, dass es allmählich Zeit werde, ihren Eltern von dem Buch zu erzählen.

„Mama, ich weiß es nicht. Ich dachte, ich könnte vielleicht einiges bei euch unterstellen. Und – na ja … wann genau ich umziehe, hängt davon ab, wie lange ich durch Deutschland toure."

Nun schaltete sich Christoph ein: „Durch Deutschland touren? Was soll das denn, bitte, bedeuten?" Auch Vera und Micha tauschten verwirrte Blicke aus.

Lara fühlte plötzlich einen Kloß im Hals, der sich unangenehm breitmachte. Sie räusperte sich einige Male, bevor sie den Eltern von ihrem Buch erzählte. Aufgeregt lauschten alle vier, was Lara zu berichten hatte. Marleen und Christoph tauschten immer wieder irritierte Blicke und konnten einfach nicht fassen, was ihre Tochter ihnen da erzählte. Vera und Micha hörten begeistert zu und waren mächtig beeindruckt. Allmählich beruhigten sich Laras Eltern, und die Laune schlug endlich zum Positiven um. Christoph bat Micha um eine neue Flasche Sekt, denn es gab nun einen weiteren Grund zum Feiern. Liebevoll nahm er seine Tochter in den Arm und drückte sie herzlich an sich. Lara hatte ihn wirklich überrascht, und nun, als er die Neuigkeit akzeptierte, war er unendlich stolz auf sie. Marleen brauchte noch ein weiteres Glas Sekt, um den Umzug ihrer Tochter zu verdauen.

Lara setzte sich zu ihrer Mutter und nahm sie in den Arm: „Tut mir leid, Mama, dass ich dir nicht vorher von dem Buch erzählt habe. Außer Noah wusste niemand, dass ich an einem Roman schreibe. Um ehrlich zu sein, wusste ich es selbst nicht einmal. Nach Herthas Tod habe ich angefangen, mir meine Trauer von der Seele zu tippen, und später hat mir das Schreiben über die räumliche Trennung von Noah hinweggeholfen. Erst als er meine Zeilen gelesen und mir Mut gemacht hatte, habe ich es einem Verlag zugeschickt. Es ging alles so schnell, und plötzlich hatte ich den Vertrag in der Tasche."

Marleen lächelte ihre Tochter beruhigend an. „Ist schon gut, meine Kleine. Ich freu mich doch für dich! Wann kommt denn dein Buch auf den Markt? Und was für einen Roman hast du geschrieben?"

Marleen hatte zig Fragen, und Lara beantwortete sie ihr gern. Sie war froh, dass sie ihre Eltern sowie Vera und Micha endlich eingeweiht hatten. Plötzlich wurde ihr erst bewusst, was sie geschafft hatte. Selbst als der Verlag sie das erste Mal angerufen hatte, um ihr mitzuteilen, dass sie an ihrem Buch interessiert seien, hatte Lara nicht begriffen, was für ein großer Schritt das war. Endlich fielen all die Last und Ungewissheit, wie ihre Eltern auf die Neuigkeiten reagieren würden, von ihr ab, und sie konnte sich endlich ausgelassen über alles freuen.

Zusammen feierte Lara mit Noah und einigen Freunden in das neue Jahr hinein, was viele Abenteuer und Aufregungen für sie beide bereithalten sollte.

22.

Die Tour erwies sich für Lara als voller Erfolg, jedoch hasste sie es, beinahe jeden Tag in einem fremden Hotelbett zu schlafen. So sehr sie die Buch-Vorlesungen auch mochte, sehnte sie sich doch mehr und mehr nach dem Ende ihrer Tour, um endlich mit Noah zusammen sein zu können.

Nach knapp zehn Wochen war sie endlich wieder zu Hause und steckte mitten in den Umzugsvorbereitungen. Die meisten Möbel konnte Lara tatsächlich bei ihren Eltern unterbringen. Einiges jedoch schenkte sie ihren Freunden oder verkaufte es. Die letzte Woche, bevor sie nach London zog, wohnte sie nun wieder in ihrem alten Zimmer im Elternhaus. Marleen bemutterte sie von vorn bis hinten, was Lara fast in den Wahnsinn trieb. Doch obwohl es sie manchmal nervte, blieb Lara ruhig und gönnte ihrer Mutter die restliche Zeit.

Noah unterdessen setzte seinen Vermieter darüber in Kenntnis, dass seine Verlobte zu ihm ziehen würde. Er bereitete ihre Ankunft vor, indem er seine WG-Mitglieder einweihte, die Küche und sein Zimmer auf Vordermann brachte und Platz in seinem Kleiderschrank schaffte. Wenige Tage vor ihrer Ankunft flog Noah nach Dresden, um sie bei ihrer Abschiedsfeier zu überraschen. Lara war völlig aus dem Häuschen und freute sich unheimlich über seine Anwesenheit. Sie verabschiedete sich feierlich und tränenreich von all ihren Freunden und Verwandten. Charly erschien zusammen mit Robert und Toby, um ihrer besten Freundin Auf Wiedersehen zu sagen. Sie war unendlich traurig, jedoch freute sie sich auch für Noah und Lara. Robert nahm Charly liebevoll und vertraut in den Arm, als sie einige Abschiedstränen vergoss. Toby verstand den ganzen Trubel nicht und war einfach nur glücklich, seinen geliebten „Onkel Noah" wiederzusehen.

Zwei Tage später befanden sich Lara und Noah wieder einmal auf dem Flughafen und auf dem Weg nach London. Seine und ihre Eltern waren gekommen, um sie beide zu verabschieden. Marleen war für ihre Verhältnisse einigermaßen gefasst und hielt tapfer durch. Sogar Ben war gekommen, um sich von seiner kleinen Schwester und ihrem Verlobten zu verabschieden.

Einige Tränen und Stunden später erreichten Lara und Noah Leytonstone und befanden sich auf dem Weg zu ihrer Wohnung. Kaum hatte er die Tür geöffnet, empfingen seine Mitbewohner freudig die beiden. Sie überraschten Noah und seine Verlobte völlig. Das ganze Haus war mit Girlanden, Ballons und Luftschlangen geschmückt, und einige seiner Kollegen und Freunde waren gekommen, um Lara in ihrem neuen Zuhause willkommen zu heißen.

Sie fühlte sich sofort heimisch, und es schien, als wäre sie nie weg gewesen. Dank ihren Ersparnissen und dem Erfolg ihres Buches konnte sie sich es erlauben, für einige Zeit nicht arbeiten zu müssen. Sie hatte geplant, sich eine dreimonatige Auszeit zu gönnen, um vielleicht an einem neuen Buch zu schreiben und von einem Tag in den nächsten zu leben, ohne großartig Verantwortung übernehmen zu müssen. Doch eigentlich wollte Lara einfach nur die Zeit mit Noah genießen. Dass sie die einzige Frau in der WG war, störte sie nicht, im Gegenteil: Ihre Mitbewohner waren offen und unkompliziert. Ihr gefiel die multikulturelle Wohngemeinschaft, denn außer ihr war Noah der einzige Deutsche. Valentin war gebürtiger Londoner, Jonathan kam aus Ungarn, Felipe aus Spanien, und Nicholas war Australier. Valentin war der Älteste. Er hatte sich vor zwei Jahren, inmitten seiner Midlife-Crisis, von seiner Frau und den zwei Kindern getrennt und stattdessen eine eigene Band gegründet. Seine Exfrau hatte sich das Anwesen, die zwei Hunde und den Hummer unter den Nagel gerissen. Danach hängte Valentin seinen Job als Banker an den Nagel und bezeichnete sich nun als Vollzeit-Musiker. Außer seinen Kindern hatte er nichts mehr, was ihn an sein vorheriges Leben erinnerte. Dies brauchte er auch nicht, denn er genoss seinen neuen Lebensstil in vollen Zügen.

Jonathan studierte IT und arbeitete für einen Apple Store in London. Dank ihm war die WG immer auf dem aktuellsten technischen Stand. Einen türkisfarbenen Apple-Laptop stellte Jonathan allen zur Verfügung, nachdem er bei einer Runde Poker zu viel gewollt und noch mehr verloren hatte. Dank ihm brauchten sich Lara, Noah und die anderen nicht um einen Internetanschluss zu kümmern, und die neuesten Fotos von der letzten Party konnte man meist schon am nächsten Tag auf dem Rechner bewundern. Ansonsten war Jonathan sehr verschlossen, jedoch redselig und gesellschaftssüchtig, sobald er mehr als zwei Bier intus hatte, was nahezu jeden Tag der Fall war, und somit traf man ihn eigentlich nur am frühen Morgen, in sich gekehrt, an. Dies störte Lara jedoch nicht im Geringsten, da sie selber absolut kein Morgenmensch war. Genau genommen war sie gegen jegliche Unterhaltung oder Aktivität kurz nach dem Aufstehen, unabhängig von jeglicher Tageszeit. Hatte Lara erst einmal ein wenig Ruhe für sich und einen leckeren Milchkaffee dazu, kamen ihre müden Geister auf Trapp und die gute Laune zum Vorschein.

Felipe war die Frohnatur dieser WG. Ständig hatte er Besuch von seinen vielen Freunden, bekochte seine Mitbewohner und Gäste und liebte es, von der Sonne und dem Meer zu schwärmen.

Nicholas war der jüngste der Männer und im gleichen Alter wie Lara. Die meiste Zeit über war er feiern, ob am Wochenende oder unter der Woche, spielte keine Rolle. Er arbeitete im Hotelgewerbe und hatte dank seiner guten Beziehungen zu den Agenten ständig kostenlose Karten für Konzerte, Festivals und Veranstaltungen jeglicher Art. Sein Liebhaber Neal war wie er gebürtiger Australier und kam jeden Freitag und blieb bis zum Montagmorgen.

Anfangs war Lara etwas verklemmt, da sie eines Tages die beiden unerwartet zusammen unter der Dusche überraschte. Eigentlich hatten sie und Noah ihr eigenes Bad, welches direkt hinter ihrem kleinen Zimmer lag und fast doppelt so groß war wie ihr Schlaf- und Wohnzimmer. Doch eines Morgens funktionierte der Duschkopf nicht mehr, nachdem sie ihn aus Versehen hatte fallen lassen. Das Wasser spritzte nun aus allen Ecken und

Winkeln und machte ein entspannendes Duschen unmöglich. Sie sehnte sich so sehr danach, denn seitdem Lara in der WG wohnte, hatte sie noch nicht einmal ein erholsames Bad genommen oder lange geduscht. Da ständig jemand zu Hause war und den Wasserhahn auftrete, die Klospülung bediente oder selber duschte, war es fast unmöglich, in Ruhe mit warmem Wasser zu duschen. Nachdem alle Männer aus dem Haus waren und ihrer Arbeit nachgingen, freute sie sich unterdessen auf eine heiße Dusche. Nach ihrem kleinen Missgeschick entschied sie, im Bad der Mitbewohner zu duschen.

Nur mit einem Handtuch bekleidet, schlenderte Lara die Treppen hinunter, vorbei an der Küche und direkt in das Badezimmer. Kaum hatte sie die Tür geöffnet, hatte sie sich schon von ihrem Handtuch befreit und nackt die beiden Männer überrascht. Erschrocken und beschämt schrie Lara auf und bückte sich nach ihrem Handtuch. Dabei stieß sie sich die Stirn unsanft am Waschbecken, und zu allem Überfluss bekam sie vor Aufregung auch noch Nasenbluten.

Bestürzt eilte Nicholas aus der Dusche direkt auf Lara zu und versuchte zu helfen. Da er aber keine Zeit zum Abtrocknen hatte, machte er den ganzen Boden nass, und bei dem Versuch, ihr aufzuhelfen, stürzte er selber und schlug mit dem Hinterkopf ungebremst auf den Fliesen auf. Neal schrie hysterisch seinen Namen und stürzte angsterfüllt auf seinen ohnmächtigen Liebhaber zu. Natürlich war der Boden noch immer nass, und somit rutschte auch er aus. Bei dem Versuch, einen Sturz zu verhindern, griff er nach Lara, doch sie stand wie gelähmt da und starrte auf die nackten Körper. Statt ihm zu helfen, sah sie einfach nur zu, wie Neal mit dem Gesicht gegen das Waschbecken knallte und anschließend bewusstlos auf seinem Freund liegen blieb. Entsetzt schaute Lara auf die beiden nackten Männer am Boden und versuchte, sie zu wecken. Als sie jedoch das Blut unter den Körpern entdeckte, das nun die ganzen Fliesen bedeckte, schrie sie hysterisch auf und rannte aus dem Bad. Noch immer nackt, stürmte sie in den Aufenthaltsraum und wählte die Telefonnummer der Ambulanz.

Einige Stunden später saßen alle drei schweigend in der Küche. Neal hatte einen riesigen Gipsverband um seine Nase und sah Hannibal Lecter zum Verwechseln ähnlich. Laras Stirn zierte eine dicke Beule, die in den verschiedensten Farbfacetten leuchte. Sie hielt sich eine Packung tiefgefrorener Erbsen zaghaft an ihre Verletzung, in der Hoffnung, diese würde bald abschwellen. Nicholas hatte es am schlimmsten getroffen. Er hatte sich eine Platzwunde am Hinterkopf zugezogen und bei dem Versuch, sie zu nähen, mussten ihm die Ärzte einige Haare wegrasieren.

Völlig zerstört und mitgenommen saßen sie nun zusammen, einer mehr beschämt als der andere. Nach unzähligen Runden Jägermeister entschieden sie sich für eine gute Ausrede und nahmen sich gegenseitig den Schwur ab, diese peinliche Aktion niemandem zu erzählen. Es dauerte noch einige Zeit, bis Lara wieder in Gegenwart der beiden unbeschwert und ausgelassen sein konnte. Als sie sich letztendlich entschied, diese Angelegenheit einfach zu vergessen, hatte sie auch zu den beiden Turteltauben ein gutes Verhältnis.

Noah und Lara genossen die gemeinsame Zeit in vollen Zügen, doch schon nach kurzer Zeit war ihr langweilig. Meist stand sie mit Noah auf, und nach einem gemeinsamen Frühstück verabschiedete er sich, um auf Arbeit zu fahren. Lara schrieb jeden Tag, und das nicht zu knapp. Die Seiten füllten sich, und dank der vielen neuen Eindrücke sprudelte es nur so aus ihr heraus. An Fantasie und Lust auf ein neues Buch fehlte es ihr bestimmt nicht. Jedoch sehnte sie sich ein wenig nach ihrer Arbeit. Anfangs konnte sie es selber nicht glauben, doch von Woche zu Woche ertrug sie die freie Zeit immer weniger. Die Tage zogen sich endlos lange hin, und sobald Noah zu Hause ankam, nahm ihn Lara völlig in Beschlag. Als sie das bemerkte, entschied sie sich, nach Jobangeboten im Internet zu suchen.

Jeden Tag, wenn Noah nach dem Frühstück aufbrach, um zur Arbeit zu gehen, schaltete Lara den Computer ein. Sie surfte ein paar Stunden im Internet und lernte während der restlichen Zeit Vokabeln. Fließend englisch zu sprechen war das eine, Kunden jedoch fachkundlich zu beraten, war in einer Fremdsprache unglaublich schwer. Lara blühte richtig auf und stürzte sich voller Tatendrang in ihr neues Projekt. Nun erschienen ihr die Tage fast zu kurz, so schnell verging die Zeit. Am frühen Morgen suchte sie nach geeigneten Jobangeboten, schrieb hin und wieder ein paar Zeilen, doch hauptsächlich lernte sie. Noah mochte auch das folgende Buch, und der Verlag hatte ihr vorher schon zugesichert, sie ein weiteres Mal zu verlegen, sollte sie einen zweiten Roman verfassen.

Lara war glücklich, wie sie es sich vorher nie hätte träumen lassen. Ihr Verlobter hatte Spaß und Freude an seinem Studium, sie harmonierten perfekt miteinander, und nun war sie bereit, ihrem Beruf in einem anderen Land nachzukommen. An einem Morgen erblickte sie ein Jobangebot von einer Apotheke ganz in ihrer Nähe. Kurzerhand schrieb sie eine Bewerbung und hoffte inständig, keine allzu großen Fehler begangen zu haben. Da die Apotheke keine zehn Minuten zu Fuß entfernt lag, entschied sie sich, die Bewerbung persönlich abzugeben und sich dabei gleich ein eigenes Bild zu machen. Noch am gleichen Tag machte Lara sich auf den Weg, und nachdem ihr gefallen hatte, was sie sah, gab sie ihre Bewerbung bei dem Apothekeninhaber ab. Sie war überglücklich und fühlte sich von ihrem Mut beflügelt. Lara entschied sich, noch eine Runde im Park spazieren zu gehen, um die Sonne zu genießen.

Als sie später wieder zu Hause ankam, blinkte ihr Handy. Dies bedeutete, dass sie eine Textnachricht oder einen unbeantworteten Anruf hatte. Mit den Gedanken bei Noah nahm sie ihr Telefon und wunderte sich über die unbekannte Nummer. Jemand hatte ihr eine Nachricht auf dem Anrufbeantworter hinterlassen. Aufgeregt rief sie ihre Voicemail ab und verlor sofort an Farbe im Gesicht, als sie die Nachricht vernahm. Aufgeregt und zitternd stand Lara mitten im Raum. Erneut rief sie die Nachricht ab, und nachdem sie den Anruf zum dritten Mal gehört hatte, entschied sie sich, sofort zurückzurufen. Sie wusste, dass sie wahrscheinlich kneifen würde, wenn sie es auf später verschieben würde.

Mit zitternden Händen drückte sie die Rückruftaste und wartete aufgeregt das Klingeln ab. Nach dem zweiten Piepen meldete sich plötzlich eine freundliche Frauenstimme, und Lara musste sich zwingen, nicht mit bebender Stimme zu sprechen. Am anderen Ende war die Apotheke, in der sie zuvor ihre Bewerbung abgegeben hatte. Die nette Frau erklärte ihr, dass der Eigentümer von ihrer Bewerbung begeistert sei und sie gern zu einem Vorstellungsgespräch einladen würde. Lara war völlig überfordert und rannte die Treppen zu ihrem Zimmer hinauf. Noch immer am Telefon, suchte sie nach ihrem Wörterbuch in der Hoffnung, es würde ihr helfen. Jedoch stellte sich ihre Angst wenig später als unbegründet heraus. Die Apothekenangestellte erklärte ihr freundlich, dass sie zu einem Jobinterview eingeladen sei, und nachdem Lara vor Freude gejubelt hatte, wollte die Frau anschließend wissen, wann sie denn Zeit hätte. Ehe sie sich dessen versah, willigte Lara ein, in einer Stunde in der Apotheke zu erscheinen. Dankend und noch immer zitternd beendete sie das Gespräch und starrte danach ungläubig auf ihr Telefon. „Was mach ich denn jetzt?", fragte sie sich immer und immer wieder. Lara stand völlig neben sich und musste sich zwingen, klar zu denken. Als Erstes durchwühlte sie den Kleiderschrank und war heilfroh, als sie eine Bluse und schwarze Hose fand. Nachdem sie sich für ein Outfit entschieden hatte, verschwand sie unter der Dusche. Anschließend föhnte sie ihre Haare zu einer ansehnlichen Frisur, und nachdem sie ihre ausgesuchten Klamotten angezogen hatte, war Lara fertig für den großen Tag.

Wenig später stellte sie sich aufgeregt der netten Frau vor, mit der sie zuvor telefoniert hatte, und nachdem sie von dem Apotheker empfangen wurde, nahm Lara auf einem Stuhl direkt neben einem riesigen, hölzernen Apothekertisch Platz. Das Gespräch entwickelte sich einfacher, als sie zuvor angenommen hatte, und nachdem sich beide angeregt über Laras Berufserfahrungen in Deutschland unterhalten hatten, war das Jobinterview auch schon vorbei. Mit einem guten Gefühl im Bauch verabschiedete sie sich von dem Apotheker und seiner Kollegin.

Gerade als Lara sich auf den Weg nach Hause machen wollte, entschied sie sich anders und ging zu dem kleinen Laden um die Ecke, um Eis und Nutella zu kaufen. Sie liebte diese Kombination, und nachdem sie mitbekommen hatte, dass es den süßen Brotaufstrich in diesem Laden zu kaufen gab, entwickelte sich Lara zu einem der Stammkunden. Nachdem sie für ihren Einkauf bezahlt hatte, schlenderte sie aus dem Laden und lief Noah direkt in die Arme. Erschrocken blickte sie sich um und überlegte kurz, ob sie ihm von dem Bewerbungsgespräch erzählen sollte. Weil sie aber Angst hatte, er könnte zu hohe Erwartungen an sie stellen, entschied sie sich, eine Nacht darüber zu schlafen und ihm eventuell am nächsten Morgen davon zu berichten.

Turtelnd saßen sie am darauf folgenden Tag gemeinsam am Frühstückstisch. Beiden brummte der Schädel, denn sie hatten am vorherigen Abend eine kleine Party mit ihren Mitbewohnern gefeiert. Noah lenkte das Gespräch auf einen gemeinsamen Urlaub und schlug vor, Anfang nächsten Jahres nach Österreich zum Snowboarden zu fahren. Lara war sofort Feuer und Flamme. Sie mochte diesen Sport unheimlich und willigte sogleich ein. Plötzlich klingelte ihr Telefon, und verdutzt schaute Noah sie an. „Bin gleich wieder da!", ließ sie ihn wissen und ging anschließend in den Aufenthaltsraum.

Er blieb allein in der Küche zurück und wunderte sich, wer Lara wohl anrief. Offensichtlich musste es jemand aus England sein, denn er hörte gerade noch, dass sie das Telefonat in Englisch führte. Noch ehe er sich weitere Gedanken darüber machen konnte, war seine Verlobte auch schon zurück und strahlte ihn unentwegt an.

„Alles okay?", fragte er und nahm ihre Hand.

Noch immer strahlte Lara und ergriff dann das Wort. „Noah, ich möchte dich ja nicht enttäuschen, aber aus unserem gemeinsamen Winterurlaub wird leider nichts!"

Überrascht schaute er sie an, und sofort strahlte auch er bis über beide Ohren. „Du bist schwanger!", rief er freudig in den Raum, und nachdem er aufgesprungen war, umarmte und küsste er sie überschwänglich. Völlig perplex stand Lara da und ließ ihn gewähren. Jedoch als seine Freude überhandnahm, entschied sie sich, Noah die Wahrheit zu sagen.

„Tut mir leid, Baby, aber ich bin nicht schwanger. Ich kann nur in den nächsten drei Monaten kein Urlaub machen."

Enttäuscht sah Noah zu Lara auf. Er hatte sich voller Vorfreude ihrem Bauch gewidmet und sein Ohr daran gepresst. „Aber ich kann das Baby doch schon hören!", flüsterte er ihr halb zu.

„Unsinn! Das ist nur das Brötchen, welches mein Magen gerade verdaut", gab Lara ihm zurück und war gerührt, wie glücklich er über die vermeintliche Schwangerschaft war.

„Und warum kannst du dann nicht Ski fahren?", wollte er enttäuscht wissen.

„Na ja, klar kann ich Ski fahren, aber Urlaub nehmen darf ich in den nächsten drei Monaten wegen der Probezeit leider nicht!"

Überrascht starrte Noah seine Verlobte an. „Wie Probezeit? Aber du …, also ich … was meinst du denn damit?"

Lara musste lächeln und nahm seine Hand. „Ich weiß. Tut mir leid, ich bin selber noch ganz durcheinander. Ich hatte gestern ein Bewerbungsgespräch in einer Apotheke, und gerade eben haben sie mir den Job angeboten!"

Noch immer starrte Noah sie ungläubig an. „Und du hast angenommen?" fragte er zögernd.

„Ja! Natürlich habe ich das. Warum denn nicht?", entgegnete Lara etwas irritiert. So hatte sie sich seine Reaktion nicht vorgestellt.

„Na, und was ist mit dem Englisch? Denkst du denn, das reicht, um hier zu arbeiten, oder was sagen denn deine neuen Kollegen?" Noch immer war Noah schockiert, doch langsam gewann er seine Fassung zurück, und eine unbändige Freude und noch mehr Stolz machten sich in ihm breit.

„Ich habe die letzten Wochen jeden Tag gelernt, und bei dem Vorstellungsgespräch gestern hatte ich keinerlei Probleme!", erzählte sie ihm und konnte nicht aufhören, über das gesamte Gesicht zu strahlen.

Immer noch überrascht, nun aber glücklich, drückte er Lara fest an sich und gratulierte ihr zu dem neuen Job. Nachdem sie entschieden hatten, dass es Zeit für ein Sektfrühstück wäre, nahmen sie die Flasche und zwei Gläser mit auf ihr Zimmer, um anschließend das Ereignis zünftig zu feiern.

Die Autorin

Cornelia Wachter, 1984 geboren und aufgewachsen in Leipzig, lebt mit ihrem Ehemann in London. Dort arbeitet sie in ihrem Beruf als Pharmazeutisch-Kaufmännische Angestellte, welchen sie 2004 in Deutschland erlernte und erfolgreich abschloss. Neben der Arbeit in einer Apotheke bildet sich Cornelia auf ihrem Fachgebiet fort und schloss die Ausbildungen zum Medicine Counter Assistant und Dispensary Assistant ebenfalls erfolgreich ab. „Lara's Reise" ist ihr erster Roman, zudem sie die Lust am Leben und ihre Liebe zum Schreiben inspiriert haben.

novum VERLAG FÜR NEUAUTOREN

Der Verlag

Der im österreichischen Neckenmarkt beheimatete, einzigartige und mehrfach prämierte Verlag konzentriert sich speziell auf die Gruppe der Erstautoren.

Die Bücher bilden ein breites Spektrum der aktuellen Literaturszene ab und werden in den Ländern Deutschland, Österreich, Schweiz und Ungarn publiziert.

Das Verlagsprogramm steht für aktuelle Entwicklungen am Buchmarkt und spricht breite Leserschichten an.

Jedes Buch und jeder Autor werden herzlich von den Verlagsmitarbeitern betreut und entwickelt.

Mit der Reihe „Schüler gestalten selbst ihr Buch" betreibt der Verlag eine erfolgreiche Lese- und Schreibförderung.

Manuskripte herzlich willkommen!

novum publishing gmbh
Rathausgasse 73 · A-7311 Neckenmarkt
Tel: +43 2610 431 11 · Fax: +43 2610 431 11 28
Internet: office@novumpro.com · www.novumpro.com

AUSTRIA · GERMANY · HUNGARY · SPAIN · SWITZERLAND